GERHARD HENSCHEL

SOKO BÖRSENFIEBER

EIN ÜBERREGIONALKRIMI

HOFFMANN UND CAMPE

1. Auflage 2022

www.hoffmann-und-campe.de
Dieses Werk wurde vermittelt durch die
Literarische Agentur Thomas Schlück, Hannover.
Umschlaggestaltung & Bildmotiv:
© Hauptmann & Kompanie Werbeagentur, Zürich,
unter Verwendung eines Fotos von
© Juan Pelegrín / Getty Images; Shutterstock
Satz: Dörlemann Satz, Lemförde
Gesetzt aus der Minion Pro und der Mazzard
Druck und Bindung: C. H. Beck, Nördlingen
Printed in Germany
ISBN 978-3-455-01466-2

HOFFMANN
UND CAMPE

Ein Unternehmen der
GANSKE VERLAGSGRUPPE

1

Östlich vom Elbeseitenkanal ging die Sonne auf, als Erik Ellermann in einem Wendehammer seine Aufwärmübungen machte. Morgenstund hat Gold im Mund: An dieses Motto hielt er sich, seit er als junger Mann davon geträumt hatte, als professioneller Langstrekkenläufer einen Weltrekord im Marathon aufzustellen. Daraus war zwar nichts geworden – auf Wunsch seiner Eltern hatte Ellermann sich zu einer Banklehre bereit gefunden –, aber in seiner Freizeit rannte er noch immer für sein Leben gern von A nach B, und am liebsten tat er das, wenn alles noch schlief.

Er spurtete den Grashang hinauf, bog auf der Uferpromenade nach rechts ab und trabte los.

Weiße Atemwölkchen stoben aus Ellermanns Nasenlöchern, was aber nur einer Faulholzmotte auffiel, die an ihm vorüberflog. Zu dieser frühen Uhrzeit war es am Elbeseitenkanal nahezu menschenleer.

So wie in Claude Monets Gemälde von der Dämmerung über der Insel San Maggiore zerfloß der Himmel an diesem Morgen auch über der Lüneburger Heide in viele Farben. Ellermann liebte die impressionistischen Maler und bedauerte nur, daß er nicht genug verdiente, um sich einen Monet oder einen Cézanne leisten zu können. Als Angestellter der Oberurseler Privatbank Credit Finanzmultiplus hatte er es zum Vice President gebracht, doch das hieß nicht viel, und zwei Drittel seiner Ersparnisse hatte er am vorigen Wochenende beim Black Jack in einem Spielcasino an der Reeperbahn verloren.

Daran dachte er so selten wie möglich zurück. Er wollte die Gegenwart genießen und alles in sich aufnehmen, was er spürte, roch und sah. Sein Herz schlug kraftvoll, die Morgenluft war mit Molekülen von Lavendel und Weißdorn gewürzt, über die Felder zur

Rechten waberten Bodennebel, und ein milchiger Schleier dämpfte das Sonnenlicht.

Ein schnaufender Jogger näherte sich aus der Gegenrichtung, hob plötzlich beide Arme und harpunierte Ellermann mit einem Stahlgeschoß. Es traf ihn mitten in die Brust.

Ellermann ging zu Boden. Er war nie ein großer Freund von Überraschungen gewesen, und er verabscheute körperliche Gewalt. Nur ein einziges Mal in seinem Leben hatte er sich zu einem Faustschlag hinreißen lassen, mit siebzehn Jahren, als er in einer Toilette des Niedersachsenstadions in Hannover von einem betrunkenen Hooligan mit einem Messer bedroht worden war. Der Angreifer hatte danach einen Zahn ausgespuckt und ihn wiederzufinden versucht, laut jammernd und auf allen vieren, und Ellermann war weggelaufen, von Gewissensbissen geplagt, obwohl er in Notwehr gehandelt hatte …

Auch den Kriegsdienst hatte Ellermann verweigert. Als nun aber dieser Jogger auf ihn zukam und die Harpunenspitze mit beiden Händen tiefer in seine Brust stieß, schlug Ellermann verzweifelt um sich, in der Hoffnung, einen Treffer landen zu können.

Sein Gegner war jedoch kein Anfänger: Er zückte ein Filetiermesser und schlitzte Ellermann die Kehle auf.

Nur ein Fischadler sah dabei zu.

Mit der Beseitigung der Leiche mühte der Mörder sich nicht lange ab. Er warf sie ins Kanalwasser, wusch sich darin die Hände, joggte zu seinem Auto, das er an einem nahen Feldweg abgestellt hatte, und fuhr nach Berlin, wo der nächste Job auf ihn wartete.

2

Was für ein Leben, dachte Gerold Gerold. Erst die Nordseekrabbensuppe und der Avocadosalat, dann die Kutterschollen und die Bratkartöffelings, die Schokoladenmousse mit Kirschen, als Krönung ein Glas Friesengeist und sodann eine Tasse Bohnenkaffee und eine Zigarre auf einer Terrasse mit Blick auf Wildflieder, Holunderblüten und Pfaffenhütchen …

Tiefer Frieden erfüllte Gerolds Herz. Eine Woche zuvor waren er und seine Ehefrau Ute in Uelzen befördert worden – er zum Ersten Polizeihauptkommissar und sie zur Hauptkommissarin –, und nun saß er neben seinem Schwiegervater Folkert Fischer auf dessen Gartenterrasse in dem ostfriesischen Örtchen Boekzeteler Hoek unter graublauen Rauchschwaden und seufzte vor Zufriedenheit.

Fast kam es ihm so vor, als wäre dies der erste ruhige Moment, seit Ute ihm am Polterabend vor der Hochzeit mitgeteilt hatte, daß sie schwanger sei. Gerold hatte einen mittlerweile mehr oder weniger erwachsenen Sohn aus erster Ehe, Fabian, und eine weitere Familiengründung war eigentlich nicht vorgesehen gewesen, doch mit Ende vierzig hatte Gerold sich noch jung genug für eine zweite Vaterschaft gefühlt. Zur Welt gebracht hatte Ute dann allerdings Drillinge – eineiige Mädchen –, und seither befand er sich in seiner neuen Familie unaufholbar in der Unterzahl.

Mit Nachnamen hießen sie zwar alle Gerold, aber dafür hatte Ute ihren Mädchennamen behalten und auf ostfriesischen Vornamen für die Kinder bestanden: Grietje, Gerreltje und Galtje. Gerolds Argument, daß man die Mädchen schon äußerlich nur schwer auseinanderhalten könne und ihnen deshalb wenigstens Vornamen mit unterschiedlichen Anfangsbuchstaben geben solle, hatte Ute nicht gelten lassen. Die Vokale in den Namen seien unterschiedlich genug, hatte sie behauptet. »Und nu holl dien Muul, mien Söten!«

Seit einer halben Stunde hielten die drei Mädchen Mittagsschlaf in einer Dachkammer. Aus Erfahrung wußte Gerold, daß sie schon durch das kleinste Geräusch geweckt werden konnten, und er sprach deshalb auch außerhalb des Hauses mit gedämpfter Stimme. Folkert hatte ihn gerade gefragt, was er von der Wiedereinführung der Prangerstrafe halte, und er fragte: »Für wen?«

»För Schuuvkarrendeven«, sagte Folkert und schnaubte verächtlich aus.

Gerold hatte sich inzwischen gut genug ins ostfriesische Platt eingehört, um zu verstehen, daß es hier um Schubkarrendiebe ging.

Im Laufe der Zeit seien ihm drei Schubkarren gestohlen worden, sagte Folkert. Die erste im Dezember 1958, die zweite Pfingsten 1983 und die dritte am Montag vergangener Woche. »Ick bün ja keen Kriminalist, man ick glööv, dat dar en Serientäter umgeiht. Dem sull man nu endlich mal dat Handwark leggen. Un denn ran an 'n Pranger! Dat is de eenzige Spraak, de düsse Keerls verstahn!«

Bevor Gerold darauf antworten konnte, trat Ute auf die Terrasse und ermahnte die beiden Männer, leiser zu sprechen. »Sonst ist hier gleich wieder die Hölle los …«

Gerold, der sich keiner Schuld bewußt war, mußte es auch noch hinnehmen, daß Ute angesichts der Qualmwolke unter der Markise eine Bemerkung über »toxische Männlichkeit« äußerte. Dagegen ließ sich schlecht etwas einwenden, denn die Zigarren, die Gerold und Folkert rauchten, hörten auf den Namen Tropenschatz Corona Fehlfarben, und der klang so vorgestrig wie die Slogans »Come to Marlboro Country« oder »Männer wie wir – Wicküler Bier!«

»To laat!« rief Utes Mutter Martje aus dem Hintergrund. »Nu sünd se all opwaakt!«

In den folgenden zwei Stunden waren Ute und Gerold vollauf damit ausgelastet, die Drillinge zu wickeln, wieder anzuziehen, zu füttern, zu bespaßen und von neuem zu wickeln und wieder anzuziehen. Weil sie in der Nacht zuvor kein Auge zugetan hatte, wollte Ute sich nach diesem Zwischenspiel ausruhen und bat Gerold, die Mädchen spazierenzufahren.

Er gehorchte und setzte sie in den Drillingskinderwagen, der sage und schreibe 1599 Euro gekostet hatte und nicht viel leichter manövrierbar war als ein Gefechtspanzer. Über die Pfosten der Vorgartenpforte mußte Gerold das Ungetüm mit hohem Kraftaufwand hinüberheben, und auf freier Strecke bildete der steife Seitenwind eine kaum zu unterschätzende Unfallgefahr.

Grietje, Gerreltje und Galtje krähten fröhlich vor sich hin, während Gerold sie über die Timmeler Straße schob und einen Anruf entgegennahm, der ihn veranlaßte, sofort kehrtzumachen: Zwischen Emmendorf und Heitbrack hatte die Wasserpolizei die Leiche eines harpunierten Mannes aus dem Elbeseitenkanal geborgen. Das war ein Fall, der sich nicht auf die lange Bank schieben ließ.

»Und was ist mit den Überstunden, die du hier mit mir abfeiern wolltest?« fragte Ute.

»Die müssen noch ein bißchen warten«, sagte Gerold.

»So wie dann wohl auch ich.«

»Ja, aber nur, bis ich den Täter geschnappt hab.«

»Oder die Täterin.«

»Richtig. Oder die Täter, Gendersternchen, -innen.«

»Inklusive ihrer Hintermänner und -frauen, versteht sich. Falls wir es mit einem großangelegten Komplott zu tun haben!«

Wollte Ute ihn auf die Schippe nehmen? Sie hatten ja tatsächlich einmal eine internationale Verschwörung aufgedeckt, als der Sultan von Brunei darauf aus gewesen war, mit Hilfe korrupter Fußballfunktionäre die WM 2034 an sich zu reißen …

Lang war's her. Jetzt saß Gerold in Boekzeteler Hoek auf einem unbequemen Sitzsack im einstigen Kinderzimmer seiner Frau, die unter einer Rheumalinddecke in ihrem vorsintflutlichen Klappbett lag, während Oma Martje eine Etage tiefer einen Butterkuchen buk und die Drillinge im Garten die von Opa Folkert fabrizierten Seifenblasen bestaunten.

Gerolds Blick fiel auf ein vergilbtes Poster, das den Sänger Rufus Wainwright als jungen Mann zeigte. Wann mochte das an die Wand gepinnt worden sein?

»In meinem Abiturjahr«, sagte Ute, die Gerolds Gedanken erraten hatte. »Und ich kann dich nur warnen. In Rufus Wainwright bin ich noch immer verliebt. Wenn der hier aufkreuzen sollte, bevor du aus Uelzen zurückkommst, brenn ich mit ihm durch.«

»Und was soll dann aus den Kindern werden?«

»Die nehm ich mit.«
»Aha. Und wohin?«
»Nach New York.«
»Ist Rufus Wainwright nicht schwul?«
»Ja, ganz recht«, sagte Ute. »Der ist sogar mit einem Mann verheiratet. Aber das bin ich ja auch. Jedenfalls auf dem Papier …«
Das genügte Gerold. Er stand strauchelnd aus dem Sitzsack auf, straffte sich, krempelte seine Ärmel hoch und teilte Ute mit, daß er mit allen Mitteln um sein Besuchsrecht kämpfen werde.
»Versuch's doch«, sagte sie und schlug die Decke zurück.

Der Klingelknopf neben der klobigen Eingangstür des Bungalows in Uelzen-Westerweyhe schreckte Gerold ab. Dieser Knopf war von einer barocken Sturzflut aus Messing umgeben und sah wie ein Fingerspitzenkrebserreger aus. Auf einem goldglänzenden ovalen Schild, das darüber angeschraubt war, standen die verschnörkelt eingravierten Namen der Bewohner:

Dr. h. c. Doris Klytaimnestra Hölzenbein-Ellermann
&
Erik Wulfhardt Ellermann

Klytaimnestra? Gerold strengte sein Gedächtnis an. War das nicht dieses männermordende Luder aus der griechischen Mythologie? Aber wer verfiel denn auf die absurde Idee, die eigene Tochter auf solch einen Namen zu taufen? Oder hatte Dr. h. c. Doris Klytaimnestra Hölzenbein-Ellermann ihn sich eigenhändig zugelegt?
Nachdem Gerold sich dazu durchgerungen hatte, die Klingel zu betätigen, gab sie im Inneren des Hauses eine dumpfe Lautfolge von sich, die er auch draußen deutlich vernehmen konnte: Bing … bong … bung … bang … böng …
Eine geraume Weile verstrich. Dann wurde die Tür von einer fast quadratischen Dickmadam geöffnet, die einen schwarzen Kittel, ein

weißes Schürzchen mit Lochspitze und ein kronenförmiges weißes Servierhäubchen trug. Sie sah Gerold strafend an und fragte: »Wen darf ich melden?«

»Kommissar Gerold«, sagte er und zeigte seinen Dienstausweis vor. »Ich bin mit Frau Hölzenbein-Ellermann verabredet.«

»Die gnädige Frau erwartet Sie im Salon. Wenn Sie mir bitte folgen wollen …«

Auf dem Weg dorthin registrierte Gerold eine mit Krokodilfarn bepflanzte Kunststeinschale, mehrere leuchtende LED-Fische aus Porzellan, die lebensgroße Gußmarmorskulptur eines Damhirschs und einige Solarkugeln, die optische Akzente setzten, von denen aber keiner so dramatisch wirkte wie die Hausherrin, die Gerold in einem ochsenblutroten Abendkleid entgegentrat.

Ungeachtet ihres etwas reiferen Alters hatte sie sich aufgetakelt wie eine junge Schnepfe aus dem Denver-Clan. »Ihre Kollegen haben mir schon lauter Löcher in den Bauch gefragt«, sagte sie kalt. »Wie kann ich Ihnen helfen?«

Da sie ihm keinen Platz auf der geschmacklosen Polstergarnitur anbot, blieb Gerold stehen. Er entschuldigte sich für die Störung, sprach Frau Hölzenbein-Ellermann sein Beileid zum Tod ihres Mannes aus und versicherte ihr, daß er nicht viel von ihrer Zeit in Anspruch nehmen werde. »Im Grunde geht's nur um Routinefragen. Hatte Ihr Mann Feinde?«

»Ja«, erwiderte sie. »Mich!«

Das war immerhin eine ehrliche Antwort. »Und wie ist es zu dieser, äh, Feindschaft gekommen?« fragte Gerold.

»Meinem teuren Gatten ist es nie gelungen, mir ein standesgemäßes Dasein zu verschaffen. Er hat mich in diesem … in diesem Familiengrab verklappt und ist seit Jahrzehnten zwischen Uelzen und Frankfurt gependelt, ohne beruflich groß voranzukommen. Erik war ein Versager. Am Ende hat er mir fast jeden Tag die Ohren vollgeheult …«

»Weswegen denn?«

»Wegen irgendwelcher Unregelmäßigkeiten an seinem Arbeitsplatz, die er angeblich nicht mehr mit seinem Gewissen vereinbaren konnte. Erkundigen Sie sich bei seinem Chef!«

Gerold hätte gern gewußt, welchen Verdiensten sie ihren Ehrendoktortitel verdankte und ob sie mit dem Fußballspieler Bernd Hölzenbein verwandt war. Und er fragte sich, an wen sie ihn erinnerte. Wo hatte er schon einmal so ein rothaariges, mit den grünen Augen rollendes Scheusal gesehen?

Auf der Rückfahrt ins Revier fiel es ihm ein: Madame Medusa war's, die geldgeile Räuberin aus dem Zeichentrickfilm »Bernard und Bianca – Die Mäusepolizei«. Von diesem Drachen schien Doris Klytaimnestra Hölzenbein-Ellermann in direkter Linie abzustammen.

Armer Erik, dachte Gerold. Erst eine Ehe mit Madame Medusa und dann ein unnatürlicher Tod und eine Zwischenbestattung im Elbeseitenkanal. Schrie das nicht nach Rache?

»Sie werden verstehen, Herr Kommissär, daß ich Ihnen keinen Zugang zu den sensiblen Daten aus Herrn Ellermanns Arbeitsbereich gewähren kann«, sagte Nikolaus Eysack, der Managing Director des Bankhauses Credit Finanzmultiplus.

Kommissär? Dieses Wort war Gerold zuletzt in der zehnten Klasse untergekommen, als in Deutsch Friedrich Dürrenmatts todlangweiliger Kriminalroman »Der Richter und sein Henker« auf dem Lehrplan gestanden hatte, mit dem drögen »Kommissär Bärlach« aus Bern in der Hauptrolle …

»Kann ich sonst noch irgendwas für Sie tun?« fragte Eysack.

Gerold schätzte ihn auf Anfang fünfzig und seinen teils mit Leder und teils mit Carbon beschichteten Schreibtisch auf rund zehntausend Euro. Zwei Fächerpalmen beherrschten die Fensterfront, und ein handgeknüpfter Wandteppich zeigte Alexander den Großen hoch zu Pferde in der Keilerei bei Issos. Der kurzgewachsene Eysack selbst saß hingegen auf einem ergonomischen Gymnastikball.

Es gebe Hinweise darauf, daß Ellermann in einer gesetzlichen Grauzone operiert habe, sagte Gerold. »Bis er umgebracht worden ist. Deshalb muß ich leider darauf bestehen, daß Sie alles offenlegen, womit er sich dienstlich beschäftigt hat.«

Eysack schmunzelte ein Weilchen, bevor er sich vorbeugte und Gerold zur Antwort gab, daß das Institut Credit Finanzmultiplus keine Leihbibliothek sei, in deren Beständen jeder hergelaufene Streifenpolizist nach Lust und Laune herumschnüffeln könne. »Da müssen Sie schon einen Durchsuchungsbeschluß erwirken, Herr Kommissär. Das dürfte Ihnen freilich schwerfallen. Es gibt ja nicht nur das gute alte Bankgeheimnis, sondern auch gewisse Kanäle, über die man vorwitzige Beamte zur Ordnung rufen kann, wenn sie ihre Befugnisse überschreiten und dadurch ihre Pension in Gefahr bringen …«

Dem eisgrauen Blick aus Eysacks Augen hielt Gerold stand, als er darüber nachdachte, wie er es vermeiden könne, etwas zu sagen, das nicht einmal mehr die dusseligsten Kriminalromanfiguren zu Protokoll gaben. Doch es führte kein Weg an der Frage vorbei, die er diesem Schurken stellen mußte: »Wollen Sie mir drohen?«

»Aber woher denn!« rief Eysack. »Ich will Ihnen unter die Arme greifen, Herr Kommissär! Es ist schließlich mein Beruf, anderen Menschen zu mehr Wohlstand zu verhelfen, und ich kann mir vorstellen, daß es in Ihrer Besoldungsgruppe noch viel Luft nach oben gibt. Da reicht's doch bestimmt nicht dreimal jährlich zu 'nem Luxusurlaub in der Karibik. Oder sind Sie eher so der Typ, der lieber in seinen eigenen vier Wänden feiert? Mit ein paar Törtchen, von denen er sich einen Genuß ohne Reue versprechen darf?«

Gerold stand auf. »Es hat mich sehr gefreut, Sie kennenzulernen, Herr Eysack«, sagte er. »Ihren Versuch der Beamtenbestechung werde ich meinen Vorgesetzten und der Bankenaufsicht melden, und es wird mir ein Vergnügen sein, Ihr sogenanntes Institut demnächst mit der freundlichen Erlaubnis der Staatsanwaltschaft bis auf die Unterhosen auszuziehen. Auf Wiedersehen!«

Dich werden wir schon noch weichkochen, dachte Eysack, nachdem Gerold die Tür hinter sich zugeballert hatte, und ließ sich zu einem seiner Verbündeten im Justizministerium durchstellen.

Zwischen Frankfurt am Main und Hannover zwängte Kommissar Gerold im ICE-Bordrestaurant gerade ein Gemüsecurry mit Kokosreis in sich hinein, als er eine SMS erhielt:

Melden Sie sich mal. Habe Neuigkeiten. Ihr Riesenbusch

Mit diesem altgedienten Schwergewicht stand Gerold auf gutem Fuß. In Uelzen war Henning Riesenbusch als Erster Polizeihauptkommissar der Albtraum aller Gesetzesbrecher gewesen, bevor er das Amt des Berliner Polizeipräsidenten angetreten und mit dem Filz im dortigen Baugewerbe aufgeräumt hatte.

Gerold orderte einen Grauburgunder, lehnte sich zurück, wählte Riesenbuschs Nummer und wurde von ihm darüber informiert, daß er Anfang nächster Woche zum Berliner Innensenator ernannt werde.

»Drängt es Sie denn jetzt in die Politik?« fragte Gerold.

»Lange Geschichte«, sagte Riesenbusch. »So genau wollen Sie das gar nicht wissen. Als Innensenator werde ich jedenfalls mit eisernem Besen kehren! Sie glauben ja nicht, was das hier für ein Gezücht ist ... Und wie isses bei Ihnen, Herr Gerold? Was macht der Nachwuchs?«

»Der gedeiht vorschriftsmäßig. Mein einziges größeres Problem ist zur Zeit die Mordsache Ellermann. Haben Sie davon gehört?«

»Nur flüchtig. Wieso? Wirft Ihnen da jemand Knüppel zwischen die Beine?«

»Ich glaube, daß Ellermann irgendeiner faulen Sache auf der Spur gewesen ist, in der Bank, für die er gearbeitet hat, aber die mauert, so gut sie's vermag. Und wie es der Zufall will, hat der Generalbundesanwalt Weinläufer den Fall vor einer halben Stunde an sich gezogen, und ich bin raus.«

»Wie, Sie sind raus? Was soll das heißen?«

»Das heißt, daß ich mich wieder den Verkehrsdelikten und den Ladendiebstählen im Landkreis Uelzen zuwenden kann, weil dieser Mordfall mich nichts mehr angeht.«

Riesenbusch mußte sich kurz sammeln, bevor er seine Faust auf den Tisch donnern ließ und brüllte: »Das darf doch wohl nicht wahr sein! Ich hab schon immer geahnt, daß dieser Weinläufer ein Sausack ist. Passen Sie auf, Gerold. Ich werde gleich zwei, drei Telefonate führen, und ich verspreche Ihnen, daß Sie dann wieder im Spiel sind. Sie haben mein Wort!«

3

Eine unvergeßliche Mischung aus Lesereise, Abenteuerurlaub und Kreuzfahrt hatte es werden sollen. »Und du mußt da nicht nur nix für bezahlen, sondern kriegst sogar noch fünf Riesen hinterhergeschmissen, wenn du den dreitausend Leutchen an Bord ab und zu mal was vorliest«, hatte der Schriftsteller Frank Schulz am Telefon zu seinem alten Kollegen und Freund Thomas Gsella gesagt. »Ich würde ja auch ohne dich mitfahren, aber außer mir gäb's dann als Entertainer nur einen Rex-Gildo-Verschnitt, zwei schwule Jongleure, eine überalterte Girlie-Band aus Bad Cannstatt, einen Vogelstimmenimitator und einen grottenschlechten Zauberkünstler namens Pokus Schnokus. Mit denen kannst du mich doch nicht alleine lassen! Und überleg mal, was dir alles entgehen würde: Patagonien, Feuerland, die Magellanstraße, die pulsierenden Metropolen Rio de Janeiro, Buenos Aires, Montevideo und Santiago de Chile sowie die einzigartigen Tierwelten und atemberaubenden Naturwunder Südamerikas … Gar nicht zu reden von der Verpflegung! Der Kombüsenchef ist ein Halbgott. Ich kenn den von 'ner früheren Kreuzfahrt, und, Thomas, ich sag dir: Vor dem Polypensalat, den dieser Hexenmeister dir auf den Teller zaubert, wirst du niederknien!«

Gsella war jedoch skeptisch geblieben. Auf seiner letzten Auslandsreise war er entführt, versklavt und aufs gemeinste malträtiert worden. Danach hatte er sich geschworen, die Stadtgrenzen seines Wohnorts Aschaffenburg niemals wieder zu überschreiten, und an diesen gebrochenen Schwur dachte er nun zurück, als er sich eine halbe Seemeile südlich von Kap Hoorn um Mitternacht bei Windstärke zehn an die Reling des leckgeschlagenen Kreuzfahrtschiffs Prinzessin Rosemarie klammerte und sich fragte, was ihn dazu verleitet hatte, die Einladung zu dieser Reise anzunehmen: Geldgier? Leichtsinn? Idiotie? Oder nur das Bedürfnis, Frank Schulz einen kleinen Gefallen zu tun?

Pokus Schnokus, die Jongleure und knapp vierhundert andere Passagiere waren bereits über Bord gegangen. Knapp dreihundert weitere fanden den Tod, als die Prinzessin Rosemarie krängte und von einer Monsterwelle überrollt wurde. Ein Rettungsring knallte Gsella ins Genick, während ein windgepeitschtes Drahtseil einen Smutje steuerbords der Länge nach zerteilte und der Kapitän auf der Brücke so hart stürzte, daß er einen doppelten Halswirbelsäulenbruch erlitt.

Auf und ab ging die rasende Fahrt und zuletzt eher ab als auf. Je mehr Wasser die Prinzessin Rosemarie schluckte, desto schlechter kam sie aus den Fluten wieder hoch.

Mit Grausen sah Gsella die übergewichtige Schlagzeugerin der Lakritze Sistaz aus Bad Canstatt im brausenden Ozean versinken, bevor das zweihunderttausend Tonnen wiegende Schiff von einer neuen Welle umgedreht wurde, auf ein submarines Felsenriff prallte und in zwei Teile zerbrach.

Schulz, der den Beginn der Katastrophe selig verschlafen hatte, fühlte sich wie ein Unterhemd im Schleudergang. Am Abend hatte er noch gut gegessen – Ravioli von der Garnele mit weißem Basilikumschaum, ein in Kakao und Zimt gebratenes Hirschrückenfilet mit Preiselbeerschupfnudeln und zum Dessert ein lauwarmes Schokoladentörtchen mit Pumpernickeleis –, und das kam ihm nun alles wieder hoch, während er in seiner Außenkabine Purzelbäume schlug.

Draußen vor dem Bullauge erschienen sekundenlang das verzerrte Gesicht eines Stewards und die Luftblasen, die aus seinem Mund und seiner Nase quollen. Dann sprengte der Wasserdruck die Kabinentür aus den Angeln.

Wo oben und wo unten war, hätte Schulz da schon längst nicht mehr sagen können. Sein Körper folgte dem Sog, der entstand, als die beiden Hälften der Prinzessin Rosemarie in die Tiefe trudelten und sich dem größten Schiffsfriedhof der Welt hinzugesellten.

Gsella krallte sich unterdessen in den Wogen an ein Serviertablett, das er zu fassen bekommen hatte, und strampelte um sein Leben. Rings um ihn her übergellte das Sturmtosen die Schreie der Ertrinkenden.

Das ist ja fast wie in »Cast Away«, dachte er. Und ich bin Tom Hanks!

Als eine zwölf Meter hohe Welle über ihm zusammenbrach, kam er sich jedoch eher wie Leonardo DiCaprio im Showdown von »Titanic« vor.

Was sich hier zutrug, war nicht schön. So sah es auch Schulz, der zwanzig Meter weiter südlich aus den Strudeln auftauchte und Geräusche von sich gab wie eine kalbende Walroßkuh. Als Mittsechziger hatte er seine Ansprüche ans Diesseits auf ein gesundes Maß zurückgeschraubt, aber diesen Schiffsuntergang fand er nun doch etwas dick. Er japste und ruderte mit den Armen in der wackligen See.

Und es wurde immer schlimmer.

Vor nicht allzu langer Zeit hatten mildtätige *taz*-Leser nach einem Aufruf der Redaktion insgesamt dreißigtausend Euro für die Grunderneuerung von Gsellas Gebiß gespendet. Es war einigermaßen professionell restauriert worden, doch von der ganzen Pracht blieb wenig übrig, als der Dichter unter Wasser frontal mit einer abgebrochenen Geländerstange aus dem Maschinenraum der Prinzessin Rosemarie zusammenstieß. Das scharfkantige Ende der Stange haute Gsella mehrere Zähne aus und raubte ihm zugleich das Bewußtsein.

Es war Gsellas Glück, daß ihn der vitale Schwimmer Schulz an einem seiner Ohren packte und ihn zur Landspitze der Isla Hornos zog. Unerfreulicherweise kam dabei aber wieder Pech ins Spiel, denn beim Schwimmen verfing Schulz sich mitsamt Gsella in dem vierzig Meter langen Tentakel einer Qualle, deren Nesselzellen ein lebensgefährliches Gift verspritzten. Meeresbiologen war diese Quallenart unter dem Namen Floating Terror vertraut. Den Grund dafür erfuhr Schulz in Blitzesschnelle: Ihm schien es, als hätte ihn ein Bullenpeitschenhieb getroffen, und ein Kreislaufschock erschwerte ihm den Überlebenskampf in den Sturzwellen vor der Felseninselküste.

Auch Gsella bekam die Martern zu spüren, die das Quallengift hervorrief. Sie rissen ihn aus seiner Ohnmacht, und obwohl ihm sterbensübel war, gelang es ihm, den Fangarm der Qualle zu zerreißen, ohne dabei auf die viehischen Schmerzen in seinen Händen zu achten.

Ein neuer Brecher wirbelte Schulz und Gsella nordwärts, trennte sie, führte sie wieder zusammen und trennte sie abermals. Von Klippe zu Klippe warf sie das brodelnde Meer, bevor es die zwei entkräfteten und auch fast schon entseelten Schreiberlinge auf einen Geröllstrand spie, dessen spitzes Gestein ihnen an vielen Stellen die Haut aufschürfte.

Gerettet! dachte Schulz, als er festen Boden unter sich fühlte, und Gsella sprach sogar ein Gebet: »Herr, wie sind deine Werke so groß und viel! Du hast sie alle weislich geordnet, und die Erde ist voll deiner Güter …«

Sie ahnten nicht, daß ihre Schwierigkeiten an diesem Ort erst anfingen. Mit der Prinzessin Rosemarie war auch ein Geldbote untergegangen, der dem chilenischen Drogen-, Waffen- und Mädchenhändler Arturo Miguel Infante eine Million Euro aus der Schwarzgeldkasse seines Kompagnons Nikolaus Eysack überbringen sollte, und Señor Infante hatte die Angewohnheit, jedem Vorkommnis, das ihn Geld kostete, akribisch nachzugehen und dafür zu sorgen, daß die Kasse wieder stimmte. Und an wen hätte er sich halten sollen, wenn nicht an Schulz und Gsella, die einzigen Überlebenden?

4

»Grietje, Gerreltje und Galtje geht's gut«, sagte Ute. »Mein Vater hat ihnen Holzschiffe geschnitzt, mit denen sie herumplanschen können, und von meiner Mutter werden sie mit Kirschpudding und Erdbeerkuchen gemästet.«

Es freue ihn, das zu hören, sagte Gerold. »Und vermißt ihr mich auch alle so sehr wie ich euch?«

»Na, du weißt doch, wie die Mädchen dich vergöttern und welch große Stücke meine Eltern auf dich halten …«

»Und du selbst?«

»Ich bin mir noch unsicher. Gestern nacht hab ich Rufus Wainwright das Chanson ›Une place dans mon cœur‹ auf die Mailbox gesungen, aber er hat mich noch nicht zurückgerufen. Und was hast du so erreicht?«

»Och … Wir haben zwei Fälle von Fahrerflucht untersucht, einen Motorrollerdieb in Schlieckau festgenommen und auf der Rockenmühler Straße bei Varendorf eine anderthalb Meter breite Dieselölspur entdeckt.«

»Weiter nichts?«

»Nein, weiter nichts, wenn man mal davon absieht, daß ich morgen nach Bern fliegen werde, um mich der Sonderkommission Börsenfieber anzuschließen. In den letzten vierzehn Tagen sind auch in Polen, Frankreich, England, Spanien und in der Schweiz Banker harpuniert worden. Der Generalbundesanwalt hätte mich von den Ermittlungen gern abgezogen, aber der olle Riesenbusch hat dafür gesorgt, daß ich jetzt wieder ganz oben mitmischen darf.«

»Sekunde mal«, sagte Ute. »Du fliegst morgen nach Bern? Und wer paßt dann auf den Landkreis Uelzen auf?«

»Du«, sagte Gerold. »Es tut mir sehr leid, meine Liebe, aber du mußt deinen Urlaub in Ostfriesland unterbrechen. Ohne dich sind die Esel hier aufgeschmissen. Kannst du die Mädchen bei deinen Eltern lassen? Für zwei Wochen oder so?«

Ute hatte viele Krimis gesehen, in denen mit Polizisten verheiratete Frauen überschnappten, als ihnen aufging, daß sie ihren Ehemann mit dem FBI teilen mußten. Mit diesen Hyäninnen hatte sie nichts gemein, da sie selbst dem FBI von Uelzen angehörte, aber die Aussicht auf eine längere Trennung von ihren Töchtern machte ihr zu schaffen.

»Bist du noch da?« fragte Gerold.

»Ja«, sagte Ute. »Und ich glaube, daß unsere Kinder das verkraften und meine Eltern das stemmen können. Aber was hat denn der Generalbundesanwalt gegen dich?«

»Der allseits hochgeschätzte Herr Generalbundesanwalt Frederik Weinläufer hat nichts gegen mich persönlich, sondern bloß allgemein was gegen Bullen, die nicht nur gegen ganz arme Schlucker ermitteln wollen. Man erzählt sich, daß er letztes Jahr in einer Loge der Mailänder Scala den Ring irgendeines Unterfürsten der Cosa Nostra geküßt haben soll …«

»Wie bitte? Gibt's davon Fotos?«

»Leider nicht. Aber bei der nächsten Gelegenheit werde ich diesem Weinläufer beide Beine absägen.«

»Und wo wirst du in Bern logieren?«

»Im Hotel Ibis Bern Expo.«

»Klingt sehr unverlockend.«

»Ganz meine Meinung.«

»In welcher Behörde wird die Sonderkommission denn zusammentreten?«

»Die Commission spéciale de police sur la fièvre boursière«, sagte Gerold mit einem gewissen Stolz, »wird ihre Arbeit übermorgen vormittag im ruhmreichen Berner Bundesamt für Polizei aufnehmen. Soll ich dir aus der Schweiz irgendwas mitbringen?«

»O ja, bitte! Eine Packung Finish Quantum Ultimate Spülmaschinentabs mit Dreifachwirkung, ein Edelweiß und ein Päckchen Mandelbärli, aber bitte lactosefrei!«

»Kann es sein, daß du dich über mich lustig machst?«

»Ja, selbstverständlich! Aber doch nur, weil ich weiß, daß du das aushalten kannst, mein Liebster. Hau sie in die Pfanne, die Schufte! Alle miteinander! Und ich selbst werde ab morgen in Uelzen aufräumen …«

Frank Schulz und Thomas Gsella waren auf der Isla Hornos von einem Vogelwart aufgefunden und erstversorgt worden. Bei dem Schiffbruch hatte der stark kurzsichtige Schulz zwar seine Brille und seine Barschaft verloren und der stark weitsichtige Gsella außer seiner Brille und seiner Barschaft fünf Zähne, aber davon abgesehen ging es den beiden Autoren verhältnismäßig gut. Sie lagen jetzt in Thermofolien eingemummelt vor einem Kanonenofen im Inneren des Leuchtturms der Insel, ein Notarzthubschrauber war unterwegs, und man hatte ihnen sechs Fläschchen Vitasprint Pro Immun hingestellt.

»Tut mir unsäglich leid, Thomas, daß ich dich da mit reingezogen hab«, sagte Schulz. »Ich schwör es dir: Das war das erste und das letzte Mal!«

»Ach, Frank, du kannst ja nichts dafür«, wollte der vor Kälte noch immer schlotternde Gsella antworten, doch weil er sich in seinem Schockzustand nicht mehr so klar artikulieren konnte wie sonst, brachte er nur die Äußerung hervor: »Ach Rank, ukannga icha hür …«

Der wehleidige Ton in Gsellas Stimme brach Schulz fast das Herz. »Ich mach das wieder gut«, sagte er. »Sobald wir wieder in Deutschland sind, versetz ich meine gesamte bewegliche Habe und erstatte dir alle deine Zahnarztrechnungen! Auf Heller und Pfennig! Wenn du willst, tret ich auch sämtliche Literaturpreise an dich ab, die man mir vielleicht noch zusprechen wird!«

»Hu gühich, aha hamma hecken«, erwiderte Gsella, was »Zu gütig, aber laß mal stecken« heißen sollte. An irdischen Ehrungen hatte er keinen Bedarf mehr, denn obwohl er erst in seinem siebenten Lebensjahrzehnt stand, war er bereits mit dem Cuxhavener Joachim-

Ringelnatz-Preis, dem Robert-Gernhardt-Preis und dem Waldemar-von-Knoeringen-Preis für Verdienste auf den Gebieten von Politik, Wissenschaft, Journalismus und Kunst überhäuft worden.

Doch Schulz gab nicht nach. Das Schuldgefühl, das ihn bedrückte, wog so schwer, daß er Gsella auch die Kostenübernahme für eine neue Brille versprach. »Und die darf so teuer sein, wie sie will! Es kann auch 'ne Designerbrille von Porsche oder Gucci sein, falls dir der Sinn danach stehen sollte. Du hast die freie Wahl! Und wenn du noch durstig bist, kannst du auch meine drei von den sechs Fläschchen Vitasprint Pro Immun austrinken. Mit einem Dreh aktivierst du da den Zwei-Phasen-Komplex aus Acerola-Kirsche, Ingwer und Zink mit Vitamin C und D zur Stärkung deiner Abwehrkräfte. Für ein Leben voller Energie, Thomas! Hast du gehört?«

Nein, hatte Gsella nicht. Er war eingeschlafen und träumte von einem Rumpsteak und einem halben Liter Faust Kräusen naturtrüb im Aschaffenburger Gasthaus Schlappeseppel, wenn auch nicht lange, denn schon zwei Minuten später platzte der aus Bochum-Oberdahlhausen stammende Reporter Borromäus Görzke ins Zimmer und rief: »Na, ihr zwei Hübschen? Seid ihr bereit füa euer erstes Interview nach 'm Crash?«

Seit dem Ende seiner Tätigkeit für *Bravo Sport* war Görzke normalerweise als europäischer Fußballkorrespondent der *New York Post* aktiv, aber er hatte gerade als Urlauber auf der Isla Hornos ausgespannt, als die Prinzessin Rosemarie abgesoffen war. Nun witterte er die Chance, noch größer herauszukommen, wenn er die beiden Überlebenden interviewte.

»Man hat mia gesacht, datt ihr Deutsche seid«, sagte er und richtete seine Handykamera auf Schulz. »Tach zusammen! Ihr zwei seid dem Tod ja ganz knapp vonna Schippe gesprungen! Wie hat sich dat füa euch angefühlt, als ihr gemerkt habt, datt ihr gezz, sach ich ma, draufgehen könntet? Unt wat, glaubt ihr, is die Ursache von dem Unglück gewesen?«

»Verzieh dich«, zischte Schulz. »Oder ich hau dir eine rein!«

Davon ließ Görzke sich nicht beeindrucken. »Okay, annere

Frage«, sagte er und wandte sich Gsella zu. »So 'n Kreuzfahrtschiff geht ja nich alle Tage unta, unt et kommt auch nich oft voa, datt die einzigen Übalebenden die Antwort auf die Frage vaweigan, woran et denn gelegen hat. Ma eahlich: Habt ihr wat dadran gedreht, dat de Prinzessin Rosemarie abgesoffen is? Kassieat ihr gezz irngswelche Vasicherungsgelda?«

In diesem Augenblick durchzuckten Gsella so gräßliche Zahnschmerzen, daß er den Kopf mehrmals in den Nacken warf und so etwas ausrief wie: »Ah – ah – ah, ah, aha!«

»War dat 'n Geständnis?« fragte Görzke. »Hasse die Frage grade bejaht?«

Gsella sagte nichts mehr. Er wand sich wie ein Wurm auf seiner Liege und wimmerte.

»Verstanden«, sagte Görzke. »Unt wie habt ihr den Anschlag ausgeübt? Mit 'nem Sprengsatz oda wie?«

»Red doch keinen Blödsinn«, sagte Schulz. »Wir sind völlig unschuldig, und Thomas Gsella hat auch nichts gestanden!«

»Wohle! ›Ja-ha-ha‹, hat er gesacht und auch genickt! Dat hab ich auf Film! Unt weißte wat? Ich stell dat gezz auf Facebook, unt dann wolln wa ma sehn, wat de Öffentlichkeit dazu sacht, datt ihr hiea Schiffevasenken gespielt habt!«

Wenig später schauten die Augen der ganzen Welt auf die Küste von Kap Hoorn. Görzke hatte sein Video geschickt zusammengeschnitten: Man sah einige an Land geschwemmte Leichen, an denen Möwen herumpickten, dann den im Wasser schwappenden Führerschein einer bildschönen Dame, die von der untergehenden Prinzessin Rosemarie gemeinsam mit Tausenden anderer Passagiere in den Tod gerissen worden war, und zum Schluß die zwei Überlebenden.

Sie wirkten nicht sehr sympathisch. »Ich hau dir eine rein!« keifte Schulz da ohne jeden Anlaß, und es wirkte auch nicht gut, daß Gsella auf die Bitte um ein Schuldbekenntnis mit einem Kopfnicken reagierte und die Lautfolge hervorstieß: »Ah – ah – ah, ah, aha!«

Rund um den Globus lösten diese Aufnahmen bei den Millionen Zuschauern ganz unterschiedliche Reaktionen aus. In Berlin, beispielsweise, schlug dem *taz*-Redakteur Michael Ringel das Herz aus Mitgefühl mit seinen Autoren Schulz und Gsella bis zum Hals, während sich in Neuseeland viele Leute vor Lachen kugelten, weil der entzahnte Gsella einer vergreisten Feldratte aus einer beliebten Trickfilmserie sehr ähnlich sah. In Uelzen wiederum schwante der Hauptkommissarin Fischer, die Schulz und Gsella kannte, großes Unheil, weil sie wußte, daß diese beiden Pechvögel auch früher schon in viele Fettnäpfchen gestolpert waren, und in Santiago de Chile ballte Arturo Miguel Infante die Fäuste und schickte ein Team aus, das Schulz und Gsella einkassieren sollte.

Er wollte sich mit ihnen gern mal privat unterhalten.

5

In der Berner Sonderkommission Börsenfieber fühlte Kommissar Gerold sich von der ersten Minute an unwohl. Es fiel ihm schwer, den Vorträgen über die internationale Geldwäsche zu folgen und sich Begriffe wie »Risikotransformation«, »Zinsstrukturkurve« und »Transparenzregister« zu merken. Viel lieber hätte er sich über den Dächern von Nizza, Chicago oder Frankfurt am Main dem einen oder anderen Ganoven leibhaftig an die Fersen geheftet.

Auf den toten Punkt sank seine Stimmung aber erst, als ein Fallanalytiker namens Kelly Fünfer ein Referat hielt. In Gerolds Augen sah er wie jemand aus, der im 24. Semester Sozialpädagogik studierte und noch nie eine Freundin gehabt hatte. Den Unterlagen zufolge war er für das saarländische Landeskriminalamt tätig, aber mit seinen Hängeschultern, seinen bunten Zöpfchen und seinem neckischen Beanie hätte dieser Hänfling, wie Gerold fand, viel besser hinter die Kuchenkasse eines Kinderflohmarkts gepaßt als in eine Mordkommission.

Die Tatsache, daß der Mörder stets mit einer Harpune zuschlage, deute darauf hin, daß er ein Mann sei, der sich über Cis-Geschlechtlichkeit und Heterosexualität definiere, sagte Fünfer. »Er will die Opfer penetrieren. In solchen Fällen wird aber gern übersehen, daß die Errichtung von Triebstrukturen immer eine nachträgliche Umarbeitung ist und daß alle Merkmale der phallischen Phase nur als Integration und Verwerfung der etablierten Erfahrungen und Partialtriebe zu verstehen sind …«

»Und was sind das für Merkmale?« fragte Gerold.

Die anderen Kriminalisten horchten auf. Sie hatten den Vortrag wie eine Sonntagspredigt über sich ergehen lassen wollen, weil sie ahnten, daß Fünfer einer jener Fachmänner war, die man am besten ausreden ließ, ohne ihnen zu widersprechen. Es kam nur darauf an, sie möglichst oft »Cis-Geschlechtlichkeit« und »Partialtriebe« sagen zu lassen, und schon war man sie wieder los. Dann eilten solche Leute zum nächsten Krisenherd und standen den Ermittlungen nicht mehr im Wege.

»Sie möchten wissen, worin die Merkmale der phallischen Phase bestehen?« fragte Fünfer.

»Ja«, sagte Gerold.

»Wenn es sich so verhält«, erwiderte Fünfer, »dann kann ich Ihnen nur raten, Ihre Hausaufgaben nachzuholen, Herr Kommissar, und sich in die Literatur über das Einsetzen des Genitalprimats, die Verkörperung der Geschlechtsidentität und das ödipale Drama der Heterosexualität einzulesen. Betrachtet man Ihre Frage im Kontext einer feministischen Kritik, die nachvollzieht, wie Individuen im Patriarchat geschlechtsspezifische Prozesse des Subjekt- und damit des Körperwerdens durchmachen müssen, dann sieht es ganz so aus, als hätten Sie ein manifestes Interesse daran, diesen Zusammenhang gar nicht erst verstehen zu wollen, gerade weil er an Ihnen selbst konkret wird! Verstehen Sie mich?«

»Nein.«

»Das habe ich mir gedacht. Und genau deshalb brauchen wir in polizeilichen Räumen neue Awareness-Konzepte …«

Ödipus, Schnödipus, dachte Gerold, als er sich nach Dienstschluß auf einem Hocker vor der Bar des Grandhotels Bellevue Palace niederließ und einen sechzehn Jahre alten Lagaluvin trank, um Kelly Fünfer zu vergessen.

Auf Gerolds linke Schulter legte sich eine fleischige Hand. Sie gehörte dem Commissioner Rupert Wimmerforce von Scotland Yard, mit dem Gerold in einem anderen Fall durch dick und dünn gegangen war.

»Pleased to meet you again«, sagte Wimmerforce, wälzte sich auf den Nachbarhocker, zwinkerte Gerold zu, bestellte ebenfalls einen Lagaluvin und gab ein kleines Geheimnis preis: Der Schwiegersohn des Bankers Nikolaus Eysack werde sich am kommenden Abend in der Schwulensauna Raclette in Zürich mit einem Sizilianer treffen, der für seine Künste als Harpunier berüchtigt sei. Näheres, sagte Wimmerforce, wisse er leider nicht, aber diese Information sei durchgesickert, und es könne sich lohnen, der Spur zu folgen, ohne irgendwem in der Sonderkommission etwas davon zu erzählen. In der Berner Kantonspolizei hätten die Wände nämlich Ohren, und es wimmele dort von Unterweltspitzeln.

Wimmerforce und Gerold stießen an. »Es trinkt der Mensch, es säuft das Pferd …«, sagte Gerold, und Wimmerforce, der ein umfassend gebildeter Mann war, vollendete den Satz: »… but with the two of us, it's the other way round!«

Von seinem Hotelzimmer aus rief Gerold zu später Stunde die Fischerin an und stellte ihr eine schwierige Frage: »Findest du, daß ich ein manifestes Interesse daran habe, die geschlechtsspezifischen Prozesse des Subjekt- und damit des Körperwerdens der Individuen im Patriarchat gar nicht erst verstehen zu wollen, weil dieser Zusammenhang an mir selbst konkret wird?«

»Bist du betrunken?« fragte Ute zurück.

»Nein. Ich bin nur nachdenklich.«

»Und wie war nochmal die Frage?«

»Ach, vergiß es. Wie geht's den Kindern?«

»Blendend. Mein Vater will ihnen jetzt sogar schon das Klootschießen beibringen. Am Wochenende fahr ich wieder hin.«

»Und wie ist die Lage im Landkreis?«

»Normal. In Suhlendorf hat irgendein Idiot einen Altkleidercontainer angezündet, und in Bad Bodenteich ist eine alte Dame auf den Enkeltrick reingefallen und hat sich von einem Betrüger ein ungeheuer wertvolles Buch abschwatzen lassen …«

»Welches denn?«

»Eine signierte Erstausgabe der gesammelten Gedichte von Ror Wolf.«

»Nie gehört. Muß man den kennen?«

»Ja, ich glaube schon. Darf ich dir eins aufsagen?«

»Ich bitte darum«, sagte Gerold und räkelte sich auf dem Bett. »Schieß los!«

»Wie du willst. Also: ›Zweiunddreißig, Juni, nachts, zwei Uhr, / als ich naß aus meiner Mutter fuhr, / als ich stumm aus meiner Mutter kroch, / aus dem einen in ein andres Loch, / aus dem Fleisch heraus hinein ins Leben, / sagte man zu mir: So ist das eben.‹ Das war die erste Strophe. Darf ich dir auch noch die zweite vorlesen?«

»Aber klar.«

»Dann hör zu: ›Im November nachts Zweitausendeins / lag ich nackt und aufgeschlitzt in Mainz, / tief im Blut und alle Tropfe tropften, / die Kanülen, die Katheter klopften, / alles floß hinein in das Plumeau, / und man sagt zu mir: Das ist halt so.‹ «

»Und was wollte uns der Dichter damit sagen?« fragte Gerold.

»Daß er sterblich ist, du Depp!«

Gerold ließ vier, fünf Anstandssekunden vergehen, bevor er der Fischerin mitteilte, daß er, nebenbei gesagt, nur einen Tanga in Lederoptik am Leib trage.

»Und das soll ich dir glauben?« fragte Ute. »Sieh lieber mal zu, daß ich das bald wieder persönlich überprüfen kann. Du weißt ja: Bi Gebrek fan Hauner frett däi Buer gris Krajen!«

»Was?«

»Bei Mangel an Hühnern frißt der Bauer graue Krähen.«

»Und das heißt?«

»Das heißt, daß ich mit grauen Krähen vorliebnehmen werde, wenn du noch lange in der Ferne herumschwirren solltest.«

»Ist das eine Drohung?«

»Ja.«

»Obwohl ich heute abend allein dir zu Ehren einen Tanga trage?«

»Ja.«

»Ich liebe dich.«

»Das kann jeder sagen. Beweis es mir, indem du alle Bösewichte verhaftest, die zwischen uns stehen!«

Gerold bat sich dafür etwas mehr als achtundvierzig Stunden aus.

Der Autogrammjäger Michael Ringel konnte sein Glück kaum fassen: Auf der Flugreise von Berlin nach Bogotá waren ihm beim Umsteigen in Madrid sowohl die Hammerwerferin Tatjana Lyssenko als auch die Schauspielerin Angelina Jolie über den Weg gelaufen, und er hatte allen beiden eine Unterschrift abgeluchst.

Noch höher schlug sein Herz, als er im Flieger nach Kolumbien auf dem Sitzplatz neben sich den katholischen Geistlichen Korbinian Scheuerlapp erkannte, der als Weihbischof gewirkt hatte, bis er wegen seines dubiosen Rufs gefeuert worden war.

»Ich heiße Michael!« rief Ringel. »Sind Sie nicht dieser Herr Scheuerlapp?«

Als Christ durfte Scheuerlapp nicht lügen. Er nickte und sah etwas säuerlich drein.

»Darf ich Sie um ein Autogramm bitten?« fragte Ringel und reichte ihm eine Kladde, in der sich außer Tatjana Lyssenko und Angelina Jolie auch schon Henry Kissinger, Uwe Seeler, Juliette Gréco, Otto Waalkes und der sozialdemokratische Politiker Hermann Schmitt-Vockenhausen verewigt hatten.

Scheuerlapp kam der Bitte nach, gab die Kladde zurück und hoffte, nicht weiter behelligt zu werden.

»Tausend Dank!« sagte Ringel. »Und wo fliegen Sie hin? Ach, ist ja klar – nach Bogotá! So wie wir alle hier in dieser Maschine. Nettes Städtchen! Mich reizt da allerdings nur die Autogrammbörse. Ist ja die größte der Welt. Haben Sie das gewußt? Einmal im Jahr treffen wir Autogrammsammler uns in Bogotá, und dann geht's rund. Letztes Jahr hab ich da ein Autogramm von Yoko Ono gegen zwanzig von Konrad Adenauer eintauschen können, und für die hab ich drei Dutzend Autogramme von dem Werbefachmann Charles Wilp gekriegt. Dieses Mal hab ich vor, die Autogramme von Charles Wilp gegen ein paar Autogramme des Dichters Ernesto Cardenal einzutauschen. Kennen Sie den? Falls nicht, trage ich Ihnen gern ein Gedicht von ihm vor. Es geht so: ›Eine tiefe Sehnsucht durchzieht meine Worte, / während ich unter einem Lorbeerbaum liege, der den blauen Planeten / mit meiner Liebe erfüllt, / für die ich mich entschieden habe, / um unter ihrem Honigkuß den Himmel der Liebe zu segnen.‹ Wie finden Sie das?«

Scheuerlapp sah ihn entsetzt an.

»Ich weiß schon«, sagte Ringel. »Als Dichter ist Cardenal unter aller Kanone. Mit seinen Lorbeerbäumen und Honigküssen hat er selbst die niedrigsten Latten gerissen. Darüber brauchen wir nicht zu streiten. Aber seine Autogramme sind begehrter denn je! Und was haben Sie in Kolumbien so vor? Sind Sie dienstlich auf Reisen?«

»Teils, teils«, erwiderte Scheuerlapp. »Ich möchte ein bißchen ausspannen und zwischendurch einigen Gönnern der katholischen Kirche die Beichte abnehmen.«

»Echt? Gibt's dafür in Kolumbien nicht genug Schwarzröcke? Muß dafür extra einer wie Sie eingeflogen werden?«

Dazu merkte Scheuerlapp kühl an, daß er als Beichtvater nun einmal international gefragt sei. »Nicht jeder Sünder möchte seine Beichte vor irgendeinem Feld-, Wald- und Wiesenpriester ablegen. Doch jetzt entschuldigen Sie mich bitte. Ich möchte mich auf meinen Lesestoff konzentrieren …«

Ringel schielte in das Buch, das Scheuerlapp las. Es handelte sich um ein Werk des Theologen Hans Küng, und Ringel erspähte darin die Sätze:

Sei es nun Habgier, Raffgier, Machtgier oder Sexgier: das rücksichtslose Immer-mehr-haben-Wollen von Profit, Macht oder Sex ist eine Kardinal-Untugend, ist allerdings ein global verbreitetes Laster. Und dieses dient keinesfalls der Finanzstabilität!

»Das sehe ich auch so«, sagte Ringel. »Das mit der Sexgier. Aber davon habe ich mich freigemacht, Herr Scheuerlapp. War nicht easy, aber ich hab's geschafft. Ist natürlich auch 'ne Altersfrage. Wenn man aus dem Gröbsten raus ist, wird alles leichter! Darf ich fragen, welcher Jahrgang Sie sind?«

Etwas widerwillig rückte Scheuerlapp damit heraus, daß er 1967 auf die Welt gekommen sei.

»Ach Gottchen, Lappi, dann sind Sie ja volle sechs Jahre jünger als ich!« rief Ringel und patschte Scheuerlapp aufs Knie. »Wenn das so ist, wundert's mich auch nicht mehr, weshalb Sie sich hier Bücher über Sexgier reinziehen! Sie haben eben die Kurve noch nicht gekriegt. Aber ich sag Ihnen eins: Die Sexgier wird Sie eines Tages töten, wenn Sie nicht von ihr loskommen. Glauben Sie mir. Ich bin ein gebranntes Kind. Ich hab gerade noch rechtzeitig meine inneren Werte entdeckt, bevor ich von der Sexgier aufgefressen werden konnte …«

Scheuerlapp erschauerte, und nach der Landung hastete er zum Ausgang.

»Mach's gut, Lappi!« rief Ringel dem Kleriker hinterher. »Und denk dran: Man sieht sich immer zweimal im Leben!«

Ein reich gedeckter Tisch mit dänischem Trendgeschirr und drum herum zwölf italienische Designerstühle … Nein, so konnte das nichts werden, dachte Swami Ganesh und sprach den Hausherrn Lars-Ole Dolgenhain unverblümt darauf an: »Räum das alles wieder ab! Wenn ihr mit euren tiefsten Gefühlen in Kontakt kommen wollt, müßt ihr im Kreis auf dem Boden sitzen. Hast du genug Kissen?«

»Sicher doch«, sagte Dolgenhain. »Ich such sie mal zusammen …«

Er war Senior Kreditreferent bei der Deutschen Bank, und die internationale Mordserie beunruhigte ihn so nachhaltig, daß er an diesem Sonntagabend in seinem Haus in Bad Vilbel eine Selbsthilfegruppe für nervöse Bankangestellte gründen wollte. Zur Unterstützung hatte er Ganesh engagiert, einen freiberuflichen Coach »mit Expertise in systemischer Familienaufstellung, Männerarbeit, Rebalancing und Thai Yoga Bodywork«, wie es auf seiner Homepage hieß. Dolgenhain konnte sich unter alledem zwar nichts Genaueres vorstellen, aber er fand, daß es vertrauenerweckend klang. Und wenn dieser Ganesh einen ebenerdigen Sitzkreis für angemessen hielt, dann sollte es eben so sein.

Von den Kollegen, die er zusammengetrommelt hatte, arbeiteten drei bei der Deutschen Bank und die übrigen bei der Commerzbank, dem Bankhaus Metzler, der BHF-Bank, der Landesbank Hessen-Thüringen, der Mizuho Financial Group, bei Merrill Lynch und bei der DekaBank Deutsche Girozentrale. Unter ihnen allen ging die Angst um, seit das große Bankangestelltensterben begonnen hatte.

Lauter nervöse Wracks, dachte Ganesh, als sie um acht Uhr herum eintrafen. Er forderte die Männer dazu auf, erst einmal ausgelassen zu tanzen, doch dazu war keiner von ihnen aufgelegt. Sie wollten lieber reden.

»Gut«, sagte er, »dann wird geredet! Laßt uns einen Sitzkreis bilden, und jeweils einer von euch geht in die Mitte und spricht. Wer fängt an?«

Ein kreidebleicher Kreditanalyst wagte es als erster. »Ich bin nicht mit allen hier bekannt«, sagte er. »Deshalb will mich kurz vorstellen. Mein Name ist Claus-Stephan Markgraf. Zunächst zu meinem Werdegang: Ich hab schon als Student Analysen zu aktuellen Risikomanagementfällen für die Deutsche Börse Group erstellt, hab an der Frankfurt School of Finance and Management meinen Bachelor of Science in Business Administration gemacht, bin zwei Jahre lang bei der Deutschen Bank als Privatkundenberater tätig gewesen und dann eine Zeitlang auch bei der Deutschen Zentral-Genossenschaftsbank mit dem Schwerpunkt Akquisitionsfinanzierung …«

»Das ist hier kein Bewerbungsgespräch«, sagte Ganesh. »Erzähl uns von deinen Ängsten! Was machen die mit dir?«

»Na, was schon? Sie lassen mich bibbern, ich wache nachts schweißgebadet auf, und als ich neulich im Schaufenster eines Geschäfts für Angelbedarf ’ne Harpune erblickt hab, ist mir beinahe das Herz stehengeblieben!«

»Geht mir auch so!« rief ein Senior Sales Manager, und andere stimmten ein: »Du sagst es, Bruder!« – »Ich erkenne mich darin wieder!« – »Ich auch!«

»Wollt ihr eure Ängste loswerden?« fragte Ganesh.

»Jaaa!« erwiderte die Gruppe wie aus einem Munde.

»Dann macht euch klar, daß die Angst nicht euer Feind ist. Sie ist eine der Türen, durch die ihr in euer wahres Wesen eintreten könnt.«

»Und wie?« fragte Dolgenhain.

»Indem ihr sie zulaßt! Ihr rennt vor eurer Angst davon wie kleine Kinder vor dem Butzemann. Dabei haltet ihr euch doch für Erwachsene! Das seid ihr aber nicht. Ihr seid völlig verkrampft und verkopft. Macht euch mal locker!«

»Und wie?« fragte Dolgenhain abermals.

»Ihr könntet damit anfangen, daß ihr ein paar Stunden lang vergeßt, wer ihr seid. Du da zum Beispiel!« Er zeigte auf einen kahlköpfigen Wertpapiersachbearbeiter, der Benjamin Töpfer-Strohmeyer hieß und eigentlich nur gekommen war, um über die unproduktive Arbeit der SoKo Börsenfieber abzulästern. »Komm mal mit mir in die Mitte! Und du, Claus-Stephan, setzt dich wieder hin und hörst zu!«

Die Banker staunten über dieses ruppige Treatment. Sie hatten etwas Softeres erwartet, aber da sie alle zum erstenmal an einer Selbsthilfegruppe teilnahmen, fehlte ihnen der Vergleichsmaßstab.

In der Mitte stellte Ganesh sich vor Töpfer-Strohmeyer und fragte ihn, ob er diese Woche wieder mal kundenzentrierte Kapitalvorgaben in den Grundfreibetrag der volatilen Hortungsbestände eingepreist habe.

»Ich verstehe Ihre Frage nicht«, sagte Töpfer-Strohmeyer.

Da gebe es auch nichts zu verstehen, sagte Ganesh. »Ich will von dir 'ne Antwort, die genauso unsinnig ist wie meine Frage. Und du kannst mich ruhig duzen. Also?«

»Äh ... dann würde ich sagen, daß ... daß ... daß ich diese Woche mehr damit zu tun gehabt habe, die Eigenmittelanforderungen an das Bonitätsprofil der US-Notenbank anzupassen.«

»Geht doch! Und hast du auch die neuen Terminkontrakte auf die Zinslast-Gewinn-Relation der neuralgischen Bilanzkennziffern abgestimmt?«

»Äh ... nein. Denn die sind ja float-adjusted.«

»Und der kursrelevante Streubesitz an den Inputkosten?«

»Der hat sich in die anleihegestützte Eurozone verlagert.«

»Seht ihr?« rief Ganesh. »Ist doch ganz einfach! Redet jetzt mal alle solchen Unsinn! Hopp, hopp!«

Die ersten Ergebnisse dieser Trainingseinheit nahmen sich noch recht dürftig aus, aber nach Überwindung einiger Anlaufprobleme quasselten die Banker immer fröhlicher von »inflationsbereinigten Anlageklassen«, »kapitalisierten Schuldscheinen auf fiskalpolitische Technologiewerte«, »währungsreformierten Aktienindizes der amortisierten Bundesschatzanweisungen« oder »aufgestockten Marktindikatoren beim Börsengang der renditeorientierten Leitzinserhöhung im Rentenindex«.

Ganesh klatschte in die Hände und feuerte die Männer an: »Laßt alles raus! Ihr macht das großartig! Redet noch schneller! Go, fight, win! Ćevap-, Ćevap-, Ćevapčići!«

So ging es bis Mitternacht. Und es geschah, was keiner der Banker für möglich gehalten hätte: Aus einer Runde eigenbrötlerischer Hasenfüße verwandelten sie sich in eine verschworene Gemeinschaft, in deren Leben wieder ein wenig Sonnenschein fiel.

Die Selbsthilfegruppe traf einstimmig die Entscheidung, in Zukunft jeden Sonntagabend zu tagen.

Gleißendes Licht blendete Frank Schulz und Thomas Gsella. Sie waren von Arturo Miguel Infantes Bütteln arretiert und mit einem Helikopter ohne jeglichen Reisekomfort zu seinem Herrscherhaus im Nordosten von Santiago de Chile verfrachtet worden. Das Anwesen, in dem man ihnen die Kapuzen vom Kopf gerissen hatte, zählte zu den prächtigsten im ganzen Land. Es fehlte weder an Natursteinkaminen noch an Porzellanfußböden und modernen Zahnsteinwasserfiltern, aber davon sahen Schulz und Gsella nichts. Sie knieten im Scheinwerferlicht, mit Handschellen gefesselt, und flehten um Gnade.

Da waren sie bei Infante gerade an den Rechten gekommen. Wenn er ein besserer Gastgeber gewesen wäre, hätte er sie mit Flußkrebspasteten, gebackenen Garnelen, gedämpftem Maisbrei und anderen Spitzenerzeugnissen der chilenischen Küche beköstigen und zum Reden bringen können, doch er zog es vor, mit einer Knochenschere zu arbeiten. Er ging gern auf die Jagd, und danach diente ihm dieses Werkzeug als Aufbrechhilfe beim Zerlegen der erbeuteten Tiere. Es eignete sich aber auch gut zum Durchtrennen menschlicher Nasenknochen.

Ein Dolmetscher machte Schulz und Gsella klar, daß Infante wissen wollte, wo sein Geld geblieben war.

Um zu verdeutlichen, wie ernst er es meinte, brachte Infante die Schere spielerisch in Berührung mit den Augenbrauenbögen und den Nasenwurzeln seiner Gefangenen.

»Tun Sie nichts Voreiliges!« rief Gsella, als die Scherenklingen über seine Wimpern strichen. »Wenn Sie sich was dazuverdienen wollen, können wir Ihnen helfen! Mein Freund Frank und ich wissen ziemlich gut über die Kifferszene in Deutschland Bescheid und wären gern dazu bereit, Ihnen für Ihr erfolgreiches Agieren am Markt in allen Phasen der Wertschöpfung mit Infos zur Seite zu stehen, damit Sie dem Exzellenzanspruch gerecht werden können, den Sie an sich selbst stellen!«

Auch Schulz vermutete, daß der speckige, dem Kartellchef Pablo Escobar ähnelnde Knochenscherenbesitzer ein Drogenboß war, und redete energisch auf ihn ein: »In Deutschland sind wir zwei geschätzte Autoren, und wir können Sie dort quasi zu einem Popstar hochschreiben, wenn wir das wollen. Können wir doch, Thomas, oder?«

»Aber sicher«, erwiderte Gsella. »Ich hab sogar schon absolute Nulpen und Nichtskönner zu Superstars hochgeschrieben!«

»Und ich erst!« sagte Schulz. »In meinen Kriminalromanen spielt ein Volltrottel die Hauptrolle!«

»Und mir«, rief Gsella, »hat die Jury der Georg-von-Vollmar-Akademie in Kochel am See den Waldemar-von-Knoeringen-Preis verliehen!«

Infante verstand bloß Bahnhof, aber weil es ihn amüsierte, wie wortreich diese Menschlein um ihr Leben winselten, beschloß er, ihnen eine Chance zu geben und eine neue Vertriebsmethode mit ihnen zu testen. Er ließ ihnen jeweils einen Plastikbeutel mit einem Pfund Kokain ins Bauchfleisch nähen, und nach dieser schmerzhaften Prozedur befahl er ihnen, sich auf eigene Faust über die argentinische Grenze nach Mendoza durchzuschlagen, zu Ignacio Espíndola, einem Zwischenhändler, der die Ware in einem Ersatzteilgeschäft für Motorräder an der Calle Adolfo beim Busbahnhof entgegennehmen werde.

»Und was ist, wenn wir einfach weglaufen?« fragte Gsella.

»Das würde ich euch nicht raten«, sagte der Dolmetscher und warf seinem Boß einen scheuen Seitenblick zu. »Das Plastik hält nicht ewig. Wenn es sich auflöst, werdet ihr sterben.«

»Na, dann gehen wir doch halt zum nächsten Internisten!« sagte Schulz.

Auch davon riet der Dolmetscher ab. Es gebe weit und breit keinen Arzt, der es riskieren würde, Infante in die Quere zu kommen.

Nun wurde Schulz pampig. »Dann melden wir das eben der Polizei!« rief er aus. »Komm, Thomas! Wir verpetzen diesen Übelmann!«

»Man würde euch als Drogenkuriere einkerkern«, sagte der Dolmetscher. »Und im Knast hättet ihr nichts zu lachen. Der lange Arm meines Arbeitgebers reicht bis in das hinterletzte Provinzgefängnis. Euch bleibt nur eine Wahl: Bringt die Ware nach Mendoza. So schnell ihr könnt!«

6

Auf dem Parkplatz des Supermarkts Lidl an der Bernhard-Nigebur-Straße hatte ein Volvo einen Polo gestreift, die an der Kreisstraße 17 zwischen Esterholz und Lehmke installierte Radarfalle schien kaputt zu sein, und aus Ebstorf wurde gemeldet, daß eine Seniorin versucht habe, mit einem Silvesterböller einen Geldautomaten zu sprengen.

Business as usual, dachte Kommissarin Fischer und nahm ihre Arbeit wieder auf. Diesmal kam es aber böser als gewöhnlich, denn der seit zwei Wochen seinen Dienst im Uelzener Kommissariat verrichtende Polizeimeisteranwärter Jannik Schüsterhusen wünschte sich eine »vertrauliche Unterredung«.

Das verhieß nichts Gutes. Es war Ute nicht entgangen, daß er jedesmal seinen Brustkorb aufblähte, wenn er sie sah. Wäre er ein Froschlurch gewesen, hätte er zweifellos auch seinen Kehlsack ausgestülpt, um ihr zu imponieren. Sie war jedoch nicht scharf auf diesen Stöpsel.

»Ich gebe Ihnen zwei Minuten«, sagte sie, als er in ihr Büro trat. »Worum geht's?«

Schüsterhusens Einundzwanzigjährigkeit hatte etwas Erbarmungswürdiges, aber die Fischerin sparte sich ihre mütterlichen Gefühle dann doch lieber für Grietje, Gerreltje und Galtje auf.

»Also, verehrte Frau Hauptkommissarin«, hob Schüsterhusen an und holte tief Luft, »Sie haben mir ja gesagt, daß ich mich um die Radarfalle an der K17 kümmern soll, aber ich denke, daß – «

»Sagen Sie das bitte nie wieder.«

»Was?«

»Sagen Sie bitte nie wieder ›Ich denke, daß‹. Sagen Sie stattdessen bitte ›Ich glaube, daß‹ oder ›Ich nehme an, daß‹ oder ›Ich habe den Eindruck, daß‹. Jeder, der ›Ich denke, daß‹ sagt, gibt damit zu erkennen, daß er zu viele schlecht synchronisierte US-amerikanische Spielfilme gesehen hat. Wenn da im Original jemand ›I think that‹ sagt, wird daraus in der deutschen Synchronfassung unweigerlich ›Ich denke, daß‹, obwohl ›Ich glaube, daß‹ viel besser wäre. Mir hängt dieses ›Ich denke, daß‹ bereits seit Jahren zu beiden Ohren raus. Ich kann's einfach nicht mehr hören. Haben Sie das kapiert?«

»Äh – ich glaube, ja.«

»Gut. Weiter im Text. Sie glauben, daß …«

Schüsterhusen sammelte sich und setzte neu an: »Was ich sagen wollte, ist, daß ich glaube, daß es in unserer Stadt Verdachtsmomente gibt, die Sie und ich ein bißchen ernster nehmen sollten als den gängigen Kleinscheiß …«

»Dann mal raus damit.«

Nun fing Schüsterhusen Feuer. »Sie haben doch auch nicht immer nur Papierkram erledigt, Frau Hauptkommissarin! Sie haben einen Serienmörder gejagt, und dann haben Sie sogar mit dem Sultan von Brunei die Säbel gekreuzt! Und da verlangen Sie von mir, daß ich nachsehen soll, ob die Radarfalle an der K 17 noch funktioniert? Ich sag's Ihnen: In unserer kleinen Stadt ist ein viel heißeres Ding am Laufen. Sie kennen doch das Helios-Klinikum …«

»Ja. Da habe ich meine Kinder zur Welt gebracht.«

»Und Sie wissen auch, was ein Anagramm ist? So mit Buchstabenvertauschen?«

»Kommen Sie bitte zur Sache, Herr Schüsterhusen. Sie haben noch zwanzig Sekunden.«

»Wenn Sie die Buchstaben des Namens ›Helios-Klinikum‹ umstellen, dann ergibt sich das Anagramm ›Kill Simonie Kuh‹.« Seine Blicke flackerten wie Propangasflammen. »Noch Fragen?«

»Ja. Wer ist Simonie Kuh?«

»Das«, sagte Schüsterhusen triumphierend, »ist der springende

Punkt. Es gibt sie nicht! Man kann sie jedenfalls nicht googeln. Und daraus schließe ich, daß sie ermordet worden ist.«

Warum, fragte Ute sich, wuchsen in Uelzen nicht gelegentlich auch mal Polizisten nach, die ein klein wenig mehr auf dem Kasten hatten?

»Ein anderes Anagramm wäre ›Kill Heino-Musik‹«, sagte sie. »Haben Sie das auch schon bedacht?«

»Nein, aber das ist ein interessanter neuer Aspekt! Wenn Sie wollen, gehe ich der Sache nach …«

»Vergessen Sie's. Die einzige Sache, derer Sie sich heute annehmen werden, ist die defekte Radarfalle an der K17. Wenn Sie es noch einmal wagen sollten, mich auf den Mord an Simonie Kuh anzusprechen, werde ich Sie mit meinem Brieföffner kastrieren. Und jetzt raus. Ich hab zu tun.«

Rote Flecken malten sich in Schüsterhusens Aknefarm, als er das Büro der Hauptkommissarin verließ. Du Schlampe, dachte er. Dir werd ich's zeigen!

Michael Ringel jubelte das Herz. Er saß im noblen Jack Diamond Club in Bogotá an der Bar vor einem Kokosnußcocktail und schmachtete die Autogrammkarten an, die er bei seinem Börsenbesuch ergattert hatte: Che Guevara! Jodie Foster! Kenneth Kaunda! Wolfgang Mischnick! Tschou En-lai! Arno Schmidt! Caterina Valente! Joop den Uyl! Und – es war kaum zu glauben – Elisabeth Flickenschildt! Auf ein Autogramm dieser großen alten Dame des deutschen Films war er versessen gewesen, seit er sie als dreizehnjähriger Fernsehzuschauer in »Romanze in Moll« angehimmelt hatte. Nur wegen ihr war er in seiner Jugend eines Nachts zum niederrheinischen Wasserschlößchen Moyland gepilgert, wo einst die Edgar-Wallace-Filme mit ihr gedreht worden waren, und hatte im verwunschenen Garten des verfallenen Schlosses darauf gewartet, daß sie durchs Unterholz brach …

Wellen der Glückseligkeit strömten von Ringel in alle Richtungen und überflossen auch Isabel Mercedes Hoyos, eine Schönheit von Ende zwanzig. Zwei Stunden zuvor hatte sie sich mit ihrem Vater überworfen, weil er sie aus geschäftlichen Gründen zum Ehebund mit einem begüterten Schwachkopf zwingen wollte. Sie war aufgewühlt, und das Fluidum, das von Ringel ausging, sprach sie an. Diesen gutaussehenden, sichtlich vom Erfolg verwöhnten Mann wollte sie heute nacht erobern.

Sie ging auf ihn zu und fragte, ob sie ihm Gesellschaft leisten dürfe: »¿Puedo hacerle compañía?«

»Oh, äh – ja, klar«, sagte Ringel. Es fiel ihm nicht leicht, sich vom Anblick seiner Autogrammkarten loszureißen.

»Wie ich höre, sind Sie Deutscher«, stellte Isabel fest und nahm neben ihm Platz. »Freut mich! Ich hab in Deutschland Betriebswirtschaftslehre studiert.«

»Ach nein! Und wo?«

»In München. Globe Business College. Haben Sie Feuer?«

»Ja, aber hier ist das Rauchen leider verboten, Señora!«

»Würden Sie mir denn in meinem Schlafzimmer Feuer geben, Fremder? Wenn Sie mich dorthin begleiten dürften?«

Ringel zögerte. Einerseits fühlte er sich geschmeichelt, und andererseits wollte er am nächsten Vormittag bei der Versteigerung einer Autogrammkarte der Schauspielerin Gina Lollobrigida mitbieten.

»Wo wohnen Sie denn?« fragte er.

»Im Stadtteil Santa Bárbara. Nur fünf Kilometer von hier. Und mein Apartment ist so groß, daß ich mich dort oft sehr einsam fühle …«

Ringel richtete sich auf. Als Journalist und Gentilhomme hatte er sein Leben lang für alle Underdogs gefightet, und er wollte auch dieser Person beistehen, selbst wenn ihn das die Möglichkeit des Zugriffs auf das Autogramm von Gina Lollobrigida kosten sollte.

Folgsam wie ein Schaf lief er Isabel Mercedes Hoyos hinterher, begleitete sie in ihrer privaten Stretchlimousine nach Santa Bárbara und kam auf einen Absacker mit hoch in die Wohnung.

»Fesches Büdchen«, sagte er und warf im Wohnzimmer einen Blick durch die zwanzig Quadratmeter große Panoramascheibe. »Meine Fresse! So erhaben sieht also Bogotá bei Nacht aus! Gibt's hier auch einen Balkon?«

»Aber ja, mein Liebster«, rief Isabel ihm aus der Küche zu. »Die Balkontür findest du zu deiner Linken im Billardzimmer. Geh ruhig vor. Ich komm dann gleich mit den Drinks!«

In Ringels zentralem Nervensystem herrschte ein reger Botenstoffverkehr, und die würzige Abendluft tat ein übriges, als Isabel mit zwei Gläsern Daiquiri auf den Balkon trat. Sie duftete nach L'Interdit von Givenchy, einem beispiellosen, furchtlosen Parfüm für die moderne Frau. Ringel nahm darin einen weißen floralen Akkord in Verbindung mit einem dunklen rauchigen wahr. Schockierend und hoch verführerisch. Der weiße Akkord – Orangenblüten, arabischer Jasmin und Agave – vermischte sich mit dunkleren mysteriösen Noten von Patchouli, Süßgras und Trauerzypresse.

»Soy tuyo de pies a cabeza«, sagte Isabel. *Ich bin dein von Kopf bis Fuß.* »¡Salud!«

Als die Gläser geleert waren, schmiß sie ihres auf den Boden, umarmte Ringel, küßte ihn und hauchte ihm ins Ohr: »¡Hazme feliz, caballero mío!« *Mach mich glücklich, mein Ritter!*

Das war eine Sprache, die Ringel verstand, obwohl er nie einen Spanischkurs besucht hatte. O ja, er würde Isabels Wünsche erfüllen! Der Teufel der Fleischeslust bemächtigte sich seiner und versetzte ihn in einen achtunggebietenden Zustand, der bis zur Morgenröte anhielt. Die süßen Tollheiten, die er mit Isabel trieb, sprengten jedes Maß, und in dieser Liebesnacht begriff sie, daß es für sie nur einen einzigen Mann geben konnte: Michael Ringel.

Sie telefonierte einen Priester herbei, und bevor der beschwipste Ringel mitbekam, was hier eigentlich vor sich ging, wurde er mit Isabel Mercedes Hoyos vermählt und trat mit ihr in den heiligen und unauflöslichen Stand der Ehe ein.

»Riesenbusch«, sagte Riesenbusch. »Die Leitung ist sicher, Herr Gerold. Sind Sie in dieser Raclette-Sauna gewesen?«

»Ja«, sagte Gerold. »Und ich habe die Information aufgeschnappt, daß der Schwiegersohn von Nikolaus Eysack zu einer Konferenz eingeladen worden ist, die in einem Palazzo in Palermo stattfinden soll.«

»Gut. Da müssen Sie sich reinschmuggeln.«

»Ach ja? Und wie soll ich das tun? Ich bin doch nicht Fantomas!«

»Können Sie Italienisch?«

»Nur ein paar Brocken.« Gerold errötete, als er das sagte. In seinen Formationsjahren war er in die Schauspielerin Claudia Cardinale verliebt gewesen. In der verwegenen Hoffnung, irgendwann um ihre Hand anhalten zu können, hatte er in der Studiengemeinschaft Darmstadt einen Fernkurs in Italienisch belegt. Bereits im ersten Semester hatte er sich jedoch in die Sängerin Annette Humpe verliebt und das Italienisch-Studium abgebrochen, aber manches war hängengeblieben.

»Besinnen Sie sich auf diese Brocken«, sagte Riesenbusch. »Ich weiß zufällig aus einer amerikanischen Quelle, daß der Palazzo, von dem Sie gesprochen haben, dem Mafiaboß Peppone Romani gehört. Dem Capo di tutti Capi. Und dieser Mann sucht zur Zeit nach einem Deutschlehrer für seinen neunzehnjährigen Sohn Lorenzo, weil der auf seine künftigen Geschäftsfelder im deutschsprachigen Raum vorbereitet werden soll. Ich werde für Sie ein Vorstellungsgespräch in Romanis Haus arrangieren. Dann können Sie diesem Lorenzo Deutschunterricht geben und nebenbei Ihre Lauscherchen aufsperren. Dafür brauchen Sie natürlich eine neue Identität. Ich werde einen Sonderkurier mit den Papieren losschicken, die Sie benötigen. Ab sofort sind Sie Hans-Peter Lobbel, ledig, gebürtig in Lübeck, Sternzeichen Wassermann und von Beruf Logopäde.«

»Hans-Peter Lobbel? Ich bitte Sie! Hat das BKA keine schöneren Tarnnamen frei?«

»Seien Sie froh, daß wir auf die Schnelle überhaupt einen für Sie ausgraben konnten! Der Kurier wird Ihnen auch ein Handy mitbringen und Ihnen eine Nummer nennen, über die ich zu erreichen bin. Herr Gerold, ich zähle auf Sie! In Uelzen sind Sie immer mein bester Mann gewesen!«

Nun fängt er wahrscheinlich gleich wieder mit der alten Buchsbaumzünslergeschichte an, dachte Gerold, und er lag richtig.

»Wissen Sie noch, wie wir in Uelzen die Bande unterwandert haben, die vorsätzlich Buchsbaumzünsler in den Vorgärten angesiedelt hat?« fragte Riesenbusch. »Das war doch ein voller Erfolg …«

Die Story war damals drei Tage lang in den Schlagzeilen der *Allgemeinen Zeitung der Lüneburger Heide* gewesen.

»Ja, schon«, sagte Gerold. »Aber das waren ja nur Kleinkriminelle!«

»Hängt von der Perspektive ab. Aus meiner Sicht sind alle Kriminellen nur Kleinkriminelle. Mogeln Sie sich in das Haus von Peppone Romani, und dann erstatten Sie mir Bericht. Auf Wiederhören!«

Na, da wird Ute sich aber freuen, dachte Gerold.

Viele Stunden hatten Frank Schulz und Thomas Gsella an einer Auffahrt der Autopista Los Libertadores schon vergeblich den Daumen rausgehalten. Es war gar nicht so weit nach Mendoza, nur rund 360 Kilometer, aber niemand wollte diese beiden Vogelscheuchen mitnehmen.

»Wenn ich nicht bald 'ne Mahlzeit kriege, fall ich um«, sagte Schulz.

»Ich auch«, sagte Gsella. »Vielleicht können wir uns ja 'n paar Mäuse als Straßenmusikanten verdienen. Kannst du irgendwas singen?«

Schulz dachte nach und zählte sein Repertoire auf: »Ännchen von Tharau«, »A Whiter Shade of Pale« und »Ich wünsch mir 'ne kleine Mietzekatze«.

»Müßte reichen«, sagte Gsella. »Und ich blas dazu was auf 'm Kamm!« Er blickte sich um. »Da vorn ist 'ne Drogerie. Geh da mal rein und tu so, als ob du 'ne Herzattacke hättest …«

Es war ein beschämend schlechtes Schauspiel, das Schulz bot, als er in dem Geschäft einen Herzinfarkt simulierte, doch es glückte Gsella, währenddessen unbemerkt einen Kamm zu stibitzen, und eine halbe Stunde später sah man das Duo in Santiago de Chile am Straßenrand stehen und musizieren.

»Krankheit, Betrübnis, Verfolgung und Pein«, sang Schulz, »soll unsrer Liebe Verknotigung sein …« Und: »Ännchen von Tharau mein Licht, meine Sonn – mein Leben schließ ich um deines herum!«

Der Ladendieb Gsella blies dazu so furios auf dem Kamm, daß wahrhaftig einige Pesos zusammenkamen.

Bei »A Wither Shade of Pale« legte Schulz sich noch stürmischer ins Zeug. »We skipped the light fandango«, sang er voller Glut, »turned cartwheels 'cross the floor … I was feeling kinda seasick … But the crowd called out for more …«

Viel mehr war gar nicht nötig. Binnen einer halben Stunde hatten Schulz und Gsella ein Vermögen erspielt, für das sie sich zwei Schinkenbrötchen und eine Literflasche Mineralwasser kaufen konnten.

»Ich frag mich ja, wie wir ohne Pässe über die argentinische Grenze kommen sollen«, sagte der andächtig kauende Gsella, während sie auf dem Bürgersteig saßen. »Sollten wir uns nicht doch besser an die deutsche Botschaft wenden?«

Schulz hielt das für zu riskant. »Da hat dieser Mafioso doch garantiert auch seine Spione! Und ich würde wetten, daß sich in den Kokainbeuteln, die er uns eingenäht hat, irgendwelche GPS-Tracker befinden, mit denen er uns orten kann. Ich sag's ja nicht gern, Thomas, aber ich fürchte, daß uns keine andere Wahl bleibt. Wenn unser Leben uns lieb ist, müssen wir uns irgendwie nach Mendoza durchschlagen …«

Von links rauschte bei diesen Worten ein Pizzabote auf einem E-Bike heran, wich einem Wildkaninchen aus, kollidierte mit einem Laternenmast und blieb auf der Straße liegen.

Schulz und Gsella liefen zum Unfallort, um dem Mann Erste Hilfe zu leisten, doch nachdem sie sich davon überzeugt hatten, daß er nur leicht verletzt war, ergriffen sie die Gelegenheit beim Schopf und stahlen dem Pizzaboten sein Fahrrad. Schulz schwang sich auf den Sattel und Gsella auf den Gepäckträger, und sie nahmen Kurs auf Argentinien.

Als den beiden Abenteurern nun der Fahrtwind um die Nase fegte, fiel Schulz ein, daß er ja noch viele andere Songs kannte, und er sang sie gemeinsam mit Gsella: »Born to Be Wild«, »Highway 61 Revisited«, »Riders on the Storm« und »All Along the Watchtower«.

Outside in the distance a wildcat did growl
Two riders were approaching, the wind began to howl …

Je höher hinauf es in die Berge ging, desto kräftiger mußte Schulz in die Pedale treten, denn dem E-Bike-Motor war der Saft ausgegangen. Gsella wiederum fiel es zusehends schwerer, seine langen Beine so weit abzuspreizen, daß sie keine Bodenberührung aufnahmen. Er litt an Muskelkrämpfen in beiden Oberschenkeln. Das ist kein romantisches Roadmovie mehr, dachte er. Das ist ein Horrortrip!

Es erwies sich jetzt als Glücksfall, daß Schulz und Gsella vor Kap Hoorn ihre Brillen verloren hatten und daher nicht genau erkennen konnten, wie schroff die Anden sich vor ihnen auftürmten. In Reisereportagen wurde diese Landschaft oft für ihren Abwechslungsreichtum gelobt, doch in Wirklichkeit handelte es sich schlichtweg um eine Ansammlung der unansehnlichsten und unwirtlichsten Buckel, die das Erdreich zu bieten hatte. Selbst Bergziegen mieden diese Gebirgsregionen, und kein Pflanzensamen mochte hier Fuß fassen.

Unter tückischen Zirruswolken quälte Schulz sich mit seinem Beifahrer Gsella über eine teuflisch lange Serpentinenstrecke auf rund dreitausend Meter über dem Meeresspiegel hoch und bog dann auf eine schotterige Nebenstrecke ab, den »Paso de la Cumbre«, der schon viele Verkehrsteilnehmer das Leben gekostet hatte. Rechter Hand gähnten Abgründe, wie Gsella sie sonst nur aus den Bergsteigerfilmen »Cliffhanger«, »Vertical Limit« und »Erlebnisse am Matterhorn« kannte. Auch der Klassiker »Lohn der Angst« kam ihm in den Sinn, als das Hinterrad in einer Kurve einmal über eine Straßenkante rutschte, hinter der es einen Kilometer weit nach unten ging.

Schulz schwitzte aus allen Knopflöchern, und es machte die Sache nicht besser, daß Gsella in einem fort schrie, weil er seine Höhenkolleritis nicht unter Kontrolle bekam. Schon als kleiner Junge hatte er beim Blick aus dem Küchenfenster der im zweiten Stock gelegenen elterlichen Wohnung im Essener Arbeiterviertel Borbeck Schwindelanfälle erlitten, und als Ü60er wäre er freiwillig nicht einmal mehr auf eine dreistufige Trittleiter gestiegen. Um so schrecklicher war es für ihn, hier in jeder neuen Haarnadelkurve dem Tod ins Auge blicken zu müssen.

Von Gsellas Geschrei war Schulz schon fast ertaubt. Sein sechster Sinn war aber noch intakt und sagte ihm, daß die argentinische Grenze nicht mehr fern sei. Vielleicht lag sie bereits hinter der nächsten Bergkuppe.

Dann brechen wir da einfach durch, dachte Schulz. Anders geht's ja auch gar nicht!

Den argentinischen Grenzpolizisten bereitete es jedoch keine Mühe, das E-Bike mit einem Reifenkiller zu stoppen und die beiden verdächtigen Herren in Gewahrsam zu nehmen, nachdem sie mit Schmackes auf der Nase gelandet waren.

Michael Ringel verdutzte es, daß er auf einmal der Ehemann einer Kolumbianerin sein sollte. »Bist du dir auch ganz sicher, daß wir geheiratet haben?« fragte er Isabel, und sie trat den Beweis an, indem sie Ringel ein Video der Trauungszeremonie vorführte.

Was nun? dachte er. Ich hab ja immer noch Verpflichtungen in Deutschland!

»Wärst du denn willens, mich nach Berlin zu begleiten?« fragte er seine Braut. »Weißt du, ich hab in Berlin 'ne Stelle als Redakteur, und ich muß da, ehrlich gesagt, schon übermorgen wieder meinen Dienst antreten …«

Glockenhell lachte Isabel auf. Auch ihr erster Ehemann, ein Franzose, hatte Heimweh gehabt, und seit zwei Wochen ruhte seine einzementierte Leiche im Fundament eines Klosterneubaus in Buenaventura.

»Wie darf ich dein Lachen verstehen?« fragte Ringel.

»Vergiß Berlin, mein Mäuschen«, sagte sie und drückte ihm einen Kuß auf die Lippen. »Du bleibst bei mir. Und jetzt mußt du erst einmal meine Familie kennenlernen. Danach können wir deine berufliche Zukunft erörtern.«

Um des lieben Friedens willen gab Ringel nach. Als Radikalpazifist löste er Konflikte meistens dadurch, daß er ihnen aus dem Weg ging. Auf diese Weise hatte er sich unzählige Beziehungsdiskussionen erspart.

Per Limousine und Privatjet ging die Reise nach Cartagena und mit einer anderen Limousine weiter zu einer Finca an der kolumbianischen Karibikküste. Ringel hatte sich zwar schon gedacht, daß Isabel aus recht gut geordneten Verhältnissen stammte, aber auf das, was ihn dort erwartete, war er nicht gefaßt: Schwerbewaffnete Söldner filzten ihn, bevor er Isabel ins Haus folgen durfte, und dann überwältigte ihn die glanzvolle Innenausstattung. Edle Lederfauteuils, goldfarbene Tapeten und seidene Wandbehänge schufen einen spannenden Eklektizismus, strukturierte Stoffe in beigen Nuancen umhüllten das Sitzmobiliar, gekonnt gesetzte Lichtquellen kreierten eine stark akzentuierte Atmosphäre, und das sorgfältige Design der Teppiche aus einer feinen Seide-Wolle-Kombination bildete einen formschönen Abschluß und verlieh den Räumen ein harmonisches Ambiente.

»Sieht ja doll aus«, sagte Ringel. »Aber kriegt man hier auch was zu trinken?«

Im selben Moment öffnete sich eine Flügeltür, und Don Alonso Hoyos schritt hindurch. Funkelnde Großkreuze und Bruststerne zierten seinen Torso, der einem Weinfaß glich. Vom Kinn aufwärts sah Hoyos aber etwas ungemütlicher aus. Es ging sogar das Gerücht um, daß er in dritter oder vierter Generation von einem Krokodil abstamme.

Davon wußte Ringel nichts, aber er dachte sich sein Teil, als der alte Mann ihn musterte.

»Gestatten: Ringel!« sagte Ringel und streckte die rechte Hand aus. »Sehr angenehm!«

Don Hoyos schlug jedoch nicht ein. Er fragte seine Tochter, wer dieser Gringo sei.

»Es mi marido«, sagte Isabel. *Er ist mein Ehemann.*

Don Hoyos seufzte und fragte sie, ob er ihn erschießen dürfe.

»¡No, por favor, padre, no!« rief Isabel. »¡Es como las niñas de mis ojos!« *Er ist mein Augenstern!*

»¿Y por qué traes a ese hijo de puta?« *Und weshalb schleppst du diesen Hurensohn hier an?*

»¡Porque le amo, padre. Por favor, dale una oportunidad!« *Weil ich ihn liebe, Vater. Bitte, gib ihm eine Chance!*

Don Hoyos kannte die Kurzlebigkeit der leidenschaftlichen Gefühle seiner Tochter und machte sich nicht die Mühe, ihr zu widersprechen. Er sagte, der Gringo solle sich um das Geschäft mit den Melonen kümmern, und wenn er den Profit im kommenden Monat um zweihundert Prozent steigern könne, sei alles in Butter.

»¡Gracias, padre mío!« rief Isabel, sank auf die Knie und küßte ihrem Vater beide Hände.

Ringel kam das alles spanisch vor, doch er entspannte sich, als Don Hoyos ihn in die Arme schloß, ihm auf die Schulter klopfte und ihm zurief: »¡Bienvenido a mi familia!«

Über die Herzlichkeit der lateinamerikanischen Völker hatte Ringel bereits viel gelesen und gehört, und es rührte ihn, daß er sie jetzt am eigenen Leibe spüren durfte. »Da nich' für, mein Alterchen«, erwiderte er. »Ich werde Isabel glücklich machen. Komme, was da wolle!«

Die Fischerin schäumte. Wie sie gerade erfahren hatte, war ihrem Vater in Boekzeteler Hoek schon wieder eine Schubkarre gestohlen worden – nunmehr bereits die vierte seit 1958 –, und es gab noch viele andere Ärgernisse: Gerold ging auf eine gefahrvolle Mission nach Sizilien, in der Gemeinde Oetzen brannte ein Schweinestall, im Museumsdorf Hösseringen hatte ein Exhibitionist die Hosen heruntergelassen, und der Polizeimeisteranwärter Schüsterhusen glaubte eine neue Spur gefunden zu haben.

»Sehen Sie sich doch mal das Uelzener Stadtwappen an, Frau Hauptkommissarin«, sagte er und legte ihr eine Farbkopie davon vor. »Fällt Ihnen da nichts auf?«

»Nein.«

»Dann schauen Sie mal genauer hin. Da steht dieser Löwe zwischen drei Bäumen. Am I right? Und seinen Schweif schlängelt er um den dritten Baum von links. Ahnen Sie, worauf ich hinauswill?«

»Nein.«

»Als Wappentier symbolisiert der Löwe von alters her Königlichkeit und einen bedingungslosen Machtanspruch, während sein Schweif laut C.G. Jung für die weiblichen Funktionsbereiche der Seele steht, aber das ist hier jetzt nicht so wichtig wie der dritte Baum von links. Verstehen Sie? Dritter Baum – DB! Wie Deutsche Bahn! Die Spur führt also direkt zum Hundertwasser-Bahnhof! Was meinen Sie – soll ich mich da mal auf die Lauer legen?«

»Ja, tun Sie das«, sagte Ute, um Schüsterhusen loszuwerden. »Und achten Sie auch auf Ufos!«

7

Im Beichtstuhl der Kathedrale der Unbefleckten Empfängnis in Bogotá schüttete der aus Mendoza angereiste Drogenhändler Ignacio Espíndola sein Herz aus, und ein Blut und Wasser schwitzender Simultandolmetscher, der hier entgegen dem Ritus mitwirkte, übersetzte die Beichte ins Deutsche: »Ich habe gesündigt, denn ich bin böse auf einen Freund, der zwei unwürdigen Menschenkindern aus Deutschland leichtfertigerweise Wertsachen anvertraut und diesen

Bestien dadurch die Möglichkeit eröffnet hat, gegen das siebente Gebot zu verstoßen und uns beide zu bestehlen. Das weckt Rachegelüste in mir, die ich als frommer Gottessohn nicht gutheißen kann. Glauben Sie mir, Padre, diesen deutschen Halunken werde ich jeden Knochen einzeln brechen! Und dann werde ich sie häuten, vom Scheitel bis zur Sohle, und ihnen Batterieflüssigkeit zu trinken geben, bevor ich sie mit Benzin übergieße und in Brand stecke. Aber vorher werde ich sie ihr eigenes Gekröse verzehren lassen!«

»Na, na, na«, sagte der Beichtvater Korbinian Scheuerlapp. »Man kann so etwas doch auch gütlich regeln.«

»¡No en el sector de mi negocio!« rief Espíndola, und der Dolmetscher übersetzte: »Nicht in meiner Branche!«

Scheuerlapp schaute auf die Uhr. Bereits in fünf Minuten sollte er dem kolumbianischen Großunternehmer Don Alonso Hoyos die Beichte abnehmen, und es bestand die Hoffnung, daß Hoyos sich dafür mit einer Millionenspende an die römisch-katholische Geldwäschefabrik Opus Dei revanchierte …

Der Geschäftsbereich, in dem er arbeite, führte Espíndola aus, sei nichts für Weichlinge. Das müsse auch ein Priester verstehen. Man könne da nicht einfach die andere Wange hinhalten. Da heiße es, Auge um Auge und Zahn um Zahn, und so stehe es doch auch in der Bibel!

»Gewiß, mein Sohn«, sagte Scheuerlapp. »Aber bereust du denn, daß du Böses getan und Gutes unterlassen hast?«

»¡Sí, por cierto!« schrie Espíndola. Er bereue es zutiefst, daß er jemals an das Gute im Menschen geglaubt habe!

Scheuerlapp ließ das gelten. Als Buße erlegte er Espíndola eine Wallfahrt zur Basilika Unserer Lieben Frau von Guadalupe in Mexiko-City auf und sprach ihn im Namen des Vaters, des Sohnes und des Heiligen Geistes von seinen Sünden los.

Damit konnte Espíndola leben. In Mexiko-City hatte er sowieso noch dies und das zu erledigen. Er trollte sich und gab die Kathedralenklinke Don Alonso Hoyos in die Hand, der auch etwas zu beichten hatte: Er hege, sagte er, rein gefühlsmäßig ein tiefes Mißtrauen gegen seinen neuen Schwiegersohn, einen deutschen Journalisten namens Michael Ringel. Dieses Männlein wirke durch und durch flatterhaft, kindisch und unseriös.

Michael Ringel? Klingelte da nicht was? Ja, Scheuerlapp meinte sich zu entsinnen, daß Ringel in der *taz* geschrieben hatte:

Scheuerlapp reimt sich nicht umsonst auf Schmierlapp und papperlapapp.

»Vor diesem Mann sollten Sie auf der Hut sein«, sagte Scheuerlapp zu Don Hoyos. »Er genießt in Deutschland einen außerordentlich schlechten Ruf. Bekanntgeworden ist er überhaupt nur durch Verleumdungskampagnen gegen die Würdenträger der katholischen Kirche …«

Auf Don Hoyos' Frage, ob er Ringel abservieren solle, gab Scheuerlapp jedoch eine ausweichende Antwort: »Stellen Sie ihn lieber kalt. Vielleicht kann er uns noch nützlich sein!«

Ein argentinischer Drogenspürhund hatte die Kokainbeutel in den Bäuchen von Frank Schulz und Thomas Gsella erschnuppert, und in einem Hinterzimmer hatte ein Chirurg, der nicht zu den größten Kapazitäten seines Fachs gehörte, die Beutel herausoperiert und die Wunden notdürftig wieder verschlossen. Danach waren Schulz und Gsella in ein Militärgefängnis überstellt worden.

Es ging ihnen schlecht, aber sie hätten es noch schlechter treffen können, denn vorläufig lagen sie in der Krankenstation in einem bereits drei Wochen zuvor entlausten Doppelstockbett.

Schulz, der oben lag, klagte über Kopfweh und die Eitermassen, die aus seinen Nähten suppten.

»Nimm's nicht so schwer, Frank«, rief Gsella ihm von unten zu. »Du durchläufst einfach gerade die zweite Phase einer unspezifischen Reaktionssequenz, die der Biochemiker Hans Selye als das ›allgemeine Anpassungssyndrom‹ bezeichnet hat.«

»Sag bloß!«

»Laut Selye«, fuhr Gsella fort, »löst starker Streß beim Menschen in der ersten Phase eine Alarmreaktion aus. Die zweite Phase ist das

Stadium des Widerstands und die dritte das Stadium der Erschöpfung. Im Idealfall erhöht sich der Neurochemikalienspiegel durch die Ausschüttung der Streßhormone dabei allerdings nur so weit, daß man nicht kollabiert, sondern zu Höchstleistungen imstande ist.«

»Aber du hast doch gerade erklärt, daß die dritte Phase das Stadium der Erschöpfung ist! Wie soll ich denn 'ne Höchstleistung erbringen, wenn ich jetzt in der zweiten Phase bin und mir die dritte erst noch bevorsteht?«

Da mußte Gsella passen. »Ich wollte uns doch bloß aufmuntern«, sagte er und versank in jenes brütende Schweigen, das er aus schlechten Kriminalromanen kannte. Seine Gedanken irrten nach Aschaffenburg ab, zu den Grillkartoffelscheiben mit Salatsträußerln, die man im Gasthof Schlappeseppel wahlweise mit Paprikamousse, geschmälzter Leberwurst oder Speck und Kräuterquark servierte. In guter Erinnerung waren Gsella auch die geräucherten Spessartforellen geblieben, die Semmelknödel mit gemischten Schwammerln in Rahmsoße, die Käsespätzle mit Bergkäse, Butter und Schmorzwiebeln und nicht zuletzt der Wildschweinbraten aus der Kräuterbierbeize. Dazu drei oder vier Radler und ein Zwetschgenbrand – was brauchte der Mensch noch mehr?

»Schläfst du schon, Frank?« fragte Gsella.

»Leider nicht.«

»Und bist du so hungrig wie ich?«

»Ich kann zwar nicht beurteilen, ob mein Hunger so groß ist wie deiner«, sagte Schulz, »aber ich versichere dir, daß meiner bereits vor Stunden das XXL-Format überschritten hat …«

Nach ihrer Einlieferung in das Gefängnis hatten Schulz und Gsella nur jeweils einen Viertelliter Wachsbohnensaft und zahlreiche Ohrfeigen erhalten.

»Wir könnten uns in die Kantine schleichen und den Kühlschrank leer fressen«, sagte Gsella.

»Lauern da denn keine Heckenschützen?«

»Weiß ich nicht, aber auf einen Versuch würde ich's ankommen lassen …«

»Thomas«, sagte Schulz, »du bist einer der wenigen Männer, zu denen ich jemals volles Vertrauen gehabt habe. Die anderen beiden sind John Wayne und Obelix. Wie lautet dein Plan?«

»Mein Plan ist, daß wir alles aufessen, was wir finden können«, sagte Gsella. »Aber wir müssen auf Zehenspitzen gehen, damit wir die Wachen nicht wecken!«

Still und leise stiegen die beiden Häftlinge aus dem Doppelstockbett. Sie trugen nur OP-Hemdchen und schlichen barfüßig zur Zimmertür, die natürlich verriegelt war.

»Und was jetzt?« fragte Gsella.

Schulz meinte, daß sie es dann eben mit dem Fenster versuchen sollten.

»Wie, mit dem Fenster versuchen? Erstens ist das vergittert, und zweitens bin ich kein Fassadenkletterer!«

Doch Schulz hörte nicht auf ihn. Er öffnete das Fenster und rukkelte an dem davor angebrachten Eisengitter, das sofort nachgab, weil es morsch war. Es ließ sich kinderleicht aus der Mauer herausbrechen.

»Hier haste dein Gitter«, sagte Schulz und warf es auf den Fußboden. »Mir nach!«

Eine Handbreit unterhalb des Fensters verlief außen an dem Gebäude ein schmaler Sims, auf dem man sich vorantasten konnte, wenn man geschickt war. Gsella faßte darauf Fuß, schob sich einen halben Meter nach rechts und rief Schulz zu: »Jetzt du!«

Man muß dabei berücksichtigen, daß diese Operation im sechzehnten Stockwerk des Gefängnisbaus vonstatten ging. Es war nicht jedermanns Sache, in einer solchen Höhe an der Außenseite eines Hauses herumzuturnen, und Schulz und Gsella wären dazu auch gewiß nicht bereit gewesen, wenn sie der Hunger nicht so arg gepeinigt hätte.

»Hier lang, Thomas«, sagte Schulz und tappte vorwärts.

»Bist du dir sicher, daß es da zur Kantine geht?« fragte Gsella, als er draußen auf dem Sims stand und das Gleichgewicht zu halten versuchte.

Erst jetzt fiel Schulz auf, daß er keinen Schimmer hatte, wo die Kantine war, doch er wollte Schulz nicht entmutigen und rief ihm deshalb zu: »Na klar! Wir müssen nur um die Hausecke rum!«

Gsella zitterte hinter ihm her, preßte sich eng an die Hauswand und vermied es, nach unten zu schauen. Er hatte ein flaues Gefühl im Magen, und seine nackten Zehen krümmten sich bei jedem vorsichtigen Schritt auf dem Sims.

»Ich kann schon das Kantinenfenster sehen!« rief Schulz, als er um die Ecke lugte. Doch das war eine Lüge, und dann sprang ihn ein Weißrüssel-Nasenbär an, dessen Weibchen soeben etwas weiter oben in einem Hohlraum unter der Dachtraufe gejungt hatte.

Es verstand sich von selbst, daß dieser Nasenbär die Seinen schützen wollte. Er biß Schulz in die Unterlippe, turnte ihm auf den Kopf und hüpfte von dort auf Gsella, der bis dahin noch nie mit einem Nasenbären gerangelt hatte; schon gar nicht außen auf einem Sims im sechzehnten Stock eines Militärhospitals.

Der Nasenbär nutzte seinen Heimvorteil, zerkratzte Gsella das Gesicht, hopste zurück zu Schulz, biß ihm eine Ecke vom linken Ohr ab, trapste wieder zu Gsella, riß ihm mit den Zähnen ein Büschel Haare aus und verschwand bis auf weiteres irgendwo auf dem Dach.

Sowohl Gsella als auch Schulz waren hiervon auf dem falschen Fuß erwischt worden. Der von Natur aus schreckhafte Gsella hatte Zuflucht bei einem rostigen Regenrohr gesucht, das sich in seiner Umklammerung leider von der Hauswand löste, und die Lage verschlimmerte sich beträchtlich, als der stürzende Schulz im freien Fall Gsellas Beine umschlang.

Unter dem Gewicht der beiden Autoren gab das Regenrohr nach. Mit Geschepper flogen die Gewindemuffen und die Schellen in die Gegend, während das Rohr sich krachend niederbog und Schulz und Gsella zwischen Himmel und Hölle zappelten.

Den Wachen, die unten herbeigelaufen waren, bot sich ein eigenartiges Bild: An dem Regenrohr, das im 90-Grad-Winkel von der Wand abstand, hingen in einer Höhe von ungefähr fünfundzwanzig Metern zwei Personen und schrien um Hilfe.

Der Militärgefängnisdirektor, der einige Minuten später hinzutrat, fackelte nicht lange. Er sorgte dafür, daß dort, wo die beiden Männer über kurz oder lang hinfallen mußten, ein großes Wasserbecken aufgestellt wurde, damit sie sich nicht verletzten. Er war aber der Meinung, daß sie wegen der Beschädigung des Regenrohrs bestraft werden müßten, und deswegen ließ er in dem Becken noch vor Ablauf einer Stunde zweihundert aus dem Zoologischen Garten in Mendoza bestellte Zitterrochen aussetzen.

»Ich sehe was, was du nicht siehst«, sagte Schulz.

»Und was wäre das?« fragte Gsella, der sich immer noch krampfhaft an dem Regenrohr festhielt. Er hoffte inständig, daß der an seinen Beinen baumelnde Schulz eine gute Nachricht auf Lager habe.

»Ich sehe unter uns einen Wasserbottich, in den wir uns zur Not fallen lassen könnten«, sagte Schulz. »Aber wenn mich nicht alles täuscht, schwimmen darin sogenannte Zitter- oder Torpedorochen.«

»Muß uns das denn stören?«

»Nach den mir vorliegenden Informationen teilen diese Fische elektrische Schläge aus, die tödlich sein können.«

Darüber wollte Gsella gründlich nachdenken, doch er wurde unterbrochen, als zwei weitere Muffen den Geist aufgaben und das Regenrohr sich etwas schiefer neigte.

»Könntest du dich nicht schon mal testhalber fallen lassen und mir dann sagen, wie man sich nach dem Abspringen fühlt?« fragte Gsella.

Schulz wußte nicht so recht. »Wenn du erlaubst«, rief er zu Gsella hoch, »möchte ich hier erst einmal an deinen Beinen hängenbleiben!«

»Kannst du dich dann wenigstens ’n bißchen leichter machen?«

»Ich versuch’s, Thomas!« rief Schulz. Er zog den Bauch ein und hielt die Luft an. »Besser so?«

Gsella spürte keinen Unterschied. Es knirschte in seinen Kniegelenken, denn Schulz war kein Federgewicht, und auch das Regenrohr gab ein Geräusch ab.

»Wenn ich du wäre, würde ich springen«, sagte Gsella. »Vielleicht richtet sich das Rohr dann wieder auf …«

Schulz präsentierte einen Gegenvorschlag: »Ich könnte versuchen, an dir hochzuklettern, bis ich das Rohr zu fassen kriege, und dann springst du an meiner Stelle ab. Was hältst du davon?«

Für dieses Experiment sei er an den Beinen zu kitzlig, sagte Gsella. »Und was die Rochen betrifft, bin ich mir übrigens gar nicht so sicher, ob die wirklich so bedrohlich sind, wie du glaubst. Ein Freund von mir hat mal Blaupunktrochen gezüchtet und glaubhaft beteuert, daß man sich vor denen nur als Allergiker fürchten müsse. Bist du gegen irgendwas allergisch?«

»Ja«, log Schulz. »Gegen Kuhmilch, Gräserpollen, Hundehaare, Sellerie, Wespengift, Erdnüsse, Hausstaubmilben, pflanzliche Eiweiße und glutenhaltiges Getreide! Und wahrscheinlich sogar gegen Zitterrochen!«

Doch seine faulen Ausreden konnten ihn nicht retten. Mit einemmal brach das Regenrohr ab, Gsella und Schulz gingen in dem Aquarium baden, und die Zitterrochen hatten ihre helle Freude an den Leibern, die sie attackieren konnten.

Ein Insasse filmte den Vorgang aus dem vierten Stock und lud die Aufnahme auf Youtube hoch.

Lange nach den Phöniziern, den Karthagern, den Römern, den Normannen, den Staufern, den Spaniern, den Savoyern, den Österreichern und den Bourbonen fand sich auch Gerold Gerold in Palermo ein, der Schatzkammer des Abendlandes, in der schon so manche Gurgel gewaltsam durchtrennt worden war.

Unter dem Namen Hans-Peter Lobbel wurde er im Palazzo des Paten Peppone Romani vorstellig, um dem Kronensohn Lorenzo Deutschunterricht zu erteilen. Von dem Berliner Innensenator Riesenbusch und seinen Kontaktmännern im italienischen Geheimdienst waren für diesen Coup die bestmöglichen Rahmenbedingungen geschaffen worden.

Das Zimmer, in dem Gerold und Lorenzo einander in schweren Ledersesseln gegenübersaßen, war mit Statussymbolen gepflastert: nutzlosen China-Vasen, beleuchteten Indoor-Blumentöpfen, handgeknüpften Kaschmirseidenteppichen, ekligen Amethyst-Kerzenhaltern und einer Wanduhr mit vergoldeten Zeigern.

»Können wir dann?« fragte Gerold. »Dobbiamo cominciare?«

Lorenzo nickte ungnädig und reckte das Kinn in die Höhe, um seinen Deutschlehrer wie von einem Feldherrenhügel herab ansehen zu können. Diesen Trick hatte Lorenzo sich bei Donald Trump jr. abgeschaut, der das Kinn auch immer gern so hoch wie möglich trug und seine Mitmenschen über den Nasenrücken hinweg zu betrachten pflegte.

Um jeden Zweifel daran auszuräumen, daß er diese Unterrichtsstunde für überflüssig hielt, kaute Lorenzo außerdem auf einem Kaugummi herum und bedachte Gerold Gerold alias Hans-Peter Lobbel mit einem Blick, der besagte: »Wenn du mittellose kleine deutsche Weichpupe glaubst, ich würde dir zuhören, dann hat dir wahrscheinlich noch keiner meiner Handlanger einen Fratzenhammer verpaßt.«

Die Abneigung beruhte auf Gegenseitigkeit. Aus Gerolds Warte war Lorenzo ein überhebliches, halbgares Würstchen, über dessen Oberlippe gerade einmal dreizehneinhalb dürre Barthaare sprossen. Auch der Wetlook von Lorenzos Haupthaar gefiel Gerold nicht und noch weniger die Breitbeinigkeit, mit der dieser Fatzke dasaß.

Gerold war darüber informiert worden, daß sein Schüler schon ein paarmal in Deutschland »gearbeitet« habe. Um Lorenzos Deutschkenntnisse zu testen, diktierte Gerold ihm einen Text: »Frau Schmidt pflückt Pflaumen und Kirschen. Sie möchte einen Obstkuchen zubereiten, um ihrer Nichte Sabine damit eine Freude zu machen. Am morgigen Sonntag hat Sabine Geburtstag. Dann wird sie volljährig.«

Von diesem Wortlaut wich das, was Lorenzo zu Papier brachte, merklich ab:

Fra Smidt pfluck pflam e kirschie. Sie wolle preparare una torta alle frutta um damit zu mache freude sua nipote Sabine morgigo burztag domano domenica. Dann sie allora diventerà maggiorenne-jährig.

Während Gerold darüber grübelte, wie er diesem Schüler seine Fehler begreiflich machen könnte, erschien Peppone Romani auf der Bildfläche und fragte, ob Lorenzo Fortschritte mache.

»Nur begrenzt«, sagte Gerold. »Solo limitato.«

Interessanterweise nahm sich nun Romani seinen Sohn vor, zog ihm die Ohren lang, polierte ihm die Fresse, brach ihm das Nasenbein, komplettierte die Prügeltracht mit einem herzhaften Tritt in die Kronjuwelen und brüllte: »Fai uno sforzo, lazzarone! Altrimenti la mia mano scivolerà!« *Streng dich an, du Faulpelz! Sonst rutscht mir noch die Hand aus!*

Während der Knabe sich heulend auf dem Teppich wand, wurde Gerold von Romani zu einem Zwiegespräch in dessen Büro gebeten, das sich ein Stockwerk höher auf zweihundert Quadratmetern erstreckte. Die größte Zierde bildete dort eine drei Meter hohe Skulptur im Stil der berühmten Eier von Fabergé: eine ins Riesenhafte vergrößerte, auf einem Granitsockel stehende und mit Girlanden aus Gold und Silber überzogene Nachbildung der Eihandgranate M39 aus dem Arsenal der Deutschen Wehrmacht.

Romani lächelte, als er Gerolds Verblüffung bemerkte, und bei einer Flasche Moscato Zibibbo plauderte er das eine oder andere Familiengeheimnis aus: Die Romanis seien ergebene Anhänger von Benito Mussolini gewesen und hätten auch Adolf Hitler die Treue gehalten, wenn mit den Amerikanern nicht bessere Geschäfte zu machen gewesen wären. Um der alten Kameradschaft willen habe Peppone Romanis Großvater Leonardo in seinem Weinkeller aber einen mit internationalem Haftbefehl gesuchten Hauptsturmführer der SS bis zu dessen Tod im Frühjahr 1988 durchgepäppelt.

An den Wänden hingen gerahmte Fotos von Peppone Romani und seinen engsten Freunden aus Politik, Wirtschaft, Showbusiness und Sport. Man sah ihn da Schulter an Schulter mit Silvio Berlusconi, Donald Trump, Wladimir Putin, Xi Jinping, Mark Zuckerberg und Alice Schwarzer, mit der Romani sich, wie er sagte, zwei Jahre zuvor bei einer Retrospektive der Filme von Leni Riefenstahl angefreundet hatte. Das größte und am aufwendigsten gerahmte Foto zeigte ihn bei einem Bruderkuß mit Diego Armando Maradona, das in einem Striplokal aufgenommen worden zu sein schien.

Der Likörwein lockerte Romani die Zunge. Er habe einen kurzen Draht zu allen Mächtigen dieser Erde, lallte er, und kurz darauf trat Gerold den Rückzug an, für den Fall, daß Romani sich am nächsten Morgen über seine Redseligkeit ärgern sollte.

Von seinem Schwiegervater Don Alonso Hoyos war Michael Ringel in die Provinzmetropole Fusagasugá im Departamento Cundinamarca abkommandiert worden, wo er fortan in der Funktion eines hochbezahlten Frühstücksdirektors die Melonengeschäfte der Familie leiten sollte. Als Aufpasser und Berater stand ihm Mateo Sanabria bei, ein Whiz Kid aus den Slums von Bogotá, das dreizehn Sprachen beherrschte und mit allen Wassern gewaschen war.

Als Basis diente Ringel eine Villa mit zwölf Zimmern, aber er hatte nicht das geringste Interesse am Melonenhandel, und seine Gattin Isabel hielt nicht damit hinter dem Berg, wie sehr sie das Leben in Fusagasugá haßte. Bereits nach wenigen Tagen war das Eheleben zerrüttet.

»Vielleicht sollten wir mal zu 'ner Partnerberatung gehen«, sagte Ringel, nachdem Isabel ihm eine Kehrschaufel an den Kopf geworfen hatte. »In Deutschland wäre das ganz normal, mein Täubchen! Gibt's sowas nicht auch hier bei euch in Kolumbien?«

Isabel würdigte ihn keiner Antwort. Sie knallte die Wohnzimmertür hinter sich zu und überließ Ringel den Selbstzweifeln, die nur die mutigsten weißen Männer seiner Generation an sich heranließen.

»Señor Ringel«, sagte Sanabria, »es tut mir leid, aber Sie haben jetzt keine Zeit für Ehegezänk. Sie müssen die heutige Melonenlieferung mit Ihren Handelspartnern abwickeln, por favor.«

»Immer diese Melonen!« stöhnte Ringel. »Und was sind das für Partner?«

Sanabria klärte ihn auf: Es gehe um den Verkauf von zwölftausend Melonen an den russischen Obsthändler Igor Owtscharow. »Sie brauchen da auch gar nicht mehr viel zu tun. Das Vertragliche ist bereits geregelt. Sie müssen ihn nur ins Nachtleben ausführen. So ist das hier üblich.«

Aus Liebe zu Isabel fügte Ringel sich. Er unterschrieb ein Dutzend Quittungen, und zwei Stunden später fand er sich mit seinem Berater Sanabria und dem Russen Owtscharow an einer Hotelbar wieder.

»Und wie weiter?« fragte Ringel, während der pockennarbige Russe Owtscharow Koks schlauchte und Wodka soff.

»Der Kunde erwartet, daß Sie seine Zeche begleichen«, sagte Sanabria. »Das gehört sich hier so. Und Sie müssen Ihrem Geschäftsfreund beweisen, wie potent Sie sind, denn sonst nimmt er Sie nicht für voll. Von den Models, die gleich auf uns zukommen werden, sollten Sie deshalb mindestens drei mit auf Ihr Zimmer nehmen und sie alle so laut zum Singen bringen, daß Herr Owtscharow es hört. Ich habe für ihn das Nebenzimmer gebucht.«

»Ich bin doch aber ein verheirateter Mann«, flüsterte Ringel. »Das kann ich Isabel unmöglich antun!«

»Wenn Sie hier überleben wollen, müssen Sie noch ganz andere Dinge anstellen«, sagte Sanabria und begrüßte die Damen, die sich an der Bar einfanden: Cameron, Keisha, Lola, Ashley, Brigitta, Valentina und Penny.

Inmitten all der Federboas, Nippelquasten, Negligés, Triangel-Büstenhalter mit Satinbesatz und Slips mit pinker Blütenspitze wären Ringel fast die Sinne geschwunden, doch er vermochte das Eau de Toilette Aqua Allegoria Mandarine-Basilic von Guerlain herauszuriechen, das durch eine erlesene Ambra-Basisnote bestach und dank einer saftigen, im Hintergrund aromatisch-prall duftenden Clementinenbeigabe cremig-süß wirkte. Rauchig-frisch war dagegen das sexy Parfum Lady Noir von Just Jack. Bergamotte und

Orange fusionierten mit zuckrigen Vanilleschoten in einem Bett aus Thymian und Madonnenlilien, während das Libre Eau de Parfum Spray von Yves Saint Laurent sich mit einem Hauch von Tonkabohne und Ambra in Ringels Nüstern schlich.

Das Ganze gemahnte ihn an die Eleganz tropischer Blätterdächer über einer tierischen Begattungskuhle, und man konnte es ihm nicht verdenken, daß er Cameron, Keisha, Lola, Ashley und Brigitta deshalb frisch von der Bar weg in sein Hotelzimmer einlud und sich bis zum Morgengrauen den niedersten Begierden hingab.

Für Owtscharow hatte Ringel nur Valentina und Penny übriggelassen, aber gerade das rechnete ihm der russische Oligarch hoch an: Dieser Ringel, dachte er, muß ein wahres Alphatier sein, wenn er sich eine derartige Frechheit herausnimmt!

8

Die Angstarbeit in der Banker-Selbsthilfegruppe tat Benjamin Töpfer-Strohmeyer unvergleichlich gut. Besonders wohltuend wirkte sich das Unsinnreden auf seine Psyche aus: Dieses »systemische Nonsensualisieren«, wie Swami Ganesh es nannte, war ein Ventil, mit dem sich der innere Druck vermindern ließ.

Doch es barg auch Gefahren. Bei einer Besprechung mit einem Großkunden aus dem Rhein-Main-Gebiet sprach Töpfer-Strohmeyer auf einmal wie wild von »geshorteten Cost-Average-Effekten«, »tilgungsverzinsten Hebelzertifikaten«, »physisch replizierenden Leerverkäufen« und einem »fünfundzwanzigfach geleveragten Kurs-Nullwert-Verhältnis«.

Da sei ihm »wohl irgendwie der Gaul durchgegangen«, sagte er zu seinen Vorgesetzten, nachdem er den Kunden mit diesem Unfug vergrault hatte, aber sie verziehen ihm nicht. Nein: Sie feuerten ihn, und von Stund an betrachtete er Swami Ganeshs Weisheitslehren mit anderen Augen.

Um mit seinen Gefühlen nicht allein zu sein, erwarb er einen Baseballschläger aus Hickoryholz, fuhr damit zur Günthersburgallee, klingelte bei Ganesh, der dort im zweiten Stock eines Altbaus als Selbstwert-Trainer praktizierte, und schlug alles kurz und klein – die Kristallklangschalen, die tibetischen Räuchergefäße, die Schutzengelritualkerzen, den Drehständer mit den Rosenquarzchakra-Anhängern, die Traumfänger, das Planetenpendel und die Kundenkartei.

Dann wollte er sich Ganesh vornehmen, der in die Teeküche geflohen war und die Tür hinter sich zugesperrt hatte.

»Wenn du freiwillig rauskommst, haue ich vielleicht nur dein Gesicht zu Brei«, sagte Töpfer-Strohmeyer.

Er habe das gehört, erwiderte Ganesh, und er freue sich über diese ehrliche Aussage. »Denn ich kann selbst durch die geschlossene Tür die Stärke deiner negativen Emotionen spüren! In dir gärt eine tiefsitzende Wut, die rauswill, und daran ist überhaupt nichts verkehrt. Sie muß ins Universum entlassen werden. Das bedeutet aber nicht, daß du Gewalt gegen andere Menschen ausüben solltest, Benjamin. Wenn du dich von deiner Wut befreien willst, mußt du sie ganz bewußt channeln …«

Töpfer-Strohmeyer dankte für den Tip und drosch mit dem Baseballschäger auf die Teeküchentür ein.

Sehr stabil war sie nicht. Es bildeten sich Risse im Fichtenholz.

»Für dich und dein Karma wäre es besser, wenn du deine Wut an einem Kissen auslassen könntest«, sagte Ganesh. »Sieh doch mal in der Abseite hinten rechts in meinem Behandlungszimmer nach. Da gibt es eine große Kissenkollektion! Wenn du auf diese Kissen einschlägst, kannst du dein Unterbewußtsein entrümpeln, ohne anderen und dir selbst zu schaden …«

»Ich will aber lieber auf dich einschlagen als auf deine Kissen!«

»Dann ist jetzt der Moment gekommen, in dem tief in dir die Blume der Selbsterkenntnis erblühen möchte. Bist du als Kind nicht lange genug gestillt worden?«

»Was geht denn dich das an, du Scharlatan?« schrie Töpfer-Strohmeyer. Er schob sein zornrotes Haupt durch den vierzig Zentimeter breiten Spalt, den er in die Tür gebollert hatte.

»Friede sei mit dir!« rief Ganesh und kippte ihm einen Liter kochendheißen Aprikosentee ins Gesicht.

Töpfer-Strohmeyers Streitlust erlosch dadurch so schnell, daß es Ganesh leichtfiel, ihn mit einem Einmachgummiring zu erwürgen, die Leiche in einen Gebetsteppich einzurollen und sie in der Nacht darauf etwas östlich von der Staustufe Griesheim in aller Stille in den Main plumpsen zu lassen.

Korbinian Scheuerlapp war inzwischen weitergeflogen und nahm in der Kathedrale von Brasília dem brasilianischen Staatsoberhaupt Jair Bolsonaro die Beichte ab. Das brauchte seine Zeit, denn es gab so einiges, was Bolsonaro sich von der Seele reden mußte: Er sei zu nachsichtig mit seinen innerparteilichen Widersachern umgesprungen, sagte er, und es reue ihn, daß er über die Oppositionspolitikerin Maria do Rosário gesagt habe, sie verdiene es nicht, vergewaltigt zu werden, weil sie zu häßlich sei. Sie verdiene es nämlich durchaus! Und dann verlor er sich in Schimpftiraden über das Kakerlakenheer seiner Feinde, bis Scheuerlapp ihm Einhalt gebot und auf das Bußwerk zu sprechen kam, das vonnöten sei, wenn er sein Seelenheil wiederfinden wolle.

Zu Bolsonaros Verwunderung ging es dabei nicht um ein paar Vaterunser, sondern um eine steuerlich absetzbare Großspende an eine Stiftung, die es sich zur Aufgabe gemacht hatte, die finanziellen Defizite des Synodalforums »Priesterliche Existenz heute« auszugleichen und die Mittel für die Wiederkunft Christi bereitzustellen. Scheuerlapp bezifferte die erforderliche Summe auf eine Million Euro oder umgerechnet 6,2 Millionen Brasilianische Real, zu überweisen auf ein Sonderkonto der Organisation »Kirche in Not« (IBAN DE32 2585 0110 0230 4485 99), und darüber hinaus brummte er auch Bolsonaro eine Wallfahrt zur Basilika Unserer Lieben Frau von Guadalupe in Mexiko-City auf, denn dort wollte

Scheuerlapp in einigen Wochen noch einmal ordentlich abkassieren.

Außer Bolsonaro selbst wußte niemand, was in ihm vorging, als ihm dieses Opfer abverlangt wurde. Man kannte ihn zwar als einen tiefgläubigen Katholiken, aber auch als Pfennigfuchser, der bereits im Alter von acht Jahren seine eigene Mutter und drei seiner Patentanten an den Massagesalon Brazil Fatale in São Paulo verkauft hatte. Würde ein solcher Mann sich das Wort Gottes zu Herzen nehmen?

Scheuerlapp baute darauf. »Ego te absolvo a peccatis tuis in nomine Patris et Filii, et Spiritu Sancti«, sagte er. »Amen.«

Im Hundertwasser-Bahnhof hatte der Polizeimeisteranwärter Jannik Schüsterhusen noch immer keine heiße Spur aufnehmen können. Er lehnte auf dem Bahnsteig vor Gleis 103 an einem Treppengeländer und starrte durch zwei Löcher, die er in eine Seite des *Uelzener Anzeigers* gebohrt hatte, auf die Menschen, die kamen und gingen, aber keiner von ihnen sah so aus, wie er sich einen Kapitalverbrecher vorstellte.

Die Überschriften auf der Zeitungsseite vor seinem Gesicht konnte er bereits auswendig herbeten: »Kinderkleiderbörse in Lüder«, »Kita-Kosten angestiegen« und »Malkurs im DRK-Mehrgenerationenzentrum«. Weiter unten standen die Horoskope. Schüsterhusen war Steinbock, und sein Horoskop lautete:

Warten Sie nicht länger. Es wird sich auszahlen, wenn Sie einer spontanen Eingebung folgen!

Der Metronom fuhr ein.

Den nimmst du jetzt, sagte sich Schüsterhusen und folgte einer Frau, die ihm rein bauchgefühlsmäßig suspekt vorkam, weil sie ihn äußerlich an seine Stiefmutter Ermlinde erinnerte, die bei seiner Einschulung in Suderburg oben ohne aufgekreuzt und ein Jahr später wegen der Zerstückelung eines Schülerlotsen aus der Samtgemeinde Wrestedt zu einer lebenslänglichen Freiheitsstrafe verurteilt worden war. Im zweiten Jahr ihrer Knastzeit hatte Ermlinde Schüsterhusen sich in ihrer Zelle erhängt, und unmittelbar danach hatte sein Vater sich in seinem Hobbykeller mit einem Zigarrenschneider entleibt. Von posttraumatischen Belastungsstörungen fühlte Schüsterhusen sich zwar frei, aber diese Geschichten hatten ihn doch irgendwie seelisch beeinflußt.

Im Metronom nahm er schräg gegenüber der Doppelgängerin seiner Stiefmutter Platz und tat so, als studierte er eine Reklamebeilage aus dem *Uelzener Anzeiger*, in der Steinofenbrötchen, Pacific Prawns, Terrassenheizstrahler und ein Knuspermix für Katzen beworben wurden. Dabei fiel aus der Reklamebeilage eine andere Reklamebeilage heraus, aber Schüsterhusen konnte sie auffangen und vertiefte sich dann eingehend in diese andere Beilage, aus der ihm mit Meerrettichcreme gefüllte Schinkenröllchen in pikantem Aspik, eine Teleskop-Universal-Waschbürste, eine rutschhemmend beschichtete Badematte und ein Messerschärfer mit funktioneller X-Cross-Technologie entgegenlachten.

Nicht schlecht staunte Schüsterhusen, als ihm aus der Mitte dieser Beilage eine weitere Reklamebeilage in den Schoß fiel, die ihrerseits die Werbetrommel für mehrere Gebrauchsgegenstände rührte. Doch er behielt die Nerven. Er gab sich den Anschein, als wäre er es gewohnt, mit Beilagen dieser Art zu hantieren, bohrte zwei Kucklöcher in eine andere Seite des *Uelzener Anzeigers* und visierte von neuem die weibliche Zielperson an, die mit ihrem Smartphone beschäftigt war.

Oberhalb der Löcher fiel Schüsterhusens Blick auf eine Nachricht, die seinen Appetit weckte:

Damit die hungrigen Kunden auch in diesem Jahr am verkaufsoffenen Sonntag nicht auf ihre Stärkung verzichten müssen, serviert das Team von Pommes Stop in der Fußgängerzone Bratwurst im Brötchen, leckere Burger, Chicken Nuggets oder frisch gebackenen Leberkäse – das macht fit für die nächste Einkaufsrunde.

Schüsterhusens Magen knurrte vernehmlich, und Ermlinde II sah herüber.

Ihr schien jedoch nicht aufzufallen, daß sie beschattet wurde, und nachdem sie in Bad Bevensen ausgestiegen war, folgte Schüsterhusen ihr in gebührendem Abstand. Sie ging zum Kurhaus, wo an diesem Abend ein Comedian auftrat.

Aus Alfred Hitchcocks Film »Die 39 Stufen« wußte Schüsterhusen, daß bei solchen Veranstaltungen manchmal verschlüsselte Informationen übermittelt wurden. Daher ließ er die vierzehn Euro Eintrittsgeld springen und suchte sich im Saal einen Platz aus, der ihm freie Sicht auf Ermlinde II bot.

»Ihr kriegt eure volle Dröhnung!« schrie der Comedian, als er das Abendprogramm eröffnete. »Der Porsche Turbo oder Meriva, mit dem ich gekommen bin, den fahr ich für euch! Ja, sicher, ich würd auch gern 'nen Opel Corsa fahrn, das glaubt mal, aber ihr wollt das doch gar nicht! Ihr wollt doch gar nicht, daß ich die dicke Kassiererin aus 'm Lidl auffer Rückbank von 'nem Opel Meriva durchklopfe! Nein! Hier schieb ich euch Heidi Klum mit ihrem kleinen Tom höchstpersönlich durch die Sackgasse …«

Ohne begreifen zu können, weshalb der im Kurhaus versammelte Sauhaufen darüber lachte, notierte Schüsterhusen sich, wie oft Ermlinde II applaudierte, und zwar unter der Überschrift »Beifälle«, die ihm dann aber doch irgendwie falsch vorkam. Er strich das Wort »Beifälle« durch und schrieb »Appläuse« daneben. Nach kurzer Zeit sah die Statistik folgendermaßen aus:

Gag	*Appläuse*
1	*0*
2	*38*
3	*8*
4	*4*
5	*3*

Könnte eine Ortsvorwahl sein, dachte Schüsterhusen. 038843. Und richtig – diese Vorwahl existierte, und aus den weiteren Beifallklatschhandlungen von Ermlinde II ergaben sich die restlichen Zahlen einer Festnetztelefonnummer.

Es ließ sich nicht abschätzen, wie weit diese Verschwörung reichte und ob mit Gegenwehr zu rechnen war, von wem auch immer, aber Schüsterhusen ging nun aufs Ganze. Er verließ den Vortragssaal, suchte sich im Foyer des Kurhauses ein ruhiges Plätzchen und wählte die geklatschte Nummer an.

Nach dem vierten Klingelton nahm jemand ab und sagte: »Ja, bitte?«

Ein Mann mittleren Alters, kombinierte Schüsterhusen. Doch wie sollte er weiter vorgehen?

Er versuchte es mit einer Überrumpelungstaktik: »Sie sind aufgeflogen. Wir wissen alles! Uns fehlt bloß noch Ihr Name. Wie heißen Sie?«

»Wer spricht denn da?«

»Die Polizei.«

»Aha, und welche Dienststelle?«

»Das geht Sie nichts an.«

»Dann geht Sie mein Name auch nichts an.«

Darauf hätte es viele Erwiderungen geben können. Von denen, die ihm durch den Kopf schossen, wählte Schüsterhusen in der Eile, die geboten war, eine der untauglichsten aus: »Unter diesen Umständen muß ich die Sache dem Staatsanwalt übergeben.«

»Welche Sache denn?«

»Tun Sie nicht so unschuldig! Die Sache, in der wir seit Monaten gegen Sie ermitteln!«

»Womit wir wieder bei der Frage wären, wer Sie überhaupt sind. Entweder verraten Sie mir das jetzt, oder ich lege auf.«

»Na schön, Freundchen«, sagte Schüsterhusen. »Ich spreche im Auftrag des Polizeikommissariats Uelzen, und hiermit ergeht die mündliche Aufforderung an Sie, am Montag nächster Woche um zwölf Uhr bei uns vorzusprechen. Im Zuwiderhandlungsfall droht Ihnen eine Ordnungsstrafe in Höhe von fünfhundert Euro.«

»Und woher weiß ich, daß Sie nicht irgendein Spinner sind, der nur so tut, als ob er ein Polizist aus Uelzen wäre?«

»Das können Sie daraus ersehen, daß ich der Polizeimeisteranwärter Jannik Schüsterhusen bin und in dem Ruf stehe, hart durchzugreifen. Gleichgültig, ob es sich um Temposünder oder Serienmörder handelt.«

»Interessant. Und jetzt möchte auch ich mich vorstellen. Ich heiße Rayk Wieland, bin Journalist und werde mich am Montag um zwölf Uhr mit einem Kamerateam in Ihrer Dienststelle einfinden, damit wir der von Ihnen angesprochenen Sache gemeinsam nachgehen können. Bis dann!«

Schüsterhusen war sich nach diesem Telefongespräch nicht im klaren darüber, in welche Richtung seine Ermittlung ging, aber das Gefühl, einen Joker gezogen zu haben, beflügelte ihn, und als er wieder in Uelzen war, lenkte er seine Schritte frohgemut zum Imbiß Pommes Stop.

Eine Fleischfliege tippelte über die eingetrockneten Nudelsuppenreste in Thomas Gsellas Mundwinkeln. Nach ein paar Sekunden wandte sie sich angewidert ab und schwirrte nach nebenan zu Frank Schulz, der recht vielversprechende Gerüche verströmte, doch weil sie auch bei ihm nicht auf den Geschmack kam, flog sie zwischen den Gitterstäben hinaus in den hellen argentinischen Sonnenschein, der auf Gerechte und Ungerechte herabschien.

Im Anschluß an ihren Sturz in das Aquarium waren Gsella und Schulz ärztlich unversorgt in ein Hochsicherheitsgefängnis in Buenos Aires eingeliefert worden, das keinen guten Ruf genoß. Man hatte sie voneinander getrennt, aber ihre Einzelzellen lagen nebeneinander, und es war den beiden Gefangenen möglich, sich durch Klopfzeichen zu verständigen.

Schulz brauchte Stunden, um die erste von Gsella gemorste Nachricht zu entschlüsseln. Um so tiefer war die Enttäuschung, als das Ergebnis vorlag:

Entdecke die Odol-med3-Power! Dein erstes Workout für starke Zähne und frischen Atem! Schützt den Zahnschmelz und sorgt für extra reinen und frischen Atem! Odol-med3-Power! Zahnpasta und Mundspülung! Jetzt bei Edeka!

Was, so fragte sich Schulz, mochte Gsella sich dabei gedacht haben? War er gaga?

Mit Klopfzeichen morste Schulz zurück:

Das ist doch wohl nicht dein Ernst!

Gsella antwortete:

War nur Spaß. Wir sitzen tief in der Tinte.

Schulz:

Und wie kommen wir da wieder raus?

Gsella:

Ein Kriseninterventionsteam wäre wünschenswert.

Schulz:

Gut, aber woher nehmen wir das?

Gsella:

Weiß ich auch nicht. Kennst du dich mit Mikrotargeting aus?

Schulz:

Nein. Wieso?

Gsella:

Weil ich gerade nach einem Reim auf »Mikrotargeting« suche.

Schulz verehrte Gsella ja, aber nach dieser Antwort hätte er ihn an die Wand klatschen können. Fuck Mikrotargeting! dachte Schulz und morste aufgebracht zurück:

Lieber Thomas, reiß dich bitte zusammen! Was wir brauchen, ist ein Fluchtplan!

Die Antwort ließ sehr lange auf sich warten, denn Gsella war in Gedanken zu den faszinierenden Farbenspielen der Bio-Baumwoll-Bettwäsche mit mikrofeinem Rosenquarz abgeirrt, in die er sich daheim zu kuscheln pflegte. Die lebensfrohen Farbkombinationen der Mandalas auf der Bettdecke hatten ihn in Aschaffenburg jeden Morgen dazu aufgerufen, den Tag mit einem Lächeln zu beginnen, das bunte Baumwollkissen »Rainbow« hatte allabendlich ein Stückchen Regenbogen in Gsellas Dasein geholt, und nicht minder intensiv vermißte er sein Meditationskissen, in das die positiven und stärkenden Affirmationen »Find Your Inner Peace, Harmony & Lightness« und »Enjoy Your Life Every Day« eingestickt waren.

Ohne diese Accessoires kam er sich nur wie ein halber Mensch vor.

Fast noch schmerzlicher entbehrte er seinen mondscheinweiß paspelierten Seidenpyjama und die flauschig weichen Daunenfederschlafschuhe, die er vor dreißig Jahren im Frankfurter Westend im Sperrmüll gefunden und seither mit stetig wachsender Begeisterung getragen hatte. Wie anders sah dagegen die Kleidung aus, die Gsella in diesem Zuchthaus tragen mußte! Man hatte ihn in Drillichzeug gesteckt, und die Pritsche, auf der er lag, bestand aus verbeultem Blech.

I was born in the soul of misery, dachte Gsella, obwohl er von einem übergeordneten Standpunkt aus gesehen selbst als Abkömmling einer bundesdeutschen Arbeiterfamilie ein Kind reicher Eltern war. Das änderte jedoch nichts daran, daß er mit seinem Schicksal haderte. In Aschaffenburg nahm er jeden Abend zwei Stunden lang ein warmes Bad mit Zusätzen aus Ylang-Ylang, Mandelmilch, Litschi und Rosenwurz, und diese »persönliche Me-Time«, wie er sie bei sich gern nannte, pflegte er abzurunden, indem er seine reife Haut mit Ölen einrieb, die ein Bouquet aus Zedernholz und Süßorangen entfalteten. Und jetzt? Wie der Hirsch nach frischem Wasser, so schrie Gsellas Haut nach Knospenextrakten, Hyaluronsäure und Long-Life-Proteinen. Aber damit war's in dieser JVA natürlich Essig. Nicht mal Seife gab's, und wenn die Häftlinge ranzig rochen, ließ der argentinische Justizminister sich deswegen bestimmt keine grauen Haare wachsen …

Schulz morste:

Bist du eingepennt?

Gsella morste zurück:

Nein. Hab nur nachgedacht. Weißt du, ich hätte nicht übel Lust, ein Protestgedicht zu schreiben, und ich könnte einen Reim auf »Hautproblem« gebrauchen. Kennst du einen?

Schulz:

Ich glaub, mein Gletscher kalbt! Hast du nicht verstanden? Wir brauchen einen Fluchtplan, keine Reime!

Dies war der Stand der Dinge, als ein Wach- und Schließbeamter Schulz und Gsella aufscheuchte und zum Hofgang hinausjagte.

Ihre Freude darüber, etwas Sonne tanken zu dürfen, wich augenblicklich anderen Gefühlen, als sie sich im Hofgeviert zwischen zwei Fronten wiederfanden: Zur Linken gaben sich, überschlägig berechnet, an die einhundert Mestizos mit spitzgeschliffenen Zähnen die Ehre, während sich zur Rechten eine nur unwesentlich weniger Häupter zählende Menge von Bleichgesichtern gruppierte, deren Glatzen von Hakenkreuz-Tattoos strotzten.

Alle Hofgänger hatten sich angeregt unterhalten, aber als Schulz und Gsella erschienen, verstummten die Gespräche, und aller Augen richteten sich auf die zwei Neuzugänge.

»Laß uns einfach so tun, als hätten wir keine Angst«, schlug Gsella vor und ging unvermittelt dazu über, »La Cucaracha« zu pfeifen.

Schulz hatte schon einmal im Kahn gesessen, in einem Balkanstaat, und er wußte, daß es nicht klug war, alteingesessene Gefangene zu reizen, aber nun riß es ihn hin – er lachte auf, als er das Lied erkannte, und kriegte sich erst wieder ein, als ihn ein Basketball ins Gesicht traf.

Wer ihn geworfen hatte, wurde nie geklärt. Es war jedenfalls der einzige, der den Häftlingen zur Verfügung stand, und nachdem er auf einen der Eckzähne von Schulz geprallt war, ging dem Ball die Luft aus. Er tropfte ab, fiel schlaff herunter und blieb liegen.

Ein Raunen hallte durch die Reihen der Mestizos. Mit diesem Ball hatten sie bereits fünf Jahre lang gespielt, und es war kein gewöhnlicher Ball – er war ein Geschenk des Superstars Kobe Bryant an den Häftling Carlos Robledo Quiroz, einen Lebemann, der hierorts in der Hackordnung ganz oben rangierte. Als er noch auf freiem Fuß gewesen war, hatten sie diesen Ball für ihn signiert, und seit er wegen der Ermordung und Häutung einiger Geschäftspartner 247 Jahre Haft verbüßen mußte, hatte Quiroz den Ball hin und wieder für Turniere freigegeben.

Und nun lag er da, der schlappe Ball, und war zu nichts mehr zu gebrauchen.

»'tschuldigung, Jungs«, sagte Schulz. »Soll nicht wieder vorkommen. Ich meine: No volverá a ocurrir!« Im Spanischen war er nicht sattelfest, doch er glaubte die richtigen Worte gefunden zu haben.

Gsella pfiff nach wie vor »La Cucaracha«, hielt aber schon heimlich Ausschau nach einem Fluchtweg.

Nun trat Quiroz, der die Geschehnisse bis hierhin wortlos verfolgt hatte, aus der Riege seiner Untergebenen hervor, majestätisch, aufgebrezelt wie der Kriegsgott Ah Chuy Kak, zeigte auf Gsella und Schulz und rief: »¡Muerte a estos bastardos!« *Tod diesen Schweinehunden!*

Das verstand selbst der des Spanischen nicht mächtige Gsella. Er entfloh zur Toilette, während Schulz einen Hechtsprung zum Metallring des Basketballkorbs unternahm und sich mit einem Felgaufschwung und einem Rückwärtssalto aus der Gefahrenzone zu retten versuchte.

In die Geschichte der argentinischen Knastrevolten sollte dieser Tag als »Día de la masacre« eingehen. Die Gefangenen, gleich welcher Hautfarbe, gerieten in einen Blutrausch, der die meisten von ihnen das Leben kostete. Nur zwei kamen mit halbwegs heiler Haut davon: Schulz, der kopfüber im Netz des Basketballkorbs feststeckte, und Gsella, der sich in einem vollen Jauchefaß verborgen hielt, bis das Gemetzel zu Ende war. Ein glücklicher Zufall hatte es so gefügt, daß in dem Faß ein Strohhalm schwamm, durch den er acht Stunden lang Luft schnappen konnte.

Kommissar Gerold schlüpfte in seine Schuhe. Er war es leid, dem begriffsstutzigen Schnösel Lorenzo Romani Deutschunterricht zu geben und sich die Fragen nach der Bedeutung schwer übersetzbarer deutscher Wörter anzuhören: »Cosa fa ›Fingerspitzengefühl?‹« – »Cosa fa ›verschlimmbessern?‹« – »Cosa fa ›Vergewaltigungskultur?‹«

Damit war es nun vorbei. In dieser Nacht wollte Gerold in Peppone Romanis Arbeitszimmer einbrechen, den Inhalt der Festplatte dieses Unholds auf USB-Sticks überspielen und sich mit ihnen davonmachen, um sie in Uelzen zu untersuchen.

Dann hab ich hoffentlich genug beisammen, um den Romanis und den Eysacks dieser Welt die Hölle heißmachen zu können, dachte Gerold, als er sein Dienstbotenzimmer im Gesindehaus verlassen hatte und im hohen Gras auf das Haupthaus zukroch.

Links von Gerold lärmten zwei Zikaden, denen er gern das Maul gestopft hätte, und von vorn umfächelten ihn die Düfte aus den Gewürzbeeten vor der Veranda: Minze, Fenchel, Estragon und Rosmarin. Sizilien, dachte er, könnte ein Garten Eden sein, wenn die Sizilianer nicht beschlossen hätten, sich dem Gesetz der Blutrache zu unterwerfen. Aus seinen Gesprächen mit Peppone Romani wußte er, daß dessen Urururgroßonkel Salvatore Romani im späten 18. Jahrhundert eine Fischerswitwe aus Castellammare del Golfo beschuldigt hatte, seine Maulesel verhext zu haben, und daß der Schwiegervater dieser Frau der Urenkelsohn eines Banditen gewesen war, der einem anderen Romani zwei Jahrhunderte zuvor das Geld für ein Pfund Hafer schuldig geblieben war, um sich dafür zu rächen, daß der mythische Stammvater der Romanis, Pietro Loretto Romani, die Wirren eines Erbschaftsstreits genutzt hatte, um der Sippe jenes Banditen zwei Ziegen abzufordern. Oder so ähnlich.

Ihr habt sie doch nicht mehr alle, hatte Gerold gedacht, als ihm von Peppone Romani genauestens dargelegt worden war, weshalb der Streit um jene zwei Ziegen immer noch andauere und im Fortgang der Jahrhunderte grob geschätzt sechshundert Todesopfer gefordert habe …

Dieser Quatsch mußte jetzt mal aufhören, fand Gerold. Mit den örtlichen Gegebenheiten hatte er sich gewissenhaft vertraut gemacht, und er folgte einem raffiniert ausgetüftelten Plan: Als der Nachtwächter wie gewohnt um halb fünf Uhr morgens auf der Terrasse erschien, um eine Zigarette zu rauchen, schoß Gerold ihm aus dem Schutz einer Kirschlorbeerhecke heraus durch ein Pusterohr einen Betäubungspfeil in den Hals. Nachdem der Mann lautlos umgefallen war, trippelte Gerold ins Haupthaus und sprühte die Linsen aller erreichbaren Überwachungskameras mit Rasierschaum voll. Diese Maßnahme wäre nicht unbedingt nötig gewesen, da Gerold sich mit einer laufmaschenresistenten Feinstrumpfhose maskiert hatte, hinter der ihn selbst seine eigene Mutter nicht wiedererkannt hätte, aber doppelt genäht hält besser.

Den Weg zum Arbeitszimmer des Paten kannte Gerold ja schon, und das altmodische Türschloß öffnete er mit dem Hieb einer Axt aus dem Gartenschuppen der Romanis.

Nach allem, was Gerold wußte, befanden sich die Schlafgemächer der Familienmitglieder weit außerhalb der Hörweite. Völlig sicher war er sich da aber nicht.

Leider klingelte gerade in diesem Moment sein Handy. Er verfluchte sich dafür, daß er es nicht ausgestellt hatte, aber als er sah, daß die Fischerin dran war, ging er auf Empfang und fragte sie: »Hast du ›World War Z‹ gesehen?«

»Logisch«, sagte Ute. »Und das Vergnügen, wieder mal mit dir zu sprechen, ist ganz meinerseits!«

»Dann wirst du dich ja an die Szene erinnern, in der Brad Pitt von seiner Frau angerufen wird, während er auf einem Fahrrad zwischen geräuschempfindlichen Zombies herumeiert«, flüsterte Kommissar Gerold.

»Klar. Wieso?«

»Weil ich mich jetzt in einer vergleichbaren Lage befinde!«

»Oh, das tut mir leid, mein Dicker! Ich mach's kurz, denn eigentlich will ich dir nur erzählen, daß ich gerade aus einem Traum erwacht bin, in dem du mich vor einer ganzen Meute Aliens gerettet hast. Das waren irgendwie so Kopffüßler vom Neptun oder vom Mars …«

»Da hab ich jetzt wirklich keinen Sinn für, Ute …«

»All goot! Dat heff ick kapeert. Nur eins noch, Gerold: Der Polizeimeisteranwärter Jannik Schüsterhusen, mit dem ich mich hier herumschlagen muß, ist wahrlich das größte Rindvieh zwischen Hunte und Ilmenau! Ach, und ich soll dich natürlich herzlich von meinen Eltern grüßen. Ich hab das ganze Wochenende in Boekzeteler Hoek verbracht. Unseren Mädchen geht's da immer noch vortrefflich. Sie stehen gut im Futter, was ja niemanden überraschen dürfte, der die Kochkünste meiner Mutter kennt. Ich will's mal bei den Begriffen ›Seezungenfilet‹ und ›Knüppeltorte‹ bewenden lassen. Und du? Bist du weitergekommen?«

»Grundsätzlich schon«, sagte Gerold leise. »Erst seit du angerufen hast, stehen meine Ermittlungen still.«

»Dann will ich dich mal lieber nicht länger belästigen. Gehab dich wohl, mein Moppelchen! Du fehlst mir. Tag und Nacht. Komm bald zurück!«

Man mutt de Minske nehmen, as he is, dachte die Fischerin, nachdem Gerold sich ohne Koseworte verabschiedet hatte.

Gerold wiederum lauschte ins Hausinnere. Regte sich da etwas?

Nein. Alles schlief.

Er pellte sich die Strumpfhose vom Kopf, drang in das Arbeitszimmer ein, nahm auf dem höhenverstellbaren Casa-Padrino-Luxus-Chesterfield-Bürostuhl vor Romanis imperialem Casa-Padrino-Keramikschreibtisch Platz, knipste die aus Messing, Stahl und Eisen verfertigte Casa-Padrino-Luxus-Tischleuchte an und fuhr Romanis Rechner hoch.

Über das Paßwort hatte Gerold sich schon den Kopf zerbrochen und sich schließlich gesagt, daß es ratsam sei, in den entscheidenden Momenten auf seine Intuition zu vertrauen. Während die Festplatte schnurrende Töne abgab, fiel sein Blick auf das an der Wand hängende Foto von Romani und Maradona, dem genialen Schlitzohr. »Es war ein bißchen Maradonas Kopf und ein bißchen die Hand Gottes«, hatte Maradona 1986 nach seinem irregulären, im WM-Viertelfinalspiel zwischen Argentinien und England mit der Hand erzielten Tor gesagt. Die Hand Gottes. La mano de Dios.

Natürlich! Gerold gab »Lamanodedios« ein, und schon hatte er die Festplatte gehackt.

Um möglichst viele Dateien kopieren zu können, hatte er fünfzehn USB-Sticks mitgebracht. Er war nicht sonderlich versiert in diesen Dingen, aber auch nicht gänzlich unbegabt, und nach einer

Stunde hatte er mehr als genug abgespeichert, um Romani und Hunderte seiner Konfidenten hinter Gitter bringen zu können.

Als Gerold sich mit seiner Beute zurückziehen wollte, vernahm er ein Knarren. Es kam jemand die Treppe im Hausflur herab. Ein Jemand, der keinen Zweifel daran aufkommen ließ, wer er war, der Padrone Peppone Romani höchstselbst, denn er schrie: »Chiunque tu sia, piccolo scassinatore puzzolente, ti ucciderò!« *Wer auch immer du bist, du stinkender kleiner Einbrecher, ich werde dich kaltmachen!*

Durch die Arbeitszimmertür konnte Gerold nicht mehr entfleuchen. Er lief zu der Handgranatenskulptur, öffnete sie, sprang hinein, schloß den Deckel über sich, so gut es ging, und ordnete seine Gedanken.

Wenn Romani mich findet, wird er mich erschießen, dachte Gerold. Nein, schlimmer: Er wird mich foltern! Und es wird ihn zusätzlich verstimmen, wenn er die USB-Sticks entdeckt. Ich muß sie verstecken. Aber wo?

Es gab nur einen einzigen Ausweg: Er mußte sie aufessen.

Wer jemals einen USB-Stick geschluckt hat, wird Kommissar Gerold nachfühlen können, was er litt, als er in der Handgranatenskulptur kauerte und sein Gaumenzäpfchen zu überlisten versuchte, damit es den Fremdkörpern freies Geleit gab. Das war schon schwer genug, aber noch stärkeren Widerstand leistete der sogenannte untere Schlundschnürer, ein Rachenmuskel, der Medizinern unter dem Namen Musculus constrictor pharyngis inferior geläufig ist. Er hat die Aufgabe, die Nahrung beim Akt des Schluckens durch Kontraktionen in die Speiseröhre zu verschieben. Doch in diesem Fall versagte er Gerold den Dienst.

Wie konnte man einzelne Körperorgane dazu bringen, daß sie im Interesse des Gesamtorganismus ein paar Unannehmlichkeiten akzeptierten?

Gerold stellte sich vor, die USB-Sticks wären krosse, in Schmalz goldbraun gebratene Kartoffelpufferstreifen mit Muskatprisen, Crème fraîche und Petersilie, und das half ein wenig, aber das Unterfangen blieb schwierig.

Während Gerold den vierten USB-Stick hinunterwürgte, schoß Romani in die Zimmerdecke und verschuf seinem Unmut mit dem Ausruf Luft: »Vieni fuori, fottuto ratto dal grembo di una cagna in calore, così posso fare un buco nella tua pellicia!« *Komm raus, du verdammte Ratte aus dem Schoß einer läufigen Hündin, damit ich dir ein Loch in den Pelz brennen kann!*

Bis hier hielt Gerold der Bewährungsprobe stand. Er verharrte still in der Hocke, rief sich immer wieder knusprige Kartoffelpuffer vors innere Auge und vertilgte mannhaft auch die USB-Sticks Nummer fünf bis neun.

Romani stieß hervor, daß er dem Eindringling feurige Eisenkeile unter die Zehnägel treiben und ihn mit einem schartigen Tomatenmesser kastrieren werde. »Arrenditi, figlio di una puttana sifilitica!« schrie Romani. *Ergib dich, du Sohn einer syphilitischen Hure!*

Inzwischen hatte Gerold sich auch den zehnten bis vierzehnten USB-Stick einverleibt. Erst am fünfzehnten verschluckte er sich. Er kriegte ihn in den falschen Hals, geriet in Atemnot, verlor die Selbstbeherrschung und stürzte mitsamt dem Ei vom Sockel.

Es zerbarst, und Gerold kullerte hustend dem erzürnten Romani vor die Füße.

Dem Paten wäre es jetzt ein leichtes gewesen, diese Ratte zu erschießen, doch er war auch nur ein Mensch. Als er sah, daß Gerold mitternachtsblau anlief und nach Luft rang, nahm Romani sich vor, ihm erst einmal das Leben zu retten und ihn später um so brutaler ins Jenseits zu befördern. So kam es, daß Romani dem röchelnden Kommissar aufhalf und ihn mit dem Heimlich-Handgriff dazu brachte, den fünfzehnten USB-Stick in hohem Bogen auszuspucken. Vom Erstickungstod war Gerold da nur noch Sekunden entfernt gewesen.

Im Zuge dieser Aktion kamen die beiden Herren zu Fall, wobei Gerold weicher fiel, denn er landete rücklings auf Romani, der mit dem Hinterkopf auf die Kante des Schreibtischs krachte und sogleich darauf an einem Schädelbasisbruch verstarb.

Abermals lauschte Gerold ins Hausinnere. Bellte irgendwo ein Hund?

Nein, es rührte sich nichts.

Gerold rollte sich von Romani ab, prüfte dessen Puls und sah sich die Pupillen des Paten an. Kein Zweifel: Dieser Mann war tot.

Und nun?

Bloß weg hier, dachte Gerold. Er las den fünfzehnten USB-Stick auf, würgte auch ihn noch hinunter, stieß einmal auf und ergriff die Flucht.

Um seinen Ruf in der internationalen Geschäftswelt zu festigen, hatte Michael Ringel auf Geheiß seines Beraters Mateo Sanabria eine Tournee durch die vornehmsten Freudenhäuser Lateinamerikas unternommen. Im großen und ganzen war ihm schon vor dem Antritt dieser Rundreise nichts Menschliches mehr fremd gewesen, aber hier und dort hatte er trotzdem noch etwas hinzulernen und es in seinem Tagebuch in der Rubrik »Neues Informationsaufkommen« verbuchen können. Bereichert fühlte er sich vor allem durch die Kamasutra-Stellungen »Den Pfau füttern«, »Schwebende Krone« und »Sportlicher Sperling«, und es freute ihn, daß die allgemeine Hochachtung vor seinem Leistungsvermögen dem Melonenexport zugute kam. Der Umsatz war in der vergangenen Woche um fünfhundert Prozent gestiegen.

Einige der Liebesdienerinnen, mit denen Ringel zusammengetroffen war, mochten freilich nicht mehr von ihm lassen. Sie reisten ihm nach und umlagerten sein Haus in Fusagasugá.

»Was soll ich mit denen machen?« fragte er seinen Berater Sanabria.

»Das«, sagte Sanabria und hüstelte, »hängt davon ab, wo Ihre Frau sich aufhält.«

»Die unterzieht sich gerade einer Schönheitskur in Miami, um ihre Fettverteilungsstörungen behandeln und sich die Hängebäckchen wegmachen zu lassen.«

»Dann sollten Sie die Ihnen hörigen Damen hereinlassen. Sie wissen ja: Je weiter sich Ihre Fähigkeiten im Umgang mit dem zarten

Geschlecht herumsprechen, desto besser ist es für Ihr Image in der Melonenbranche.«

So ganz begriff Ringel noch immer nicht, weshalb die Melonenkäufer aus aller Welt solch großen Wert auf die Zeugnisse seiner Manneskraft legten, und noch weniger verstand er, wie es überhaupt angehen konnte, daß der Verkauf der Melonen von den Plantagen seines Schwiegervaters Tag für Tag Unsummen in die Kasse spülte. Erst vor zwei Tagen hatte Don Alonso ihm als Sonderprämie eine Milliarde kolumbianische Peso überwiesen, was einer Viertelmillion Euro entsprach. Und dabei hab ich doch nur herumgehurt! dachte Ringel.

Als Teenager hatte er einmal »Das Kapital« von Karl Marx angelesen, um sich über die Metamorphose der Waren zu informieren, war aber bereits im ersten Kapitel des ersten Bandes steckengeblieben. Daher fragte er sich jetzt vergebens, was Marx wohl dazu gesagt hätte, daß sich der Gewinn eines Familienunternehmens durch den losen Lebenswandel seines Geschäftsführers vervielfachen ließ. Geheimnisvolle Welt des Spätkapitalismus!

Der Profitmaximierung wollte Ringel jedenfalls nicht im Wege stehen. Er befolgte Sanabrias Ratschlag, bat die Groupies herein, bewirtete sie mit allem, was die Küche und der Sektkeller hergaben, tobte mit ihnen treppab und treppauf, warf seine Kleidungsstücke ab und genehmigte sich selbst und der frohen Schar seiner Gäste zu guter Letzt ein Champagnerbad im hauseigenen Whirlpool, wo er mit den Beweisen seiner Liebesgunst nicht knauserte. Er teilte sie reihum freigebig aus und setzte gerade zu seinem fünften Höhenflug an, als Isabel hereingeplatzt kam und einen Wutschrei ausstieß.

Ringel schrak auf. Als er merkte, was los war, löste er sich aus dem Gewirr der Ober- und Unterschenkel und rief seiner Ehefrau zu: »Es ist anders, als du denkst!«

Doch sie schenkte ihm kein Gehör, sondern stürmte hinaus, um alles zu zertrümmern, was sie an ihre verpfuschte Ehe erinnerte.

Aus Höflichkeit nahm Ringel sich noch zwanzig Minuten Zeit für die Zufriedenstellung der Besucherinnen, bevor er seinen Morgenrock überstreifte und Isabel hinterherlief.

Sie stand in der Küche und schmiß sämtliches Geschirr, dessen sie habhaft werden konnte, an die Wand.

»Ich kann alles erklären, mein Liebling«, sagte Ringel und zog den Kopf ein, um einer Bleikristallkaraffe auszuweichen. »Hör mir doch bitte mal zu! Ich hab das nur für uns getan!«

»Äußerst liebenswürdig von dir!« zeterte Isabel. »Zum Dank dafür werde ich dich mit deinen Gedärmen erdrosseln, du Schmutzfink!«

Sie ging mit zwei Bratenspießen auf Ringel los, ohne zu ahnen, daß er ein Träger des roten Gürtels im Jiu-Jitsu war. Schon zwei Sekunden später lag sie schluchzend und entwaffnet auf dem Küchenfußboden und versuchte, Ringel in die Beine zu beißen. Das ließ sie erst bleiben, als er ihr einen leichten Klaps auf die Wange gab.

»Mehr davon«, sagte Isabel. Ihre Augen leuchteten. »Más de lo mismo!«

»Mehr wovon?« fragte Ringel.

»Mehr Klapse.«

Ringel wußte nicht, wohin das führen sollte, doch er tat ihr den Gefallen.

»Härter!«

»Das ist aber eigentlich nicht meine Art«, sagte Ringel.

»Dann tu's aus Liebe zu mir!«

Versuchshalber führte er einen etwas festeren Backenstreich aus.

Isabel grunzte genießerisch. »Hör nicht auf!« rief sie. »Verhau mich! Dann darfst du so viele Mätressen in unser Haus holen, wie du nur willst!«

Vieles war Ringel auf seiner Lebensreise schon widerfahren, aber einen Fall wie diesen hatte er noch nicht kennengelernt. Bevor er jedoch dazu überging, mit Isabel so umzuspringen, wie sie es begehrte, setzte er einen schriftlichen Vertrag auf, um sich abzusichern, und legte ihn seiner Frau zur Unterschrift vor:

Ich, Isabel Mercedes Ringel, geb. Hoyos, erkläre hiermit, daß mein Ehemann Michael Ringel mit mir so verfahren darf, wie Kathrin

Passig und Ira Strübel es in ihrem Handbuch für Sadomasochisten beschrieben haben, das im Jahr 2000 unter dem Titel »Die Wahl der Qual« erschienen ist. Diese Zusage umfaßt Erziehungsspiele jeder Art von Bondage über Spanking bis hin zu Flagellation.

Isabel leckte sich die Lippen, als sie unterzeichnete, und noch bevor die Tinte trocken war, fuhren die miteinander ausgesöhnten Eheleute zur Erotik-Boutique Paradise im Herzen von Fusagasugá, um sich dort mit Bogenfesseln, Knebeln, Lederklatschen und Elektrofloggern einzudecken.

Bei Amazon bestellte Isabel danach noch ein kippsicheres und ungepolstertes Andreaskreuz. Dieses Gerät hatten Passig und Strübel in ihrem Buch wie folgt beschrieben:

Kann man jemanden dran festbinden.

Gütiger Himmel, dachte Ringel. Bin ich alledem überhaupt gewachsen?

9

»Würden Sie mir bitte sagen, was Sie hier vorhaben?« fragte Kommissarin Fischer. »Und wie Sie heißen?«

»Rayk Wieland«, sagte Rayk Wieland. »Geburtsort Leipzig. Die Dame hier links von mir ist die Tontechnikerin Nadja Prien aus Grimma, und der Herr rechts von mir ist der Kameramann Holger Peschendorf aus Glauchau. Wir arbeiten alle drei für den MDR an einem Dokumentarfilm über mein Privatleben und wollen ergründen, wie es dazu gekommen ist, daß ich in den Fokus Ihrer Ermittlungen geraten bin. Das wird sicherlich auch unsere Zuschauer interessieren. Von Ihrem Mitarbeiter Jannik Schüsterhusen bin ich zu einem Verhör einbestellt worden, aber mir ist unklar, worum es dabei gehen soll.«

Die Fischerin nahm einen tiefen Atemzug. »Kommen Sie bitte mit«, sagte sie. »Aber ohne Ihr Team!«

Im Büro der Kommissarin erzählte Wieland ihr alles, was er wußte, und erbat sich die Auskunft, wessen man ihn eigentlich verdächtige.

»Das wird sich hoffentlich gleich klären lassen«, sagte Ute, stand auf, ging zur Tür und beorderte Schüsterhusen mit einem gellenden Pfiff aus dem Archivkeller herbei, in dem er seit ein paar Tagen die von 1987 bis 1994 geführte Korrespondenz zwischen dem Uelzener Polizeikommissariat und dem Uelzener Wasserschutzpolizeirevier zu digitalisieren versuchte. Von Außeneinsätzen hatte die Kommissarin ihn entbunden, weil er im Innendienst weniger Schaden anrichten konnte.

»Sie wünschen?« fragte Schüsterhusen, als er staubbedeckt in das Büro trat.

»Dieser Herr hier« – Kommissarin Fischer deutete auf Wieland – »ist von Ihnen vorgeladen worden. Herr Wieland aus Leipzig. Darf ich Sie fragen, wieso?«

Schüsterhusens Miene verhärtete sich. »Wieso? Na, dann fragen Sie ihn doch mal nach seinem Alibi!«

»Nach welchem Alibi?«

»Nach seinem Alibi für den Todeszeitpunkt des Bankangestellten Erik Ellermann!«

»Wenn ich mich hier zwischendurch einmal einmischen dürfte, würde ich Sie gern auf einen Denkfehler hinweisen«, sagte Wieland. »Ich weiß zwar nicht, wer dieser Herr Ellermann war, aber ich kann Ihnen versichern, daß er keinen Todeszeitpunkt gehabt hat. Sein Tod mag zu einem bestimmten Zeitpunkt eingetreten sein, aber Menschen haben keine Zeitpunkte. Der Zeitpunkt des Todes bezieht sich exklusiv auf den Tod und nicht auf den verstorbenen Menschen.«

»Sehen Sie, Frau Kommissarin?« rief Schüsterhusen. »So versucht diese Ratte sich rauszureden!«

»Wer war denn dieser Erik Ellermann?« fragte Wieland.

Schüsterhusen blaffte ihn an: »Die Fragen stellen hier immer noch wir!«

»Nu reckt dat!« schrie Kommissarin Fischer. »Herr Schüsterhusen, was haben Sie diesem Mann vorzuwerfen?«

»Er steht im Verdacht, einer der Drahtzieher der Mordserie an Bankangestellten zu sein!«

»Darf ich hier noch einmal einhaken?« fragte Wieland. »Es ist denkbar, daß es eine Serie von Morden an Bankangestellten gibt, aber eine ›Mordserie an Bankangestellten‹ ist grammatikalisch ein Ding der Unmöglichkeit. Das wäre ja eine ›Serie an Angestellten‹. Was Sie meinen, ist aber eine Serie von Morden. Falls Sie mir folgen können.«

»Ich sag's ja!« rief Schüsterhusen. »Dieser Typ versucht dauernd vom Thema abzulenken, weil er bis zur Halskrause in die Mordserie verstrickt ist!«

»Und wie kommen Sie darauf?« fragte die Fischerin.

Schüsterhusen nagte an seiner Unterlippe, die zuvor noch nie ein anderer Mensch benagt hatte, und biß dabei versehentlich zwei Eiterpickel auf. Sollte er gestehen, wie er Wieland auf die Spur gekommen war? Um sich dann womöglich auslachen zu lassen?«

»Darüber muß ich Stillschweigen bewahren«, sagte er und berief sich auf den Schutz seiner Informanten.

»Und ich«, sagte Wieland, »berufe mich auf meinen Hautarzt, wenn ich Ihnen den Rat gebe, die Pusteln an Ihrer Unterlippe mit Teebaumöl zu betupfen. Das wirkt Wunder! Ich hatte selbst mal solche Borken im Gesicht, und die haben sich sofort verdünnisiert, als ich ihnen mit Teebaumöl auf die Pelle gerückt bin …«

»Herr Schüsterhusen, ich suspendiere Sie vom Dienst«, sagte Kommissarin Fischer. »Und Sie, Herr Wieland, würde ich nach Feierabend gern auf einen Schoppen in die Uelzener Ratsweinhandlung einladen. Wäre Ihnen das recht? So gegen zwanzig Uhr? Ihre Kollegen dürfen Sie natürlich gern mitbringen. Ich glaube, daß wir etwas wiedergutzumachen haben.«

»Klingt nett«, sagte Wieland. »Einverstanden!«

»Sie begehen gerade den Fehler Ihres Lebens, Frau Kommissarin!« rief Schüsterhusen. »Geben Sie mir nur eine Stunde mit diesem Mann, und ich garantiere Ihnen, daß er singen wird wie ein Bläßhuhn!«

»Da irren Sie sich«, sagte Wieland. »Bläßhühner sind keine Singvögel.«

Zapatero Lucas Basualdo liebte vieles an seiner Arbeit als Zuchthausdirektor: das Vorrecht, widerspenstigen Häftlingen Dunkelhaft zu verordnen, die Bestechungsgelder, die ihm zuflossen, und den unterwürfigen Ton der Gnadengesuche, aus denen er seine Enkelkinder an den Wochenenden Papierflugzeuge bauen ließ. Er liebte zwar auch Chuck-Norris-Filme, Snuff-Videos und Hitlerreden sowie saure Kutteln in Trollingersoße mit Bratkartoffeln, aber wenn er eines nicht liebte, dann waren es Raufhändel in seinem Machtbereich.

Aus diesem Grund hatte Basualdo die Störenfriede Schulz und Gsella sofort nach den von ihnen ausgelösten Unruhen für zweitausend Argentinische Peso das Stück – umgerechnet 17,40 Euro pro Person – an einen alten Freund verscherbelt, der in der Provinz Santa Fe Viehzucht betrieb. Dieser Käufer, ein gewisser Hildur Graf Norbert von Hötzendorf, stammte in dritter Generation von einem Obersturmbannführer der SS ab, der 1946 über die vom Vatikan eingerichtete »Rattenlinie« nach Südamerika geflohen war und sich dort ein neues Standbein als Rancher aufgebaut hatte.

»Was meinst du, wo sie uns hinbringen?« fragte Gsella seinen Leidensgenossen Schulz, während sie im Frachtraum einer lichtlosen Polizeiwanne dem ihnen noch unbekannten Ziel entgegenholperten. »Zur deutschen Botschaft? Oder vielleicht zum Interamerikanischen Gerichtshof für Menschenrechte in Costa Rica, damit wir uns da über die schlechte Behandlung beschweren können?«

Schulz gab keine Antwort. Seit er sechs Stunden lang mit dem Kopf nach unten in dem Basketballkorb festgesteckt hatte, litt er an Brustwirbelsäulenschmerzen und Nackensteife.

»Na, wir werden schon sehen«, sagte Gsella und merkte an, daß er die Eruption der Gewalt nach dem Erschlaffen des Basketballs verständlich finde: »Man muß sich ja mal vergegenwärtigen, daß da zwei Europäer wie wir anstolziert kommen, und einer von uns beiden geht halt her und beißt den Ball kaputt, den der intern am höchsten angesehene Inhaftierte seit Jahren wie seinen Augapfel gehütet hat. Ist doch klar, wenn da Affekte wach werden, bei denen sich 'ne emotionale Seite zeigt, wo dann eben nicht mehr ganz scharf unterschieden wird, welches Maß von Gegenaggression vielleicht noch entschuldbar wäre, sag ich mal, oder wo die Grenze erreicht ist, wo man sagen muß, okay, das geht jetzt zwar zu weit, aber so ’n Stück weit sollten wir uns selbst da schon auch fragen, inwieweit das Ganze als Provokation verstanden worden ist. Der Mensch ist ja nicht nur ein Homo sapiens, sondern auch ein Homo ludens, also ein spielender Mensch, und wenn man dessen liebstes Spielzeug kaputtmacht, dann braucht man sich nicht zu wundern, daß da solche extremen Dinge passieren …«

So plapperte Gsella daher, obwohl ihm niemand zuhörte. Kenner der International Statistical Classification of Diseases and Related Health Problems hätten aus seinem Redestrom vermutlich auf eine Panikstörung geschlossen. Für diese Diagnose sprachen auch Gsellas erhöhte Herzfrequenz, seine Mundtrockenheit, das Beklemmungsgefühl in seinem Magen und der Schweiß, der seine Socken durchtränkt hatte.

In Hötzendorfs Hacienda wurden Schulz und Gsella dem Gutsherrn vorgeführt. Wes Geistes Kind er war, ließ sich unschwer an dem monumentalen Führerbild ablesen, das hinter seinem Schreibtisch zwischen allerlei Großwildjagdtrophäen an der Wand hing. Sein eigenes Antlitz hatte Hötzendorf als Mitglied einer schlagenden Verbindung bereits in jungen Jahren in ein von Schmissen entstelltes Fleischsalatfeld umgeschaffen und sich nach und nach so viel Speck angefressen, daß die Fettwülste ober- und unterhalb des rechten Auges mühelos das Monokel festhalten konnten, das er von seinem Ururgroßonkel Franz Conrad von Hötzendorf geerbt hatte, einem angriffslustigen Feldmarschall der k. u. k. Armee unseligen Angedenkens. Vom Adamsapfel abwärts glich Hötzendorf dem Hauptkriegsverbrecher Hermann Göring und trug deshalb auch dessen 1945 vor den Russen gerettete und auf vielen Umwegen nach Argentinien verschiffte Reichsjägermeisteruniform.

In der Regel stellte Hötzendorf nur Knechte mit österreichisch-ungarischem, sudetendeutschem oder oberschlesischem Migrationshintergrund ein. Ob er bei Schulz und Gsella eine Ausnahme machen oder diese beiden Männer besser an seine Schweine verfüttern sollte, wußte er noch nicht.

Er nahm einen Ochsenziemer in die Hand, trat vor Schulz und Gsella hin und fragte sie: »Haben Sie gedient?«

»Indirekt schon«, sagte Schulz. »Ich hab acht Jahre lang beim Technischen Hilfswerk Stade gearbeitet und war deswegen vom Wehrdienst befreit …«

»Falsche Antwort!« schrie Hötzendorf, versetzte Schulz einen Hieb mit dem Ochsenziemer und richtete das Wort an Gsella: »Wie sieht's bei Ihnen aus? Gedient?«

Gsella, der neben sich den hart getroffenen Schulz niedersinken sah und als Kriegsdienstverweigerer leider nur auf eine Zivildienstzeit in der mobilen Altenpflege der Essener Arbeiterwohlfahrt zurückblicken konnte, reagierte blitzschnell und phantasierte etwas über seine Dienstzeit in der Ausbildungsunterstützungskompanie eines Fallschirmjägerregiments zusammen.

»Und wo waren Sie stationiert?«

»Bei so 'ner Luftlandebrigade. In Saarbrücken, glaub ich. Nein, warten Sie! In Saarlouis! Ist aber schon lange her. Ich hatte um heimatnahe Verwendung gebeten, also mehr so im Raum Essen, aber man folgt halt seinen Befehlen. Und vor einigen Jahren bin ich übrigens nach Aschaffenburg umgezogen. Ist Ihnen das Lokal Schlappeseppel ein Begriff? Wenn es Sie mal nach Aschaffenburg verschlägt, sollten Sie da unbedingt einkehren …«

»Kennen Sie den Oberfeldapotheker Wenzeslaus Kniehals?« fragte Hötzendorf und fixierte Gsella durch das blitzende Monokel. »Der hat gleichfalls in einem Fallschirmjägerregiment in Saarlouis gedient!«

»Kniehals«, murmelte Gsella. »Kniehals, Kniehals … Nein, da muß ich passen. Aber wie gesagt, das liegt alles schon lange zurück …« Als er jedoch sah, wie sich Hötzendorfs Gesicht verfinsterte, besann

Gsella sich eines anderen und rief: »Hey – jetzt fällt's mir wieder ein! Mit dem Oberfeldapotheker Kniehals sind meine Kameraden und ich doch damals in Saarlouis nächtelang um die Häuser gezogen und haben ›Gefangen in maurischer Wüste‹ gesungen! Und das ist ein Bekannter von Ihnen? Wie schön! Hatte der nicht so 'n violettes Muttermal an der Backe? Oder verwechsel ich da was?«

Hötzendorf ließ Gsella wissen, daß er sich nur im Jahrhundert vertan habe: »Der Oberfeldapotheker Wenzeslaus Kniehals ist bereits 1806 in der Doppelschlacht bei Jena und Auerstedt gefallen, Sie Lügner!«

In Saarlouis habe man ihm das aber gar nicht angemerkt, konnte Gsella noch sagen, bevor auch er eins mit dem Ochsenziemer übergebraten bekam.

Danach geleitete ein Adjutant des Gutsherrn die beiden schwächelnden Neulinge zu ihrer Unterkunft im Heuschober. Vor dessen Tor bildete ein Empfangskomitee aus fünfzig anderen Bediensteten eine anderthalb Meter breite Gasse, in der man Schulz und Gsella mit Kugelkopfkeulen, Lawinenschaufeln, Mistgabeln, Steigbügelriemen und Spatenschäften verwämste, um den Eingewöhnungsprozeß zu beschleunigen. Und nach diesem Spießrutenlauf ging es erst richtig los, denn nun begann das Aufnahmeritual, das auf dem Hötzendorfschen Landgut Usus war.

Hierbei mußten Schulz und Gsella zunächst eine mit Cayennepfeffer, Peperoncini und geschrotetem Piri Piri aufgepimpte Mixtur aus Stierblut, Grappa, Waffenöl, Zitronensaft und Frostschutzkonzentrat schlürfen, anschließend jeweils einer Kolumbianischen Riesenkröte bei lebendigem Leibe den Kopf abbeißen und im dritten Akt zu den Klängen von Richard Wagners berühmtem »Ritt der Walküren« fünf Minuten lang barfuß auf Glasscherben tanzen.

Nach diesen Affenpossen wurden die beiden Rekruten auf eine Lagerstatt aus Strohsäcken geworfen, wo sie ihre Erlebnisse verarbeiten konnten. Sie durften sich nun als vollwertige Mitglieder der Hofgemeinschaft verstehen, auch wenn sie in der Hierarchie natürlich ganz unten herumkrebsten.

Gerold war wasserscheu. Seinen Freischwimmer hatte er erst als Zwölfjähriger gemacht, und er dachte nur ungern an seinen ersten und einzigen Sprung vom Dreier zurück. Als ausgewachsener Kommissar stand er nun aber in dem Küstendorf Torre Faro im äußersten Nordostzipfel Siziliens am Ufersaum der Straße von Messina, einer drei Kilometer breiten Meerenge, an deren anderem Ende das italienische Festland lag, wohin er nur gelangen konnte, wenn er schwamm.

Von Peppone Romanis Landsitz war er auf einem Motorrad geflohen, das er Romani gestohlen hatte, und hier, am Strand von Torre Faro, trug er seit zwei Minuten eine Badehose, die er Romani ebenfalls gestohlen hatte. Es war Gerold bewußt, daß man einen Paten der sizilianischen Mafia nicht tot zurücklassen und zudem noch beklauen konnte, ohne sich Probleme einzuhandeln. Auch deshalb zog es ihn in die Ferne. Sicherheitshalber wollte er sein Handy im Meer versenken, bevor er sich in die Fluten stürzte, aber vorher rief er noch einmal Ute an.

Sie nahm jedoch nicht ab.

Der einzige Fernsprechteilnehmer, den Gerold erreichte, war Henning Riesenbusch, und der hatte keine erbaulichen Nachrichten zu vermelden: »Auf das Berner Bundesamt für Polizei ist heute ein Bombenanschlag verübt worden! Es ist bis auf die Grundmauern abgebrannt, und von der SoKo Börsenfieber hat niemand überlebt …«

»O Gott«, sagte Gerold. »Hat sich schon jemand dazu bekannt?«

»Nur lauter Wirrköpfe. Die wahren Auftraggeber halten sich natürlich bedeckt. Es unterliegt aber keinem Zweifel, daß sie tief in den Strukturen des organisierten Verbrechens verwurzelt sind. Um so wichtiger ist es deshalb, daß Sie Peppone Romani melken!«

»Der weilt leider nicht mehr unter uns. Er hat in meinem Beisein einen häuslichen Unfall mit tödlichem Ausgang erlitten, und seitdem ist ganz Sizilien hinter mir her.«

»Ach du liebes bißchen. Wo sind Sie denn jetzt?«

»Ich stehe vor der Straße von Messina, trage einen Rucksack mit meiner Wäsche und meinen Schuhen, habe mir einen wasserdichten Beutel mit meiner Brieftasche um den Hals gehängt und werde gleich zum anderen Ufer kraulen. Wenn ich dort tot angeschwemmt werden sollte, empfiehlt es sich, mir den Magen zu öffnen, denn darin befinden sich fünfzehn USB-Sticks mit Kopien von Dateien aus Romanis Rechner.«

»Donnerwetter. Können Sie denn gut schwimmen?«

»Nein. Aber ich werde mir Mühe geben.«

»Herr Gerold«, sagte Riesenbusch, »gestatten Sie mir bitte, Ihnen ein Kompliment auszusprechen! Es dürfte zwar nichts Neues für Sie sein, wenn ich Ihnen mitteile, daß mir Ihr Mut und Ihre Tatbereitschaft Respekt abnötigen, aber in diesem speziellen Fall möchte ich Sie ausdrücklich meiner persönlichen Hochachtung versichern. Vielleicht ergibt sich irgendwann die Gelegenheit, daß ich Ihnen erzähle, welche Rolle ich vor fünfunddreißig Jahren bei der Festnahme des Scheckbetrügers Ruppmeyer in Suderburg gespielt habe. Dieser Vorgang war nämlich auch nicht ganz ohne, um es hier einmal zurückhaltend auszudrücken. Heute könnte ich so etwas allerdings nicht mehr, schon allein wegen meiner Rheumageschichten, wie Sie sich ja denken können. Ich will damit auch nur sagen, daß ich Ihre Tapferkeit zu schätzen weiß …«

»Danke sehr«, sagte Gerold.

Bevor er startete, überflog er auf seinem Smartphone den Wikipedia-Eintrag über die Straße von Messina. Die Durchfahrt, hieß es dort, gestalte sich aufgrund der Wind- und Strömungsverhältnisse und der beiderseits nahen Steilküsten seit jeher sehr schwierig:

Antike Autoren lokalisierten daher die beiden mythologischen Ungeheuer Skylla und Charybdis, die nach Homer an einer Meerenge hausten und die Durchfahrt sehr erschwerten, an der Straße von Messina. Dabei wurde Charybdis auf sizilischer Seite bei Messene (Messina) verortet. An der kalabrischen Küste gibt es den Ort Scilla, das antike Scyllaeum.

Darauf folgte ein Zitat des Geschichtsschreibers Thukydides:

»Dieser Sund ist das Meer zwischen Rhegion und Messene, wo Sizilien vom Festland den kürzesten Abstand hat. Dies ist auch die

sogenannte Charybdis, durch die Odysseus durchgefahren sein soll. Die Enge, wo die Wasser weiter Meere, des Tyrrhenischen und des Sizilischen, aufeinanderstoßen und Strömungen bilden, galt mit Grund als gefährlich.«

Alsdann, sagte sich Gerold, watete ins kalte Wasser, warf sein Smartphone weg, schwamm beherzt drauflos und dachte an Ute, Grietje, Gerreltje und Galtje, denen er es schuldig war, am Leben zu bleiben.

Unter der lachenden Sonne von Fusagasugá fläzte Michael Ringel sich auf seiner Dachterrasse auf einer witterungsbeständigen Wellenliege aus Lärchenholz, bettete sein Haupt auf ein feuchtigkeitsabsorbierendes Kissen und besah sich wohlgefällig die Lichtreflexe auf dem frischen Nagellack, der seine pedikürten Zehen veredelte.

Schon am frühen Morgen hatte Ringel der schwiegerväterlichen Firma zuliebe fünf in allen Künsten der Venus erfahrene Kurtisanen aus den Rotlichtvierteln der Metropolregion São Paulo von seinen körperlichen Reizen überzeugt und gleich danach eine Dreiviertelstunde lang pflichtgetreu seine Frau ausgepeitscht. Jetzt nippte er an einem Cuba Libre und machte sich Gedanken über das Melonengeschäft. Sollte es dafür nicht eine ökofaire Lieferkette geben? fragte er sich. Hatte olle Don Alonso darüber überhaupt schon mal nachgedacht?

Ringels Handy bimmelte, und er ging ran. »Wer da?«

»Rayk Wieland«, sagte Rayk Wieland. »Bist du's, Michael?«

»Yep! Grüß dich!«

»Wo steckst du?«

»Ist das wichtig?«

»Möglicherweise schon.«

»Also, mich hat's nach Kolumbien verschlagen. Eigentlich wollte ich hier nur 'n paar Autogramme kaufen, aber dann hab ich geheiratet und bin als Quereinsteiger in der Kürbisgewächsbranche gelandet. Warum fragst du?«

»Weil Thomas Gsella mal wieder verschwunden ist. Zusammen mit Frank Schulz. Auf Youtube hab ich eben ein vor kurzem von irgendeinem Argentinier hochgeladenes Video gesehen, in dem man sie dabei bewundern kann, wie sie von einem Regenrohr abstürzen und in ein Bassin mit Raubfischen fallen. Es sieht jedenfalls so aus, als wären das Raubfische. Und da ist mir eingefallen, daß du dir ja schon früher mal Meriten auf der Suche nach Gsella erworben hast …«

Damit spielte Wieland auf eine legendäre Expedition an, bei der Ringel im Mittleren Osten die Fährte des verschollenen Gsella aufgenommen und ihn schließlich in Indien aufgespürt hatte.

»Mail mir mal den Link«, sagte Ringel und betätigte den Türsummer, denn es stand wieder eine Delegation liebesdurstiger Hetären auf der Matte. »Vor einiger Zeit hab ich schon 'n anderes krasses Video von denen gesehen. Ich fürchte allerdings, daß ich mich nicht so ohne weiteres loseisen kann, um nach Schulz und Gsella zu fahnden. Meine Termine sind hier ziemlich eng getaktet. Glaub mir, Rayk, du würdest dich wundern, wie umtriebig man sein muß, wenn man als Unternehmer in Kolumbien bestehen will!«

»Aber immerhin befindest du dich ja auf demselben Kontinent wie Gsella und Schulz. In meinen Augen ist das ein gutes Omen …«

Die zwölf Frauen, die Ringel hereingelassen hatte, tänzelten um ihn herum, liebkosten seine Füße und nestelten an seinem Hosenbund, während er das Telefongespräch zu einem guten Ende zu bringen versuchte: »Ich hab hier jetzt 'n Meeting, Rayk, aber ich werde mein Möglichstes tun, das versprech ich dir!«

Eine innere Stimme sagte Wieland nach diesem Telefonat, daß er selbst nach Südamerika reisen sollte, um Ringel bei der Suche nach Gsella und Schulz behilflich zu sein. Ohne dich, Rayk, sagte jene Stimme, wird Ringel sich verzetteln. Er braucht deinen Beistand!

Bereits acht Stunden später flog Wieland nach Bogotá, und drei Reihen hinter ihm saß ein Arbeitsloser mit langstieligen Augen: Jannik Schüsterhusen, der den Gangster Rayk Wieland um jeden Preis zur Strecke bringen wollte. Zu diesem Zweck hatte Schüsterhusen mit Hilfe einer gefälschten Unterschrift das Sparkonto seiner Stiefgroßmutter geplündert. Er war voller Tatendrang.

An seinem 65. Geburtstag ließ Hildur Graf Norbert von Hötzendorf die Schwarte krachen. Er hatte die bedeutendsten Event-Agenturen Argentiniens beauftragt, das Äußerste aus sich herauszuholen, und es schien sich gelohnt zu haben. Zauberer, Stelzenläufer, Schwertschlucker, Jongleure und Feuerspeier belebten das Hofgelände, Hostessen im Aufputz des Bundes Deutscher Mädel verteilten Hakenkreuzfähnchen an die illustren Gäste, immer neue Gourmet-Foodtrucks fuhren vor, in einer Smoothie-Bar wurden nach ostpreußischen Vorkriegsrezepten gemixte Durstlöscher feilgeboten, im Entrée des Hauptgebäudes prangten illuminierte Schaumweinkelchtürme, im Festsaal ächzten die Beine der Tropenholztische unter der Last der Büfettmassen, für den kleinen Hunger zwischendurch standen Candy Girls in abknabberbaren Outfits parat, und um auch den Kindern der Gäste etwas zu bieten, hatte der Jubilar seinen neuen Lakaien Schulz und Gsella befohlen, eine gigantische, der von Albert Speer entworfenen Ruhmeshalle für die Welthauptstadt Germania nachempfundene Hüpfburg aufzublasen.

Von diesem Kraftakt waren die beiden Globetrotter noch immer außer Puste, als sie in Hötzendorfs Großküche standen und das schmutzige Geschirr sortierten, das hereingetragen wurde. Sie schwitzten dabei stark, denn es war schwül, und ein Vorarbeiter hatte sie mit Waffengewalt dazu gezwungen, sich zur Feier des Tages in die traditionelle Tracht der Siebenbürger Sachsen zu kleiden. Dazu gehörten breitkrempige Filzhüte, buntbestickte Samtkrawatten, kneifende Leibchen, Oberhemden aus grobem Baumwollstoff, Tuchspangen, Hirschrosenwappen, schwere Lederwesten, dicke Strickstrümpfe, luftdichte schwarze Stoffhosen, klotzige Gürtelschnallen und steife schwarze Hochschaftstiefel, aus denen schon bald ein fauliger Geruch aufstieg.

Aus dem Saal tönte der Gesang eines Musikanten herüber: »Soldat bin i gern, und da kenn i mi aus, und gar gern stand i Schildwach ban Deandl ihrn Haus …«

»Wie lange sind wir hier jetzt am Ackern?« fragte Gsella. »Neun Stunden? Oder zehn?«

»Eher zwölf«, sagte Schulz und schleckte eine Röhrennudel und einen Klacks Pesto alla calabrese von einem der abgegessenen Teller. Gemäß der Hausordnung gab es für das Personal sonst nur Kohlrübensuppe à la Eydtkuhnen.

Gsella warf das Handtuch. Er mache »nicht mehr mit«, verkündete er. »Was bildet dieser Hötzendorf sich denn ein? Hat der noch nie was von Work-Life-Balance gehört? Oder von innerbetrieblicher Mitbestimmung? In der freien Wirtschaft ist das Top-down-Prinzip doch überhaupt nicht mehr angesagt! Die meisten Firmen gehen jetzt nach dem Bottom-up-Ansatz vor!«

Währenddessen hieß Hötzendorf seinen Spezi Arturo Miguel Infante aus Chile sowie Vertreter des Klerus, des Ku-Klux-Klans und des argentinischen Generalstabs willkommen. Zur allgemeinen Freude fuhr in dieser Minute auch Korbinian Scheuerlapp vor, und zwar mit einem nagelneuen, elf Meter langen und 650 PS starken Beichtmobil, das er mit Moneten aus der jüngsten Sonntagskollekte der Kathedrale von La Plata geleast hatte. Die hochwertige Lederausstattung, eine ausgeklügelte Klimatechnik, rückenfreundliche Spezialmatratzen und ein beheizter Doppelboden in Yacht-Optik gaben dem Gefährt den besonderen Pfiff. Es gefiel auch durch seine Staukastenklappen mit Soft-Close-Funktion, praktische Raffrollos und einen Fäkalientank aus Edelstahl. Der eigentliche Clou war jedoch der in den Salonbereich integrierte Beichtstuhl aus kambodschanischem Adlerholz.

Als Geschenk für das Geburtstagskind hatte Scheuerlapp eine Reliquie in petto: eine Rachenfistel aus dem Hals des Kirchenvaters Papias von Hierapolis. Zwischen einem Löwenkopfsäbel aus der Rüstkammer der Leibstandarte SS Adolf Hitler, Julius Streichers Schuhanzieher und einem Original-Büstenhalter von Magda Goebbels machte die Fistel auf dem Gabentisch eine gute Figur.

Da nun alle versammelt waren, stieg Hötzendorf im Hof auf eine Munitionskiste – ein Souvenir aus der Panzerschlacht bei Kursk – und sprach ein paar Begrüßungsworte, ohne daran zu denken, daß nicht alle Gäste die deutsche Sprache verstanden. Er bedankte sich bei dem germanischen Donnergott Thor für das Bombenwetter, rühmte die sittlich hochstehende Ahnenreihe derer von Hötzendorf und erging sich schließlich in tagespolitischen Betrachtungen über die »liberal-marxistische Epoche«, die es zu überwinden gelte: »Im Namen des materialistischen Lebens versündigt man sich an den Voraussetzungen des Lebens überhaupt! Eine schleichende Krankheit, die seit Generationen andauert und zu einer allgemeinen Zersetzung, ja Zerfressung der Völker führt, versucht mit dämonischem Wüten den gesunden Instinkt zu unterjochen. Wir müssen den Kampf als ewig auslesende Erscheinung, die Erde und den Lebensraum als zwingende, treibende und bestimmende Kräfte wieder in ihr Recht einsetzen. Für uns alle, die wir hier zusammengekommen sind, um mir zu huldigen, gebe ich heute feierlich die Parole aus, daß unserem Wirkungskreis für die Zukunft kein geringeres Verdienst gebührt als für die Lorbeerreiser, die wir in der Vergangenheit als Blutzoll unserer Rasse für den Tod der Ortsgruppen- und Marschblockleiter bei der Aufgabendurchführung im Hinblick auf den Führernachwuchs in den Ordensburgen des Deutschen Reiches geopfert haben. Sieg Heil!«

»Hey, Großfresse! Da haste deine Lorbeerreiser!« rief Gsella und schleuderte Hötzendorf über die Köpfe der Menge hinweg einen nassen Küchenfeudel ins Gesicht.

Es war ein Volltreffer. Und zugleich war es ein Entzauberungsschlag, der Hötzendorf bis in die Grundfesten seiner Persönlichkeit erschütterte. Noch während er vor Schreck von der Munitionskiste fiel und angstvoll aufschrie, durchfuhr ihn der Gedanke: So ähnlich muß der Führer sich gefühlt haben, als Stalingrad gefallen war …

Unterdessen hatte Arturo Miguel Infante in dem Feudelattentäter Gsella einen der beiden hinterhältigen deutschen Kokaindiebe erkannt und versuchte ihn mit der Beretta abzuknallen, die er immer bei sich trug. Er traf nicht, doch nun brach eine Panik aus. Binnen Sekunden verwandelte sich die eben noch so homogene Festgesellschaft in einen Haufen kreischender, wild um sich schlagender und einander rabiat überrennender Einzelkämpfer, die sich aufführten wie im Sommerschlußverkauf.

Mit diesem Resultat hatte Gsella nicht gerechnet, aber er erkannte die Chance, die sich hier bot. Er galoppierte in die Großküche, riß Schulz den Currywurstschneider, den der gerade mißmutig mit einem Stahlschwamm wienerte, aus den Händen und gab einer stolzen Hoffnung Ausdruck: »Frank! Die Freiheit ruft! Laß uns verduften!«

Bebenden Herzens verdrückten die zwei Dichter sich durch die Hintertür, liefen um das Gebäude herum und krochen dann im flachen Schatten eines Flamingoblumenbeets neben Hötzendorfs Minigolfanlage zum Parkplatz, um dort ein Fluchtfahrzeug zu knacken.

Die Geburtstagsgäste waren inzwischen dazu übergegangen, sich gegenseitig zu massakrieren. Scheuerlapp konnte sich durch den Kopfsprung in einen malerischen Ziehbrunnen retten. Andere hatten weniger Fortüne: Mit Kartoffelhacken, Dreschflegeln und Ochsenketten oder auch mit bloßen Händen wurden sie von ihresgleichen zerfleischt. Man hörte Rippen bersten und sah Blut aufspritzen, und es paßte dazu, daß die rechtskonservative Hiphop-Band Fahnenstolz, die Hötzendorf aus Deutschland hatte einfliegen lassen, im nebenan gelegenen Heuschober in diesen Minuten mit voller Kraft ihren »NS Nuttenzerficker Rap« zu proben begann. Auch für Hötzendorf und Infante wäre die Sache sicherlich böse ausgegangen, wenn sie sich nicht ebenfalls in den zwölf Meter tiefen Brunnen gestürzt hätten.

Auf dem Parkplatz stellte Schulz fest, daß Scheuerlapp seinen Autoschlüssel im Zündschloß steckengelassen hatte.

»Dann mal nichts wie weg«, sagte Gsella und erklomm den Beifahrersitz, während Schulz den Sechszylindermotor anwarf.

Jubilierend verließen sie mit dem gewaltigen Beichtmobil den ländlichen Gutshof des Zwingherrn Hötzendorf und steuerten

Buenos Aires an. Der Plan war klar: Sie wollten in der deutschen Botschaft vorsprechen und sich zur Ausreise nach Deutschland verhelfen lassen. Von Argentinien hatten sie genug gesehen.

»Und was wirst du als erstes tun, wenn du wieder in der alten Heimat bist?« fragte Schulz, als sie auf die Ruta Nacional 9 einbogen.

»Duschen«, sagte Gsella. »Und du?«

»Ich hab vor Jahren mal die CD ›Best of Tango Argentino‹ geschenkt gekriegt. Die werde ich in meiner Mikrowelle garen …«

Es ließ sich alles gut an: Nach viereinhalb Stunden hatten sie Buenos Aires erreicht, und die Embajada de Alemañia rückte bereits in Sichtweite, aber irgendwie kam der Navigator mit dem Einbahnstraßensystem nicht zurecht. Er dirigierte Schulz und Gsella in den Stadtteil La Boca, ein von Bandenkriegen und Straßenräubern geprägtes Problemviertel, in dem ihnen eine Gruppe junger Männer in den Weg trat.

Gsella ließ das Seitenfenster herunter und fragte: »Do you perhaps know the shortest possible route to the German Embassy? We have somehow lost our way!«

Die Antwort – »¡Billetes, por favor!« – verstand er nicht.

»Ich glaube, die wollen unsere Fahrausweise sehen«, sagte Schulz, und da wurde das Beichtmobil bereits von hinten aufgesprengt und geentert.

Es waren Fans des Fußballvereins Boca Juniors, die den Wagen umzingelt hatten. Ihr Anführer, ein Soziopath mit dem Spitznamen La Garra del Diablo, war so überreichlich tätowiert, daß er wie die Kreuzung aus einer Korallenotter und einem späten Picasso aussah. Auf den ersten Blick hätte niemand erkennen können, wo genau sich die Augen und der Mund dieses Ultras befanden, aber darauf kam es auch nicht an. Was zählte, waren seine Befehle, und der letzte lautete, den Fahrer und den Beifahrer geknebelt und gefesselt in einem der Staukästen zu deponieren. Über das Schicksal dieser Geiseln wollte La Garra del Diablo später befinden. Jetzt spitzte er sich auf ein Drive-by-Shooting im Revier der Fans des Konkurrenzvereins River Plate und setzte sich ans Steuer des Beichtmobils.

Unabhängig voneinander dachten Schulz und Gsella im Staukasten dabei an dieselben Songzeilen:

Don't cry for me, Argentina
The truth is I never left you …

Dann fielen die ersten Schüsse.

10

Zwischen Skylla und Charybdis war Kommissar Gerold einer Tigermuräne begegnet, mehreren Tiefseefischen aus der Familie der Dornrückenaale, drei süßen Seepferdchen und zwei mittelgroßen Plastikmüllstrudeln sowie einem Dutzend kugeldurchsiebter menschlicher Wasserleichen.

Die spinnen, die Italiener, hatte er gedacht und sich weiter durch das kühle Naß gekämpft, das fürwahr so schreckenvoll und grausam war wie in dem altbekannten Bericht von Homer:

Denn hier drohete Skylla und dort die wilde Charybdis,
Welche die salzige Flut des Meeres fürchterlich einschlang …

Bleiches Entsetzen hatte Gerold ergriffen, als er vom Sturm ins Nirgendwo gerissen worden war, doch die Himmlischen hatten schließlich ein Einsehen gehabt und den seiner Sinne nicht mehr mächtigen Kommissar an die kalabrische Küste gespült.

Als er zu sich kam, lag Gerold im Gästebett eines verwitweten Fischers, der ihn aufgelesen hatte.

»Wo bin ich hier?« fragte Gerold ihn. »Dove sono?«

»Bagnara Calabra«, sagte der Fischer.

»Ah. E lei chi è?« *Und wer sind Sie?*

»Filippo Misiti. E lei?« *Und Sie?*

Das gutherzige Bratpfannengesicht des Mannes flößte Gerold Vertrauen ein, doch er ließ Vorsicht walten. Er sei ein Tourist, behauptete er, und habe sich »verschwommen«: »Mi sono … äh … offuscato.«

Daraus wurde Misiti nicht schlau.

»Non importa«, sagte Gerold. Viel wichtiger sei es ihm, an ein Handy zu gelangen und an ein großes Glas Wasser.

Misiti brachte ihm beides ans Bett und dazu noch einen Cappuccino con panna sowie ein Bärlauchrisotto, geröstete Crostini mit Steinpilzen, Champignons und feingehacktem Knoblauch, eine Portion Linguine mit jungem Ziegenkäse, eine Parmesanschaumsuppe und ein Fläschlein Kaktusfeigenlikör aus eigener Herstellung. Zur Verschönerung hatte Misiti eine Pfauenfeder auf das Tablett gelegt.

Mit dem Frühstück wollte Gerold lieber noch warten. Er trank das Glas Wasser aus, nahm die Pfauenfeder an sich, ging ins Badezimmer, verschloß die Tür und stieß sich den Federkiel so tief in den Hals, daß die USB-Sticks in Windeseile den Rückweg aus der Magengrube antraten und ins Waschbecken purzelten, was aber nicht völlig geräuschlos geschah.

»Va tutto bene?« rief Misiti durch die Tür. *Alles in Ordnung?*

»Sì, sì, sto bene!« rief Gerold zurück, obwohl es ihm dreckig ging. Einer der USB-Sticks hatte sich in seiner Speiseröhre quergestellt und konnte nur mit der Federkielspitze aus seiner Lage befreit werden.

Misiti fragte, ob er einen Krankenwagen rufen solle, doch das hätte noch gefehlt. Wenn Gerold überleben wollte, mußte er unerkannt außer Landes gelangen. Er stieß noch einmal mit dem Federkiel zu, erbrach die letzten drei USB-Sticks und log mit belegter Stimme, daß er putzmunter sei: »Sono in forma come un violino!«

Die USB-Sticks wickelte er zum Trocknen in ein Handtuch ein. Dann rief er Ute an.

»Gerold, mein Guter!« rief sie aus. »Wo bist du?«

»Auf dem italienischen Festland«, sagte er. »Peppone Romani ist tot, und sein Sohn Lorenzo ist mir auf den Fersen, aber ich lebe noch. Näheres später! Ich bin inzwischen halb verrückt vor Sehnsucht nach dir und den Kindern …«

»Ich werde sie in deinem Namen knuddeln. Am Wochenende fahr ich wieder nach Boekzeteler Hoek. Und hast du schon die neuesten Nachrichten gehört?«

»Welche?«

»Das Hamburger Congress Center ist gestern nacht in die Luft gesprengt worden, und zwar mitsamt Nikolaus Eysack – du weißt schon, dem Managing Director des Bankhauses Credit Finanzmultiplus – und rund zweihundert anderen Bankern, die da getagt haben …«

»Herrjemine«, sagte Gerold. »Weiß man Genaueres?«

»Noch nicht. Es liegt auch noch kein Bekennerschreiben vor. Im Bericht der Kollegen aus Hamburg heißt es nur: ›Die Auffindesituation deutet auf eine Motivlage der Vergeltung hin.«‹

»Was du nicht sagst!«

»Jedenfalls scheint da irgendwer ’ne Menge Wut im Bauch zu haben.«

»Dann will ich mal Goethe zitieren: ›Gebüßt wird unter der Sonnen / Jede Tat der verblendeten Wut.«‹

»Das ist von Schiller.«

»Auch gut«, sagte Gerold, bevor er wieder über das Risotto und die anderen Leckereien herfiel.

Misiti brühte derweil einen zweiten Cappuccino für Gerold auf und borgte ihm auch gern ein Notebook, mit dessen Hilfe der Mann aus Germania sich vergewissern konnte, wie gut die USB-Sticks ihre Seereise in seinem Magen überstanden hatten.

Das Ergebnis war niederschmetternd. Bloß ein einziger Dateiname hatte dem von Gerold geschluckten Salzwasser standgehalten:

Lista nera di Don Alonso.doc

Don Alonsos Schwarze Liste. Aber die Datei ließ sich nicht öffnen. Es war zum Ginsterspeien!

Gerold rief seinen alten Freund und Helfer Riesenbusch an und brachte ihn auf den neuen Stand.

»Das ist bitter«, sagte Riesenbusch. »Ich hatte auch mal so einen Fall. Vor Ihrer Zeit. Da ist ein Feuerteufel in der Heide umgegangen, und als ich endlich genug in der Hand gehabt habe, um ihn zu überführen, hat ein Wasserschaden im Revier alle Beweismittel vernichtet. Ironie des Schicksals! Doch zurück in die Gegenwart. So, wie die Dinge jetzt stehen, können Sie gar nicht vorsichtig genug sein. Die Carabinieri stecken so gut wie alle unter einer Decke mit Ihren Häschern. Strengstens meiden müssen Sie auch alle Plätze mit Videoüberwachung. Besitzen Sie noch genug Barmittel, um sich auf dem Seeweg inkognito nach Neapel einzuschiffen?«

»Vermutlich schon.«

»Dann tun Sie das. Von Ihrem Standort aus müßten es ungefähr zweihundertsiebzig Seemeilen sein. Melden Sie sich wieder bei mir, wenn Sie am Ziel sind. Ich habe gute Kontakte zur Guardia di Finanza und kann dafür sorgen, daß ein vertrauenswürdiger Mann Sie in Neapel unter seine Fittiche nehmen wird. Haben Sie was zu schreiben?«

»Ja.«

»Dann notieren Sie sich, wo Sie ihn treffen werden: Superfly Soulbar, Via Cisterna dell'Olio Nummer zwölf. Von der Mole sind's bis dahin nur rund eins Komma zwei Kilometer. Als Erkennungszeichen schlage ich ein Dauerblinzeln vor, weil Sie dafür keine Ausrüstung brauchen. Ich meine so einen Blinzeltick wie bei dem Mörder in Alfred Hitchcocks Film ›Jung und unschuldig‹. Haben Sie den mal gesehen?«

»Sogar zweimal.«

»Dann wissen Sie ja Bescheid. Also, funken Sie mich irgendwie an, wenn Sie in Neapel sind. Man erwartet Sie dort. Und wenn Sie zu dem Treffen erscheinen, dann blinzeln Sie, was das Zeug hält!«

»Verstanden. Und hat es schon Verhaftungen wegen der Anschläge in Bern und Hamburg gegeben?«

»Leider nein. Aber vielleicht läßt sich ja doch noch irgendwas aus Ihren USB-Sticks herausholen. Bringen Sie die bloß alle mit!«

»Werd ich tun«, sagte Gerold. »Nur eine Frage noch: Woher zum Kuckuck kennen Sie diese Superfly Soulbar in Neapel?«

Riesenbusch lachte leise in sich hinein. »Ja, das wüßten Sie wohl gern, mein lieber Herr Erster Polizeihauptkommissar! Wenn mir bei dieser Thematik nicht das Herz überginge, würde ich mich darauf beschränken, Sie daran zu erinnern, daß es im Himmel und auf Erden mehr Dinge gibt, als unsere Polizeischulweisheit sich träumen läßt. Doch ich will aufrichtig sein. Sie werden es sich wahrscheinlich nicht vorstellen können, aber ich war auch einmal jung, und da habe ich mir in ›Bella Italia‹ im übertragenen Sinne, wenn Sie mir diese Redewendung verzeihen wollen, ›die Hörner abgestoßen‹, und in Neapel habe ich zeitweise so eine Art Onkelehe mit einer Großtante des heutigen Besitzers der Superfly Soulbar unterhalten. In der Region Kampanien bin ich seit jener Zeit erfreulich gut vernetzt. Womit ich mich jedoch nicht brüsten will. Es kommt jetzt alles darauf an, daß Sie, Herr Gerold, sich bis in den Hafen von Neapel durchkämpfen und die USB-Sticks am Mann behalten. Sie sind unsere letzte Hoffnung in diesem verzwickten Kriminalfall. Und ich verspreche Ihnen: Wir holen Sie da raus!«

Zur gleichen Zeit heulten an der sizilianischen Ostküste dreißig Bluthunde auf. Sie hatten mit ihren jeweils mehr als zweihundert Millionen Geruchsrezeptoren an dem Bettbezug in Gerolds Gästezimmer geschnuppert und standen nun an der Stelle, wo er ins Wasser gegangen war.

»Ti prenderemo, porco«, sagte Lorenzo Romani. *Wir werden dich kriegen, du Schwein.*

Gleich nach der Entdeckung der Leiche seines Vaters hatte er eine »Gesellschaft der Freunde und Rächer des verstorbenen Peppone Romani« gegründet (»La Società degli Amici e Vendicatori del defunto Peppone Romani«) und deren Mitglieder, die den besten Familien Siziliens entstammten, darauf eingeschworen, den mutmaßlichen Mörder Hans-Peter Lobbel bis ans Ende der Welt zu jagen und ihn an den Ort seiner ruchlosen Tat zurückzubringen. Dort wollte Lorenzo dieses deutsche »faccia di minghia« (»Schwanzgesicht«) nach alter Väter Art mit Brennscheren und Ölspendern foltern und ihn mit den drei übelsten Beleidigungen ins Grab schicken, die man sich auf Sizilien vorstellen konnte: »Puzzi come la fogna« (»Du stinkst wie die Kanalisation«), »Tua sorella ha annusato la mia scoreggia« (»Deine Schwester hat meinen Furz gerochen«) und »Ho visto tua madre fare la doccia« (»Ich habe deine Mutter beim Duschen beobachtet«).

Kommissar Gerold ahnte, daß man ihn mit Hunden jagen werde, doch er wußte sich zu helfen. Er kaufte ein Zehnerpack Herrenschlüpfer, trug jedes Exemplar davon rund eine Stunde lang am Körper, behielt das zehnte an, nahm die anderen neun in einem Beutel mit und leimte sie Stück für Stück unter die Sitze von Überlandbussen, die in und um Bagnara Calabra verkehrten. So verteilte und verästelte sich seine Geruchsspur in der gesamten Region.

Danach besorgte er sich in einer Drogerie mehr Vaseline, als ein normaler Mensch in seinem ganzen Leben brauchte, kleisterte sich von oben bis unten damit ein, um allen Hundenasen ein weiteres Schnippchen zu schlagen, und zahlte Filippo Misiti ein kleines Vermögen dafür, daß er ihn mit seinem Fischerboot nach Neapel schipperte.

Unterwegs erwachte in seinen grauen Zellen ein Ohrwurm aus der Nachkriegszeit:

Es war in Napoli vor vielen, vielen Jahren,
da kam nach Napoli ein fremdes Schiff gefahren.
Und aus dem Schiff, da stieg ein schöner junger Mann,
den Piccolina Nina nicht vergessen kann …

Nach dem Anschlag auf das Hamburger Congress Center weilten von den Gründungsmitgliedern der Banker-Selbsthilfegruppe nur noch Lars-Ole Dolgenhain, Claus-Stephan Markgraf und ihr Coach Swami Ganesh unter den Lebenden.

»Wehrt euch nicht gegen die Trauer«, sagte Ganesh, als der kleine Rest der Gruppe in Dolgenhains Haus in Bad Vilbel zusammentraf. »Nehmt diese Trauer an. Erhaltet euch die Fähigkeit, in alle Polaritäten zu gehen! Dann wird das Traurigsein zu einer Stufe, über die ihr den innersten Tempel eures Wesens betreten könnt …«

Das sei ja alles gut und schön, sagte Dolgenhain. »Ich wüßte aber trotzdem gern, wer Benjamin Töpfer-Strohmeyer ermordet hat. Die

Polizei hat seine Leiche letzte Woche aus dem Main gefischt, und ich hab gehört, daß der Mörder ihm alle Fingerkuppen abgehackt hat. Ein Typ, der sowas tut, muß doch krank sein!«

»Er soll ihm auch das Gebiß herausgebrochen haben«, sagte Markgraf. »Man weiß ja, daß Mordopfer oft allein anhand der Zähne identifiziert werden können.«

»Und wenn schon!« rief Ganesh. »Ihr steigert euch da in negative Gedankenzusammenhänge hinein. Verbreitet lieber lebensbejahende Werte! Oder glaubt ihr, daß die universelle Kraft der Liebe sich für Leichen interessiert? Wenn wir uns von allen Besitzansprüchen freimachen wollen, dann zählt dazu auch der Anspruch auf den Besitz der Wahrheit über den Tod von Benjamin Töpfer-Strohmeyer!«

»Sollen wir dann etwa auch nicht mehr an die zweihundertsieben Kollegen denken, die im Congress Center umgekommen sind?« fragte Dolgenhain. »Und uns ganz entspannt zurücklehnen?«

»Genau! Das ist es, was die Zen-Buddhisten empfehlen: ›Stillsitzen. Nichts tun. Der Frühling kommt. Das Gras wächst.‹ Mit eurer Hektik schneidet ihr euch nur ins eigene Bein!«

Dolgenhain und Markgraf erklärten jedoch übereinstimmend, daß sie sich zum Stillsitzen viel zu hibbelig fühlten.

»Dann würde ich vorschlagen, daß ihr jetzt erstmal wieder irgendwas total Witziges von euch gebt«, sagte Ganesh. »Habt ihr nicht gerade zwei oder drei wertgeminderte Bietergruppen für Stablecoins aus niedrigpreisigen Notfallreserven quantifiziert?« Er schnitt eine schelmische Grimasse, um Dolgenhain und Markgraf eine lustige Antwort zu entlocken, aber vom systemischen Nonsensualisieren hatten sie die Nase offenkundig voll.

»Können wir nicht mal was Ernsteres ausprobieren?« fragte Markgraf.

»Kein Problem«, sagte Ganesh, öffnete sein Therapeutenköfferchen, holte ein Tarotkartenset heraus und legte es fächerförmig auf den Teppich. »Zieht jeder eine Karte, und dann reden wir darüber!«

Dolgenhain zog eine, die drei Schwerter zwischen blumenkohlartigen lila Gebilden zeigte und den Titel »Kummer« trug.

»Fällt dir dazu was ein, Lars-Ole?« fragte Ganesh.

»Durchaus«, sagte Dolgenhain. »Das Bild auf dieser Karte ist abstoßend. Anscheinend soll es mir vor Augen führen, daß ich Kummer habe. Das ist mir aber schon bekannt.«

»Diese Karte«, sagte Ganesh, »ist keine reine Zustandsbeschreibung. Sie ist ein Appell an dich, die grüblerische Grundstimmung zu hinterfragen, in der dein Geist sich eingenistet hat. Der Kummer, den du pflegst, trennt dich von deiner eigenen Ursprünglichkeit! Und welche Karte hast du gezogen, Claus-Stephan?«

Markgraf zeigte sie vor. Sie hieß »Der Gehängte«. Es war ein nackter, kopfüber festgenagelter Mann darauf zu sehen.

»Und was macht das mit dir?« fragte Ganesh.

»Was es mit mir macht, daß ich diese Karte gezogen habe?« fragte Markgraf.

»Ja! Macht das nicht irgendwas mit dir?«

»Das macht mit mir, daß ich glaube, daß ich lieber ’ne schönere Karte gezogen hätte.«

»Hast du aber nicht!« rief Ganesh. »Diese Karte zeigt dich, wie du bist – festgenagelt an das Kreuz deiner starren und rigiden Verhaltensmuster. Und sie zeigt dir auch, daß du in deinem Leben neue Antriebsfedern brauchst!«

Ihm reiche das jetzt, sagte Dolgenhain und erhob sich von seinem Sitzkissen. »Ich löse unsere Selbsthilfegruppe hiermit auf!«

»Ein weiser Entschluß«, sagte Markgraf und stand ebenfalls auf. »Ich wäre sowieso nicht mehr wiedergekommen.«

»Wie ihr wollt«, sagte Ganesh. »Ihr schuldet mir allerdings noch das Honorar für die letzten vier Sitzungen. Das sind zweitausend Euro zuzüglich sieben Prozent Umsatzsteuer, also in toto zweitausendeinhundertvierzig Euro. Bitte cash, wenn’s geht.«

Diese Forderung könne er sich in die Haare schmieren, entgegnete ihm Dolgenhain. Das ganze Coaching sei Banane gewesen. »Du hast uns bloß unsere Zeit gestohlen mit deinem Abrakadabra!«

Auf Schmähungen dieser Kategorie war Ganesh gut vorbereitet. Er nahm einen Trommelrevolver aus seinem Köfferchen, schoß Dolgenhain und Markgraf tot, räumte ihre Konten ab und ließ die Leichen wie üblich ein wenig östlich der Staustufe Griesheim im Main verschwinden. Die zerhackten Körperteile hatte er in acht Kartoffelsäcke gehüllt und in jeden davon einen Zementstein gesteckt.

Bye-bye, dachte er, als die Säcke untergingen. Euch Stoffel wird niemand vermissen!

In letzter Sekunde hatte Jannik Schüsterhusen dem Galgenvogel Rayk Wieland nach der Landung im Aeropuerto de El Dorado im Nordwesten von Bogotá einen Peilsender ans Jackett kleben können. Dann war die Zielperson in eine Limousine gestiegen und entschwunden, bevor Schüsterhusen ein Taxi gefunden hatte.

»Vielen Dank, Michael, daß du mich so fürstlich hast abholen lassen«, sagte Wieland zwei Stunden später, als Ringel ihm im pompösen Herrenzimmer der Villa in Fusagasugá einen Willkommensdrink kredenzte. »Du scheinst's hier ja zu was gebracht zu haben!«

»Man tut, was man kann«, sagte Ringel. »Ich handele mit Melonen. Die werden gerade lebhaft nachgefragt, und ich hab Mittel und Wege gefunden, um den Absatz weiter anzukurbeln.«

»Ich wußte gar nicht, was für'n tüchtiger Geschäftsmann in dir steckt!«

»Ich auch nicht. Aber das Einmaleins der Betriebsökonomie hab ich schnell gelernt. Da geht's bisweilen gar nicht mal so sehr um knallharte Verkaufsstatistiken, sondern eher ums Firmenprofil. Das hängt in hohem Maße davon ab, wie man sich als Chef des Unternehmens inszeniert, und da sind mir ganz gute Erfolge gelungen. Sieh mal hier …«

Er schob ein paar Zeitungsartikel über den Couchtisch, in denen er als Manager gepriesen wurde:

Michael Ringel – El nuevo hombre fuerte

Empresario del año: Michael Ringel

Ringel, el mago
Ringel, agárranos de la mano, muéstranos el camino hacia la tierra del milagro económico!

»Kannst du das übersetzen?« fragte Wieland.

»Gern«, sagte Ringel. »Da steht: ›Michael Ringel – der neue starke Mann‹, ›Unternehmer des Jahres: Michael Ringel‹, ›Ringel, der Zauberer‹ und ›Ringel, nimm uns an die Hand, zeig uns den Weg ins Wirtschaftswunderland!‹«

»Gratuliere. Und wie kommst du zu dem Gipsfuß?«

Ein Anflug von Röte kolorierte das Gesicht des vielbeschäftigten Melonenhändlers. In der vergangenen Nacht war er beim Einnehmen der von ihm selbst erdachten Kamasutra-Stellung »Aussichtsturm Kahler Asten« aus zwei Metern Höhe abgestürzt und hatte sich das rechte untere Sprunggelenk verstaucht.

»Nur ’ne kleine Panne«, sagte Ringel. »Nicht der Rede wert. Und du bist immer noch in Leipzig tätig?«

»Meistenteils schon. Aber jetzt hab ich was anderes vor, wie du weißt. Und ich will dich auch gar nicht lange von deiner Arbeit abhalten. Beziehungsweise nur so lange, wie wir brauchen, um Gsella und Schulz zu retten. Ohne deine Spürnase geht's nicht! Das Video, auf dem die beiden zu sehen sind, ist von einem gewissen José da Silva hochgeladen worden. Dem Namen nach zu schließen ist das ein Südamerikaner, aber wenn man den googelt, kommt man auf mehr als zwölf Millionen Treffer. Den finden wir nie. Deshalb müssen wir anders vorgehen. Hier ist der sechste Sinn gefragt, den du ja besitzt, wie sich bei deiner letzten Suche nach Gsella gezeigt hat.«

»Augenblickchen mal«, sagte Ringel. »Du nimmst also an, daß Schulz und Gsella irgendwo in Südamerika in der Patsche sitzen ...«

»Korrekt.«

»... und daß mein sechster Sinn mir irgendwie sagen wird, wo wir die zwei Dichterlinge finden können, ja? Weißt du überhaupt, wie groß Südamerika ist? Ich kann's dir sagen: Dieser Subkontinent hat eine Fläche von fast achtzehn Millionen Quadratkilometern!«

»Stimmt. Und eben deswegen brauchen wir bei der Suche dein Händchen!«

»Welches Händchen?«

»Bist du Rechtshänder?«

»Nein.«

»Dann brauchen wir dein linkes Händchen«, sagte Wieland. Er öffnete seinen Reisekoffer, klaubte eine Landkarte heraus, faltete sie auseinander und fragte: »Hast du Tesafilm im Haus?«

Ringel pfiff seine Frau Isabel herbei und befahl ihr, den großen Klebefilmroller aus dem Büro zu holen und sich dabei gefälligst etwas zu beeilen, falls sie den heutigen Tag überleben wolle.

»Ist das der normale Umgangston zwischen euch?« fragte Wieland.

»Erst seit kurzem«, sagte Ringel. »Und er tut uns beiden gut!«

Nachdem Isabel den Roller apportiert hatte und von Ringel mit Scheltworten und Backpfeifen wieder davongejagt worden war, klebte Wieland die zwei Quadratmeter große Landkarte über einem anthrazitfarbenen, mit fünfzigtausend Swarovski-Kristallen verzierten Flap-Diamond-Sofa an der Wand fest, entnahm dem Reisekoffer auch einen Dartpfeil, drückte ihn Ringel in die linke Hand und sagte: »Du siehst hier eine Karte von Südamerika. Und da du bei der Suche nach Gsella im Mittleren Osten ein glückliches Händchen bewiesen hast, steht zu hoffen, daß du auch diesmal ins Schwarze triffst. Wirf!«

»Wie, wirf?«

»Wirf den Pfeil auf die Karte!«

»Ach, und dann suchen wir da, wo der Pfeil steckenbleibt, nach Schulz und Gsella?«

»Genau.«

»Sag mal, hast du sie noch alle?«

»Kann ich dir nicht sagen. Ich weiß nur, daß wir keine andere Option haben. Wir müssen darauf setzen, daß die Vorsehung deinen Wurfarm lenkt.«

Kopfschüttelnd stand Ringel auf, faßte die vier Meter entfernte

Landkarte ins Auge, nahm Maß, holte weit aus und warf den Pfeil mit traumwandlerischer Grazie ins Zielgebiet.

Wieland lief zu der Karte, untersuchte den getroffenen Bestimmungsort und sagte: »Pozo del Tigre. Ein Dorf in Bolivien. Siebzehn Grad und siebenunddreißig Minuten südliche Breite; zweiundsechzig Grad und dreizehn Minuten westliche Länge. Worauf warten wir noch?«

»Immer langsam«, wandte Ringel ein. »Ich hab heute abend ein unaufschiebbares dienstliches Gathering, von dessen Verlauf mein gesamtes Asiengeschäft abhängt. Du kannst es dir hier solange gemütlich machen, und morgen früh starten wir dann. Im ersten Stock findest du den Wellnessbereich, den Innenpool, eine kleine Jausenstation und mein Heimkino, im zweiten Stock den rund um die Uhr geöffneten Grillroom und im Garten ein Dampfkarussell, einen Dive Coaster, ein Riesenrad und eine Achterbahn mit sieben Loopings. Fühl dich wie zuhause! Mein Butler zeigt dir deine Suite. Und morgen fahren wir los.«

Um die Ausfuhr von Melonen in die Tigerstaaten auf höhere Touren zu bringen, empfing Ringel in dieser Nacht in einem schalldichten Séparée im Tiefparterre seiner Villa ein Kollektiv südostasiatischer Motorradrockerbräute, die herausfinden wollten, ob er tatsächlich so viril war, wie man in der Unterwelt von Seoul, Taipeh, Hongkong und Singapur raunte.

Diese Probe aufs Exempel bestand er mit Glanz und Gloria. Während Wieland draußen mit einem Lachsbrötchen in der Linken und einem Glas Single Malt Scotch in der Rechten ein ums andere Mal in dem Dampfkarussell in die Runde fuhr, bewerkstelligte Ringel im Tiefparterre Meistertaten, die selbst den venezianischen Weltmann Giacomo Girolamo Casanova in Erstaunen versetzt hätten. Die live übertragenen Videobeweise ließen sogar den südkoreanischen Mafiachef Woo Gwon vor Neid erblassen, einen Hurentreiber, der sich den Beinamen »Großer Beschäler von zwölftausend Glucken« verdient hatte. »나는 이 종마와 경쟁할 수 없다!« stieß er hervor. *Mit diesem Hengst kann ich mich nicht messen!*

11

La Garra del Diablo und alle seine Freunde hatten bei der Schießerei in Buenos Aires ihr Leben gelassen, und von den siegreichen Fans des Vereins River Plate waren Gsella und Schulz für erschreckend wenig Geld an Omero Sanguinetti veräußert worden, einen Fabrikanten, der im Gewerbegebiet der uruguayischen Kleinstadt Colonia del Sacramento mancherlei umweltunverträgliche Bindemittel für die Bau- und Klebstoffindustrie herstellen ließ. Dort hatten die beiden Literaten niedere Dienste zu verrichten: vergiftete Insekten einsammeln, die Lokusse schrubben, verdreckte Siebe säubern et cetera.

Letzte Nacht sei ihm die herzensgute Ente Watsch aus den Mecki-Büchern im Traum erschienen, aber seit heute früh habe er »ein so richtig blödes ›Back to the real world‹-Gefühl«, sagte Schulz, während er mit einer Wurzelbürste an einem Formaldehydharzklumpen herumschabte.

Und auch Gsella schien wieder einmal schlecht gefrühstückt zu haben. Er mußte eine sogenannte Gießfoliendüse mit einem Spontex-Spirinett-Topfkratzer auf Hochglanz bringen und maulte dabei unentwegt über das mangelhafte »Employer Branding« des Unternehmens, in dessen Diensten sie standen: »Ich meine, wenn die uns hier schon zur Sklavenarbeit verdonnern, dann könnten sie doch wenigstens für 'ne zeitgemäße Speak-up-Kultur sorgen! Ich will gar nicht groß von Social Responsibility reden oder davon, daß man in diesem Laden sowas wie nachhaltiges Wirtschaften implementieren müßte. Mir würd's schon reichen, wenn wir uns mit der Geschäftsführung mal 'ne halbe Stunde lang praxisorientiert über gesundheitsrelevante Fragestellungen austauschen dürften. Da besteht nämlich Optimierungsbedarf! Oder glaubst du etwa, daß die Dämpfe, die wir hier einatmen, uns guttun?«

»Schätze nein«, sagte Schulz.

»Na siehste! Und das müssen wir diesen Ausbeutern klarmachen, damit sie raffen, wie sehr sie sich selbst schaden, wenn sie uns so mies behandeln! Findest du nicht?«

Schulz wiegte den Kopf und sagte: »Ich fürchte, das gehört zu deren Corporate Identity.«

Das brachte Gsella nun erst recht auf die Palme. Er ließ den Topfkratzer fallen, trat in einen unbefristeten Arbeitsstreik und verlangte den Chief Compliance Officer zu sprechen, um mit ihm »ergebnisoffen und in alle Richtungen« über die unhaltbaren Zustände in Sanguinettis Zulieferbetrieb zu diskutieren.

Der Spätschichtleiter Rocco Estrangulador, ein bulliger Mann, der sonst nur selten auf Beschwerden seitens der Belegschaft einging, kam näher. Er hatte bei der Zerschlagung einiger südamerikanischer Gewerkschaften mitgeholfen, in Nicaragua als Offizier der Contras Nahkampferfahrungen gesammelt und als Personenschützer im bleihaltigen Umfeld des Großkaufmanns Pablo Escobar ein Auge, einen Arm und beide Hoden eingebüßt. Entsprechend schlecht war er gelaunt, als er Gsella fragte, worum es gehe.

»You have heard me!« rief Gsella. »I want to speak to the Chief Compliance Officer in this bloody friggin' company!«

Estrangulador fragte nach, um sich zu vergewissern: »¿He entendido bien que le gustaría mantener una conversación con el director de cumplimiento normativo?« *Habe ich es recht verstanden, daß Sie eine Unterredung mit dem leitenden Compliance-Beauftragten wünschen?*

»Äh … ja«, sagte Gsella.

»Bien. Vengan conmigo, señores.«

Da Gsella das nicht gleich begriff, erklärte Schulz es ihm: »Der will, daß wir mitkommen.«

»Aha! Dann machen wir das doch. Es zahlt sich eben aus, wenn man 'n bißchen resoluter auftritt! Und diesem Chief Compliance Officer werd ich was husten, das kann ich dir sagen!«

Mit stolzgerecktem Haupt und erhobener linker Faust marschierte Gsella neben Schulz hinter Estrangulador her und ermunterte die anderen Arbeiter zu revolutionärem Mut, indem er ein Kampflied anstimmte, das er von der LP »Hannes Wader singt Arbeiterlieder« kannte: »Dem Morgenrot entge-he-gen, / Ihr Kampfgenossen all! / Bald siegt ihr allerwe-he-gen, / Bald weicht der Feinde Wall! / Mit Macht heran und haltet Schritt! / Arbeiterjugend? Will sie mit? / Wir sind die junge Ga-harrrde / Des Pro-le-ta-ri-ats!«

Damit erntete er nur verständnislose Blicke, aber das verdroß ihn nicht. Als alter Sozialdemokrat wußte er, daß man im Klassenkampf einen langen Atem brauchte. In demselben Geist hatte bereits Gsellas Urgroßvater Melchior Conrad Jeremias Gsella gehandelt, ein Essener Haspelknecht, als er nach der Verabschiedung der Sozialistengesetze ins französische Exil geflohen war, und auch Gsellas siebzehnjähriger Großneffe Jonas Finn Niklas Jannik Leon Pascal Maximilian Gsella hatte sich als Beisitzer im Unterbezirksvorstand der Essener Jungsozialist*innen bewußt in diese Familientradition gestellt.

Estrangulador führte die zwei deutschen Gastarbeiter aus der Werkshalle heraus und über einen kargen Hof zu einem Dickicht aus vertrockneten Schilfstauden.

»Wir haben selbst er-fa-ha-ren / Der Arbeit Frongewalt / In düst'ren Kinderja-ha-ren / Und wurden früh schon alt«, sang Gsella und blieb nur einmal stehen, um seinen Gürtel zwei Löcher enger zu schnallen, damit die Siebenbürger Trachtenhose nicht rutschte. »Sie hat an unserm Fuß geklirrt, / Die Kette, die nun schwerer wird. / Wach auf, du junge Ga-harrrde / Des Pro-le-ta-ri-ats!«

In dem Dickicht wies Estrangulador auf ein kreisrundes Erdloch und sagte: »Aquí está la oficina de nuestro director de cumplimiento normativo.« *Hier ist das Büro unseres leitenden Compliance-Beauftragten.*

»Are you sure?« fragte Schulz.

»¡Claro!« rief Estrangulador. »¡Siempre en el salón!« *Immer hinein in die gute Stube!*

Er schubste Schulz und Gsella in das Loch.

Sie fielen dreieinhalb bis vier Meter tief und schlugen hart auf, denn der Boden bestand aus gezacktem Granitgneis. Für Gsella hatte das einen leichten Kapselriß der Milz und eine innere Sickerblutung zur Folge und für Schulz ein sogenanntes stumpfes Abdominaltrauma, das er jedoch relativ gut wegsteckte, weil er sich plötzlich einer viel größeren Gefahr bewußt wurde: Die Grotte, in die Gsella und er gefallen waren, roch nach Puma, und es erscholl ein Knurren.

Wie Pumas rochen, wußte Schulz zu seinem eigenen Bedauern sehr genau, seit er als Sextaner einen Müllsack aus Hagenbecks Tierpark entwendet hatte, um die Ausscheidungen jener Katzenart in seinem Kinderzimmer unters Mikroskop zu legen. Diese prinzipiell ja eigentlich lobenswerte naturwissenschaftliche Initiative hatte ihm drei Wochen Hausarrest beschert.

Und hier roch es eindeutig nach Puma.

»Riechst du das?« fragte Gsella.

»Ja«, sagte Schulz. »Riecht nach Puma.«

»Und hörst du das?«

»Ja. Klingt nach Puma.«

»Glaubst du, daß hier ein Puma wohnt?«

»Ja.«

»Viel sehen kann man ja leider nicht ...«

»Nein. Zumal uns die Brillen fehlen.«

»Kennst du dich mit Pumas aus? Essen die Menschenfleisch?«

»Nur an hohen Feiertagen, soweit ich weiß.«

Schulz und Gsella schwiegen eine Minute lang, und in ihr Schweigen mischte sich das Knurren.

Dann nahm Schulz den Gesprächsfaden wieder auf: »Thomas?«

»Ja?«

»Bist du sehr schwer verletzt?«

»Es geht so.«

»Gut! Vielleicht können wir uns dann gegenseitig raushelfen. Es zwingt uns ja niemand, hier liegenzubleiben und das Heft des Handelns irgendwelchen Raubkatzen zu überlassen.«

Das leuchtete Gsella ein, aber als er sich erheben wollte, trat ein kapitaler Pumakater aus der Düsternis ins Zwielicht und stieß ein furchterregendes Fauchen aus. Zwischen seinen speicheltriefenden

Lefzen kamen die Reißzähne und die Fangzähne ebenso eindrucksvoll zur Geltung wie die dolchförmigen Eckzähne.

»Nicht bewegen«, tuschelte Schulz. »Vielleicht wird's ihm dann langweilig, und er geht wieder weg …«

Der Puma steckte in einem Dilemma: Er hatte nichts mehr auf die Rippen gekriegt, seit er vor fünf Tagen in diese Grotte gestolpert war, und nun lagen hier zwei wehrlose Beutetiere vor ihm – doch sie stanken so schauderhaft, daß es seinen Angriffsgeist hemmte. Was war da nicht alles herauszuriechen! Achselschweiß, Nackenschweiß, Fußschweiß, Stoffwechselstörungen, Schleimhautwucherungen und bakterielle Zungenbeläge …

Und dennoch war den goldbraunen Augäpfeln des Pumas anzusehen, daß der Hunger ihn dazu treiben könnte, sich mit diesem Schlangenfraß die Hüften zu vergolden.

Mit Sorge erkannten Gsella und Schulz, daß der Puma eine Sprungstellung einnahm und zu überlegen schien, wen er zuerst anfallen sollte – den struppigen Suppenkasper oder das etwas nährstoffreichere Lebewesen mit dem Vollbart?

Dieser Entscheidung wurde der Puma jedoch enthoben, denn in einem Vorratsraum der Firma hatte Rocco Estrangulador eine seiner Zigarillokippen zu nachlässig ausgetreten. Dort lagerten Nitrolacke, Schießbaumwolle und zwölf undichte Metallcarbonylbehälter. Die Glut fand ihren Weg zu den entzündlichen Stoffen und ließ sie in Flammen aufgehen, und als dann auch noch ein benachbarter Acrylsäuretank explodierte, segelte einer von dessen Auslaufstutzen in das Erdloch und knockte den Puma aus.

»Jetzt aber nichts wie raus hier!« rief Schulz.

Unter normalen Umständen wäre der Aufstieg für ungeübte Kraxler viel zu schwierig gewesen. Doch nach dem Auslaufstutzen flog auch der brennende Schädel des Spätschichtleiters Estrangulador in die Grotte, und dieser grausige Anblick verlieh dem tapsigen Poeten-Duo Flügel: Wie zwei Eidechsen flitzten Schulz und Gsella die Wände hoch und machten sich, oben angekommen, mit voller Kraft voraus aus dem Staub.

Um unterwegs per E-Mail ein paar dienstliche Streitfragen mit der Uelzener Bußgeldstelle klären zu können, wollte Kommissarin Fischer nicht mit dem Auto, sondern mit öffentlichen Verkehrsmitteln nach Boekzeteler Hoek fahren. Vier Stunden hatte sie dafür eingeplant: Abfahrt in Uelzen um 16.01 Uhr; Ankunft in Hamburg-Harburg um 16.49 Uhr; Weiterfahrt um 16.57 Uhr; Ankunft im Hauptbahnhof Bremen um 17.41 Uhr; Weiterfahrt um 17.53 Uhr; Ankunft in Leer um 19.14 Uhr; Weiterfahrt mit einem Bus der Linie 481 um 19.30 Uhr; Ankunft in Boekzeteler Hoek um 20.05 Uhr.

Grietje, Gerreltje und Galtje würden vor Vorfreude fast platzen, hatte Utes Mutter Martje gesagt. »Siet se weeten, dat du kummst, is hier de heele Dag Gejuchter un Gelach!«

Leider stand die Reise unter keinem guten Stern. Der Metronom nach Harburg fuhr in Uelzen zwar pünktlich los, blieb aber »aufgrund einer Überholung«, wie es hieß, eine Viertelstunde lang zwischen den Bahnhöfen Bad Bevensen und Bienenbüttel stehen. Um die acht Minuten Umsteigezeit in Harburg war es da bereits geschehen. Die Fischerin sagte sich, daß ja manchmal auch Anschlußzüge Verspätung hätten, doch die Hoffnung, den Intercity in Harburg noch zu erwischen, wurde zwischen Lüneburg und Winsen von einer Signalstörung zunichte gemacht, die einen weiteren Zwischenaufenthalt erzwang.

Theoretisch hätte Ute in Harburg um 17.58 Uhr den nächsten Intercity nehmen können, wenn dort auf der Anzeigetafel am Bahnsteig 3 nicht die ernüchternde Mitteilung »Zug fällt aus« erschienen wäre.

Utes Versuch, im Reisezentrum den Grund dafür zu erfragen, scheiterte kläglich, weil es wegen eines Feuerschadens geschlossen war.

Sie ließ sich jedoch nicht mürbe machen, sondern rief ihre Eltern an, erläuterte ihnen die Lage, stärkte sich mit einem Espresso und zwei Franzbrötchen und bestieg um 18.26 Uhr einen Metronom, der um 19.24 Uhr in Bremen ankommen sollte. Laut Fahrplan ging es von Bremen um 19.53 Uhr weiter nach Leer. Voraussichtliche Ankunftszeit: 21.14 Uhr.

Der letzte Bus wäre um diese Uhrzeit schon flöten, wie Ute wußte. Sie wollte sich dann für die letzten fünfzehn Kilometer ein Taxi nehmen.

Hinter Tostedt machte ihr eine Weichenstörung den nächsten Strich durch die Rechnung. »Wir informieren Sie, sobald wir wissen, wann wir die Fahrt fortsetzen können«, wurde durchgesagt. »Nach unseren Erfahrungen ist das vielleicht schon in zehn bis fünfzehn Minuten der Fall.«

Un wenn uns Katt ’n Koh weer, denn harrn wi veel mehr Melk, dachte Ute.

Es wurden fast sechzig Minuten daraus, und als sie endlich in Bremen eintraf, mußte sie sich sputen, um wenigstens den Regional-Express noch zu entern, der um 20.54 Uhr nach Leer fuhr und dort um 22.13 Uhr ankommen sollte.

Sie gab ihrer Mutter telefonisch die ungefähre neue Ankunftszeit durch und nahm mit leiser Wehmut zur Kenntnis, daß im Boekzeteler Hoeker Eßzimmer vor einer Stunde eine große Terrine Miesmuscheln in Weißwein mit Suppengrün und Röstbrot aufgetischt worden sei.

Unglücklicherweise kam es irgendwo zwischen Delmenhorst und Hude zu einer Verzögerung im Betriebsablauf. Nachdem der Regional-Express eine gute halbe Stunde stillgestanden hatte, rief Ute wieder in Boekzeteler Hoek an und sagte: »Ich weiß nicht, wann’s hier weitergeht. An düsse Rutterkaar is allens Rickrack!«

Utes liebe alte Mutter Martje sagte, daß sie die Mädchen jetzt zu Bett bringen werde. Zum Nachtisch habe es übrigens Waffeltorte mit Zimt und Pflaumenmus gegeben …

Gegen zehn Uhr abends ertönte die Durchsage, daß ein vorausfahrender Intercity einen Triebwerkschaden habe und die Strecke noch auf längere Zeit blockieren werde.

Nach allerlei weiteren Kapriolen infolge einer Stellwerkstörung und einer Gleisunterspülung strandete Ute um Mitternacht mit dem

Schienenersatzverkehr vor dem Oldenburger Hauptbahnhof, wo die nächste Zugverbindung nach Leer erst für 5.33 Uhr auf dem Programm stand.

»Un nu sitt ick heer tüsken Hamer un Knieptang!« schrie die Fischerin und verpaßte einem Abfalleimer einen Tritt, der es in sich hatte. Sie rief auch noch einmal in Boekzeteler Hoek an, doch es ging niemand mehr ans Telefon.

Was soll's, dachte sie. Nehm ich eben von hier aus 'n Taxi!

Der Fahrer, in dessen Wagen sie einstieg, veranschlagte für die rund siebzig Kilometer lange Strecke nach Boekzeteler Hoek einen Pauschalpreis in Höhe von zweihundert Euro. Darauf ließ Ute sich ein, und sie wünschte sich einen Zwischenstopp an der nächstgelegenen Nachttankstelle, um eine Bockwurst und eine Flasche Weißwein zu kaufen. Das war zwar nur ein schwacher Ersatz für ein Abendessen aus Martje Fischers Küche, aber zu dieser Tageszeit konnte Ute nicht mehr wählerisch sein.

Von der Uelzener Bußgeldstelle hatte sie in den vergangenen acht Stunden nur Abwesenheitsnotizen erhalten. Aber egal. I'm miles away, and after all, I'm only sleeping, dachte sie, während das Taxi über die A28 rollte.

Bei melodischem Wellengeplätscher hatte Kommissar Gerold im Golf von Neapel die schlanken Linien der Pinien am Küstensaum begrüßt, im Hafen kurz mit Henning Riesenbusch telefoniert, dem freundlichen Fluchthelfer Filippo Misiti eine gute Heimreise gewünscht, das Farbenspiel aus weißen und gelben Kirchenkuppeln, hängenden Gärten, Palmen, Weinstöcken und Orangen- und Zitronenbäumen bewundert und sich dann über das vulkanische Tuffgestein der Stadt zur Superfly Soulbar geschlichen, wo er von Riesenbuschs Verbindungsmann Vincente Barbato am übertriebenen Blinzeln erkannt worden war.

Barbato, ein in Untertürkheim aufgewachsener Deutschitaliener, hatte Gerold unverzüglich zum Militärflugplatz Grazzanise im Norden von Neapel chauffiert und war von dort aus mit dem Kommissar in einer Lockheed C-130 Hercules zum Flug nach Deutschland aufgebrochen. Außer Barbato, Gerold und den beiden Piloten befand sich sonst niemand an Bord.

»Sie sind gewiß durstig, Signor Commissario«, sagte Barbato, als die Maschine an Höhe gewann. Er zauberte eine Flasche Sambuca, ein Tütchen Kaffeebohnen und zwei Gläser hervor, befüllte sie fachgerecht und schob Gerold eines davon zu. »Alla vostra salute!«

»Alla vostra persona speciale!« erwiderte Gerold und erlaubte sich einen Seufzer, während das Feuerwasser seinen Körper durchrieselte.

»Ohne die Vermittlung unseres gemeinsamen Freundes Henning Riesenbusch wäre diese kleine Lustreise niemals zustande gekommen«, sagte Barbato. »Es ist Ihr Glück, daß er seine schützende Hand über Sie hält …«

Wie alt mochte Barbato sein? Gerold schätzte ihn auf Mitte sechzig und hoffte, in dem Alter auch noch so ansprechend auszusehen wie dieser smarte und gepflegte Sportsfreund.

»Sind Sie mit Signor Riesenbuschs Vorgeschichte vertraut?« fragte Barbato.

»Was meinen Sie damit?«

Barbato lächelte. »Ich beziehe mich auf seine Aktivitäten im diplomatischen Dienst, wenn wir es einmal so nennen wollen. Lange vor seiner Karriere bei der Polizei. Da kann ich Ihnen etwas erzählen, das bis heute noch kein Spatz vom Dach gepfiffen hat …«

»Schießen Sie los!«

Barbato füllte die Gläser wieder auf, prostete Gerold zu und beschwor in düsteren Farben die Ära des Kalten Krieges herauf: Wettrüsten, Eiserner Vorhang, Berliner Mauer, Schießbefehle … »Und als Konstantin Tschernenko noch an der Macht war, in den Achtzigern, ist in Riga einer unserer wichtigsten Agenten verhaftet worden. Ein Halbrusse. Osip-Fabio Fruzzetti. Mutter aus Kiew, Vater aus Mailand. Eltern beide gute Kommunisten! Wir hatten ihn als Maulwurf ins Präsidium des Eishockeyverbands der UdSSR geschleust, aber dann – peng, Festnahme! War von einer seiner Kokotten verpfiffen worden. Klarer Fall: Sibirien. Oder Fangschuß. Aber dann hat Riesenbusch ins Räderwerk gegriffen. Er war damals eine Art Attaché in der Botschaft der Bundesrepublik Deutschland in Moskau. Wollen Sie wissen, was dieser Heißsporn angestellt hat, um Fruzzetti rauszupauken?«

»Gern.«

»Er hat Lenins Leichnam entführt.«

»Wie bitte?«

»Riesenbusch ist ins Lenin-Mausoleum eingebrochen und hat Lenin gestohlen.«

»Da wollen Sie mir doch wohl einen Bären aufbinden …«

»Ich kann verstehen, daß Ihnen diese Geschichte unglaubwürdig erscheint. Aber sie ist wahr. Riesenbusch hat den Bonzen im Kreml seinerzeit per Telefax sinngemäß mitgeteilt, daß sie Fruzzetti innerhalb der nächsten vierundzwanzig Stunden freilassen müßten, wenn sie die irdischen Überreste ihres vergötterten Terrorpaten jemals wiedersehen wollten. Und das Politbüro der KPdSU hat gespurt. Mein jüngster Kenntnisstand ist der, daß Fruzzetti heute irgendwo in Umbrien ein Olivengut betreibt.«

»Aber das ist doch lächerlich. Wie soll Riesenbusch denn die Wachmannschaften in dem Mausoleum ausgeschaltet haben?«

»Fragen Sie ihn selbst! Mir hat er erzählt, daß er mit Chloroform vorgegangen ist. Lenins Leiche hat er dann durch die Kanalisation zu einem Kühltransporter befördert und ihn nach Fruzzettis Freilassung an einer Straßenecke im Moskauer Verwaltungsbezirk Tschertanowo Juschnoje stehengelassen.«

»Und das glauben Sie ihm?«

»Er besitzt zwei kleine Andenken an diese Geheimoperation: Lenins Manschettenknöpfe. Die hat er mir mal gezeigt.«

»Na, ich weiß nicht«, sagte Gerold. »Wenn das stimmt, hätte der KGB doch nichts unversucht gelassen, um den Täter zu finden und ihm das Fell über die Ohren zu ziehen!«

»Wer sagt denn, daß es solche Versuche nicht gegeben hat? Es ist

Riesenbusch aber gelungen, den Verdacht auf jemanden abzuwälzen, der jede Strafe dieser Welt verdient hatte …«

Gerold nahm einen Schluck Sambuca und sah durchs Fenster hinaus in die Wolkenschleier. Henning Riesenbusch als James Bond Nummer zwei? Konnte das sein?

»Uns von der Guardia di Finanza würde es übrigens interessieren, in welche Richtung Ihre Ermittlungen gehen«, sagte Barbato. »Der Clan der Romanis hat bereits ein Dutzend meiner Mitarbeiter unter die Erde gebracht. Können Sie mich auf dem laufenden halten?«

Der Kommissar versprach es und nickte dann ein. Im Traum sah er Grietje, Gerreltje und Galtje in einem Planschbecken sitzen, und sie jauchzten, als er ihnen Lutscher schenkte, aber dann kam ein Orkan auf und entwurzelte eine Eiche, die auf das Planschbecken zu stürzen drohte …

»Signor Commissario«, sagte Barbato und tätschelte ihn wach. »Es wird Zeit für Ihren Absprung.«

Gerold glaubte nicht recht gehört zu haben. »Absprung?«

»Ja. Wir können hier nicht landen, ohne Aufsehen zu erregen. Deshalb müssen Sie über Uelzen abspringen. Hier, Ihr Fallschirm. Und ein Höhenmesser fürs Handgelenk. In fünf Minuten ist Showtime.«

Schockschwerenot, dachte Gerold und las sich in aller Eile die Bedienungsanleitung durch.

»Ihr erstes Mal?« fragte Barbato.

»Ja, und vielleicht auch mein letztes!«

»Wird schon werden. Sie dürfen nur nicht vergessen, in ungefähr siebenhundert Metern Höhe den Auslösegriff zu betätigen. Sehen Sie? Den da! Und jetzt schnallen Sie sich das Ding mal besser um. Wir sind gleich da!«

In den verbleibenden Minuten schütteten Gerolds Nebennieren mehr Adrenalin aus, als er sich wünschen konnte. Nicht mal bei dem Versteckspiel in Peppone Romanis Arbeitszimmer hatte er solche Ängste ausgestanden, und dabei lauerte hier niemand darauf, ihm das Lebenslicht auszublasen …

Ein kalter Sturmwind kofferte in die Hercules, als Barbato die Fallschirmspringertür öffnete. »È giunto il momento, amico mio!« rief er. »Buon volo!« *Es ist soweit, mein Freund! Guten Flug!*

Viertausend Höhenmeter lagen zwischen Gerold und Uelzen, doch nachdem er gesprungen war, schrumpfte die Entfernung rasch, denn er hatte fast im Nu zweihundert Stundenkilometer drauf.

Und dafür geben andere Leute Geld aus! dachte er, während die Winde an seinem Gesichtsfleisch zerrten.

Was aber, wenn Barbato von Lorenzo Romani geschmiert worden war und den Fallschirm irgendwie manipuliert hatte?

Die Anzeige auf dem Höhenmesser konnte Gerold nur schlecht erkennen. Da es nun jedoch bis Uelzen nicht mehr sehr weit zu sein schien, zog er den Auslösegriff und spürte einen starken Ruck: Der Fallschirm hatte sich ordnungsgemäß auseinandergefaltet.

»Come fly with me, let's fly, let's fly away«, sang Gerold aus vollem Herzen.

War es Uelzen-Woltersburg, was da unter seinen Füßen lag? Und floß dort nicht die Wipperau?

Der Wind trieb den Kommissar ostwärts, und es kam, was kommen mußte – er landete nicht irgendwo auf freiem Feld, sondern mitten im schönen Oldenstädter See am Rande Uelzens, verhedderte sich unterhalb der Wasseroberfläche in den Fallschirmseilen und sank sechs Meter tief bis auf den Grund.

»Muß wohl irgendwas mit der Lambdasonde sein oder so«, sagte der Taxifahrer, als er sich im Schein einer Taschenlampe unter der Motorhaube umsah. »Sorry, aber ich schätze, daß unsere kleine Abenteuerreise hier zu Ende ist. Ab jetzt sind Sie auf sich allein gestellt!«

Die Fischerin unterdrückte ein Stöhnen. Sie entrichtete den vollen Fahrpreis, holte ihr Gepäck aus dem Kofferraum und machte sich im strömenden Nachtregen zu Fuß auf den Weg nach Boekzeteler Hoek.

Wunderbarerweise war das Taxi erst in Moormerland verreckt und nicht bereits vorm Dreieck Leer oder irgendwo bei Veenhusen. Sie mußte bloß noch fünf Kilometer zurücklegen, die sich dann aber doch etwas hinzogen, weil es unausgesetzt gallerte und stürmte.

So leicht ließ Ute sich indessen nicht unterkriegen. Wat de leeve Gott natt maakt, dachte sie, dat maakt he ook weer dröög!

Im Haus ihrer Eltern wollte sie, während alle schlummerten, ein heißes Bad nehmen und dabei einen Ananaspunsch trinken. Nein, vorher wollte sie sich noch zwei Spiegeleier braten. Oder drei? Und dann wollte sie ihren Wecker auf sechs Uhr morgens stellen, um Grietje, Gerreltje und Galtje wach kitzeln zu können …

Auf den letzten Metern rief sie sich in Erinnerung, wo der Zweitschlüssel für die Haustür versteckt war: bei den Forsythien unter dem Gartenzwerg mit der Ziehharmonika.

Doch die Haustür stand offen, und Utes Eltern Martje und Folkert lagen nicht in ihrem Ehebett, sondern gefesselt und geknebelt auf dem guten Perserteppich im Wohnzimmer.

Das Herz der Kommissarin raste. Sie nahm ihren Eltern die Knebel ab und wurde mit Wortmeldungen überschüttet.

»Oh, Ute! Gaut, dat du kummst!«

»Wi sünd overfalln worden!«

»Erst hebb ick docht, dat was weer de Schuuvkarrendeev …«

»Dann wassen dat abers dree Italieners! Irrtum ausgeschlossen!«

»De hebben all utsehn as Marcello Mastroianni!«

»Du meenst Vico Torriani, Folkert!«

»Quark! De was doch vant Schweiz …«

»Un dann hebbn se Grietje, Gerreltje un Galtje knebelt un mitnomen!«

»Un se hebbn seggt, dat Gerold na Sizilien taurügkomen sull!«

»Anners kunnen wi de Deerns bi de Vissen weerfinnen!«

Sonst würden wir die Mädchen »bei den Fischen wiederfinden«? Das ist die Sprache der Mafia, dachte Ute, während sie ihren Eltern die Fesseln abnahm.

»Un ook wi würn daran glövn, hebbn se seggt, wenn wi de Polizei dortauholen würn!« rief Folkert, und Martje sagte weinend: »Un güstern abend was dat allens noch so mooi …«

Utes Handy klingelte. Sie nahm den Anruf an und schrie: »Wer stört mich jetzt?«

»Dein lieber Mann«, sagte Gerold. »Ich bin wieder in Uelzen gelandet! Dabei wär ich allerdings fast im Oldenstädter See ertrunken, aber dann ist zufällig so ’n Rettungstaucher vom DRK Uelzen da spazierengegangen …«

»Gerold …«

»… und hat mich rausgeholt. Er hat gemeint, ich hätte schon keine Pupillenreflexe mehr gehabt, aber irgendwie hat er’s geschafft, mich zu reanimieren, na, und jetzt hab ich hier auf unserem Küchentisch die nette handschriftliche Nachricht von dir gesehen …«

»Gerold …«

»… daß ich dich jederzeit anrufen kann, und da hab ich gedacht, warum nicht? Auch wenn’s mitten in der Nacht ist …«

»Gerold!«

»Ja?«

»Die Mädchen sind gekidnappt worden!«

Der Sinn dieser Worte erschloß sich Gerold nur zögerlich. »Was?« fragte er. »Wann? Wie? Von wem?«

»Von deinen sizilianischen Brötchengebern, wie’s aussieht. Heute nacht. Meine Eltern haben’s überlebt, aber Grietje, Gerreltje und Galtje sind weg, und die Entführer haben damit gedroht, sie umzubringen, wenn du nicht nach Sizilien zurückkehrst!«

Das war ein bißchen viel für einen Mann, der gerade erst auf Leben und Tod mit einem Godfather gerauft, eine Meerenge durchschwommen, fünfzehn USB-Sticks erbrochen, als Fallschirmspringer debütiert und unfreiwillig den halben Oldenstädter See ausgetrunken hatte.

»Gerold? Bist du noch auf Sendung?«

»Ja, natürlich!«

»Die Entführer haben meinen Eltern gesagt, daß die Mädchen sterben werden, wenn wir die Polizei einschalten …«

»Aber das sagen doch alle Entführer! Bist du irre? Wir müssen sofort das BKA verständigen!«

»Und dann? Was passiert denn wohl, wenn die Wiesbadener Schnarchkorken sich mit ihren italienischen Kollegen in Verbindung setzen? Denk mal nach! Glaubst du, daß dann 'ne Großrazzia auf Sizilien steigt?«

»Verflixt und zugenäht«, sagte Gerold. »Du hast recht. Das würde nichts bringen! Da hilft nur noch eins – ich muß mich den Romanis stellen, um die Mädchen auszulösen ...«

»Den Teufel wirst du tun!« rief Ute. »Du wärst zehn Sekunden nach dem Grenzübertritt ein toter Mann, und die Mädchen wären trotzdem geliefert! Und du bist auch in unserem Haus nicht sicher. Wenn diese Drecksäue unsere Töchter in Boekzeteler Hoek ausfindig gemacht haben, dann können sie auch dich in Uelzen aufs Korn nehmen. Du mußt untertauchen!«

Nicht schon wieder, dachte Gerold. »Und wie sollen wir die Mädchen retten?«

»Das laß mal meine Sorge sein.«

»Wieso? Was hast du vor?«

»Kennst du den Spielfilm ›Die Frau mit der 45er Magnum‹?«

»Ist das nicht so 'n Rachestreifen?«

»Exakt. Und nach diesem Muster werde ich vorgehen.«

»Wie meinst du das?«

»Ich werde ein paar Vorbereitungen treffen, nach Sizilien fliegen und diesem Lorenzo Romani einen Besuch abstatten, an den er noch lange zurückdenken wird, falls er ihn überleben sollte. Sims mir bitte die Adresse. Dieser Tüdelbüdel kennt mich schlecht, wenn er sich einbildet, daß er uns Grietje, Gerreltje und Galtje rauben kann, ohne sein eigenes Leben aufs Spiel zu setzen!«

Die stählerne Entschlossenheit in der Stimme der Kommissarin erinnerte Gerold an einen Wortwechsel, in dem sie ihm ein für allemal klargemacht hatte, daß er sich ein Rasierwasser ohne Mikroplastikzusätze zulegen müsse. In Lorenzo Romanis Haut hätte er in den kommenden Tagen nicht stecken wollen.

»Kannst du mir sagen, was ›Hände hoch‹ auf italienisch heißt?« fragte die Fischerin.

»Mani in alto.«

»Und was heißt ›Wo ist dein Boß‹?«

»Dov'è tuo capo.«

»Und ›Wo sind meine Töchter‹?«

»Dove sono mie figlie.«

»Und ›Wenn du nicht redest, schieß ich dir ins Knie‹?«

»Ute! Denk an deine Kinderstube!«

»Mach ich, mach ich. Aber nicht hier und heute. Sag's mir einfach.«

»Se non parli ti sparo al ginocchio.«

»Danke. Gerold?«

»Ja?

»Drück mir die Daumen.«

»Das tu ich. Viel Glück, meine Liebe …«

»Dor seggst ook wat. Sünner Glück un Günst is all Künst umsünst!«

12

Nach dem mühseligen Wiederaufstieg aus dem Ziehbrunnen hatten Hildur Graf Norbert von Hötzendorf, Arturo Miguel Infante und Korbinian Scheuerlapp tagelang ihre Wunden geleckt und lange Gespräche über die Strafe geführt, die Frank Schulz und Thomas Gsella gebühre. Mit diesen Herumtreibern wollten sie so rigoros abrechnen, wie es der Toltekengott Qetzalcoatl einst mit seinen Feinden getan hatte.

Um die Verfolgung aufzunehmen, brauchten sie allerdings einen fahrbaren Untersatz. Von dem Fuhrpark im Gutshof waren nach der großen Schlacht nur noch rauchende Trümmer übrig, aber nachdem Hötzendorf mit einem Mittelsmann im argentinischen Verkehrsministerium telefoniert hatte, konnte die Polizei Scheuerlapps Beichtmobil in einer Tiefgarage in Buenos Aires auftreiben und schickte einen Abschleppwagen los, und der brachte es seinem Besitzer noch am selben Tag zurück.

Traurig sah es aus, das Auto, als Scheuerlapp es in Augenschein nahm. Es war unter schweren Beschuß geraten, ein Scheibenwischer fehlte, der Lack hatte Schrammen, und der Beichtstuhl im Wageninneren wies Brandspuren auf, doch der Motor hatte keinen Schaden genommen.

In Córdoba kannte Hötzendorf eine uralte Hellseherin, auf die gemeinhin Verlaß war. Sie hatte bereits seinen Großvater beraten und ihn durch Wahrsagungen aus Kaffeesatz und Zigarrenasche mehrmals vor der Gefangennahme durch Agenten des Mossad bewahrt. Von dieser Frau erhoffte Hötzendorf sich genaue Angaben über den Aufenthaltsort der Übeltäter Schulz und Gsella.

Scheuerlapp hegte Zweifel an der Vereinbarkeit der Wahrsagekunst mit dem Katechismus der katholischen Kirche, wollte aber kein Miesepriem sein, und so dauerte es nicht lange, bis das Beichtmobil mit Feuerwaffen, Zuckerrohrschnaps und Fressalien beladen war und die Reise beginnen konnte.

Unterwegs brachte Scheuerlapp seinen Beifahrern Infante und Hötzendorf ein Lied von Ton Steine Scherben bei: »Allein machen sie dich ein, schmeißen sie dich raus, lachen sie dich aus …«

Es war eine Hymne auf das solidarische Handeln, die darauf hinauslief, daß ein anderer Wind wehen werde, wenn Hunderte, Tausende oder Millionen zusammenstünden. In den Refrain fielen Infante und Hötzendorf begeistert ein: »Und du weißt, das wird passiern – wenn wir uns organisiern!«

Aufgemöbelt und in bester Stimmung traf das Trio in Córdoba bei der Hellseherin Eusebia Insaurralde y Molina ein. Scheuerlapp hatte gedacht, sie würde in einem Hexenhäuschen hausen, mit einem Kolkraben auf der Schulter und einem Kessel über einer offenen Feuerstelle, aber sie wohnte im vierten Stock einer schäbigen Mietskaserne und besaß nicht einmal einen Elektroherd, sondern nur eine Schnellkochplatte. Eusebias Äußeres entsprach schon eher der Vorstellung, die ein Bischof sich von Frauen wie ihr machen mochte: Sie sah so verlebt und zerknittert aus wie ein von Gott verworfenes Geschöpf, war auf einem Auge blind und litt an Karies, und von ihrer Nasenspitze hing eine längliche braune Warze herab.

Auf Hötzendorfs Frage, wohin Schulz und Gsella geflohen sein könnten, suchte Eusebia in ihrem Sprechzimmer nach einer Antwort, indem sie mit einem Krähenfuß in einer Schale mit den Überbleibseln einer eingeäscherten Katze stocherte. Weil dabei leider nichts herauskam, holte sie aus einem Käfig im Nebenzimmer einen Feldhamster, biß ihn tot, weidete ihn aus und las leise summend in seinen Innereien. Es war nicht schön anzusehen, wie sie da mit ihrer gelben Zeigefingernagelspitze im Magen und im Dünndarm des Hamsters herumrührte, aber die Eingeweideschau führte zum Erfolg: An einem Mittwoch, sagte Eusebia, würden die beiden gesuchten Herren sich im Körper des Erlösers vor dem Zuckerhut einfinden.

Mit solchem Wischiwaschi konnte Hötzendorf nichts anfangen. Er genierte sich vor seinen Kameraden, schoß Eusebia kurzerhand über den Haufen und besann sich erst eine Sekunde zu spät darauf, daß sie mit dem Körper des Erlösers die Christusstatue gemeint haben dürfte, die in Rio de Janeiro gegenüber dem Zuckerhut errichtet worden war. Im Sockel dieser Statue war eine Unserer Lieben Frau von Aparecida geweihte Kapelle untergebracht. Wenn Gsella und Schulz dort Unterschlupf suchen sollten, dachte Hötzendorf, dann können sie sich auf was gefaßt machen!

Bis zum nächsten Mittwoch war es aber noch ein paar Tage hin.

»Und was machen wir jetzt mit dem angebrochenen Abend?« fragte Scheuerlapp.

Dafür fand sich eine gute Lösung, denn im Herzen von Córdoba wurden ab zwanzig Uhr in einem Begegnungszentrum der Nachfahren deutscher Auswanderer Devotionalien aus dem Tausendjährigen Reich versteigert. Hätte es einen unterhaltsameren Zeitvertreib geben können?

Bei dieser Auktion kam unter anderem Adolf Hitlers Hundepeitsche unter den Hammer. Das Mindestgebot lag bei 28 Millionen Argentinischen Peso, die nach dem aktuellen Wechselkurs rund 25 000 Euro wert waren.

Für Hötzendorf gab es da kein Halten mehr. Er übertrumpfte alle Saalbieter, trieb den Preis auf 180 Millionen Peso hoch und nahm unwillkürlich Haltung an, als ihm die Peitsche ausgehändigt wurde. Er wußte auch schon, wen er damit züchtigen wollte.

Die nächste Antiquität, die zum Verkauf stand, war der in Alkohol eingelegte Blinddarm des Titularbischofs Alois Hudal, der vielen deutschen Kriegsverbrechern zur Flucht nach Südamerika verholfen hatte. Ein telefonisch zugeschalteter Interessent aus der Erzdiözese Bamberg bot dafür fünf Millionen Peso.

»Wer bietet mehr?« fragte der Auktionator. »Höre ich zehn?«

»Fünfzehn!« rief Scheuerlapp. Er war wie elektrisiert.

»Fünfzehn der Herr mit dem Römerkragen! Höre ich zwanzig?«

Ein päpstlicher Ehrenprälat aus Patagonien hob die Hand, wurde aber sogleich von einer Abgesandten der Ordensgemeinschaft der Anbeterinnen des Blutes Christi überboten.

Für den Auktionator war es ein Fest. »Dreißig … dreißig … vierzig der Herr mit dem Römerkragen … fünfzig das kniende Fräulein … höre ich sechzig? Sechzig? Sechzig werden aus Bamberg geboten! Höre ich siebzig? Jawohl – siebzig der Monsignore im Rollstuhl! Siebzig … achtzig der Herr mit dem Römerkragen … neunzig der Herr Vikar mit der Jodmangelstruma …«

Bei zweihundert Millionen Peso stiegen alle bis auf Scheuerlapp und den Ehrenprälaten aus. Letzterer erhöhte einfach frech auf dreihundert Millionen, doch er mußte sich geschlagen geben, als Scheuerlapp mit seinem nächsten Gebot dagegenhielt: »Eine Milliarde Peso!«

»Eine Milliarde ist geboten!« schrie der Auktionator. »Wer geht mit? Höre ich zwei Milliarden? Nein? Dann geht der Zuschlag an den Herrn mit dem Römerkragen! Zum ersten … zum zweiten … und … zum dritten!«

In Scheuerlapps Ohren war der Hammerschlag Musik.

Verständlicherweise wollte jetzt auch Infante ein Schnäppchen machen, und das Glück war ihm hold, denn er konnte sich für nur sechzig Millionen Peso Hermann Görings Morphiumspritze unter den Nagel reißen.

Hötzendorf hatte nicht mitgeboten. Er wußte, daß es sich bei dieser Spritze um eine seit rund siebzig Jahren in Sammlerkreisen zirkulierende Fälschung handelte, doch er wollte Infante den Spaß nicht verderben, und außerdem diente jeder Peso, der hier ausgegeben wurde, einem guten Zweck: Die Gesamteinnahmen sollten in den Aufbau eines Leni-Riefenstahl-Museums in der Sierra Grande fließen.

Den gut fünftausend Kilometer langen Roadtrip von Fusagasugá nach Pozo del Tigre hatten Ringel und Wieland in einem Cabrio hinter sich gebracht und viel dabei gesehen – die Bergketten der Anden, die ecuadorianischen Kordilleren, die peruanische Küstenwüste, den Titicaca-See, den bolivianischen Nationalpark Carrasco und das tropische Tiefland. Auf dieser landschaftlich reizvollen Reise hatte allerdings nur Wieland einen Sombrero getragen und sich regelmäßig mit Sonnenmilch eingerieben. Von Ringel, der das nicht für nötig gehalten hatte, war oberhalb des Hemdkragens nicht viel mehr als eine feuerrote, zerfledderte Fratze übrig, als die beiden Freunde am Zielort aus dem Auto stiegen.

»Se parece a un babuino por detrás!« rief ein kleiner Junge und nahm Reißaus.

»Was hat der gesagt?« fragte Wieland.

»Daß ich aussähe wie ein Pavian hintenrum«, sagte Ringel. »Irgendwie fühl ich mich auch so. Mein Gesicht brennt wie die Hindenburg, und mein Gipsfuß tut mir weh. Ich hätte jetzt auch gern so einen Sombrero wie deinen. Und 'ne Krücke, weil mir das Gehen schwerfällt …«

Pozo del Tigre war zwar kein Einkaufsparadies, sondern bloß eine ärmliche Siedlung, in der Hühner und magere Schweine zwischen strohgedeckten Lehmhütten umherstrichen, während die meisten Einwohner Siesta hielten, aber es gab einen kleinen Gemischtwarenladen.

»Quisiera comprar un sombrero y una muleta«, sagte Ringel zu der Verkäuferin. *Ich würde gern einen Sombrero und eine Gehhilfe kaufen.*

Da mußte die Frau ihn leider enttäuschen. Es sei aber noch ein Kopfschmuck von Karneval übrig, sagte sie, und als Gehhilfe könne sie eine Gartenforke anbieten.

Besser als nichts, dachte Ringel, als er den Kopfschmuck anprobierte, eine Art Wikingerhelm mit zwei Hörnern.

»Steht dir gut«, sagte Wieland. »Damit siehst du aus wie der Häuptling Olaf Maulaf in ›Asterix und die Normannen‹!«

Ringel kaufte auch die Forke. Eine handelsübliche Krücke wäre ihm lieber gewesen, doch er stellte fest, daß er sich recht behende fortbewegen konnte, wenn er sich den Stiel in die linke Achselhöhle klemmte und einen Teil seines Körpergewichts auf die Forke verlagerte.

In die freie rechte Hand drückte Wieland ihm die Hälfte der fünfhundert Flyer, die er hatte drucken lassen. Darauf waren Schulz und Gsella abgebildet, und in dem dazugehörigen Text wurde auf spanisch eine hohe Belohnung für zielführende Hinweise auf den Verbleib dieser beiden Personen ausgelobt.

Wielands Plan sah vor, daß sie die Flyer an alle Haushalte in Pozo del Tigre verteilten, aber Ringel hatte eine bessere Idee: »Laut Google Maps gibt's auf der anderen Seite der Nationalstraße ein ›Missionszentrum Immanuel‹, das auch als Kirche fungiert. Verteil du doch deine Flyer hier im Dorf, und ich geh zu der Kirche und leg meine Flyer in den Bänken aus. Okay? Getrennt marschieren, vereint schlagen!«

Dagegen hatte Wieland nichts einzuwenden, und so zogen sie los.

Schon nach wenigen Metern wurde der Gringo Ringel von bettelnden Kindern bestürmt. Er wollte ihnen aber nichts geben, weil sie sonst noch zudringlicher geworden wären. Sie sollten spielen gehen, rief er ihnen zu. Bei ihm sei nichts zu holen!

Das glaubten sie ihm natürlich nicht, und aus Rache für seine Hartherzigkeit klebten sie ihm, ohne daß er es merkte, mit Kaugummi einen blutigen Ochsenschwanz hinten an die Hose.

Im Missionszentrum Immanuel in Pozo del Tigre hatte bereits seit längerer Zeit kein Gottesdienst mehr stattgefunden. Nach dem Heimgang des letzten Priesters war das Gebäude verfallen und erst kürzlich von Teufelsanbetern instandbesetzt worden. Sie hatten alle Kreuze auf den Kopf gestellt, in den Taufstein uriniert und im Mittelschiff einen Stier geschlachtet, als Opfer für Luzifer, den sie verehrten.

Noch war er nicht erschienen, doch sie hofften, ihn an diesem Abend heraufbeschwören zu können. Sechshundertsechsundsechzig schwarze Kerzen brannten in der Kirche, und drei Jungfrauen, die der Sekte angehörten, ließen sich aus freiem Entschluß im Evaskostüm als Lockspeise auf dem Altar festketten, während ein vielstimmiger Chor vermummter Satanisten den Song »Black Sabbath« aus dem Album »Black Sabbath« der Band Black Sabbath intonierte.

Obwohl alle Mitwirkenden sich große Mühe gaben, glaubte keiner von ihnen an einen schnellen Erfolg. Zu oft hatten sie andernorts schon Tiere geschlachtet und schmutzige Lieder gesungen, ohne daß der Höllenfürst heraufgestiegen wäre.

Um so größer war die allgemeine Verdatterung, als die Kirchentür in den Angeln knarrte und eine Gestalt mit einem krebsroten Gesicht, zwei Hörnern, einem Dreizack und einem Schweif hereingehumpelt kam. Es handelte sich zwar nur um den mit Sonnenbrand, Gipsfuß, Wikingerhelm, Gartenforke und Ochsenschwanz bewehrten *taz*-Redakteur Michael Ringel, aber die Gemeindemitglieder erkannten in ihm auf Anhieb ihren Herrn und Meister. »¡Salve, Satanás!« schrien sie und fielen vor ihm nieder.

Ringel wußte nicht, was er von dieser Nummer halten sollte. Er blieb stehen und dachte angestrengt nach, bis zwei Satanisten es wagten, ihm den Weg zum Opfertisch zu weisen.

Dort stutzte Ringel abermals. Er hatte ja schon viel gesehen in seinem Leben, aber nie zuvor einen Altar, auf dem drei nackte, konvulsivisch zuckende Frauenzimmer in Ketten lagen und flehentlich riefen: »¡Concédenos tu favor, demonio!« *Gewähre uns deine Gunst, o Dämon!* »¡Somos tuyos!« *Wir sind dein!*

In dieser Stunde zeigte sich, daß Ringel ein Mann von wahrhaft edler Gesinnung war. Die Absicht, ein Gotteshaus zu entweihen, lag ihm fern, und er hätte lieber nicht so viele neugierige Zuschauer gehabt, aber der Ehrenkodex, dem er sich verpflichtet wußte, ließ ihm keine Wahl: Als Gentleman durfte er den Señoras ihre Bitte nicht abschlagen. Er tat daher alles in seiner Macht Stehende, um ihnen gerecht zu werden, und gönnte sich keine Schonung, bis ihn in der Morgendämmerung die Kräfte verließen.

Von dem Peilsender an Rayk Wielands Jackett war Jannik Schüsterhusen bloß noch rund eintausendsechshundert Kilometer entfernt. Er hatte in Bogotá ein Mofa gestohlen und kurvte im Süden Perus an den Ufern des Río Ocoña herum, während Kommissar Gerold im Polizeikommissariat Uelzen auf der anderen Seite der Erdkugel die Datei aus Peppone Romanis Nachlaß zu öffnen versuchte.

Doch sie sträubte sich.

Gerold rief Heinz Herford an, einen Computerspezialisten, der im Bundeskriminalamt für die Jagd auf Cyberkriminelle zuständig war. Seit ihrem gemeinsamen Praktikum bei der Polizeiinspektion Cloppenburg/Vechta wußten Gerold und Herford, daß sie sich aufeinander verlassen konnten, wenn einmal Not am Mann war, denn sie hatten damals gegen den Widerstand des Dekanats Vechta einen Pädophilenring ausgehoben und zwanzig katholische Jugendseelsorger aus dem Verkehr gezogen.

»Du mußt den Explorer öffnen und dann mit der rechten Maustaste auf ›Wechseldatenträger‹, ›Eigenschaften‹, ›Extras‹ und ›Jetzt prüfen‹ klicken«, sagte Herford. »Und als nächstes klickst du auf ›Systemfehler automatisch reparieren‹ und ›Fehlerhafte Sektoren automatisch suchen / wiederherstellen‹.«

»Und wie öffne ich den Explorer?« fragte Gerold.

Herford konnte es nicht fassen. »Lebt ihr denn da in Uelzen total hinterm Mond?«

»Schon möglich.«

»Klick doch mal in der Taskleiste auf das Programmsymbol des Explorers!«

»Das würde ich liebend gern tun, wenn ich wüßte, wie dieses Programmsymbol aussieht … Aber warte mal … Ich hab grad aus Versehen auf irgend'ne Taste getippt, und jetzt geht die Datei anscheinend auf …«

»Und was ist da zu sehen?«

»Jede Menge Zahlen«, sagte Gerold und sah sie sich an:

238 2 1 3 359 5 5 204 3 1 109 2 6 108 1 6 40 3 3 22 1 6 410 1 3 …

»Kannst du mir die Datei mal mailen?«

»Mach ich, Heinz. Jetzt sofort. Und wie geht's dir so?«

»Frag nicht nach Sonnenschein. Hier im Haus wird dieser Tage um eine geschlechtergerechte Amtssprache gerungen, und ob du's glaubst oder nicht – wenn's nach der neuen Chefin geht, dürfen wir künftig nicht mehr von ›Datenspeicherzeit‹ sprechen, sondern nur noch von ›Datenspeicher- und -speicherinnenzeit‹.«

»Immer noch besser, als wenn ihr von ›Daten- und Datinnenspeicher- und -speicherinnenzeit und -zeitinnen‹ sprechen müßtet.«

»Ja, mach nur deine Witze! Irgendwann wird es auch in Uelzen kein Polizeikommissariat mehr geben, sondern ein Polizeikommissar- und -kommissariniat!«

»Laß uns das vertagen. Ist die Datei bei dir angekommen?«

»Ja …«

»Und?«

»Sieht nach einem Buchcode aus. Seitenzahl, Absatzzahl, Zeilenzahl, Buchstabenzahl. Oder nur Seitenzahl, Zeilenzahl und Buchstabenzahl. Hast du irgendeine Idee, welches Buch dafür in Frage kommen könnte?«

Gerold rief sich Peppone Romanis Arbeitszimmer vor Augen. Nein, ein Bücherregal hatte dort nicht gestanden, und er mußte zerknirscht zugeben, daß er nicht alle Schubladen geöffnet hatte. Aber nun war ja Ute nach Sizilien unterwegs, und vielleicht konnte sie das nachholen. Er schickte ihr eine SMS:

Mein Engelchen! Wenn Du in Peppone Romanis Büro vordringen solltest, dann sieh dich dort bitte nach einem Buch um, das er und seine Kumpane zum Chiffrieren von Nachrichten benutzt haben könnten! Küßchen – Gerold

Die Fischerin simste zurück:

Wird erledigt, Chef. Ich hab mich übrigens krankschreiben lassen, um freie Hand zu haben. In zwei Stunden geht mein Flug nach Palermo. Freu mich auf den Inselurlaub ;-)

Armer Lorenzo, dachte Gerold. Als Capo di tutti Capi wäre dir wahrscheinlich ein schönes Leben beschieden gewesen, wenn du dir nicht den Zorn meiner Frau zugezogen hättest …

Nach ihrem Abenteuer in der Pumagrotte wollten Thomas Gsella und Frank Schulz den Ball erst einmal flachhalten. Sie waren nach Norden getrampt und hatten irgendwo die grüne Grenze zur argentinischen Provinz Misiones überquert. Dort fanden sie in einer wilden Müllkippe eine Tube Kneipp-Muskel-Aktiv-Gel mit den Wirkstoffen Latschenkieferöl, Strandkieferöl, Rosmarinöl und Eukalyptusöl und rieben sich damit ein. Sie stießen auch auf eine Lammkeule, in der es aber leider von fleischfressenden Plattwürmern wimmelte, und auf ein modriges Kochbuch mit einem appetitanregenden Inhaltsverzeichnis. Gsella las Schulz daraus vor: »Bistec de filete de pollo mostaza«, »Filete de pavo con croquetas de patata en salsa de curry afrutada«, »Bistec de cuadril con arroz, estofado con cebolla y patatas fritas« …

»Laß gut sein, Thomas«, sagte Schulz und streckte sich auf einem schimmeligen Haufen Blumensteckschaum aus. »Von diesen Wörtern werden wir nicht satt.«

»Aber sie klingen so schön!« sagte Gsella. »Hör doch mal: ›Medallones de cerdo sobre crema de setas con perejil fresco y croquetas …‹«

Feste Nahrung war für Schulz und Gsella von einem »Nice to have« zu einem »Must have« geworden, doch das Kochbuch half ihnen nicht weiter.

Gsella schaute zweiflerisch zum Mittagshimmel auf, von dem die Sonne unbarmherzig herunterbriet, und nach einer langen Pause sagte er: »Frank?«

»Was gibt's?«

»Kennst du die fünf Phasen der Trauer? Aus dem Modell, das die Trauerprozeßforscherin Elisabeth Kübler-Ross entwickelt hat?«

»Nein.«

»Danach ist die erste Phase das Nicht-wahrhaben-Wollen, und dann kommen die Phasen Wut, Verhandlungsbereitschaft, Resignation und Akzeptanz. Was schätzt du, in welcher Phase wir uns jetzt befinden?«

»Resignation«, sagte Schulz, denn er glaubte, nun allmählich genug von der Welt gesehen zu haben. Gewiß, man hatte ihm den Hamburger Literaturförderpreis verliehen, den Hubert-Fichte-Preis, den Irmgard-Heilmann-Preis, den Kranichsteiner Literaturpreis und den Kasseler Literaturpreis für grotesken Humor, doch was nützte ihm das alles hier, wo er ein Paria war, ein rechtloser Flüchtling, ein Geächteter mit lahmem Kreuz und Schwielen …

»Bock auf Fisch?« fragte Gsella. Hinter einem Haufen leerer Benzinkanister hatte er eine Angelrute sowie ein altersschwaches Kanu entdeckt. »Alles, was uns jetzt noch fehlt, ist ein Fluß, Frank! Die schmackhaftesten südamerikanischen Speisefische warten auf uns. Buntbarsche, Saiblinge und Bachforellen …«

»Seit wann kennst du dich denn mit südamerikanischen Speisefischen aus?«

»Ich hab da auf 3sat mal was drüber gesehen.«

»Und was nehmen wir als Köder?«

»Die Lammkeule.«

»Igitt! Die will ich aber nicht tragen!«

»Die legen wir in das Kanu. Komm! Auf, auf! Zum nächsten Fluß isses bestimmt nicht weit!«

Es wäre wirklich nicht weit gewesen, denn einhundert Meter östlich von der Müllkippe schlängelte sich ein Seitenarm des Río Paraná. Doch Schulz und Gsella gingen in die falsche Richtung. Zu Wasser lassen konnten sie das Kanu erst nach einem vierzehnstündigen Fußmarsch durch ein teils holziges und teils sumpfiges Territorium, in dem Moskitos die erste Geige spielten. Alles in allem zapften sie den beiden Wanderern rund anderthalb Liter Blut ab; vornehmlich aus den Waden, aber auch aus dem Nacken, den Unterarmen und sogar aus den Ohrläppchen.

Tief in seinem Inneren war Schulz ja ein Öko-Freak, aber nach dieser Erfahrung wollte er sich auch einmal mit den Argumenten der Befürworter des Insektensterbens befassen.

»Bitte einsteigen!« rief Gsella. »Ab hier ist das Leben für uns wieder ein langer, ruhiger Fluß!«

Der Wasserlauf, auf den die zwei Kanuten sich hinauswagten, war ein weiterer Seitenarm des Río Paraná. Sie ließen sich treiben, zwischen dichtbewaldeten Ufern, und Gsella warf die Angel mit dem verwurmten Lammkeulenköder aus.

»Hast du überhaupt schon mal geangelt?« fragte Schulz.

»Ja, als Kind«, sagte Gsella. »Wir hatten so 'n Angelspiel mit Magneten, und da hab ich manchmal richtig dicke Fische gezogen ...«

Nach etwa zwanzig Minuten hatte er etwas Großes an der Angel – einen dreieinhalb Meter langen Breitschnauzenkaiman mit einer Bißkraft von neunzehn Kilogramm pro Quadratzentimeter. Es stellte sich rasch heraus, daß dieses Tier aus der Familie der Alligatoren keine leichte Beute war. Anstatt seine Zeit mit der Umsetzung von Defensivstrategien zu vertändeln, kehrte es den Spieß einfach um: Es schoß aus dem Wasser heraus und schnappte nach Gsellas Kopf, wenn auch ohne Erfolg.

Und wir haben beide kein Schwimmzeug dabei, dachte Schulz, als der massige Leib des Alligators auf das Kanu klatschte und es entzweischlug.

Der Kampf ging unter Wasser weiter, wo der Kaiman sich in seinem Element befand, während seine Opfer nur hilflos herumhampeln konnten. Er biß Gsella eine Klinke in den linken Unterschenkel und stürzte sich dann auf Schulz, dem gerade wieder ein Satz einfiel, den er vor Jahren als Eigentümer einer erkrankten Höckerschildkröte im Wartezimmer einer Tierarztpraxis in *Salamandra* gelesen hatte, einer Fachzeitschrift für Herpetologie und Terraistik:

Bei männlichen Krokodilen läßt sich mit einem massierenden Handgriff der Penis in der Kloake palpieren.

»Palpieren«, so entsann sich Schulz, hieß »betasten«. Auf dem Grund des Flusses hatte er vor zwei Sekunden einen spitzen Stein an sich gerissen und wollte das Untier damit an seiner empfindlichsten Stelle treffen, doch er wußte nicht, wo die Kloake saß, und ihm fehlte auch die Muße, nach ihr zu suchen und sie zu massieren, um den Penis orten und verletzen zu können. Deshalb schlug Schulz mit dem Stein einfach zu, auf gut Glück, und hackte dem Alligator dabei immerhin ein Auge aus.

Auch Gsella beging nun ein technisches Foul: Er rammte die Angelrutenspitze in das andere Auge des streitbaren Raubtiers, womit er es jedoch nur noch wilder machte. Der erblindete Alligator raste vor Wut und zerfetzte alles, was er zwischen die Zähne kriegte: das Heck des Kanus, den Bug des Kanus und einen Kaktuswels, der besser nicht des Wegs geschwommen wäre.

Pfeilgeschwind näherten sich nun sechs oder sieben weitere Breitschnauzenkaimane, angelockt vom Blut aus Gsellas Bein, aber Schulz schaffte es, ihn am Kragen aus dem nassen Höllenkreis herauszubefördern und an Land zu ziehen.

»Danke, Frank«, sagte Gsella und spie zwei kleine Beutelfrösche aus. Er lag, von Korallenbaumblättern umschattet, auf einem lehmigen Hang. »Ohne dich wäre ich nie so weit gekommen! Du mußt jetzt aber auch an dich selbst denken. Ab hier kann ich dir nicht mehr folgen. Geh nur! Meine Tage sind gezählt. Ich bekenne das ohne Groll, denn ich hab mein Leben gelebt, auch wenn ich nicht auf alles stolz bin, was ich getan habe. Sag meiner Frau und meiner Tochter, daß ich sie liebe! Meine Manuskripte sollen dem Ruhrmuseum in der Zeche Zollverein in meiner Vaterstadt Essen gestiftet werden. Als Erben meiner Nikotinpflaster setze ich Ralf Sotscheck ein, und meine Ländereien in der Kleingartenkolonie Unterschweinheim möge man zu gleichen Teilen meinen alten Freunden Achim Greser und Heribert Lenz vermachen. Im übrigen ist es mein Wunsch, daß meine Asche an den Ufern des Rhein-Herne-Kanals verstreut wird. Denn ich bin eine zerbrochene Fiedel, Frank. Die Melodie darauf ist ausgespielt. Es will das Licht des Lebens scheiden; nun bricht des Todes Nacht herein. Die Seele will die Schwingen breiten; es muß, es muß gestorben sein! Ich bin bereit, zur Ewigkeit zu gehn. Noch eh sich der Minutenzeiger wendet, werd ich vor meines Richters Throne stehn. Nun, o Unsterblichkeit, bist du ganz mein!«

»Quatsch keine Opern«, sagte Schulz. Um die Blutung zu stillen, hatte er einen Ärmel von seinem Oberhemd abgerissen und ihn fest um Gsellas linken Unterschenkel geschlungen und zugeknotet. »Bist du bereit?«

»Wozu?«

»Dazu, daß ich dich zur nächsten Notaufnahme trage.«

»Tu, was du für richtig hältst«, sagte Gsella. »Aber vergiß nicht, daß ich dir geraten habe, mich liegenzulassen!«

Doch das hätte Schulz nicht übers Herz gebracht. Er nahm Gsella huckepack und bahnte sich mit ihm einen Pfad durch das Gestrüpp, wobei er nur hoffen konnte, daß er die richtige Richtung einschlug. Brüllaffen bewarfen ihn mit Erdnußschalen, trächtige Ameisenbärinnen zeigten ihm die Zähne, und das giftige Jakobskraut kreuzte seinen Weg, aber Schulz hielt Kurs. Er stampfte alles nieder, was sich ihm entgegenstellte, und kickte einmal sogar einen unter Naturschutz stehenden Ozelot zur Seite.

Der halbverhungerte Gsella wog nicht schwer, aber er schien an

Wundfieber zu leiden und faselte wirres Zeug: »Verflossen ist das Gold der Tage … Süßer Lamasohn auf Moschuspflanzenthron … I've lived a life that's full. I travelled each and every highway … Alle Straßen münden in schwarze Verwesung … Non, je ne regrette rien … Wie hab ich das gefühlt, was Abschied heißt … Meine Tränen sind meine Speise Tag und Nacht … Ich, Thomas Gsella, bin aus den schwarzen Wäldern … Once there was a way to get back homeward … Mama, vergrab meine Waffen … Ich vermag sie nicht mehr abzufeuern … Ich glaub, ich klopf an das Himmelstor … Klopf, klopf, klopf an das Himmelstor …«

»Kannst du nicht einfach mal die Fresse halten?« fragte Schulz, während er sich durch den Regenwald kämpfte, aber Gsella setzte noch einen drauf: »Frank, ich glaube an den Heiland. Gsella ist ein Christ! Lebe wohl!«

Dies war der Augenblick, in dem sie unverhofft auf eine Gruppe von Dschungeltrekkern trafen.

Euch hat uns der Himmel geschickt, dachte Schulz und kratzte sein Schulenglisch zusammen: »Can you help us, please? My friend here is very sick! He has been bitten by a crocodile. I have to take him immediately to a doctor! Do you know the way to the nearest hospital?«

Die Trekker waren jedoch keine große Hilfe. Sie brachen in Gelächter aus, schossen ein paar Fotos von Schulz und Gsella, zogen munter schwatzend weiter und ließen das ausgepowerte Pärchen im Stich.

Der Fluch, den Schulz ihnen nachsandte, hätte ihm in seiner Gymnasialzeit eine Karzerstrafe eingetragen: »Schönen Dank auch, ihr Pennschieter! Mögen eure Knochen in Papageienkotze verfaulen!«

Als Michael Ringel erwachte, lag er nackt auf dem Altar. Die Satanisten hatten sich eine halbe Stunde vor Tagesanbruch ehrfurchtsvoll zurückgezogen, damit ihr Meister in Ruhe ausschlafen konnte.

Obwohl ein schwerer Muskelkater in den Beinen und im Bauch seine Bewegungsfreiheit einschränkte, stand Ringel auf. Seine Unterbekleidung und seine Hose fand er in einem Weihwasserbecken wieder. Er zog sein Handy aus der Gesäßtasche und hörte seine Mailbox ab. Alle Nachrichten stammten von Rayk Wieland, aber die einzige von Belang war die jüngste: »Michael, wo auch immer du steckst – ich hab uns hier in Pozo del Tigre ein Quartier gesichert! Bei zwei Schwestern, die ganz nett sind. Die verlangen für ein Doppelzimmer nur einhundert Boliviano die Nacht. Das sind knapp dreizehn Euro. Also, melde dich!«

Ringel rief Wieland an und entschuldigte sich: »Ich hab gestern noch Recherchen angestellt, und die haben sich 'n bißchen hingezogen …«

»Hast du denn was rausgefunden?«

»Nichts Konkretes. Aber sims mir doch mal die Adresse von dem Haus, in dem du bist. Kann man sich da waschen?«

»Ja. Sogar mit warmem Wasser.«

»Epochal! Bin gleich da!«

Nachdem er sich angezogen hatte und ins Dorf zurückgehinkt war, fand er freundliche Aufnahme in dem Haus der Herbergsschwestern, die Violeta und Natalia hießen. Sie zeigten Ringel, wo es zum Badezimmer ging, und schäkerten dann in der Stube wieder mit Wieland herum. Mit Unterstützung von DeepL sagte er bei Trinkschokolade und Doppeldeckerplätzchen die spanische Übersetzung von Liebesgedichten auf, die er in seiner Jugendzeit geschrieben hatte. Eines lautete auf deutsch:

Für dich ist dies Gedicht geschrieben.
Dafür sollst du mich einmal lieben.
Dafür sollst du mich einmal küssen.
Und nicht nur einmal, sollst du wissen.
Und nicht nur küssen, meine Liebe.
Ich denke auch an andre Triebe.
Die, weißt du, weiter südlich liegen.
Ich dichte nur. Um dich zu kriegen.

Auf spanisch machte DeepL daraus etwas mit noch lasziverem Schmelz:

Este poema está escrito para ti.
Por eso me amarás una vez.
Por eso me besarás una vez.
Y no sólo una vez, quiero que sepas.
Y no sólo besar, mi amor.
También pienso en otros impulsos.
Que, ya sabes, están más al sur.
Sólo estoy escribiendo un poema. Para conseguirlo.

Violeta und Natalia waren beide schon Anfang dreißig, aber sie kicherten mädchenhaft, während der zwischen ihnen auf dem Sofa sitzende Wieland sie mit seiner Dichtkunst unterhielt. Ja, sie schmusten sogar ein wenig mit ihm und nannten ihn »bichito« (»Mausebärchen«) und »tocinito de cielo« (»Honigmäulchen«), und womöglich wäre daraus noch mehr entstanden, wenn nicht plötzlich Ringel zur Tür hereingeschaut und gefragt hätte, ob er sich mit der im Badezimmer befindlichen Hautmilch der Damen des Hauses einreiben dürfe.

Er wirkte erfrischt. Das bolivianische Savannenklima und der Hexensabbat hatten ihm stark zugesetzt, doch nach dem heißen Duschbad ging es ihm wieder top. Um seine Hüften hatte er anstandshalber ein Handtuch gewickelt, aber seine muskulösen Waden und sein athletischer Oberkörper glänzten unbedeckt im schräg einfallenden Spätnachmittagssonnenschein.

Auf Violeta und Natalia machte Ringels Body einen starken Eindruck. »¡Claro que sí!« riefen sie und sprangen auf, um ihrem gutgebauten Gast auch andere Körperpflegeprodukte vorzuführen. Um dabei völlig ungestört zu sein, schlossen die Schwestern sich im Bad mit ihm ein und enthüllten ihm peu à peu all ihre Schönheiten.

Ringel schwamm in Wonne. Er schenkte Violeta und Natalia sämtliche Beweise seiner Zuneigung und Achtung, brachte die Kamasutra-Stellungen »Der Schneepflug«, »Die Schlangenfalle« und »Der gespaltene Bambus« zur Anwendung und ließ von weiteren

Versuchen erst ab, als sich von neuem der Schlaf seiner Sinne bemächtigte.

Um die Grunzlaute aus dem Badezimmer zu übertönen, hatte Wieland solange »Guantanamera« gepfiffen und den Küchenabwasch gemacht. Dafür wurde er mit einem anerkennenden Lächeln der Schwestern belohnt, die Ringel gemeinsam zu Bett getragen hatten und nun auch ihrerseits ruhebedürftig waren.

Violeta checkte vor dem Schlafengehen aber noch ihren Nachrichteneingang und lachte, als sie ein Foto sah, das ein Freund ihr geflickrt hatte. Sie zeigte es Wieland, und er erkannte darauf Frank Schulz, der Thomas Gsella huckepack trug.

»Wo ist das aufgenommen worden?« fragte Wieland. »I mean, where has this picture been taken?«

Da Violeta ihn nicht verstand, griff er wieder auf DeepL zurück und hielt ihr die Übersetzung seiner Frage hin:

¿Dónde se tomó esta foto?

»En Argentina«, sagte Violeta. »En alguna parte de la provincia de Mesiones. ¿Por qué? ¿Conoces a estos imbéciles?« *In Argentinien. Irgendwo in der Provinz Misiones. Wieso? Kennst du diese Blödmänner?*

Palmen und Olivenbäume säumten die Auffahrt zum Palazzo der Romanis. Gesichert war sie durch ein schweres schmiedeeisernes Flügeltor, hinter dem sechs oder sieben Wachleute so lässig patrouillierten, wie man es von sizilianischen Mannsbildern erwarten durfte. Sie hatten Doppelflinten geschultert, rauchten, lachten, ließen sich die Sonne auf die Nase scheinen, aßen gegrillte Rotkehlchen am Spieß und erzählten einander schweinische Witze.

Hier wohnt also die Matschbirne, die meine Kinder entführt hat, dachte Ute, als sie auf das Tor zutrat. Gerold Gerold hätte sie nicht wiedererkannt, denn sie trug eine platinblonde Perücke und eine rosa Sonnenbrille mit herzchenförmigen Gläsern. Ausstaffiert hatte sie sich außerdem mit roségoldenen Ohrhängern, einem trägerlosen Wonderbra, einer knallengen, schulterfreien weißen Bluse, neongrünen und pinken Armreifen, einem erdbeerroten Minirock im Wetlook und goldfarbenen High-Heel-Sandaletten. Ihre Fingernägel schimmerten quarzviolett und ihre Lippen maraschinokirschenrot. Halb Dummchen und halb Femme fatale: In dieser Verkleidung, hatte sie gedacht, werde es ihr am leichtesten gelingen, die feindlichen Linien zu durchbrechen. Und sie hatte natürlich ihre Italienischkenntnisse vertieft.

»Mi scusi!« rief sie den Gorillas zu und fragte, ob sie das WC benutzen dürfe. Sie bemühte sich nicht darum, ihren Akzent zu kaschieren, denn sie war schließlich nur eine hirnlose deutsche Touristin.

Die Männer fanden Gefallen an ihr. Sie verstand nicht alles, was sie ihr zuriefen, aber fürs erste genügte es ihr, daß sie von ihnen mit Blicken verschlungen wurde. Um die Dringlichkeit ihrer Bitte um Einlaß zu bekräftigen, hüpfte sie von einem Fuß auf den anderen und nahm die Sonnenbrille ab, damit auch der unschuldige Augenaufschlag seine Wirkung tun konnte, den sie vor ihrem Kosmetikspiegel geübt hatte.

»Va bene, bellissima signorina«, sagte einer der Männer, ließ die Fremde herein und begleitete sie zu dem efeuberankten Gesindehaus, das auch Gerold schon von innen kennengelernt hatte. Schmetterlinge gaukelten ihnen entgegen – Aurorafalter, Zitronenfalter, Bläulinge und Schwalbenschwänze –, und aus den Blumenrabatten stiegen betörende Düfte auf, die jedoch bei weitem nicht so viel hermachten wie die Lockstoffe, mit denen die Fischerin sich eingestäubt hatte: Irresistable Woman, Pherostrong Exclusive und Désir Éternel Femme.

»Come te chiami?« fragte sie. *Wie heißt du?*

»Casimiro. E tu?«

»Brunhilde«, sagte Ute. Mit ihrem Hüftschwung lähmte sie sein Denkvermögen und rief die Nervenfasern in seinem Lendenwirbelsäulenmark zu den Waffen.

Frohlockend folgte er ihr bis zur Damentoilettentür.

Dort sagte Ute ihm, daß der Reißverschluß an ihrem Rock leider klemme. »Potresti aiutarmi con questo?« *Könntest du mir da helfen?* »Mostrerei anche la mia gratitudine per questo …« *Ich würde mich dafür auch erkenntlich zeigen …*

»In che senso?« fragte Casimiro. *Inwiefern?*

»Ho fame d'amore«, erwiderte sie. *Ich bin liebeshungrig.* »Non lo senti?« *Spürst du das nicht?*

So hatte zuletzt ein korpulenter Geschichtslehrer zu Casimiro gesprochen, vor sechs Jahren, in einer Abstellkammer voller Karten über die Punischen Kriege, den Bar-Kochba-Aufstand und die Augusteischen Alpenfeldzüge. Damals hatte er seine Unschuld bewahrt, aber jetzt war er dazu bereit, sich voll und ganz hinzuschenken. Er stellte seine Flinte ab, öffnete seinen Hosengürtel, zog ihn aus den Schlaufen heraus und wunderte sich sehr, als er ihn von der schönen Deutschen um die Ohren gehauen bekam und von ihr mit einem Fauststoß auf den Solarplexus niedergestreckt wurde.

Sie ließ Casimiro auf der Damentoilette zurück, griff sich seine Flinte, schlich vom Gesindehaus zum Palazzo, trat eine Tür im Souterrain ein und arbeitete sich von unten nach oben vor. Dabei wandte sie alle Kampftechniken an, die sie kannte: Halbkreisknietritte, Krebsscheren, Rückwärtsfeger, Überkreuzschritte, Scherenstöße, Zweifingerstiche und Schleuderwürfe.

Auf eine ernstzunehmende Verteidigungslinie wäre sie erst vor dem Büro getroffen, in dem Peppone Romani gestorben war. Zwei Scharfschützen hielten sich dort bereit, doch es entging ihnen, daß Ute über eine Balkonbrüstung stieg und hinterrücks von außen durch ein Fenster in das Zimmer einbrach.

Sie traf darin Giancarlo Brambilla an, den käsegesichtigen Consigliere der Familie Romani, der gerade ein paar Buchungsbelege frisierte. Weil sie mit einer Flinte auf ihn zielte, verhielt er sich kooperativ und verriet Ute, daß Lorenzo Romani auf Reisen sei und sich am morgigen Abend in Neapel mit Geschäftsfreunden treffen werde.

»Dove?« *Wo?*

»Al ristorante L'Altro Coco Loco.«

»E quando?« *Und wann?*

»Alle nove.« *Um neun.*

Brambilla hatte sich bei dieser Befragung eingenäßt. Die Fischerin interpretierte das als Zeichen seiner Wahrheitsliebe und hakte nach: »Dove sono le ragazze?« *Wo sind die Mädchen?*

»Quali ragazze?« *Welche Mädchen?*

»Mie figlie, mascalzone!« *Meine Töchter, du Lump!* »Que voi bastardi avete rapito!« *Die ihr Mistkerle entführt habt!*

Da sei er überfragt, sagte Brambilla. So etwas wisse nur der Boß. »Per favore, credetemi!« *Bitte glauben Sie mir!*

Sie glaubte ihm, was ihn jedoch nicht davor rettete, daß Ute ihm mit zwei Flintenkolbenschlägen die Nase brach und ihn zum Fenster hinauswarf.

Dann fiel ihr ein, daß Gerold sie darum gebeten hatte, sich in dem Büro nach einem Buch umzusehen. Sie zog alle Schubladen auf, entdeckte aber nur Falschgeld, Arterienklemmen, Tranchiermesser, Daumenschrauben und drei Splitterhandgranaten. Fündig wurde sie erst in einer Hängeregistratur, in der ein Buch von Papst Benedikt XVI. steckte: »Jesus von Nazareth. Band II. Vom Einzug in Jerusalem bis zur Auferstehung«.

Sie rief Gerold an und nannte ihm den Titel, den Autor, den Verlag und das Erscheinungsjahr.

»Danke, meine Liebe«, sagte Gerold. »Und wo bist du jetzt?«

»Im Allerheiligsten der Romanis.«

»Um Gottes willen! Kommst du da auch heil wieder raus?«

»Sei unbesorgt. Mit den Halbstarken hier werd ich schon fertig.«

»Und wo sind Grietje, Gerreltje und Galtje?«

»Weiß ich noch nicht. Aber morgen abend werde ich den ehrenwerten Paten Lorenzo Romani in Neapel persönlich darauf ansprechen. Er hat da eine geschäftliche Verabredung, wie ich in Erfahrung gebracht habe.«

»Ahnt er schon irgendwas von eurem Rendezvous?«

»Nein. Es soll eine Überraschung werden.«

Bei der Vorstellung, daß Ute sich in Neapel mit einem Mafiaboß anlegte, stockte Gerold der Atem.

»Ich krieg das schon hin«, sagte die Fischerin. »Kümmer du dich jetzt mal um die Dekodierung. Bis bald!«

Sie zündete die Handgranaten, entwich durchs Fenster, kletterte an einem Rosenspalier hinunter und freute sich über die Explosionen, mit denen sie Lorenzo Romani den Krieg erklärte.

Niemand achtete auf die zierliche deutsche Blondine, die davonlief, während weizengelbe Flammenzungen aus dem Palazzo leckten.

13

Konnte es tatsächlich sein, daß der Kolumbianer Don Alonso Hoyos seine Schwarze Liste für den Italiener Peppone Romani unter Zuhilfenahme der deutschen Ausgabe einer Jesus-Biographie von Benedikt XVI. verschlüsselt hatte?

Diese Frage ließ Kommissar Gerold keine Ruhe. Er wollte das Buch sofort in seinen Besitz bringen und sah im Onlinekatalog der Stadtbücherei Uelzen nach.

Fehlanzeige. Auch in den Katalogen der Stadtbibliothek Celle und der Bibliothek im Griepe-Haus in Bad Bevensen fand sich nichts – weder unter Benedikt XVI. noch unter dessen Klarnamen Joseph Ratzinger –, und die Ratsbücherei Lüneburg hielt nur das Buch »Mein Bruder, der Papst« von Georg Ratzinger bereit.

Glück hatte Gerold erst bei der Suche im Campus-Katalog der Hamburger Staats- und Universitätsbibliothek. Dort stand der Eintrag:

Titel:	*Jesus von Nazareth / Joseph Ratzinger, Benedikt XVI.*
Teil:	*Teil 2: Vom Einzug in Jerusalem bis zur Auferstehung*
VerfasserIn:	*Benedikt, XVI.<Papst> *1927-**

Und etwas weiter unten:

Standort:	*Staats- und Universitätsbibliothek – SB-Bereich*

Signatur: *A 2013/2513*
Ausleihstatus: *Ausleihbestand*
Und:
Bitte selbst am Standort entnehmen und ggf. vor Ort ausleihen

Auf die Plätze, fertig, los, dachte Gerold, sprang in einen der Streifenwagen, setzte das Martinshorn aufs Dach und sauste los. Das Ausleihzentrum der Stabi hatte bis Mitternacht geöffnet, doch er wollte keine Sekunde verlieren.

So stark trat er aufs Gaspedal und so machtvoll scheuchte er alle anderen Autofahrer auf der A39 von der Überholspur, daß er das Fahrzeug schon nach 72 Minuten und vierzehn Sekunden in Hamburg mit quietschenden Reifen am Rand der Schlüterstraße vor dem Haupteingang der Bibliothek zum Stehen bringen konnte.

Er schaltete das Warnblinklicht ein, rannte in das Gebäude, drängelte sich zum Schalter durch, zeigte seinen Dienstausweis vor und rief: »Ich brauche das Buch mit der Signatur A zweitausenddreizehn Schrägstrich zwei fünf eins drei!«

»Das finden Sie hier im Freihandbereich«, sagte die Bibliothekarin, die dort saß. »Sie können das aber nur mit einem Bibliotheksausweis entleihen und nicht mit einem Polizeidienstausweis. Haben Sie ein Benutzerkonto bei uns?«

»Nein.«

»Dann bräuchte ich Ihren Personalausweis oder alternativ Ihren Reisepaß oder Ihren elektronisch lesbaren EU-Führerschein, jeweils mit aktueller, maximal drei Monate alter Adreßbestätigung des Einwohnermeldeamtes über einen Wohnsitz in Deutschland, sofern keine deutsche Adresse im Ausweis nachgewiesen ist. Wenn Sie den ermäßigten Tarif beantragen möchten, benötige ich einen Studien- oder Schülerausweis oder eine Dienstbescheinigung beziehungsweise einen Arbeitsvertrag der Universität Hamburg oder einer anderen staatlichen Hamburger Hochschule oder aber den Nachweis eines sonstigen Ermäßigungsgrundes wie zum Beispiel Bezug staatlicher Leistungen nach Sozialgesetzbuch zwei beziehungsweise Arbeitslosengeld zwei und Sozialgesetzbuch zwölf oder den Nachweis

Ihrer Teilnahme an einem dualen Studium an einer privaten Hochschule, am Bundesfreiwilligendienst oder am Freiwilligen Jahr.«

»Ich bin von der Polizei«, sagte Gerold. »Und ich will nur dieses eine Buch.«

»Dann müssen Sie das Ausweisformular für kollektive Benutzer ausfüllen. Dienststellen, dezentrale Bibliotheken der Hochschulen der Freien und Hansestadt Hamburg, juristische Personen, Firmen und andere kollektive Benutzer können die Zulassung zur Benutzung durch den Vertretungsberechtigten mit dessen persönlichen Daten sowie Unterschrift und Dienst- oder Firmenstempel beantragen. Dafür muß allerdings der Nachweis der Zeichnungsberechtigung vorgelegt werden.«

»Und worin soll dieser Nachweis bestehen?«

»In der Unterschrift des Leiters Ihrer Dienststelle und deren Stempel.«

Ganz ruhig, sagte sich Gerold, obwohl ihm die Augenbrauenpiercings der Bibliothekarin immer weniger gefielen. Er setzte abermals an: »Der Leiter meiner Dienststelle bin ich selbst, aber mein Dienststempel ist in Uelzen im Verkehr steckengeblieben, und ich brauche dieses eine und nur dieses eine Buch für eine polizeiliche Ermittlung!«

»Na, dann sehen Sie doch erstmal nach, ob Sie's überhaupt finden können!«

Da mußte Gerold ihr recht geben. Im Geschwindschritt lief er in den Freihandbereich und suchte die Regalreihen ab. 2021 … 2018 … 2015 …

Nach einigem Gerenne fand er die Stelle, an der das Buch mit der Signatur A 2013/2513 hätte stehen müssen. Doch es klaffte eine Lücke zwischen den Büchern mit der Signatur A 2013/2512 (»Historical and Cross-Cultural Aspects of Psychology«) und der Signatur A 2013/2514 (»Blade Runner, Matrix und Avatare. Psychoanalytische Betrachtungen virtueller Wesen und Welten im Film«).

Am Ausgabeschalter sprach Gerold eine andere Bibliothekarin auf dieses Problem an, und sie prüfte alles nach, doch sie konnte ihm nicht helfen. Das Buch sei nicht ausgeliehen, sagte sie. »Die Studierenden stellen Bücher aber manchmal absichtlich an 'ne falsche Stelle, damit nur sie selbst darauf zugreifen können …«

»Solche Leute nennen Sie Studierende?« erwiderte Gerold. »Das sind keine Studierenden! Das sind an der eigenen Geistesarmut Verröchelnde!«

Im »Katalogplus«, sagte die Bibliothekarin, sei noch ein anderes Exemplar des Buchs verzeichnet: Es gehöre unter der Signatur J XX cg 5:2 zum Präsenzbestand in der Theologischen Bibliothek am Gorch-Fock-Wall. »Die hat allerdings vor 'ner halben Stunde zugemacht …«

Gerold nahm sich vor, mit Gewalt in die Theologische Bibliothek einzudringen. Er kam jedoch nicht weit, denn er wußte nicht, wo er seinen Autoschlüssel gelassen hatte. Im Zündschloß steckte er nicht, und er fand sich auch sonst nirgends an.

»Suchen Sie den hier?« fragte ein Mann, der auf dem Bürgersteig der Schlüterstraße stand und einen Schlüssel hochhielt. »Ich wohne hier und hab mir erlaubt, den Schlüssel abzuziehen, damit niemand Ihre Blaue Minna stiehlt …«

»Danke vielmals« sagte Gerold, und dann knickten ihm die Beine weg. Die Aufregungen der letzten Tage waren zuviel für ihn gewesen.

In der Wohnung des fremden Mannes verhalf ein sechzig Jahre alter Brandy dem Kommissar wieder zu Kräften, und er stellte sich vor: »Gerold Gerold, Polizeikommissariat Uelzen!«

»Angenehm«, sagte der Fremde. »Gerhard Kromschröder. Sie können mich auch Kromo nennen. Wohl bekomm's!«

Eigentlich war Gerold ja noch im Dienst, aber er trank gern auch einen zweiten Brandy und entschuldigte sich für sein Nervenversagen: »Ich stecke mitten in 'ner schwierigen Ermittlung. Es geht da um interkontinentale Machenschaften, die zum Teil auch meine Familie und mich privat betreffen. Und jetzt muß ich aus Gründen, deren Erklärung hier zu weit führen würde, so schnell wie möglich den zweiten Band der Trilogie auftreiben, die Papst Benedikt XVI.

über Jesus geschrieben hat, aber in der Stabi hab ich kein Glück gehabt …«

»Nicht verzagen, Herr Kommissar«, sagte Kromo. Er schritt seine Regalreihen ab und legte ihm bereits dreißig Sekunden später das gesuchte Buch vor: »Jesus von Nazareth«, Band zwei (»Vom Einzug in Jerusalem bis zur Auferstehung«), verfaßt von Benedikt XVI. »Isses das?«

Gerold schrie vor Glück auf und rief: »Potzblitz! Sie retten meinen Tag! Wo haben Sie das her? Sind Sie Theologe?«

»Nein. Ich bin Fotograf, und ich interessiere mich auch für Abseitiges. Dieses Buch hab ich vor zwei Monaten oder so in 'nem Altpapiercontainer entdeckt …«

»Und haben Sie's auch gelesen?«

»Noch nicht. Das wollte ich mir für die ersten langen Winterabende aufheben.«

»Na, ist ja auch egal«, sagte Gerold. »Ich bin Ihnen jedenfalls überaus dankbar, Herr Kromo! Jetzt müßte ich aber mal meinen Laptop aus dem Auto holen und ein paar Dinge abgleichen. Darf ich das hier in Ihrem Wohnzimmer tun?«

Kromo hatte nichts dagegen. Er war als Fotoreporter weit in der Welt herumgekommen und besaß ein feines Gespür für den Unterschied zwischen guten und bösen Bullen. Dieser Bulle, das wußte er, war ein guter.

Und tatsächlich ließ der Zahlensalat in Don Alonso Hoyos' Schwarzer Liste sich mit dem Buch von Benedikt XVI. dechiffrieren. Bereits bei der ersten Stichprobe stieß Gerold auf den Namen und die Adresse von Erik Ellermann, der am Elbeseitenkanal harpuniert worden war, und es tauchten noch viele andere Namen und Adressen von Bankangestellten auf. Manche waren schon ermordet worden, während andere sich, soweit Gerold wußte, noch ihres Lebens erfreuten.

Er rief Henning Riesenbusch an, der im Restaurant Lorenz Adlon gerade einen Neustrelitzer Rehrücken mit einer Emulsion von geschmortem Rosenkohl, rotem Grünkohl, geflämmter Schwarzwurzel, Berberitzensoße und Wacholderjus verspeiste und dem Kommissar gleichwohl ein Ohr lieh.

Heute nacht, sagte Gerold nach einigen einleitenden Bemerkungen, werde er durcharbeiten, um herauszufinden, welche Todeskandidaten noch lebten und unter Polizeischutz gestellt werden müßten. Die Liste werde er dem Bundeskriminalamt zuleiten und seine vorgesetzte Dienststelle anschließend davon in Kenntnis setzen, daß er seinen Pflichten im Polizeikommissariat Uelzen leider erst nach seiner Rückkehr aus Südamerika wieder nachkommen könne. »Denn morgen vormittag werde ich nach Bogotá fliegen, um mir diesen Don Alonso Hoyos zur Brust zu nehmen. Von Mann zu Mann!«

»Und nun wollen Sie vermutlich wissen, welche Restaurants in Bogotá ich Ihnen empfehlen kann«, sagte Riesenbusch. »Also, im Capitalino im Grand Hyatt gibt's butterzarte Rinderfilets mit kandierten Zwiebeln und Trüffelnudeln in Rotweinsoße. Durchaus unverächtlich ist aber auch die Bouillabaisse im Restaurant Criterión …«

»Ich hab eher gehofft, Sie könnten mir einen Vertrauensmann aus den Reihen der kolumbianischen Kriminalpolizei empfehlen. Kennen Sie da jemanden, der nicht korrupt ist?«

Um seine Gedanken in Fluß zu bringen, burgunderte Riesenbusch zwei größere Schlucke Pinot Noir hinunter, und schon kam ein Name aus seinem Langzeitgedächtnis heraufgeschwommen: Bernal de la Espriella. In enger Zusammenarbeit mit diesem kernigen Subcomisario war Riesenbusch einst einer exilkolumbianischen Gaunerbande auf die Schliche gekommen, die im Landkreis Uelzen mit gefälschten Angelscheinen gedealt hatte.

»Merken Sie sich diesen Namen«, sagte Riesenbusch. »Bernal de la Espriella. Das ist der einzige Mann, der Sie raushauen kann, wenn Sie in Bogotá in die falsche Gesellschaft geraten sollten. Wobei es die Frage ist, ob es in Kolumbien überhaupt eine Gesellschaft gibt, die für Sie nicht die falsche wäre …«

»Verraten Sie mir nur noch eins«, sagte Gerold. »Ist es wahr, daß Sie Lenins Leichnam gestohlen haben?«

»Ja und nein. Das heißt, ich habe den Verdacht damals auf einen in Syrien ansässigen ehemaligen Oberregierungs- und Kriminalrat der Gestapo lenken können. Er soll seinen Lebensabend dann im Keller der Ljubjanka beschlossen haben, der Moskauer Zentrale des KGB. Aber davon ein andermal mehr, sonst wird mein Essen kalt!«

Um nicht schlappzumachen, memorierte Frank Schulz im Geist die größten Perlen der deutschen Dichtung, doch mit jedem Schritt fiel ihm das Durchhalten schwerer.

Dämmrung will die Flügel spreiten,
Schaurig rühren sich die Bäume,
Wolken zieh'n wie schwere Träume –
Was will dieses Grau'n bedeuten?

Er war es müde, mit dem greinenden Thomas Gsella auf dem Rücken durch den Urwald zu taumeln, und gab sich dennoch erst geschlagen, als er in einem Gebüsch angesichts der Kriegsbemalung im Gesicht eines plötzlich auftauchenden Indios fast zu Tode erschrak, hintenüberfiel und das Bewußtsein verlor.

Als er es wiedergewann, lag er in einer Bambushütte in einer aus Süßgräsern geflochtenen Hängematte. Einen Meter neben ihm schaukelte Gsella in einer anderen Hängematte und sang ein traditionsreiches Kampflied der Arbeiterklasse: »Spaniens Himmel breitet seine Sterne / über unsern Schützengräben aus, / und der Morgen leuchtet aus der Ferne. / Bald geht es zum neuen Kampf hinaus …«

»Wo sind wir hier?« fragte Schulz.

»Bei einer indigenen Ethnie«, sagte Gsella. »Wenn ich richtig orientiert bin, hat dieser Stamm nur zwanzig bis dreißig Mitglieder, aber die sind alle total nett, und der Medizinmann hat mein Bein allein mit 'ner Paste aus Schlamm wieder heile gemacht!« Er streckte es in die Höhe. »Siehst du?«

Ja, Schulz sah es, doch er hatte auch einmal das Historiendrama »Apocalypto« gesehen, das kein besonders gutes Licht auf die Gastfreundschaft der amerikanischen Ureinwohner warf. »Mir ist irgendwie nicht wohl bei dieser Chose«, sagte er. »Laß uns lieber abhauen …«

»Mensch, Frank! Warum so mißtrauisch? Die betrachten uns als Ehrengäste! Hast du mal das Buch ›The Forest People‹ aus der Feder des Anthropologen Colin Turnbull gelesen?«

»Wieso? Ist der auch hier zu Besuch gewesen?«

»Nein, aber er war nach dem Zweiten Weltkrieg bei den Mbuti-Pygmäen in Zentralafrika und hat festgestellt, daß die im Einklang mit der Natur gelebt haben, ohne Kriege, Morde oder Selbstmorde und so weiter, und bei den Samoanern hat die Ethnologin Margaret Mead ganz ähnliche Beobachtungen angestellt – daß diese von der Zivilisation noch völlig unberührten Leute nämlich nicht mal Eifersucht oder Diebstahl gekannt haben. Und so ist das eben auch hier …«

»Ich bitte dich, Thomas! Willst du mir jetzt mit dem Mythos vom Guten Wilden kommen? Diese Ammenmärchen sind doch längst alle widerlegt!«

Dagegen führte Gsella das Argument ins Feld, daß die urkommunistisch lebenden Naturvölker im allgemeinen einen viel geringeren CO_2-Ausstoß hätten als die Menschen in den sogenannten entwickelten Ländern. »Schon deshalb sollten wir bis zum Beweis des Gegenteils die Unschuldsvermutung gelten lassen. Lies mal die Rede, die der Südseehäuptling Tuiavii aus Tiavea gehalten hat! Daraus könntest du einiges lernen über die Krankheit des westlichen Denkens …«

Schulz traute seinen Ohren nicht. »Meinst du etwa diesen rassistischen Hoax mit dem Titel ›Der Papalagi‹?«

»Ja, genau! Das ist aber kein Hoax, sondern die authentische Rede eines samoanischen Häuptlings, der unseren toten Steinhäusern und unserer ganzen Entfremdung von der Natur kritisch gegenübergestanden hat …«

»Du spinnst, Thomas! Diese Rede ist von einem gewissen Erich Scheurmann fingiert worden, der sich auch als Nazi ’nen Namen gemacht hat!«

»Bist du sicher?«

»Leider ja!«

Das mußte der Aschaffenburger erst einmal verdauen. Er schnipste mit den Zehen, räusperte sich langwierig, befühlte mit der Zungenspitze seine vielen Zahnlücken und wollte gerade zu einer Antwort ansetzen, als durch das Hüttenfenster ein brennender Pfeil hereingeflogen kam und Gsellas Nasenbein durchbohrte.

Draußen hob ein großer Lärm aus Wutgeheul und Todesschreien an, zwei oder drei weitere Pfeile schwirrten herein, und während Schulz seinem aufjaulenden Freund Gsella den Pfeil Nummer eins aus der Nase zog, fing die Hütte Feuer.

Die bittere Wahrheit war die, daß der friedfertige kleine Stamm der Algarraguani, der Schulz und Gsella ein Obdach gegeben hatte, von dem militärisch und zahlenmäßig überlegenen Stamm der Huacuani überfallen wurde. Es ging dabei um aktuelle Revierstreitigkeiten, nebenher aber auch um das Begleichen von Rechnungen, die zwischen den beiden Stämmen seit Jahrhunderten offen waren.

»Soviel zum Urkommunismus«, sagte Schulz. »Ganz großes Hartplatztennis!«

Er nahm den heftig aus der Nase blutenden Gsella aus Gewohnheit wieder huckepack, durchbrach die lodernde Rückwand der Bambushütte und ließ das Schlachtfeld mit einer Eilfertigkeit hinter sich, die selbst einem Pampashasen Ehre gemacht hätte.

Zwei Dinge waren Kommissarin Fischer klar: In Neapel mußte sie sich anders stylen als in Palermo, damit Lorenzo Romanis Schergen sie nicht erkannten, und wenn sie in dem Restaurant L'Altro Coco Loco nicht als alleinstehende Dame auffallen wollte, brauchte sie einen Tischherrn. Um recht unscheinbar zu wirken, hatte sie sich ein mausgraues Kostüm beschafft, und als männlichen Begleiter hatte sie bei einem Escort Service den billigsten jungen Mann geordert, der lieferbar war.

Er nannte sich Matteo. Seine Unterarme, sein Hals und sein kahler Schädel waren über und über mit Tattoos versehen, die auf eine innige Verbindung zu dem Fußballverein SSC Neapel schließen ließen, doch das war der Fischerin egal, als sie um zwanzig vor neun mit Matteo an einem Tisch im Coco Loco Platz nahm. Sie wollte Romani nur kommen und wieder gehen sehen, ihm dann folgen und ihn zu einem Stelldichein an einen Ort einladen, an dem sie ihn für längere Zeit in ihre Gewalt bringen konnte.

Die Kommissarin wußte bereits, welcher Ort das sein sollte. Sie war gut präpariert.

Bei Schwertmuscheln und weißem Merlot mußte sie sich nun leider Gottes erstmal Matteos Gewäsch anhören. Damit das Gespräch keine persönliche Note bekam, fragte sie ihn über den SSC Neapel aus. Matteo nahm jedoch an, daß er auch als Latin Lover gefordert sei, und er machte Ute Komplimente: Ihr Lächeln, sagte er, sei »angelico« (»engelhaft«), ihr Teint gleiche dem einer Märchenprinzessin, und aus ihren Augen spreche eine Melancholie, die auf einen ungestillten Durst nach Zärtlichkeit hindeute.

Ute riet ihm, sofort das Thema zu wechseln.

Er glotzte sie an. Die Frauen, mit denen er sonst beruflich ausging, waren nicht so störrisch! Weil ihm nichts Besseres einfiel, fragte er die Fischerin, was sie von plastischer Chirurgie halte.

»Come mai?« *Wieso?*

»A causa del suo naso.« *Wegen Ihrer Nase.*

»C'è qualcosa che non va?« *Stimmt damit was nicht?*

»No, no … è molto bello … ma anche un po' grande.« *Nein, nein … Sie ist sehr schön … aber auch ein bißchen groß.*

Das sei ihr noch gar nicht aufgefallen, sagte Ute.

Matteo graste sein Gehirn nach einem weniger verfänglichen Gesprächsstoff ab, entdeckte leider keinen und konnte froh sein, daß sich eine Unterbrechung ergab, denn auf einmal füllte das Coco Loco sich mit VIPs aus der italienischen Unterwelt: Auf einen Stoßtrupp martialisch dreinschauender Bodyguards folgten Lorenzo Romani und zwei Dutzend seiner besten Freunde mit dem Air von

Herrenmenschen, denen die Welt gehörte. Liebedienernde Kellner wiesen ihnen den Weg zu einem abhörsicheren Speisesaal, den Lorenzo für diesen Abend reserviert hatte.

Weil Matteo noch immer nicht wußte, worüber er reden sollte, befahl Ute ihm, das Einmaleins aufzusagen, was er auch brav tat: »Uno per uno uno, uno per due due, uno per tre tre, uno per quattro quattro …«

Das bereitete ihm zwar keine Freude, aber es enthob ihn der Gefahr, seine anspruchsvolle Tischdame noch einmal zu verärgern, und wenn die Zeit dabei auch nicht gerade wie im Fluge verging, so schritt sie doch voran. Kopfrechnen war allerdings nicht Matteos Stärke. Erst nach ungefähr dreieinhalb Stunden robbte er durch die höheren Regionen des großen Einmaleins: »Ottantatré per ottotantatré, uh, ehm … uh … seimila … ehm … ottocento … uh … ottantanove … ottantaquattro per ottantaquattro … ehm … ehm …«

»Settemila cinquantasei«, sagte Ute, winkte den Ober herbei und zahlte, denn Lorenzo hatte sein Geschäftsessen beendet und strebte, beschirmt von zwei Leibwächtern, zum Ausgang. Von Matteo nahm sie mit den Worten Abschied: »È stata una bella serata. Buona fortuna nel crescere.« *Es war ein reizender Abend. Viel Erfolg beim Erwachsenwerden.*

Dann setzte sie ihren Stadtrucksack auf und schlich den drei Herren nach. Lorenzo schien frische Luft schnappen und sich die Beine vertreten zu wollen, denn er wanderte gut zwei Kilometer weit durch das, was der Reiseschriftsteller Ferdinand Gregorovius einst so treffend als das »Häusermeer Neapels« bezeichnet hatte.

Ute wußte, was zu tun war, als Lorenzo und seine beiden Prätorianer in ein Nachtlokal einkehrten: Sie eilte in einen dunklen Hauseingang, öffnete ihren Rucksack, wechselte die Verkleidung, legte Rouge und Lippenstift auf und stimmte sich geistig auf ihren ersten Diskurs mit der niedrigsten aller Kreaturen des Erdenrunds ein.

Lorenzo hatte inzwischen einen Cynar Martini Rosso gezischt und sich auf die Tanzfläche begeben. Mit seinem disproportionierten Fettansatz und den eckigen Bewegungen seiner stangenbohnenförmigen Figur hatte er beim Tanzen noch nie einen wohlwollenden Blick auf sich gelenkt, aber heute kam es anders – eine hinreißend schöne Frau mit einem türkisblauen Retro-Shaggy-Bob, grünen Augen, einem irisierenden Wasserfall-Top und einem knappsitzenden schwarzen Fake-Leather-Tennisskirt tanzte auf Lorenzo zu, umkreiste ihn, legte ihre Hände um seinen Nacken, ging bei dem Oldie »Are You Lonesome Tonight?« zum Engtanz über und flüsterte dem spürbar erregten Kidnapper ihrer Drillinge ins Ohr, daß sie ihn morgen um Mitternacht am Eingang der Katakomben von San Gennaro erwarten werde. Er solle aber ohne seine Wachhunde kommen, denn sie habe vor, ihn in die Mysterien der Liebe einzuweihen.

»E perché non già stasera?« fragte Lorenzo. *Und warum nicht schon heute nacht?*

»Perché non ti senti ancora abbastanza forte.« *Weil du dich noch nicht stark genug anfühlst.* »Devi raccogliere tutte le tue forze per me!« *Du mußt alle deine Kräfte für mich sammeln!*

Sie entwand sich seinen Armen, und er konnte ihr gerade noch zurufen: »Dimmi il tuo nome!« *Sag mir deinen Namen!*

»Eisenberta!« rief Ute zurück und entschwand.

Ein Anruf von der Fischerin! Kommissar Gerold meldete sich schnellstens: »Ute! Wie geht's dir? Wo bist du? Hast du was rausgekriegt?«

»Mir geht's gut, ich bin in Neapel, und ich glaube, daß ich morgen nacht erfahren werde, wo unsere Kinder sind.«

»Erzähl mir mehr!«

»Lieber nicht am Telefon«, sagte Ute. Doch für eins könne sie sich verbürgen: Sie werde »dat Verbrekernüst uutröökeln«.

»Bitte wie?«

»Ich werde das Verbrechernest ausräuchern!«

Gerold glaubte ihr das und machte sich trotzdem Sorgen.

»Und selbst?« fragte Ute.

In zehn Minuten beginne das Boarding für seinen Flug von Hamburg über Barcelona nach Bogotá, sagte Gerold. »In Kolumbien werde ich mich dann ebenfalls im Räucherhandwerk üben …«

»Nur Mut«, sagte Ute. »Dat löppt sück allens 'trecht!«

Als Jannik Schüsterhusen mit seinem Mofa in Pozo del Tigre ankam, waren Michael Ringel und Rayk Wieland bereits nach Argentinien weitergereist und mit Macheten in die Provinz Mesiones ausgeschwärmt, um in das Herz der Finsternis einzudringen.

»Ich plädiere dafür, daß wir ab hier getrennte Wege gehen«, hatte Wieland auf einem Parkplatz im Süden des Urwalds gesagt. »Du hast ja die Gabe des dritten Gesichts, oder wie man das nennt, und dank meiner Ausbildung in der Nationalen Volksarmee bin ich ein geübter Fährtenleser. Laß uns telefonisch in Kontakt bleiben. Wer als erster eine Spur von Schulz und Gsella findet, gibt dem anderen Bescheid!«

Diesem Plan hatte Ringel zugestimmt, obwohl er kein großer Naturliebhaber war. Während er sich eine Schneise in die Wildnis freischlug, umsurrten ihn handtellergroße Insekten, hinter jedem Baumstamm vermutete er irgendein zähnefletschendes Säugetier, und die Vogelrufe, die er hörte, klangen gehässig.

Nach vier oder fünf Kilometern meldete Isabel sich auf seinem Smartphone: »Michael! Gut, daß ich dich erreiche! Hast du kurz Zeit?«

»Ich lauf hier irgendwo im Dschungel rum, Darling. Wo brennt's denn?«

»Ach, Michaelmaus – ich sehne mich so sehr nach dir! Und gestern nacht hab ich furchtbarerweise geträumt, daß du dich von mir scheiden lassen willst!«

Welche Qual mochte seiner masochistischen Frau willkommener sein? Sollte er das Gespräch abbrechen oder ihren Sorgen lieber auf andere Weise Nahrung geben?

»Hörst du mir noch zu?« fragte Isabel.

»Ja, aber die Verbindung ist sehr schlecht …«

»Dann sag mir wenigstens eins: Bist du mir treu auf deiner Reise?«

»Ansatzweise schon.«

Mit dieser Auskunft wollte Isabel sich nicht abfinden, aber er blieb wortkarg und stimulierte sie damit zu einer Liebesbekundung von anderthalb Stunden Länge. Danach war sein Akku leer.

Ohne Mobilfunkverbindung fühlte Ringel sich verraten und verkauft. Er wollte umkehren, hatte aber die Orientierung verloren. Exotische Blüten umschillerten ihn, aus den Baumkronen erklangen keckernde Tierlaute, es raschelte im Gesträuch, und als ihn eine Bananenspinne ansprang, nahm das Unglück seinen Lauf. Sie biß Ringel zwar eher beiläufig und bloß der guten Form halber ins Genick, bevor sie wieder enteilte, aber ihr Gift bewirkte, daß er umkippte und von bestialischen Ganzkörperschmerzen geviehkatzt wurde. Hechelnd krümmte er sich in der Horizontalen, riß sich die Kleider vom Leib und bettelte alle Götter, die er kannte, um einen Gnadentod an: Jahwe, Baal, Zeus, Jupiter, Thor, Vishnu, Belenus, Odin und sogar Isis und Osiris.

Ausgelitten hatte Ringel jedoch noch lange nicht, denn die Spinnengiftstoffe riefen auch einen quälenden Blutstau in seinem Membrum virile hervor – einen »Priapismus«, wie es in der medizinischen Fachliteratur heißt –, und es gab keine Hoffnung auf Abhilfe.

Das änderte sich erst, als der vom Aussterben bedrohte Stamm der Algarraguani nahte. Alle seine Männer waren im Kampf mit den Huaucani gefallen, und nur dreizehn weibliche Stammesangehörige hatten fliehen können. Wen mag es da verwundern, daß sie sich den Zustand jenes weißen Mannes zunutze machten, der die ganze Zeit stöhnte wie ein angeschossenes Wasserschwein, obwohl er südlich der Gürtellinie so vorzüglich bei Kräften war? Um ihrem Stamm das Überleben zu sichern, nahmen die Frauen nacheinander rittlings Platz auf Ringel und forderten ihm den einzigen Tribut ab, den er in seiner Lage leisten konnte.

Widerstandslos, ächzend und fiebrigen Auges ließ der weitgereiste Redakteur das Walten der Natur über sich ergehen. Eigentlich war er immer ein Freund der Damenwelt gewesen, und er hatte mit großer innerer Anteilnahme die Bücher »Die versteckte Lust der Frauen«, »Yoni Massage« und »Die Befreiung des weiblichen Begehrens« gelesen. Hier und jetzt jedoch erschien ihm dies alles auf einmal in einem anderen Licht. Er ahnte zwar dunkel, daß er eine gute Tat vollbrachte, indem er den Stammesfrauen zu Willen war, aber er mußte auch an manche Worte aus dem Psalter denken:

Große Farren haben mich umgeben, gewaltige Stiere haben mich umringt. Ihren Rachen sperren sie auf wider mich wie ein brüllender und reißender Löwe. Ich bin ausgeschüttet wie Wasser, alle meine Gebeine haben sich zertrennt; mein Herz ist in meinem Leibe wie zerschmolzen Wachs …

Es glich einem Wunder, daß er die Strapazen überlebte. Nachdem die dreizehnte und letzte Frau von ihm abgelassen hatte, fiel er in einen tiefen und traumlosen Schlaf.

14

Unter der Last von Thomas Gsella war Frank Schulz am Fuße eines Felsmassivs zusammengebrochen. An den Schürfwunden der beiden Gefährten schleckten Drüsenameisen, aus großer Höhe warf ein Königsgeier ein Auge auf die Szene, und im nahen Strauchwerk setzte ein Jaguar, der seit drei Tagen nichts mehr gefressen hatte, zum Sprung an.

Es wäre nicht viel von Schulz und Gsella übriggeblieben, wenn nicht ein Kaninchenkauz sie mit seinem Warnschrei aufgeweckt hätte.

Fast gleichzeitig brach der Jaguar hervor, doch er kam zu spät: Obwohl sie keinerlei Übung im Freeclimbing besaßen und gerade eben noch sanft geschlafen hatten, erklommen Schulz und Gsella die steile Felswand mit großem Geschick und ließen den Jaguar erst drei, dann sechs und schließlich sogar vierzehn Meter tief unter sich zurück.

Der Felsen bot nur wenig Halt. Um nicht abzustürzen, klammerten Schulz und Gsella sich an millimeterbreite Vorsprünge und stemmten die Schuhspitzen auf winzige Unebenheiten, während der Jaguar unten ungeduldig auf und ab lief, maunzte und die Zähne bleckte.

»Weißt du viel über Jaguare?« fragte Gsella.

»Nein«, sagte Schulz.

»Hast du nie irgendwelche Tiersendungen gesehen?«

»Nur in meiner Kindheit. Grzimek und Sielmann und so. Aber an Jaguare kann ich mich nicht erinnern.«

»Und was sagt dir dein Gefühl? Glaubst du, daß der Jaguar da unten irgendwann wieder weggeht?«

»Nein. Der wartet notfalls noch bis übermorgen darauf, daß wir runterfallen.«

»Das ist aber nicht gut«, sagte Gsella. »Ich kann mich hier nämlich schon jetzt nur noch ganz schlecht festhalten!«

»Da gibt's nur eins«, sagte Schulz. »Wir müssen bis nach oben klettern!«

Gsella spähte hoch. Wie weit mochte es bis zum Felsgrat sein? Dreißig Meter? Oder vierzig?

»Thomas?«

»Ja?«

»Wir packen das«, sagte Schulz. »Wir dürfen bloß nicht nach unten kucken. Komm, los! Einfach immer schön nach der nächsten Griffleiste tasten, Spielfuß und Standfuß abwechseln, und auf geht's …«

»Mir ist aber gerade Staub in die Augen gerieselt!« rief Gsella. »Und ich hab wieder Nasenbluten!«

Schulz, der schon einen halben Meter höher gestiegen war, rief zurück: »Du mußt dich jetzt zusammenreißen, Thomas! Um dein Nasenbluten kümmern wir uns später. Hau rein!«

»Adler dreizehn positiv zwei blau«, erwiderte Gsella. »Pantoffel neunzehn negativ vier sieben …«

»Was quatschst du da?«

»Weiß ich auch nicht. Ich hab Magensausen oder sowas. Und totale Kopfschmerzen!«

Dafür gab es eine einfache Erklärung: In der Nacht hatte eine Schildzecke ihren Stechrüssel durch die Epidermis seiner Stirn gebohrt, ein Blutgefäß angezapft, sich vollgesogen und zum Abschied Teile ihres Darminhalts sowie mit Krankheitserregern kontaminierten Speichel in die Wunde gespritzt. Dabei hatte Gsella noch Dusel gehabt, denn die Zecke hätte ihn auch mit Borreliose, Enzephalitis und Hasenpest infizieren können. Nach Lage der Dinge krankte er jedoch nur an Übelkeit, hohem Fieber, einem schweren Brummschädel und einem zwanghaften Redebedürfnis. Es überraschte Gsella selbst, als er sich das aus der Feder des Dichters Ludwig Uhland stammende Gedicht »Des Knaben Berglied« rezitieren hörte: »Ich bin vom Berg der Hirtenknab, / Seh auf die Schlösser all herab. / Die Sonne strahlt am ersten hier, / Am längsten weilet sie bei mir. / Ich bin der Knab vom Berge! // Hier ist des Stromes Mutterhaus, / Ich trink ihn frisch vom Stein heraus; / Er braust vom Fels in wildem Lauf, / Ich fang ihn mit den Armen auf. / Ich bin der Knab vom Berge!«

»Shut up!« schrie Schulz. »Und kletter endlich weiter!«

Ein irrer Glanz erschien in Gsellas Augen.

War das noch der aufklärerische, weltzugewandte Poet, der das Buch »Viecher in Versen« geschrieben hatte? Oder zerfraßen die Zeckengifte bereits sein Gehirn?

Schulz beschloß, wieder hinunterzusteigen und ein ernstes Wort mit seinem Freund zu reden, der soeben die letzte Strophe des Gedichts von Uhland in die lauernde Stille des argentinischen Urwalds jallerte: »Und wann die Sturmglock' einst erschallt, / Manch Feuer auf den Bergen wallt, / Dann steig ich nieder, tret ins Glied, / Und schwing mein Schwert, und sing mein Lied: / Ich bin der Knab vom Berge!«

»Ich glaub's dir ja, Thomas«, sagte Schulz, während er mit den Füßen auf einer schmalen Rißkante neben Gsella Tritt zu fassen versuchte. »Aber jetzt ist nicht der richtige Moment für die Erörterung deiner Identität. Wir müssen hier raufklettern, solange unsere Kräfte noch reichen. Sonst sind wir verloren!«

Gsella schien nicht zugehört zu haben. »Kennst du den Berg und seinen Wolkensteg?« fragte er. »Das Maultier sucht im Nebel seinen Weg …«

Mit Schrecken fühlte Schulz das Gestein unter seinen Füßen bröckeln. Auch unter seinen Fingerkuppen wurde es porös.

»Was wisset ihr, dunkle Wipfel, von der alten, schönen Zeit!« rief Gsella. »Ach, die Heimat hinter den Gipfeln, wie liegt sie von hier so weit!« Und er erteilte Befehle, die niemand ausführen konnte: »Belüftung auf dem Raketendeck einschalten! Austauschkonverter hochfahren! Lichtwerferbatterien der Erdaußenstation konfigurieren! Erbitte Sonderstarterlaubnis!«

Dann ließ er sich fallen.

Schulz griff nach Gsellas linker Hand und wurde mitgerissen.

Es war nicht sein gesamtes Leben, das Schulz in den folgenden Sekunden vor sich ablaufen sah, sondern nur ein längst vergessen geglaubtes Tischtennisturnier, das er mit einem abgefeimten Schupfball zu seinen Gunsten entschieden hatte. Und das stimmte ihn fast hoffnungsfroh: Ging vielleicht doch noch nicht alles zu Ende?

Der Jaguar verstand nicht sofort, was hier geschah. Er sah die beiden kreischenden Menschenjungen auf sich zufliegen, überlegte hin und her, was er tun solle, zauderte etwas zu lange und wurde plattgemacht: Gsella fiel auf den Jaguar, Schulz fiel auf Gsella, und der Kaninchenkauz flatterte auf. In diesem Abschnitt des Waldes war es ihm zu unruhig geworden.

Einen Bullen wie Bernal de la Espriella hatte Kommissar Gerold sein Lebtag noch nicht gesehen. Der Mann maß zwei Meter fünfzehn, hatte ein Kreuz wie Moby Dick und brachte mindestens vier gut verteilte Zentner auf die Waage. Bevor er in den Dienst der Policía Nacional de Colombia getreten war, hatte er seinen Lebensunterhalt auf Jahrmärkten mit dem Verbiegen von Eisenstangen verdient.

Er war aber auch geistig rege, was sich beispielsweise darin zeigte, daß er aus sechsstelligen Zahlen im Kopf die Quadratwurzel ziehen konnte und siebzehn Sprachen beherrschte, darunter die deutsche.

»Unser gemeinsamer Freund Henning Riesenbusch hat mir viel von Ihnen berichtet«, sagte er zu Gerold, als sie sich im Village Café Bogotá an die Bar gesetzt hatten. »Sie sollen mit Ihren Ermittlungen maßgeblich zur Zerstörung der Fifa beigetragen haben. Ist das wahr?«

Er sei daran nicht völlig unbeteiligt gewesen, erwiderte Gerold.

»Espléndido! Was darf ich Ihnen ausgeben?«

»Was empfehlen Sie denn?«

»Ron Carib. Der beste Rum im Radius von eintausend spanischen Meilen.«

Mit Rum kannte Gerold sich nicht aus, aber ihm schien schon nach dem ersten aufrüttelnden Schluck, daß Espriella recht haben könnte.

»Und Sie wünschen sich also ein Date mit Don Alonso Hoyos, Herr Kommissar?«

»Exactamente«, sagte Gerold. »Ich hege den begründeten Verdacht, daß er die Morde in Auftrag gegeben hat, denen auf der ganzen Welt Bankangestellte zum Opfer gefallen sind. Riesenbusch hat mir geraten, zu Ihnen Kontakt aufzunehmen, wenn ich hier irgendwie ins Schlingern kommen sollte, aber ich hab mir gedacht, daß es besser ist, Sie gleich nach meiner Landung ins Vertrauen zu ziehen. Es ist sehr nett von Ihnen, daß Sie sich Zeit für mich nehmen! Können Sie mir irgendwas über Don Hoyos sagen, das sich nicht googeln läßt?«

Espriella faltete die Hände über dem Bauch – ein sehenswertes Naturschauspiel, wenn man das Ausmaß der Hände und des Bauchs in Rechnung stellte –, ließ die maiskolbendicken Daumen umeinander kreisen, neigte seinen wuchtigen Schädel leicht zur Seite, schenkte Gerold einen betrübten Blick und sagte, daß es im Leben von Don Hoyos nicht viele Geheimnisse gebe. »Dieser Desperado ist für uns alle ein offenes Buch. Er hat sich den Golf-Clan, das

Kartell Oficina de Envigado und das Kartell der Rastrojos untertan gemacht, befehligt die rechtsradikale Terrorbande Águilas Negras, unterhält aber auch lukrative Handelsbeziehungen zu den marxistischen Guerilleros der FARC und infiltriert seit neuestem sogar das mexikanische Sinaloa-Kartell. Der Strafverfolgung hat er sich bisher aber entziehen können, weil sein Etat für Schmiergelder nur geringfügig kleiner ist als die Summe, die er jedes Jahr in Schmuck für seine Tochter Isabel anlegt …«

»Hat die nicht dieses Jahr irgendeinen Deutschen geheiratet?«

»So will es jedenfalls die Gerüchteküche. Nach unseren jüngsten Erkenntnissen hat der sie allerdings sitzengelassen und gondelt jetzt irgendwo in Argentinien rum. Doch der wird sich noch wundern! Die Yankees von der DEA sind dicht an ihm dran. Dieser Junge soll versucht haben, von Kolumbien aus die Alleinherrschaft über sämtliche asiatischen Drogenmärkte zu erringen. Wir wissen noch nichts Näheres, aber er muß da irgendeine völlig irre Nummer abgezogen haben.«

»Und sonst ist Ihnen nichts über diesen Mann bekannt?«

»Nur daß seine Frau ihm hörig zu sein scheint, obwohl er auch außerehelich nichts anbrennen läßt.«

Die nächste Runde gehe auf ihn, sagte Gerold und brachte das Gespräch auf Don Hoyos zurück. »Wie würden Sie an meiner Stelle gegen diesen Schuftikus vorgehen?«

Espriella hob eine seiner biberschwanzgroßen Augenbrauen. »Darf ich Sie daran erinnern, daß Sie mit leeren Händen dastehen? Sie haben weder einen internationalen Haftbefehl, noch verfügen Sie über irgendwelche polizeilichen Befugnisse in diesen Breitengraden. Selbst wenn es Ihnen glücken sollte, Don Hoyos zu orten und ihn zu einem Plauderstündchen zu überreden, wird er sich Ihnen wohl kaum ergeben. Und Sie können ihn ja auch nicht einfach k. o. hauen und außer Landes schaffen, oder sind Sie der Mossad?«

»Das nun nicht gerade. Aber ich bin auch kein Gummibärchen. Wo kann ich Don Hoyos denn finden? Haben Sie einen Tip für mich?«

»Zuletzt ist er in Rio de Janeiro gesichtet worden. Es wird gemunkelt, daß er sich das brasilianische Drogenkartell Comando Vermelho gefügig machen will. Wenn Sie sich da einmischen wollen, nur zu! In Rio residiert Don Hoyos gewöhnlich in einer Suite im sechsten Stock des Hotels Copacabana Palace an der Avenue Atlântica. Aber Vorsicht – der letzte Meuchelmörder, der sich an Don Hoyos vergreifen wollte, ist seiner Mutter stückweise in Geschenkpaketen in ein Altersheim in Zipaquirá gesandt worden. Ein ganzes Jahr lang.«

»Herzlichen Dank für die Warnung.«

»Sie scheinen ein unerschrockener Mann zu sein«, sagte Espriella. »Fürchten Sie sich denn wenigstens vor Ihrem Dienstherrn? Oder stört es den nicht, daß Sie Ihr heimatliches Kommissariat sich selbst überlassen haben?«

»Ach, das«, sagte Gerold. »Wissen Sie, der Landkreis Uelzen, für den ich als Erster Polizeihauptkommissar verantwortlich bin, ist so 'ne Art Schlaraffenland. Da wird höchstens mal 'ne Scheune abgefakkelt oder 'n bißchen Bauschutt im Wald abgeladen. Die kommen da einstweilen schon ohne mich zurecht ...«

»Wie Sie meinen, Herr Kommissar! Und bevor ich's vergesse – hat Riesenbusch Ihnen eigentlich von der Sache mit den Angelscheinfälschern erzählt?«

»Nein, davon ist mir nichts bekannt.«

»Ist mittlerweile mehr als dreißig Jahre her, die Geschichte. Ich war damals auf der Jagd nach einem untergetauchten Überseerepräsentanten des Cali-Kartells, und weil der Verdacht bestand, daß er sich im Raum Uelzen mit der Fälschung von Angelscheinen über Wasser halte, ist Riesenbusch einem Uelzener Angelsportverein beigetreten und hat sich da monatelang umgehört. Um den Kopf der Bande bei der Übergabe der gefälschten Angelscheine in flagranti zu erwischen, hat er sich am Ende volle fünf Tage und Nächte in einer hohlen Eiche im Almstorfer Moor versteckt.«

»Sagen Sie bloß! Und wovon hat er solange gelebt?«

»Von den Pfannkuchen, die seine Schwägerin ihm da einmal täglich reingeworfen hat. So hat er's mir jedenfalls erzählt.«

Riesenbusch sollte eine Autobiographie schreiben, dachte Gerold. Die würden sich doch verkaufen wie Großvaters Eiersalat!

Lorenzo Romani kam tatsächlich allein. Er lebte in einer Welt voller Feinde, und gerade deshalb richtete er sich von Zeit zu Zeit nach dem Coca-Cola-Reklamespruch »Prenditi una pausa« (»Mach mal Pause«). Auch Mafiosi waren nur Menschen.

Ohnedies versprach Lorenzo sich von der schönen Eisenberta ausschließlich Prickelndes und sündhaft Süßes. Eisenberta – welch ein Name! Schien es nicht fast so, als hätte er Giuseppe Verdi zu der herrlichsten Arie seiner Oper »Rigoletto« inspiriert?

Caro nome che il mio cor
Festi primo palpitar,
Le delizie dell'amor
Mi dei sempre rammentar!

Innerlich singend traf Lorenzo zur Geisterstunde vor der Katakombenpforte neben der Kirche Madre del Bon Consiglio ein. Und dort wartete sie, die geheimnisumwobene Fremde mit der Haut einer Madonna und dem verheißungsvollen Mienenspiel einer Teufelin …

Kommissarin Fischer war bestens vorbereitet. Sie hatte sich dem Anlaß entsprechend aufgeschnatzt, das Schloß der Eingangstür geknackt, die Alarmanlage lahmgelegt und alles nach unten geschafft, was sie benötigte, um ihren Verehrer gesprächig zu stimmen. Er würde staunen.

»Eccomi qui«, sagte Lorenzo. *Hier bin ich.* »Ti prego, permettimi di darti questo fiore.« *Bitte erlaube mir, dir diese Blume zu überreichen.* »È un segno del mio omaggio al tenero sesso …« *Sie ist ein Zeichen meiner Huldigung an das zarte Geschlecht …*

Dir werd ich helfen, dachte die Fischerin, als sie die rote Rose aus der Hand des Gangsters pflückte.

Verstohlen betrat das ungleiche Paar die unterirdische Nekropole. Es ruhten keine Toten mehr darin, denn ihre Knochen waren schon vor vielen Jahren umgebettet worden, aber den Charakter eines Friedhofs hatte dieser Ort bewahrt.

Mit einer Taschenlampe erhellte Ute alias Eisenberta den Weg, der über eine Treppe in den ersten hochgewölbten Korridor hinunterführte. Vorüber ging es an Nischen und Krypten, Pilastern und Säulen. Jahrhundertealte Fresken und Mosaike schienen im Lampenlicht auf und versanken wieder im Dämmer der Nacht.

Lorenzo sagte, daß er jetzt gern mal etwas Diesseitigeres sähe. Er sei nämlich nicht von der geduldigen Sorte.

»Presto saremo a destinazione«, sagte Ute. *Wir sind bald am Ziel.*

Sie winkte ihn zwischen zwei Tuffpfeilern hindurch in eine Nebengalerie, in der ein schmaler Gang auf eine der entlegeneren Grabkammern zulief.

Lorenzo runzelte die Stirn, als sie dort angekommen waren. »Sei serio?« fragte er. *Meinst du das ernst?* »Facciamo la bestia con due schiene qui?« *Sollen wir hier das Tier mit den zwei Rücken machen?*

Ute schenkte ihm ein Lächeln. »Lasciati sorprendere«, sagte sie. *Laß dich überraschen.* »Chiudi gli occhi.« *Schließ die Augen.*

Er tat es und spitzte verzückt die Lippen, doch er wurde nicht geküßt. Die Fischerin narkotisierte ihn mit einer in die Halsschlagader gerammten Propofolspritze, legte ihm Handschellen an, schleifte ihn ans hintere Ende der niedrigen Kammer, nahm ihm sein Handy ab und ging zur Nachbargruft, um die Gegenstände zu holen, die sie jetzt brauchte: einen Kunststoffkübel, eine Kiste stilles Wasser, einen Holzlöffel und eine große Packung Trockenmörtel.

Den ganzen Abend über war die Kommissarin sehr fleißig gewesen. Sie hatte nicht nur die Mörtelzutaten in die Katakomben geschmuggelt, sondern auch eine fabrikneue Maurerkelle und genug Ziegelsteine, um Lorenzo einmauern zu können. Selbst an eine Fassadenwalze und einen Eimer stumpfmatter Farbe hatte sie gedacht, denn die Mauer sollte einen unauffälligen Anstrich bekommen. Die Grabkammer lag zwar abseits der Route, die den Touristenströmen tagsüber zugänglich war, doch es konnte nicht schaden, auf Nummer sicher zu gehen.

Nachdem der Mörtel angerührt war, machte Ute sich daran, die erste Lage des Mauerwerks zu setzen.

Die Enttäuschung stand Lorenzo ins Gesicht geschrieben, als er das Bewußtsein wiedererlangte. Er fluchte, bettelte, plärrte und quengelte, und wie nicht anders zu erwarten war, suchte er sein Heil auch in Hilfeschreien, Schmeicheleien und finsteren Drohungen, was ihm jedoch alles nichts nutzte.

Ute arbeitete unbeirrt weiter, bis nur noch wenige Steine fehlten. Dann stieg sie durch die letzte kleine Lücke in die Kammer und informierte Lorenzo darüber, was er zu tun habe, wenn er sein Leben retten wolle: Er müsse

- ihr mitteilen, wo und von wem Grietje, Gerreltje und Galtje gefangengehalten würden,
- den Gefangenenwärtern telefonisch befehlen, die Drillinge sofort zur nächstgelegenen Polizeistation zu bringen, sich zu stellen und ein volles Geständnis abzulegen, und
- die folgenden Sätze nachsprechen: »Io, Lorenzo Romani, sono il più patetico idiota che esista.« *Ich, Lorenzo Romani, bin der jämmerlichste Tölpel aller Zeiten.* »Sono così stupido che persino la mia disonorevole madre si vergogna di me.« *Ich bin so doof, daß sogar meine ehrlose Mutter sich für mich schämt.* »E se non lo sapete ancora – sono un informatore della polizia.« *Und falls ihr es noch nicht wißt – ich bin ein Polizeispitzel.* »Un ratto.« *Eine Ratte.*

Wenn er gehorche, könne er darauf hoffen, daß sie der Polizei verraten werde, wo er zu finden sei, sagte Ute. Vorher müsse sie natürlich Gewißheit darüber haben, daß ihre Kinder wohlauf seien.

Ein letztes Mal probierte Lorenzo es mit Schimpfen, Drohen und Flehen. Die Drillinge und deren Aufpasser hätte er ja noch relativ leichten Herzens an die Polizei ausgeliefert, aber wenn er sich bezichtigte, ein Idiot und eine Ratte zu sein, und wenn er darüber hinaus noch seine eigene Mutter beleidigte, war er erledigt. Nicht mehr nur seine Todfeinde würden ihm nach dem Leben trachten, sondern auch seine eigenen Vettern und Neffen. Selbst der räudigste Hund würde keinen Bissen Brot mehr von ihm annehmen. Da konnte er sich hier doch eigentlich auch gleich lebendig begraben lassen.

Aber wollte er das?

Um seine Kompromißbereitschaft unter Beweis zu stellen, verriet er, daß die Drillinge sich in einem Container im Industriehafen von Emden befänden – angeblich wohlversorgt –, und er ließ sich auch dazu herab, dem in Emden tätigen Capo telefonisch beizubringen, daß er die Kinder innerhalb der nächsten dreißig Minuten der Polizei übergeben, sich verhaften lassen und ein Geständnis ablegen müsse. Letzteres war nicht ganz einfach, da dem Capo bis zu fünf Jahre Haft blühten, doch er gab klein bei. Im Romani-Clan war Gefolgschaftstreue oberstes Gebot.

Nun klingelte Ute ihre Eltern aus dem Schlaf und sagte ihnen, daß sie Grietje, Gerreltje und Galtje in einer halben Stunde im Polizeikommissariat Emden in Empfang nehmen könnten. »Ji mööt gliek losfahrn! De Details verkloor ick jo later!«

Seine Schuldigkeit hatte Lorenzo mit alledem natürlich noch nicht getan. Er mußte jetzt die Sätze aufsagen, die das Ende seiner Verbrecherlaufbahn besiegeln sollten.

»Abbi pietà!« rief er. *Hab Erbarmen!*

»No«, sagte Ute und filmte ihn mit ihrem Handy.

Das Spiel war aus. Lorenzo ergab sich in sein Schicksal, sagte die schrecklichen Sätze auf und verfiel danach in tiefes Schweigen. Viel hätte er auch nicht mehr hinzufügen können, denn die Kommissarin stopfte ihm einen Ballknebel aus Latex in den Mund und zog die Kopfriemen stramm.

Am frühen Morgen werde sie nach Deutschland fliegen, sagte sie, und sobald sie sich persönlich von der Unversehrtheit ihrer Kinder überzeugt habe, werde sie Hilfe schicken. Vielleicht hole ihn die Polizei schon morgen abend heraus. Vielleicht dauere es aber auch länger. Das hänge ganz davon ab, wie es den Kindern gehe. »Dormi bene e sogni d'oro …« *Schlaf gut und träum was Schönes …*

Sie stieg aus der Kammer hinaus, warf alles, was sie nicht mehr brauchte, zu Lorenzo hinein und vermauerte die letzten Steine. Um die verbliebenen Ritzen zu schließen, mußte sie einen der Ziegelsteine zerschlagen und die Segmente einpassen und verfugen.

Das Werk ehrt den Meister, dachte sie, als sie die Wandfarbe auftrug.

Glückshormone durchschauerten Gerold Gerold. »Die Mädchen sind frei?«

»Ja«, sagte Ute.

»Und gesund und munter?«

»Ja.«

»Wie hast du das geschafft?«

»Ich hab Lorenzo Romani in den Katakomben von Neapel eingemauert. Das hat meine Verhandlungsposition enorm gestärkt, und er ist vom Rosenkavalier zum Jammerlappen degeneriert.«

»Und wo sind die Mädchen jetzt?«

»Bei meinen Eltern.«

»Gut! Aber wer garantiert uns, daß die Kidnapper nicht wiederkommen?«

»Ich«, sagte Ute. »Lorenzo Romani wird so bald keine neue Entführung organisieren können. Der hat seit heute ganz andere Sorgen! In zwei Stunden geht mein Flug nach Hamburg. Ich nehm mir dann 'n Mietwagen und fahr nach Boekzeteler Hoek, und wenn ich feststellen sollte, daß den Mädchen tatsächlich kein Härchen gekrümmt worden ist, geb ich den Kollegen in Italien anonym den Tip, wo Lorenzo steckt.«

»Gib diesen Tip am besten auch Vincente Barbato von der Guardia di Finanza! Der ist zuverlässig. Ich sims dir gleich seine Nummer.«

»Hartlich Dank, mien Leev! Und ich schick dir den Link zu einem Video, das ich auf Youtube eingestellt hab. Da kannst du sehen und hören, wie unser Freund Lorenzo seine Mutter verunglimpft und sich dazu bekennt, im Sold der Polizei zu stehen.«

»Das wird ihm aber gar nicht gefallen!«

»Und seinen Angehörigen noch weniger. Ich hab mir sagen lassen, daß der familiäre Zusammenhalt für Sizilianer kein leeres Wort ist. Lorenzo wird wohl oder übel mit den Behörden kooperieren müssen, wenn er seine Haut retten will.«

Die Selbstjustiz hat eben doch was für sich, dachte Gerold.

»Und wo bist du im Moment?« fragte Ute.

»Zur Stunde noch in einem nicht vollkommen ungezieferfreien Hotelzimmer in Bogotá. Von hier geht's heute mittag weiter nach Rio de Janeiro. Don Alonso Hoyos soll da gerade auf 'ner Geschäftsreise haltmachen. Vielleicht kann ich ihn zum Tanze bitten.«

»Grüß ihn von mir!«

»Werd ich tun. Und du grüß die Mädchen von mir! Und deine Eltern! Sie können stolz auf dich sein. Mein lieber Herr Gesangsverein – was du da geleistet hast, ist einmalig in der abendländischen Kriminalgeschichte …«

»Darüber reden wir später«, sagte sie. »La lotta continua!« *Der Kampf geht weiter!*

Michael Ringel kam es zustatten, daß er lautstark schnarchte, denn sonst hätte Rayk Wieland ihn so tief im Busch wahrscheinlich nie gefunden. Sehr beschwerlich war es dann allerdings, den nackten, zerschundenen Ringel zu wecken und ihn auf dem langen und windungsreichen Rückweg zum Parkplatz zu stützen.

»Was ist denn überhaupt passiert?« fragte Wieland. »Bist du von 'nem Velociraptor angefallen worden?«

So könne man es ausdrücken, erwiderte Ringel. »Ich glaub, ich steh noch immer unter Schock …«

»Na, das wird schon wieder! Im Auto ziehst du dir nachher erstmal frische Wäsche an. Wir haben auch noch Wasser, Alka-Seltzer, Fieberzäpfchen und belegte Brote. Und Malariatabletten, falls dir danach sein sollte!«

Wieland hatte nicht zuviel versprochen. Im Handschuhfach des Cabrios lagerte sogar eine Tube mit rückfettender Salbe gegen trokkene Haut, und nachdem Ringel sich eingecremt und angekleidet hatte, setzte er sich auf den Beifahrersitz und mampfte mit gutem Appetit ein Marmeladenschnittchen nach dem anderen.

Er werde mal das Gelände inspizieren, sagte Wieland, aber schon nach wenigen Minuten kehrte er aufgeregt zurück und rief, daß er eine frohe Botschaft habe: »Auf 'ner Wiese neben dem Parkplatz wird gerade 'n riesiger Heißluftballon startklar gemacht, von sechs Frauen, die ihren Junggesellinnenabschied feiern wollen! Ich hab mit denen gesprochen, und die wollen mich mitnehmen!«

»Und wozu soll das gut sein?« fragte Ringel.

»Mensch, überleg doch mal – ich kann dann aus der Vogelschau nach Schulz und Gsella suchen! Wenn die hier im Urwald rumirren, findet man sie von oben ja viel leichter, als wenn man selbst durch den Urwald irrt! Und deshalb machen wir's jetzt so: Ich klettere zu diesen Frauen in den Korb und sperr meine Augen auf, du fährst uns mit dem Auto hinterher, und sobald ich Schulz und Gsella entdeckt hab, ruf ich dich an und sag dir, wo du sie auflesen kannst. Es dürfte ja nicht allzu schwer sein, hinter 'nem Heißluftballon herzufahren, auch wenn das Straßenwegenetz hier nicht das beste ist …«

Wielands Gesicht flimmerte rosig vor Freude über diese neue Vorgehensweise und die Geistesgegenwart, die er bewiesen hatte.

»Dein Plan ist echt gut«, sagte Ringel und pulte sich mit dem Nagel des Ringfingers der linken Hand ein Stück Brotrinde aus einem Zahnzwischenraum im rechten Oberkiefer. »Er hat nur einen kleinen Webfehler: Mit meinem Gipsfuß kann ich die Pedale nicht bedienen.«

Das rosige Flimmern verlor sich aus Wielands Zügen. »Verstehe«, sagte er. »Du meinst, wir sollten tauschen. Du übernimmst die Ballonfahrt, und ich übernehme die Autofahrt.«

»Du hast's erfaßt.«

Und so geschah es: Wieland gurkte mit dem Cabrio los, während Ringel mit den sechs Bräuten himmelwärts fuhr.

Er lieh sich von ihnen ein Fernrohr und hielt eifrig Ausschau nach Schulz und Gsella, bis es Zeit für ein Picknick wurde. Die aufgekratzten Ballonfahrerinnen Francesca, Josefa, Aurora, Carlota, Yasmin und Julieta machten sich einen Spaß daraus, ihren Gast mit Prosecco, Schoko-Leber-Crostini, Tortillasticks und Feigenkipferln abzufüllen und ihn fünfzig Austern ausschlürfen zu lassen, bevor sie ihn entblätterten und vielerlei Allotria mit ihm trieben.

Seine Abenteuer in der grünen Hölle schienen ihn nicht geschwächt, sondern gestählt zu haben. Er war jedenfalls schon wieder ganz der alte und gab ordentlich Zunder. Woher er die Kraft dafür nahm, hätte er selbst nicht zu sagen vermocht. Darüber zerbrach er sich aber auch nicht den Kopf. Stattdessen ließ er sich drei neue Kamasutra-Stellungen zeigen: »Das Bügelbrett«, »Die Versuchung des Heiligen Antonius« und »Die wundersame Brotvermehrung«.

Es verlangte Ringel einiges ab, sich bei dieser dynamischen Gruppenakrobatik auf das Wesentliche zu konzentrieren und zugleich das große Ganze im Blick zu behalten. Doch er entledigte sich seiner Aufgabe schneidig und mit deutscher Gründlichkeit. Ja, man kann sogar sagen, daß ein wahrer Furor teutonicus von ihm Besitz ergriff. Als das Getümmel seinem Höhepunkt entgegentrieb, bekam der Ballonkorb deshalb auf eine lebensbedrohliche Weise Schlagseite, und es war schierer Zufall, daß niemand über Bord ging, während der heißblütige Himmelhund Ringel den Junggesellinnen in bunter Reihenfolge seinen Segen spendete.

Wieland, der dem zickzackfahrenden Ballon zu folgen versuchte, sah die Gondel gefährlich schwanken und schaukeln und zweifelte daran, daß dort oben alles mit rechten Dingen zuging.

Dieser Zweifel war berechtigt, denn anstatt auf seinen Posten zurückzukehren, ließ der ausgepumpte Ringel sich nun auf dem Boden des taumelnden Korbs der Montgolfière von zwölf warmen Frauenhänden umnattern und dachte weder an Schulz noch an Gsella, sondern an eine Ode des Barockdichters Christian Hoffmann von Hoffmannswaldau:

Die Wollust bleibet doch der Zucker dieser Zeit,
Was kann uns mehr, denn sie, den Lebenslauf versüßen?
Sie lässet trinkbar Gold in unsre Kehle fließen,

Und öffnet uns den Schatz beperlter Lieblichkeit;
In Tuberosen kann sie Schnee und Eis verkehren,
Und durch das ganze Jahr die Frühlingszeit gewähren.

Zur selben Stunde ging dem Mofadieb Jannik Schüsterhusen ungefähr vierhundert Kilometer weiter westlich auf einer Landstraße in Paraguay das Benzin aus.

15

Mit ihren Eltern und den Drillingen hatte Ute eine zauberhafte Zeit in Boekzeteler Hoek verbracht, und im Polizeikommissariat Emden hatte sie ausgesagt, daß es ihr unerklärlich sei, was den Entführer dazu veranlaßt habe, die Kinder freizulassen und sich zu ergeben.

Jetzt saß sie wieder in ihrem Büro in Uelzen und ging die neuesten Meldungen durch. Schwelbrand in einer Toilette der Gesamtschule Bad Bevensen … Einleitung eines Ordnungswidrigkeitsverfahrens gegen einen Kraftfahrer aus der Samtgemeinde Rosche wegen einer Trunkenheitsfahrt … Verkehrsunfallflucht in Rätzlingen … Diebstahl einer Schleifmaschine aus einem Bestattungsunternehmen in Altenebstorf …

Ihr wißt überhaupt nicht, wie gut ihr's hier habt, dachte die Kommissarin. Bestimmt gab es selbst in Bullerbü und Lönneberga schwerere Gesetzesverstöße als im Landkreis Uelzen.

In der Frühstückspause nahm sie sich die deutsche Übersetzung des Protokolls der Vernehmung von Lorenzo Romani vor, das Vincente Barbato ihr auf Gerolds Geheiß zugeleitet hatte. Eine interessante Lektüre!

Wer hat Sie eingemauert?

Ein Dutzend Männer. Sie haben Masken getragen und mich in die Katakomben verschleppt, als ich spazierengegangen bin.

Schon klar, dachte die Fischerin. Von einer einzelnen Frau kann ein Leithammel wie Lorenzo natürlich nicht ausgetrickst worden sein …

Haben Sie einen Verdacht, wer dahintersteckt?

Nein. Ich bin ein unbescholtener Geschäftsmann und habe keine Feinde. Man muß mich mit jemandem verwechselt haben.

Ihr Name ist doch aber Lorenzo Romani, richtig?

Ja.

Wissen Sie, wer Ihr Anwesen auf Sizilien niedergebrannt hat?

Das war die Folge eines Kabelbrands. Kann ich jetzt gehen?

Nein. Was sagt Ihnen der Name Don Alonso Hoyos?

Nichts.

Wie kommt es dann, daß Sie mit ihm über die Ermordung von Bankangestellten korrespondieren? So wie es auch Ihr Vater schon getan hat?

Wer behauptet das?

Das hat uns ein Vögelchen gesungen.

Dann hat es gelogen.

Ist es denn richtig, daß sogar Ihre ehrlose Mutter sich für Sie schämt? Das haben Sie selbst gesagt …

Dazu bin ich gezwungen worden. Dieses Video ist nicht gerichtsverwertbar.

Das vielleicht nicht, Herr Romani, aber es ist schon mehr als fünf Millionen Mal aufgerufen worden, und Ihre Verwandten sind nicht sonderlich erbaut davon. Uns liegt die glaubwürdige Information vor, daß Ihr Vetter Braulio Romani die Familiengeschäfte übernommen und Sie für vogelfrei erklärt hat.

Es folgten viele Ausflüchte und Lügen, mit denen Lorenzo sich über die Runden zu retten hoffte, bis er schließlich einsah, daß er kuschen und in großem Stil auspacken mußte, wenn er seiner blutrünstigen Sippe nicht zum Fraß vorgeworfen werden wollte. Zugesichert wurde ihm dafür seine Aufnahme in ein Zeugenschutzprogramm …

Und was ist mit meinem Geld?

Ihre Konten haben wir eingefroren.
Dann verflüssigen Sie sie wieder!
Nein.
Und wovon soll ich leben?
Wir werden Ihnen einen Arbeitsplatz in der Dienstleistungsbranche vermitteln.
Was darf ich darunter verstehen?
Sie werden als Schuhputzer arbeiten.
Sind Sie wahnsinnig? Wie soll ich damit meinen Lebensstandard halten?
Ihren Lebensstandard können Sie vergessen. Als Schuhputzer werden Sie es auf rund eintausend Euro im Monat bringen, und davon müssen Sie selbstverständlich die Kosten für Ihre operative Gesichtsveränderung abstottern.
Höre ich recht? Was gibt es denn an meinem Gesicht zu verändern?
Die Nase, die Stirn, die Augenlider, die Ohren und die Mundwinkel. Praktisch alles. Denn wir wollen doch nicht, daß jemand Sie wiedererkennt, bevor Sie eines natürlichen Todes sterben.
Dann will ich nach der OP aber mindestens so charismatisch aussehen wie Silvio Berlusconi!
Darauf haben wir keinen Einfluß. Sie werden irgendein Spendergesicht erhalten.
Irgendeins? Von der Stange?
Sozusagen. Es wird das nächstbeste sein, das greifbar ist.
Da mache ich nicht mit. Ich verlange eine Maßanfertigung!
Herr Romani, Sie scheinen immer noch zu glauben, es gebe für Sie einen Verhandlungsspielraum. Wir können Sie auch einfach aus der Haft entlassen. Sie wären dann auf sich selbst gestellt und hätten noch eine Lebenserwartung von höchstenfalls sechs oder sieben Stunden. Es sei denn, daß Ihr Vetter die Sache ein wenig hinauszögern möchte, um Ihre Todesqualen auszukosten.
Schon gut. Ich habe verstanden. Wo soll ich anfangen?
Erstellen Sie zunächst mal ein schönes, übersichtliches Organigramm des Syndikats, das Ihr Vetter Ihnen weggenommen hat. Sie

wissen schon: Führungskräfte, Mitarbeiter, externe Stakeholder, interne Abläufe, temporäre Organisationseinheiten, Karrierepfade, Befehlsketten, Briefkastenfirmen – der ganze Plunder eben. Dafür haben Sie bis morgen mittag Zeit. Allez hopp!

Kommissarin Fischer konnte wirklich mit sich zufrieden sein.

Von der Karambolage am Felsenfuß hatten Frank Schulz und Thomas Gsella sich rascher erholt als der beklagenswerte Jaguar. Weiter und immer weiter waren sie durch den Urwald gewankt, von der schwachen Hoffnung getrieben, irgendwann einer freundlichen Menschenseele zu begegnen oder wenigstens etwas Nahrhafteres zu finden als Palisanderrinde, Stechpalmenblätter und Schmetterlingsraupen.

Es war niemandem damit geholfen, daß Gsella permanent von Gerichten redete, nach denen er sich verzehrte, doch er konnte nicht anders. Einem Hirschsauerbraten in Rotwein-Kirschsoße mit Maroni-Walnuß-Knödeln wäre er jetzt nicht abgeneigt, sagte er. »Ebensowenig wie einer Rinderkraftbrühe mit Markklößchen und Eierstich. Oder einem ofenfrischen Krustenbraten mit Kräuterbutter, Speckbohnen und Kartoffelsalat. Als Nachspeise wäre mir dann etwas Schlehenpflaumenkompott mit Puderzucker und Granatapfelsaft genehm. Oder ein Stück Prinzregententorte und dazu ein Doppelmokka mit Weinbrand und Sahnehäubchen …«

Schulz hörte geflissentlich darüber hinweg. Seine Wangen waren eingefallen, seine Muskelmasse verringerte sich mit jedem Schritt, und obwohl er einen Bärenhunger und höllischen Durst hatte, war er noch imstande, sich an Songzeilen zu erinnern, die ihm einmal viel bedeutet hatten.

Four o'clock in the afternoon
And I didn't feel like very much
I said to myself, »Where are you, Golden Boy
Where's your famous golden touch?«

Schweiß rann Schulz aus allen Poren. Wie weit würden ihn seine Füße noch tragen?

Just take a look at your body now
There's nothing much to save
And a bitter voice in the mirror cries
»Hey, Prince, you need a shave« …

In seiner Verzweiflung malte er sich aus, wie es wäre, einen der oben im Geäst herumspringenden Kapuzineraffen einzufangen, auszusaugen und aufzufressen. Not kannte kein Gebot!

»Nimmst du mich nochmal huckepack, Frank?« fragte Gsella. »Ich bin ziemlich groggy, und mein Nasenbluten hat wieder angefangen …«

Diese Bitte schlug ihm der gutmütige Schulz nicht ab, wobei er seine Energiereserven jedoch überschätzte. Er ließ seinen alten Freund aufspringen, eierte fünf, sechs Meter voran, glitt auf einer Spitzmorchel aus, verlor die Balance und kugelte mitsamt Gsella eine steile Böschung hinunter, an deren unterem Ende sie auf einem betonierten Privatgelände alle beide mit dem Kopf gegen einen Stahltank knallten.

Das war ein gutes Zeichen. Wo ein Stahltank stand, mußten auch zivilisierte Menschen sein, und wo zivilisierte Menschen waren, gab es vielleicht wirklich so etwas wie Hirschsauerbraten oder Prinzregententorte.

Schulz öffnete den Deckel des Tanks und schaute hinein.

Er war zur Hälfte mit ausgegorener Getreidemaische gefüllt.

Da gab es kein Zögern. Schulz und Gsella kletterten in den Tank, schlossen den Deckel, um ihre Ruhe zu haben, und machten sich gierig schmatzend über die Maische her.

Anfangs hatten sie daran noch Freude. Doch nur allzu bald meldeten sich die Symptome einer schweren Alkoholvergiftung – von Bewußtseinstrübungen über eine deutliche Herabsetzung des Reaktionsvermögens bis hin zu epileptischen Krämpfen und einem Brechreiz, der sich noch verstärkte, als der Tank von fremden Händen auf einen Pick-up Truck gehievt wurde und eine lange Reise antrat.

Nach zweihundertfünfzig holprigen Kilometern, die Schulz und Gsella ungemein schlecht bekommen waren, überquerte der Truck die brasilianische Grenze und fuhr zu einer einsam im Forst gelegenen Schwarzbrennerei, wo die Maische weiterverarbeitet werden sollte.

Zu früh gefreut! Den Männern, die den Tankdeckel aufklappten, stach ein furchtbarer Gestank in die Nase. Dann entdeckten sie die blinden Passagiere und die von ihnen angerichtete Schweinerei. Es kann niemanden wundernehmen, daß sie zur Strafe dafür grün und blau gehauen wurden, bevor man sie unter landestypischen Flüchen und Verwünschungen vom Hof vertrieb: »Largaos, caras de rato!« *Verschwindet, ihr Rattengesichter!* »Vá beijar a bunda de um morcego!« *Geht das Hinterteil einer Fledermaus küssen!* »Desenterre suas avós e faça amor com elas!« *Grabt eure Großmütter aus und macht Liebe mit ihnen!*

Und schon wieder torkelten Schulz und Gsella durch einen Wald, in dem sie sich nicht wohlfühlten. Sie waren nun allerdings kaum noch bei Sinnen. Ziellos stolperten sie dahin – dürstend, beschmutzt und von Kragenfaultieren beargwöhnt. Die hohe Luftfeuchtigkeit und die perverse Hitze setzten den zwei Vagabunden ebenso gnadenlos zu wie die Sehstörungen, die Kreislaufprobleme und die Verdauungsbeschwerden, die sie sich mit dem Verspachteln der Maische eingehandelt hatten.

Um so lustiger lachte ihnen ein Süßwasserfluß entgegen. Von ihm durften sie Labsale erwarten, innerlich und äußerlich, doch das Ufer war abschüssig, und schon bei ihrem ersten Annäherungsversuch rutschten Schulz und Gsella aus und glitschten in den Fluß hinein.

»Klar zur Wende!« rief Gsella, während er abdriftete. »Schoten fieren!

Leckabwehrtrupp auf Station! Code Charlie!«

Schulz hörte nichts davon. Ihm war Wasser in die Ohren und in die Nase geflossen, und er führte zwar instinktiv ein paar Schwimmbewegungen aus, aber in die Geschichtsbücher ging er damit nicht ein.

Auch alles weitere, was Gsella schrie, verhallte echolos: »Rückkehr auf Periskoptiefe! Achtern die Tiefenruder checken! Nennt mich Ismael!«

Schulz wiederum fielen sinnloserweise Verse von Goethe ein:

Rausche, Fluß, das Tal entlang,
Ohne Rast und Ruh,
Rausche, flüstre meinem Sang
Melodien zu!

Der Wasserlauf, der Schulz und Gsella mit sich fortriß, war jedoch eher ein Strom als ein Fluß. In seiner Mitte verlief die brasilianisch-argentinische Grenze. In Brasilien hieß er Iguaçu und in Argentinien Iguazú, und er war weltberühmt für seine Wasserfälle, deren Grollen und Krachen sich weithin vernehmbar machte. Sie waren höher als die Niagarafälle und breiter als die Victoriafälle. Über eine 2,7 Kilometer lange Fallkante donnerten pro Sekunde bis zu siebentausend Kubikmeter Wasser und Schlamm hinab, verteilt auf zweihundertfünfundsiebzig Katarakte, die kein Mitleid kannten.

Schulz und Gsella trieben auf die zweiundachtzig Meter hohe Hauptabsturzstelle zu, den sogenannten Teufelsrachen (»Garganta del Diablo«). Einer indianischen Sage nach schleuderten dort sämtliche Teufel des Universums die Gottlosen ins Verderben. Ein grausliches, in Orkanstärke röhrendes Brüllen kündigte die Nähe dieses Ortes an, von dem es kein Entrinnen gab. Mit unwiderstehlicher Kraft orgelte der Sog die beiden Schwimmer in den Abgrund.

Als Kenner seiner eigenen Werke dachte Gsella dabei an sein Gedicht »Der Steilhang«:

Es ist nicht eben auf der Welt:
Hinauf geht's und hinunter.
Und weil kein Mensch nach oben fällt,
Fällt jeder Mensch herunter.

Nach dem mehr als achtzig Meter tiefen Sturz und einem harten Aufprall verbrachten Schulz und Gsella einen längeren Zeitraum unter dem Wasserspiegel. Strudel und Wirbel verrenkten ihnen die Glieder, während die ungestüm nachschießenden Kaskaden chaotische Strömungsmuster erzeugten, die Schulz einen Drehwurm bescherten und Gsella breitseits mit einem der glattgeschliffenen, seit Jahrtausenden in den Stromschnellen positionierten Felsblöcke zusammenrasseln ließen. Die dadurch verursachten Schmerzen schienen ihm unvereinbar mit dem Glauben an den Fortbestand seiner Gesundheit zu sein.

Zwei Sekunden lang tauchten Schulz und Gsella aus dem Gewoge auf, doch noch ehe sie Atem zu schöpfen vermochten, überschüttete sie ein weiterer Wasserschwall, woran sich der Sturz auf das nächsttiefere Plateau anschloß. Und auch dort wurden sie von den Naturgewalten so schonungslos umhergeworfen, -gerollt und -gestoßen, als hätten sie ihr Lebensrecht bereits verwirkt.

In Esoterikerkreisen galten die Wasserfälle von Iguazú als Kraftplatz für Leichtigkeit (vgl. Britta Schiera: Kraftplatz-Mandalas. Malen und Entspannen an heiligen Orten. Norderstedt 2019, S. 30), aber das hätten Schulz und Gsella in ihrer schlimmen Lage nicht unterschrieben. Nur wer etwas ähnliches durchgemacht hat, vermag sich die Ratlosigkeit vorzustellen, die ihnen jede Freude nahm, als sie im tosenden Teufelsrachen rotierten und nirgendwo Halt fanden. Es ergab sich auch keine Möglichkeit, eine Seenotleitstelle zu benachrichtigen.

Wie in rasender Wut brodelten, brausten und gurgelten die aufgepeitschten Wassermassen, während sie Schulz und Gsella stromabwärts transportierten. Um sie herum tanzte der Schaum einer ungeheuren Gischtwolkenglocke, und aus den aufstäubenden Sprühnebeln ragte wie zum Hohn ein vertikaler Regenbogen empor.

Unter den Anfeuerungsrufen der Touristen auf den Panoramastegen trieben die beiden Literaturpreisträger stumm den Fluß hinunter. Sie zogen einen Blutschleier hinter sich her und sahen behandlungsbedürftig aus: deformiert, entknorpelt, gealtert und von blauen Flecken gesprenkelt. Schulz hatte sich beide Beine ausgekugelt, und Gsella hing das linke Auge heraus.

Doch die Rettung war nah. Osmar de Garoto, das Oberhaupt der kriminellen Vereinigung Amigos dos Amigos, machte gerade Urlaub in Foz do Iguaçu und cruiste mit seinem Motorboot auf dem Fluß herum. Er fischte Schulz und Gsella auf, brachte sie an Land, ließ sie von seinem Leibarzt schlecht und recht zusammenflicken und warf sie in den Kofferraum seines Porsche Cayenne Coupé Turbo GT, um sie später in Rio de Janeiro als Straßenbettler einzusetzen.

Für das billigste freie Zimmer im Copacabana Palace mußte Kommissar Gerold 2504 Brasilianische Real pro Nacht bezahlen. Das waren etwas mehr als 415 Euro: ein stolzer Preis für das zweifelhafte Recht, unter demselben Dach zu wohnen wie Don Alonso Hoyos, der in diesem Hotel selbstverständlich weitaus komfortabler logierte. Während Gerold sich mit einem »City View Room« begnügen mußte, konnte Don Hoyos sich in einem viermal so großen Penthouse mit Meerblick ergehen.

Wahrscheinlich hat er auch eine viermal so große Bildschirmdiagonale, dachte Gerold, als er sich durch die Programme zappte. Bei CNN blieb er hängen, denn dort wurde soeben gemeldet, daß ein Mordanschlag auf einen hochrangigen Angestellten der Berliner Landesbank vereitelt worden sei.

Gerold rief Henning Riesenbusch an, um ihn zu beglückwünschen.

»Aber nicht doch«, sagte Riesenbusch. »Dieser Erfolg ist allein Ihnen zu verdanken! Schließlich haben Sie unter Einsatz Ihres Lebens die Liste der potentiellen Mordopfer beschafft. Sie sind schon, wenn Sie mir diese Bemerkung gestatten wollen, ein ›Blitzdonnerwetterbub‹, wie mein Urgroßvater Engelbert Riesenbusch gesagt hätte, der als Oberwachtmeister im Königlich Bayerischen Gendarmeriekorps übrigens einen der allerersten Automobildiebstähle auf deutschem Boden aufgeklärt hat. In Landsberg am Lech. Wußten Sie das?«

»Nein.«

»Tut jetzt ja auch nichts zur Sache. Bleiben wir in der Gegenwart! Auch in Algier, Kuala Lumpur, Yokohama und der finnischen Ortschaft Similänkulma sind heute Anschläge auf Bankangestellte verhindert worden, und über Sizilien rauscht die größte Verhaftungswelle der italienischen Geschichte hinweg, seit der Pate Lorenzo

Romani sich dazu entschlossen hat, seine gesamte Großfamilie ans Messer zu liefern. Wie mir Freunde aus der römischen Staatsanwaltschaft erzählt haben, soll er singen wie Pavarotti auf Steroiden …«

Nur der Anteil meiner Frau daran wird ewig unbesungen bleiben, dachte Gerold.

»Und wie läuft's bei Ihnen?« fragte Riesenbusch. »Haben Sie Don Hoyos schon in die Enge getrieben?«

»Noch nicht. Aber ich bin ihm inzwischen nach Rio de Janeiro gefolgt und im selben Hotel abgestiegen wie er, dem Copacabana Palace …«

»Was Sie nicht sagen! Dann sollten Sie sich auf keinen Fall das Schnapperfilet in Kartoffelkruste mit Saubohnencreme entgehen lassen, das man dort serviert. Ein Gedicht! Zum Zungenschnalzen! Und grüßen Sie den Küchenchef Eusébio von mir!«

»Das wäre nicht sehr klug, Herr Riesenbusch. Hier muß niemand wissen, daß ich mit dem Berliner Innensenator bekannt bin.«

»Autsch. Da haben Sie recht. Und wie sieht nun Ihr Schlachtplan aus?«

Er würde gern die Suite von Don Hoyos verwanzen, sagte Gerold. »Welche das ist, hab ich schon raus. Mir fehlt aber noch das Equipment dafür …«

Riesenbusch wußte Rat: »Fragen Sie im Mosaico Night Club an der Rua Hilário Ribeiro nach Lissandro dem Krüppel. Auf portugiesisch: Lissandro o aleijado. Der Mann ist seit mehr als vierzig Jahren im örtlichen Schleichhandel tätig und kann Ihnen ganz unbürokratisch alles besorgen, was Sie für Ihr Projekt benötigen.«

»Kennen Sie diesen Lissandro persönlich?«

»O ja! Ohne seine Hilfe wäre es mir nicht gelungen, Fritten-Pidder dingfest zu machen, der am Vorabend der Silberhochzeitsfeier meiner Schwiegereltern eine Wäscherei in Himbergen ausgeraubt hat und nach Rio geflohen ist, um dort die Beute zu verjubeln. Im Mosaico Night Club, der damals allerdings noch anders hieß, ist Fritten-Pidder der von mir geleiteten internationalen Ermittlergruppe nach einem Hinweis von Lissandro in die Falle gegangen.«

»Weswegen heißt er denn ›der Krüppel‹?«

»Weil ihm ein Fuß fehlt. Den hat ihm angeblich ein Haifisch abgebissen, aber es gibt auch die Theorie, daß sich der besagte Fuß im Messerwerk eines Gartenhäckslers verflüchtigt hat. In Lissandros Milieu sind solche Vorgänge keine Seltenheit.«

»Und was unternimmt die Polizei gegen seine illegalen Geschäfte?«

»Gar nichts. Man läßt ihn gewähren, und im Gegenzug hilft er der Kripo mit kleinen Tips aus. Das bleibt aber bitte strikt unter uns!«

Die Rua Hilário Ribeiro befand sich mitten im übel beleumdeten Rotlichtbezirk Vila Mimosa. Kommissar Gerold traf dort viele Menschen an, zu denen er auf Abstand ging – Schreihälse, Junkies, Dealer, Zuhälter, Schnapsdrosseln, Klapskallis, Reinschmeißer, Rausschmeißer, cholerische Napfsülzen, kurzbehoste Freier und ramponierte Bordsteinschwalben –, und so gut er konnte, ignorierte er das unterhaltungsmusikalische Sperrfeuer aus den Bumslokalen und die allgegenwärtigen Frittierfettschwaden. Wenn dieses Viertel einmal bessere Tage gesehen hatte, dachte er, dann vermutlich in der vorkolumbianischen Zeit.

Im vibrierenden Mosaico Night Club schob er sich zu einem der Tresen durch und fragte die erstbeste Bardame: »Onde está Lissandro o aleijado?« *Wo ist Lissandro der Krüppel?*

Sie antwortete mit einem Schulterzucken.

Erst nachdem er sich ein Dutzend weiterer Abfuhren geholt hatte, kam er darauf, daß es zweckmäßig sein könnte, ein Informationshonorar anzubieten. Und siehe da, für zweihundert Real wurde er an jemanden verwiesen, der ihn für fünfhundert Real mit jemandem bekanntmachte, der sich bereit erklärte, ihn für eintausend Real zu Lissandro zu bringen.

Ob diesem piratenartig aufgemotzten Fremdenführer aber zu trauen war?

Gerold ließ es darauf ankommen. Er folgte ihm vom Mosaico über einen schummrigen Hinterhof in ein Gemäuer, das jedem Seuchenmediziner Tränen in die Augen getrieben hätte. Über die angekokelten Bohlenbretter rannten Ratten mit einer Kopf-Rumpf-Länge von gut dreißig Zentimetern, Modergeruch meldete sich, und im Treppenhaus schien vor kurzem ein Blutbad stattgefunden zu haben.

Im ersten Stock zeigte der Pirat auf eine wurmstichige Tür. Dort wohne Lissandro, sagte er im Weggehen. »Bata três vezes!« *Dreimal klopfen!*

Er hatte nicht gelogen. Jedenfalls schien der zahnlose Greis, der auf das Klopfen öffnete, tatsächlich Lissandro der Krüppel zu sein, denn er nahm ohne jedes Zeichen der Verwunderung Gerolds Einkaufsliste entgegen. Eine Wanze mit allem Zubehör, eine Chipkarte, die wie ein Generalschlüssel funktioniert, und eine Pistole mit Munition: Mit diesem Rüstzeug hoffte Gerold seine Ermittlungen zügig vorantreiben zu können.

Geduldig wartete er vor der Tür, während Lissandro in den Winkeln seiner Klause scharrte. Es verlockte Gerold nicht, ihm dabei zuzuschauen. Der vermüllte Flur ließ darauf schließen, daß auch der Rest der Räumlichkeiten nicht in die engere Wahl für eine Fotostrecke in Magazinen wie *Architectural Digest* oder *Schöner Wohnen* kam.

Wie sich zeigte, hatte Lissandro alles Gewünschte am Lager und gab sich mit fünftausend Real für die Ware zufrieden, was Gerold freute. Seine Kriegskasse war schließlich nicht unerschöpflich.

Er fuhr mit einem Taxi zurück zum Copacabana Palace, stellte fest, daß Don Hoyos dort gerade im Restaurant Cipriani tafelte, und schritt frischweg zur Tat, indem er sich mit der Chipkarte aus Lissandros Depot Zutritt in Don Hoyos' Penthouse verschaffte.

Schnieke sah es aus. Ein Wachtraum aus Marmor, Maulbeerseide, Feinkeramik, Samtbrokat und Weitläufigkeit. Durch die offene Balkonterrassentür strich eine warme Atlantikbrise herein, und im Salon hätte man ein Hallenhockeyturnier veranstalten können, ohne daß die Spieler Gefahr gelaufen wären, sich gegenseitig auf die Zehen zu treten.

So wohnt sich's also, wenn man im Blutgeld schwimmt, dachte Gerold. Er befestigte die Wanze in einer der bauchigen weißen Vasen, die zur Dekoration herumstanden, und unterzog die Räume einer genauen Inspektion, wobei er jedoch nichts Aufregenderes herausfand, als daß Don Hoyos ein Aftershave namens Bad Boy benutzte und eine alberne Plastikfigur auf sein Nachtschränkchen gestellt hatte.

Sehr schade war es, daß Gerold die Zahlenkombination für den Zimmersafe nicht kannte.

In den Kleiderschränken hingen alle Marken, mit denen Don Hoyos einen feinen Herrn aus sich zu machen versuchte: Dolce & Gabbana, Brunello Cucinelli, Tom Ford, Ermenegildo Zegna, Gucci, Burberry und Prada. Aber selbst eine der Damastkrawatten war mit einem Abbild der Figur verunziert, die auf dem Nachtschränkchen stand.

Das brachte Gerold auf eine Idee. Er rief seinen popkulturell hochgebildeten Sohn aus erster Ehe an, Fabian, der in Berlin seit dem vergangenen Herbst einem etwas undurchsichtigen betriebswirtschaftlichen Studium nachging, und fragte ihn, ob er ihm den Namen einer männlichen Figur nennen könne, die eine Art Ritterrüstung und ein rotes Cape trage, ein übergroßes Schwert und eine blaue Fahne halte und auf der einen Schulter einen Adlerkopf und auf der anderen einen Löwenkopf spazierenführe.

»Hast du mal deinen Chronometer beaugapfelt?« fragte Fabian.

»Wieso?«

»Es ist halb zwei Uhr nachts.«

»Bei dir vielleicht. Bei mir ist es vier Stunden früher! Ich bin gerade in Rio de Janeiro und gehe einem Verdacht nach …«

»Glüwu, Paps.«

»Wie bitte?«

»Meinen herzlichsten Glückwunsch, o Erzeuger!«

Gerold fiel es nie leicht, die Vater-Sohn-Gespräche in geordnete Bahnen zu lenken. Er tat sein Bestes, indem er sich in Geduld faßte.

»Das ist Varian Wrynn«, sagte Fabian, nachdem Gerold ihm ein Foto der Figur zugesandt hatte. »Aus World of Warcraft. Mußt du sonst noch was wissen?«

»Geht's dir gut?«
»Mal so, mal so.«
»Und sonst?«
»Wie, und sonst?«
»Na ja ... ich meine, wie's dir sonst so geht.«
»Hab ich doch gesagt. Mal so, mal so, und morgen vormittag muß ich einen Vortrag über die Einsatzmöglichkeiten von Voice-over-IP-Technologien in der Industrie vier Punkt null halten. Ciao!«

Du hättest mich ja auch mal fragen können, was ich hier in Rio treibe, dachte Gerold. Aber dann hätte ich lügen müssen ...

Er schüttelte diese Gedanken ab und googelte Varian Wrynn. Unter https://wowwiki.fandom.com/de/wiki/Varian_Wrynn stand alles Wissenswerte:

Varian Wrynn war König des menschlichen Reichs Sturmwind und militärischer Befehlshaber der Allianz bis zum erneuten Einfall der Legion nach dem Sieg über Gul'Dan in der Höllenfeuerzitadelle in Draenor. In jungen Jahren überlebte Varian die Verwüstungen der Orc-Invasion in Azeroth, den Ersten Krieg, der mit der Ermordung seines Vaters König Llane Wrynn endete.

Gerold staunte. Diesen frei erfundenen Murks merkten sich jugendliche Computerspieler? Weshalb fuhren sie dann nicht auch auf die ebenso langweilige Geschichte der Pfälzischen Erbfolgekriege ab?

Es kam noch dämlicher:

Lange nachdem sich die Wogen des Dritten Krieges geglättet hatten, wurde Varian von Untergebenen der schwarzen Drachin Onyxia entführt und in zwei Wesen aufgeteilt: in eines, das seine Stärke und Entschlossenheit verkörperte, und in ein anderes ohne jegliche Willenskraft.

Onyxia! Wie lange, fragte Gerold sich, hatten die Entwickler wohl gebraucht, um diesen mystizistischen Billigheimer-Fantasy-Namen zusammenzuklempnern?

Einer anderen Website war zu entnehmen, mit welchen Waffen die Drachenlady Onyxia geschlagen werden konnte:

Die Spieler Draven, Wuggreed und Starly von der Gilde Midnight auf dem EU-Server Gandling haben sich diverse Buffs besorgt, ehe sie sich in den Kampf gegen Onyxia gestürzt haben. Darunter sind Dinge wie:

- *Kristalle aus Un'Goro, der Angreifern Schaden zufügt (für den Tank)*
- *Sprengladungen vom Ingenieur für zusätzlichen Schaden*
- *Kristalle aus Un'Goro, der ähnlichen Schaden verursacht wie die Sprengladung*
- *etliche Mana-Gegenstände wie dämonische Runen, vor allem für den Heiler*
- *insgesamt sind wohl etwa 300 Goldstücke in Verbrauchsgegenstände geflossen – eine Menge Kohle für WoW Classic*

Der Krieger der Gruppe nutzte außerdem das berühmte, legendäre Schwert Donnerzorn, Gesegnete Klinge des Windsuchers, das die Chance hat, Gegnern bei einem Treffer zusätzlichen Schaden zuzufügen.

Es war Gerold unbegreiflich, weshalb Menschen ihre Zeit mit solchem Humbug vergeudeten.

Aber tat er das momentan nicht selbst?

Er wandte sich wieder Varian Wrynn zu. Wenn Don Hoyos diese Figur zu seinem Talisman erkoren hatte, bildete ihr Name möglicherweise den Schlüssel für die Zahlenkombination des Safes. Gerold griff sich einen Briefbogen und einen Kuli vom Schreibtisch und ordnete den Buchstaben des Namens ihre Stellung im Alphabet zu:

V	*A*	*R*	*I*	*A*	*N*	*W*	*R*	*Y*	*N*	*N*
22	*1*	*18*	*9*	*1*	*14*	*23*	*18*	*25*	*14*	*14*

Doch damit klappte es leider nicht.

Und wenn er aus den zweistelligen Zahlen die Quersumme zog?

4	*1*	*9*	*9*	*1*	*5*	*5*	*9*	*7*	*5*	*5*

Auch damit hatte er keinen Erfolg. Waren es nicht sowieso noch zu viele Ziffern? Wie viele enthielt denn der Code für einen Hotelzimmersafe? Sieben? Acht? Oder neun?

Um ihre Anzahl zu reduzieren, addierte Gerold die nacheinander doppelt auftretenden Ziffern und zog abermals die jeweilige Quersumme. Es blieben acht Ziffern übrig:

4 1 9 1 1 9 7 1

Er tippte diese Zahlenfolge ein, und die Safetür sprang auf.

»Heureka!« rief er aus. »Das ist das Hexeneinmaleins!«

Wie hätte er auch ahnen sollen, daß Don Hoyos die Zahlenkombination 41911971 allein im Gedenken an seinen geliebten Patenonkel Humberto Maria Hoyos gewählt hatte, der am 9. Januar 1971 im Alter von 41 Jahren bei einer Messerstecherei in Medellín verblichen war?

Das einzige Objekt, das in dem Safe lag, war eine Säge. Eine Knochensäge, wie es Gerold schien. Mit einem blutigen Sägeblatt. Und das Blut war noch frisch.

Wer um Himmels willen war damit zersägt worden? Und wo? In der Hotelsuite hatte Gerold keine Spuren einer Gewalttat entdeckt ...

Jetzt hörte er jemanden hereinkommen. Don Alonso Hoyos. Wen sonst?

Gerold schloß den Safe, legte den Kuli zurück, nahm das Papier mit den Ziffernkolonnen an sich, huschte zur Balkontür hinaus, stieg auf einen Tisch, sprang wie ein Frosch nach oben, bekam die Traufe zu fassen, schwang sich hoch, rollte sich auf dem flachen Ziegeldach aus und hielt den Atem an.

Hätte ich bloß nicht so lange getrödelt, sagte er sich.

Aus dem Penthouse drangen viele Geräusche an sein Ohr, denn Don Hoyos war kein Leisetreter. Er brummelte, rülpste, trällerte, hustete, schneuzte sich und telefonierte mezzoforte bis fortissimo. Dann schaltete er den Fernseher an und ließ sich von einer primitiven Quizsendung berieseln.

Auch das erstaunte Gerold. Gehörte es denn zum Arbeitsalltag von Drogenbaronen, vor der Glotze abzuhängen? Mußten sie nicht pausenlos ihre Goldbarren zählen, unbotmäßige Vasallen zusammenstauchen, Leichen einbetonieren, sich mit Anwälten und Vermögensverwaltern beratschlagen, Politiker bestechen und Killerkommandos formieren?

Um etwas mehr Privatsphäre zu haben, kroch Gerold ans hintere Ende des Dachgevierts und gab sich seligen Erinnerungen hin. An seine Hochzeitsreise mit Ute dachte er – zwölf Tage lang per Fahrrad durchs Tal der Loire, mit Übernachtungen in Wassermühlen, Schlössern und Herrenhäusern –, und er rief sich ins Gedächtnis, wie er Grietje, Gerreltje und Galtje in ihrem Drillingskinderwagen zum erstenmal rund um den Oldenstädter See geschoben hatte. Ein Schwarm von Kranichen war aufgeflogen, und die Mädchen hatten die Schreie der Kraniche nachzuahmen versucht …

Gerold riß Ute mit einem Telefonanruf aus dem Schlaf und erzählte ihr von seinen jüngsten Abenteuern.

»Ich faß es nicht«, sagte sie. »Eine blutige Knochensäge hat er im Hotelsafe liegen? Wat 'n dat för 'n fünsken Hund?«

»Fünsk?«

»Plattdeutsch für übelwollend.«

»Ich glaube, damit hast du ihn ganz gut charakterisiert.«

»Und wie willst du von dem Dach jetzt wieder runterkommen?«

Da gebe es nur einen einzigen Weg, der ihm gangbar erscheine, sagte Gerold. »Durch das Penthouse von Don Hoyos kann ich aus naheliegenden Gründen nicht zurückmarschieren. Aber vor der südlichen Längsseite des Hotels ist unten ein Swimmingpool. Ich warte noch, bis hier alles schläft. Dann muß ich ein bißchen klettern, um mich auf einen Balkon im fünften Stock zu hangeln, und von dort sind's schätzungsweise bloß noch dreißig Meter …«

»Was? Du willst aus dreißig Metern Höhe in diesen Pool springen?«

»Von Wollen kann keine Rede sein. Ich muß!«

»Das kann aber böse enden!«

»Hast du ›Auf der Flucht‹ gesehen? Da springt Harrison Ford als Richard Kimble doch von dieser hohen Staumauer runter und überlebt …«

»Das war nicht Harrison Ford! Und das war auch kein Stuntman. Die haben da einfach 'ne Schaufensterpuppe runtergeschmissen!«

»Mag sein. Aber ich hab hier nun mal keine Schaufensterpuppe, und es würde mir auch nicht viel bringen, eine vom Dach zu schmeißen.«

»Klingt leider logisch.«

»Und wie war's heute so im Büro?«

»Recht ruhig. In Tätendorf hat 'ne Gartenhecke gebrannt, und in Wittenwater sind zwei Rübenlaster umgekippt.«

»Also nichts Neues unter der Sonne von Uelzen.«

»Nee.«

»Liebst du mich noch?«

»Mit all Fasern vun mien Harten.«

Über Rio war inzwischen der Mond aufgegangen und breitete sein mildes Licht über die Copacabana.

»Wir sollten bald wieder ein normales Familienleben führen«, sagte Gerold. »Aber erst muß ich noch in diesen Pool springen und Don Hoyos das Handwerk legen. Kannst du das verstehen?«

»A man's gotta do what a man's gotta do«, erwiderte Ute. »Wir sehen uns!«

16

»Wo bin ich?« fragte Michael Ringel.

»Auf dem Weg nach Brasilien«, sagte Rayk Wieland.

Ringel hob sein verkatertes Haupt von der Rückbank seines Cabrios, sah allerhand Bäume vorüberfliegen und machte sich sofort wieder lang.

»Wenn du einen Filmriß haben solltest, kann ich dir mit ein paar Informationen dienen«, sagte Wieland. »In der Nähe der Gemeinde Aristóbule del Valle haben deine sternhagelvollen Bräute mit ihrem Ballon eine Bruchlandung hingelegt. Es hat keine Verletzten gegeben, aber ich hab zwanzigtausend Peso vorgestreckt, um dich aus den Fängen der argentinischen Verkehrspolizei zu befreien. Was habt ihr da oben eigentlich getrieben?«

Darauf antwortete Ringel nicht. In seinem Kopf schwappte zuviel herum.

»Wie auch immer – ich bin euch fast vierzig Stunden lang hinterhergefahren, immer im Kreis, und ich hab dich mindestens tausendmal anzurufen versucht!«

»'tschuldige«, sagte Ringel. »Das muß ich wohl überhört haben …«

»Egal. Vergeben und vergessen. Wir haben jetzt ein neues Ziel! Vorhin hat nämlich in 'ner Tankstelle zufällig jemand vor mir gestanden, auf dessen Handydisplay zu sehen gewesen ist, wie Schulz und Gsella einen Fluß runtertreiben, und zwar in der brasilianischen Stadt Foz do Iguaçu. Irgendwer hat das von 'ner Brücke aus gefilmt. Ich hab das Video auf Spotify inzwischen mehrmals unter die Lupe genommen, und es gibt keinen Zweifel daran, daß das Schulz und Gsella sind! Sie sehen da zwar nicht mehr besonders lebendig aus, aber das kann täuschen. Und bis zu dieser Stadt sind's bloß noch dreißig Kilometer. Wir suchen uns da 'n gutes Hotel, würde ich sagen, und dann gehen wir wieder auf die Pirsch. Ich will verdammt sein, wenn wir die beiden diesmal nicht finden! Vorher muß ich mich allerdings ausschlafen. Ich hab seit vorgestern morgen kein Auge mehr zugemacht, und ich nehme mal an, daß du als Sponsor unserer Reise Verständnis für meinen Wunsch nach einer Mütze voll Schlaf in einem Hotelzimmer der gehobenen Klasse aufbringen wirst. Was ich mir verdient zu haben glaube, ist eine Nacht auf einer klimaregulierten Boxspringmatratze mit thermischem Phasenwechselkühlgewebe und einer Wattierung aus reiner Shetlandwolle und gekämmtem Roßhaar. Und dazu hätte ich gern 'ne Eiderdaunendecke und ein Entenfederkissen!«

Ringel entgegnete nichts. Er war wieder eingedöst.

Sei's drum, dachte Wieland. Als Mann von Welt wirst du schon damit einverstanden sein, daß ich uns in einer Nobelherberge unterbringe!

Doch dieser Wunsch blieb unerfüllt. Sowohl die besten, die besseren und die guten als auch die schlechten, die schlechteren und die schlechtesten Hotels in Foz do Iguaçu, die Wieland abklapperte, waren ausgebucht. Als Notlösung bot sich nur ein Verschlag am Stadtrand an – ein fensterloses, sechs Quadratmeter großes »Apartamento Premium«, in dem zwei unsaubere Schlafsäcke auf einer Schaumstoffmatte lagen. Im Preis inbegriffen war die Benutzung eines verrosteten Blechwaschbeckens sowie eines Donnerbalkens im Keller des Bauwerks.

Wieland fand sich damit ab, denn seine Müdigkeit überstieg inzwischen jedes ihm bekannte Maß. Er rüttelte Ringel wach und bat ihn, vorsorglich ein paar Kleinigkeiten fürs Frühstück einzukaufen, und dann haute er sich in dem verlausten Kabuff aufs Ohr.

Du sollst das üppigste Frühstück der Menschheitsgeschichte kriegen, schwor Ringel sich und beschloß, einen Lebensmittelgroßeinkauf zu tätigen. Vorher wollte er aber ein Bad nehmen. Er packte Wäsche zum Wechseln ein, orderte ein Taxi, fuhr in die City und ließ sich vor einer Wellness-Oase absetzen, in der er sich den erkalteten Lustschweiß von den Rippen duschen und nach Belieben zwischen einer Lavendel-, einer Salzstein- und einer Dampfsauna pendeln konnte.

Bereitwillig ließ er sich dort auch ein Peeling mit Zuckerkristallen angedeihen und eine Kakaobuttermaske mit probiotischen Extrakten auflegen, die den Hautstoffwechsel und die subkutane Mikrozirkulation aktivierten. Ähnlich gut taten ihm eine Gesichtsmassage mit modulierten Sinuswellenimpulsen zur Glättung der Mimikfältchen und eine Venusmuschelmassage, die einen revitalisierenden Anti-Erschlaffungs-Effekt mit sich brachte.

Den Schlußpunkt bildete ein streßlinderndes Passionsfruchtbad, dem Ringel erquickt und mit einem solchen Mordshunger entstieg, daß ihn der nächste Weg in das Spitzenrestaurant Quinta da Oliva führte, wo er fünf im Holzofen überbackene Lendensteaks, viele liebevoll in Knoblauch marinierte Auberginen- und Zucchinischeiben, ein großes Kontingent in Gorgonzola geschwenkter Bandnudeln und in einem Freßflash außerdem noch sechs flambierte, in Brandy und Orangensirup eingelegte Bananen verschlang. Ins Rutschen brachte er die Speisen mit Heineken, Piña Colada und Aperol Spritz.

Der Zufall wollte es, daß er bei dieser Gelegenheit seine Autogrammsammlung aufstocken konnte, denn im Quinta da Oliva dinierten an diesem Abend auch Uri Geller, Roger Whittaker und der Alt-Internationale Jupp Heynckes. Und damit nicht genug: Bei einem Verdauungsspaziergang stellte Ringel bald darauf fest, daß in einem Kino an der Avenida das Cataratas anläßlich einer Ingrid-Steeger-Retrospektive das Lustspiel »Sonne, Sylt und kesse Krabben« lief.

Sapristi! dachte er und sicherte sich einen Logenplatz. Was konnte es so fern der eigenen Scholle Heimeligeres geben als einen Klassiker aus der Blütezeit der bundesdeutschen Freikörperkultur? Rein inhaltlich machte dieser Film zwar nicht viel her, aber er war schön bunt, und er vermittelte die leutselige Message, daß man deutlich mehr vom Leben hatte, wenn man alle Kleider von sich warf und Sonne tankte.

Wohlig angefixt trat Ringel knapp anderthalb Stunden später wieder auf die Straße und sang das schönste Lied des Soundtracks vor sich hin: »Nackedi, Nackedu, Nackedeideidei … Nackedeideidei … Ja, wir sind so frei …« Weil ihn der Hafer stach, fragte er einen Taxifahrer auf englisch, wo es noch etwas zu erleben gebe, und der empfahl ihm die im Hauptsaal des Kongreßzentrums steigende Vorentscheidung zur Wahl der Miss Foz do Iguaçu.

Das war ein Tagesordnungspunkt, der Ringel gefiel. Er ließ sich zum Kongreßzentrum chauffieren, erkämpfte sich einen Sitzplatz außen links in der ersten Reihe und verfolgte das Defilee der fünfzig Bikini-Beautys mit offenem Mund und unverhohlener Bewunderung. Sie waren allesamt gutgewachsen, schnuckelig, proper und im besten Sinne fraulich, wie Ringel fand, und sie entzückten das Publikum mit Hüftgrätschen, Keulengymnastik, Flickflacks, Seilhüpfen, Spagatsprüngen und Liegepirouetten. Für jede einzelne dieser Darbietungen ernteten sie frenetischen Applaus.

Die Juroren taten sich sehr schwer damit, die Spreu vom Weizen zu trennen. Boten denn nicht ausnahmslos alle Kandidatinnen einen Augenschmaus, der einem visuellen Gottesbeweis gleichkam?

Es flossen viele Tränen, als die Kür der fünfzehn Siegerinnen erfolgte. Ein alerter und leider etwas frettchenhafter Mann hängte jeder von ihnen eine goldene Schärpe mit der Aufschrift »Finalistas do concurso Miss Foz do Iguaçu« um den Hals. Sie sollten auch noch mit prunkvollen Diademen bekränzt werden, doch da stürmte plötzlich irgendein dickleibiger Irrwisch auf die Bühne, rief »Abaixo o sexismo!« (»Nieder mit dem Sexismus!«), riß die Kiste mit den Diademen an sich und versuchte mit ihr zu türmen, was ihm jedoch mißlang, weil er über Ringels Gipsfuß stolperte.

Es wurde eine lange Nacht. Der Bürgermeister von Foz do Iguaçu bedankte sich immer wieder überschwenglich bei Ringel für die Rettung der Diademe und versprach ihm, eine Heilquelle nach ihm zu benennen, der Stadtkämmerer und der Leiter des Fremdenverkehrsamts füllten ihn mit Bodega Del Fin Del Mundo Extra Brut aus der Region Patagonien ab, und die fünfzehn ausgelassenen Siegerinnen entführten ihn zunächst in den Casanova Night Club, in dem auch Jupp Heynckes das Tanzbein schwang, und dann in das Bourbon Cataratas do Iguaçu Thermas Eco Resort, wo die Party auf mehreren wippenden französischen Doppelbetten kulminierte.

Heaven, dachte Ringel, während ihm die Gänsefedern um die Ohren flogen. I'm in heaven and my heart beats so that I can hardly speak …

Erst am frühen Nachmittag lupfte er seinen Kopf aus den Kissen und erinnerte sich an seinen Schwur in bezug auf das Frühstück. Er arbeitete sich aus den Gliedmaßen seiner Buhlerinnen hervor, suchte seine Wäsche zusammen, zog sich an, kaufte in einer Bäkkerei zwei Mandelhörnchen und zwei Coffee-to-go und karriolte mit einem Taxi zu dem Kellerloch, in dem er Wieland tags zuvor zurückgelassen hatte.

Dort schien eine Überschwemmung gewütet zu haben.

»Kleiner Wasserrohrbruch«, sagte Wieland, der graugesichtig, unrasiert und abgestumpft auf einem umgedrehten Plastikeimer saß und eine seiner gefürchteten Nicaragua-Solidaritäts-Zigarren rauchte. »Den Haupthahn hab ich nicht finden können, und die Feuerwehr ist erst nach vier Stunden gekommen. Ich hab die halbe Nacht lang Wasser schöpfen müssen, um nicht zu ertrinken. Und wie isses dir so ergangen?«

Nachdem der Auspufftopf seines Mofas implodiert war, hatte Jannik Schüsterhusen sich als Tramper durchgeschlagen und war dabei dreimal beraubt worden. Beim erstenmal hatte er sein Portemonnaie hergeben müssen, beim zweitenmal seine Schuhe und beim drittenmal den Rest seiner Kleidung. Danach war er bei einem barmherzigen argentinischen Kleinbauern untergekommen, für den er Holz hackte und Ziegen molk, um sich so viel Taschengeld zu verdienen, daß er Rayk Wieland weiterverfolgen konnte.

Ich kriege dich, Raykie-Boy, dachte er. Und wenn es mich mein eigenes Leben kostet!

An seinen nächtlichen Sprung in den Swimmingpool erinnerte Kommissar Gerold sich nicht gern. Er hatte vorher zu googeln versucht, wie lange es dauere, wenn ein Mensch dreißig Meter tief falle, und war auf die folgenden Worte gestoßen:

Auf der Erdoberfläche schwankt der Betrag der Fallbeschleunigung wegen der Erdabplattung und der Erdrotation in Meereshöhe zwischen ca. 9,78 m/s² (Äquator) und 9,83 m/s² (Pole). Zusätzlich ist sie von der Höhe über Normal-Null abhängig (siehe auch Ortsfaktor). Die »Normal-Fallbeschleunigung« legt DIN 1305 als g = 9,80665 m/s² fest. Der Wert für die Erdschwerebeschleunigung wird allgemein mit g = 9,81 m/s² angegeben.

Danach war ihm die Lust auf die Beschäftigung mit dieser Frage vergangen. Er hatte sein Handy hinten in seiner Unterhose verstaut, um es wenigstens behelfsmäßig vor der Nässe zu schützen, und war gesprungen.

Um ein Haar wäre er mit dem Kopf auf die Beckenkante geknallt, doch er hatte ihn gerade noch einziehen können und war fast so wacker in das Wasser eingetaucht wie Johnny Weissmüller 1934 in »Tarzans Vergeltung«. Viel unangenehmer war es gewesen, hinterher pitschnaß durch die Lobby zum Fahrstuhl zu schreiten und den langen Blick des befremdeten Nachtportiers im Rücken zu spüren.

Ich bin eben einer dieser exzentrischen Multimillionäre, die in eurem Wucherschuppen abzusteigen pflegen, hatte Gerold gedacht und sich in seiner Kemenate einen Grog gemixt.

Das war nun eine Weile her. Inzwischen hatte die Auswertung der abgehörten Gespräche ergeben, daß Don Hoyos in Rio nicht nur den brasilianischen Drogenhandel umzugestalten versuchte, sondern noch Größeres im Schilde führte: Er wollte in das Geschäft mit schmutzigen Atombomben einsteigen.

»Und wie?« fragte Ute, nachdem Gerold ihr davon berichtet hatte.

»Das werd ich hoffentlich schon morgen rausbekommen«, sagte Gerold. »Don Hoyos will sich auf dem Zuckerhut um fünfzehn Uhr mit einem kirgisischen Zwischenhändler treffen. Im telefonischen Vorgeplänkel ist immer wieder das Stichwort ›urânio altamente enriquecido‹ gefallen, was ›hochangereichertes Uran‹ bedeutet …«

»Beherrschst du jetzt etwa auch das brasilianische Portugiesisch?«

»Nein. Ich hab mir ’ne verschleißfeste Übersetzungsmaschine gekauft, und die leistet mir gute Dienste.«

»Aber seit wann reden denn Uranschmuggler am Telefon Klartext?«

Das habe er sich auch schon gefragt, sagte Gerold. »Don Hoyos scheint das Risiko zu lieben …«

»Und hat er auch mal was über die vielen fehlgeschlagenen Attentate auf Bankangestellte gesagt? Wenn er der Auftraggeber ist, muß ihn das doch wurmen!«

»Richtig. Das ist eines seiner Leib-und-Magen-Themen. Großes Bauchweh bereiten ihm allerdings auch die Fahndungserfolge der italienischen Polizei. Auf Sizilien ist von der Mafia ja nicht mehr viel übrig, seit du Lorenzo Romani zur Schnecke gemacht hast …«

»Keine Ursache.«

»Ist dir die Polizeiarbeit in Uelzen jetzt nicht viel zu monoton? Verglichen mit deinem Einsatz in Neapel?«

Die Fischerin hörte für einen Moment damit auf, sich beim Telefonieren die Zehnägel zu lackieren, legte den Pinselstift ab und holte zu einem Kurzreferat über die Tagesereignisse aus: »Eine Hausfrau aus Klein Hesebeck ist heute unter Betäubungsmitteleinfluß mit ihrem Elektroroller in den Jastorfer See gefallen, in Soltendieck haben Unbekannte den historischen Steinbackofen mit Leuchtfarbe beschmiert, in einem Waldstück bei Klein Malchau hat jemand unerlaubt zwei Erntemaschinenreifen entsorgt, und in Jelmstorf ist eine Wurzelstockfräse geklaut worden. Du glaubst doch wohl nicht im Ernst, daß ich bei alledem noch Zeit und Lust dazu gehabt hätte, Al Capone lebendig einzumauern! Die Sinnesreize, die ich vermisse, sind ganz anderer Natur. Trägst du eigentlich gerade den Olaf-Benz-Ministring, den ich dir zu Weihnachten geschenkt hab?«

»Der ist zur Zeit in der Wäsche. Das gehört hier zum Service. Justament trage ich aber den Ralph-Lauren-Bademantel, den du mir zur Beförderung geschenkt hast.«

»Und sonst nichts?«

»Nein. Beziehungsweise doch – ein Paar Badeschlappen. Und du?«

»Das verrate ich dir, wenn ich das abtörnende Wort ›Badeschlappen‹ irgendwann wieder vergessen haben sollte …«

Um Ute gnädiger zu stimmen, croonte Gerold »Only You«, und sie streckte die Waffen.

Bevor die Suche nach Schulz und Gsella weitergehen konnte, mußte Michael Ringel sich in das Goldene Buch der Stadt Foz do Iguaçu eintragen. Das hatte er dem Bürgermeister fest versprochen.

Die oberen Zehntausend der Gemeinde versammelten sich zu diesem Anlaß vollzählig im Rathaus, denn Ringel war über Nacht zu einer Lokalberühmtheit geworden. Man besang seine Großtat als Retter der Diademe sogar schon in Gassenhauern auf den örtlichen Flaniermeilen. Besonders einprägsam war der Refrain:

Quando o assaltante nos atacou,
ele não agiu de forma racional.
Miguel Ringel o tirou de circulação,
pois sua virilidade é colossal!
In freier deutscher Übersetzung:
Als der Räuber über uns herfiel,
handelte er nicht rational.
Michael Ringel zog ihn aus dem Verkehr,
denn sein Mannesmut ist kolossal!

Vor dem Rathaus war ein roter Teppich ausgerollt worden, neben dem weißgekleidete Ehrenjungfrauen mit Konfettikörbchen Spalier standen. Es mangelte auch nicht an Blasmusik, Salutschüssen und Glockengeläut.

Rayk Wieland durfte mitkommen, doch er stand natürlich während der gesamten Zeremonie im Schatten Ringels, der von Honoratioren, Journalisten, Fotografen und Schaulustigen belagert wurde. In das Goldene Buch trug er mit einem Kolbenfüller zwei Zeilen von Goethe ein:
Bescheiden freue dich des Ruhms,
So bist du wert des Heiligtums.

Schwungvoll setzte er seinen Namen darunter und wohnte anschließend im Amtszimmer des Bürgermeisters der Enthüllung einer Michael-Ringel-Büste bei, die ein kunstbeflissener Bürger aus Berylliumbronze angefertigt und der Stadt gestiftet hatte. Danach hielt der Obmann der lokalen Leitstelle für Kriminalprävention eine Festansprache, in der er Ringel mit Siegfried dem Drachentöter verglich, und zum guten Schluß spielte das kurzfristig angereiste Orquestra de Câmara de São Paulo ein Potpourri aus Mozarts Krönungsmesse, Händels Feuerwerksmusik und »Horch, was kommt von draußen rein«.

Hierauf wurde soupiert, wobei der Bürgermeister darauf achtete, daß die größten Portionen stets für Ringel reserviert blieben. Das galt sowohl für das Carpaccio vom weißen Thunfisch und die gehobelte Entenleber als auch für den an der Gräte gebratenen Steinbutt mit aufgeschäumter Kartoffelsoße und Spinatsoufflé sowie last but not least für das Kokosnußparfait mit zweierlei Apfelsinen und pochiertem Topfenstrudel.

Den Ausklang der Feier bildete ein Tanzvergnügen, und nun kam endlich auch Wieland auf seine Kosten. Anders als der gipsfüßige Ringel konnte er nach Herzenslust abhotten, steppen, snashen, twisten und shaken. Am freudigsten schwofte er mit Carmelita, der grazilen, aber energiegeladenen zwanzigjährigen Nichte des Bürgermeisters, die ihren Körper zeitweilig so eng an Wieland schmiegte, daß er sich fast dreißig Jahre jünger fühlte, als er aussah.

And I seem to find the happiness I seek
When we're out together dancing cheek to cheek …

Der Wohlgeruch, den er in Carmelitas Nacken wahrnahm, hatte eine Textur aus Himbeeren, Schwertlilien und Winterzimt. Gern hätte Wieland noch mehr davon inhaliert, doch das Kammerorchester legte eine Pause ein, und er nutzte sie, um auf dem Rathausbalkon einen Cohiba-Mini-Cigarillo zu rauchen.

Es war Künstlerpech, daß ebenda zur selben Zeit drei stramm antikommunistisch eingestellte Kommunalverwaltungsbeamte standen, die zum äußersten rechten Flügel der rechtsextremen Partei Patriota zählten. Als sie den kubanischen Tabak rochen, gingen sie auf Wieland zu und spendierten ihm einen Freiflug über die Balkonbalustrade.

Der erhitzten Carmelita konnte Ringel leider nicht erklären, wo sein Freund aus Leipzig abgeblieben war. Sie weinte um ihn, denn er hatte ein unbezähmbares Verlangen in ihr geweckt, und kein wohlmeinender Beobachter hätte es ihr übelnehmen können, daß sie sich in ihrer Not an Ringel schadlos hielt. Sie wisperte ihm etwas ins Ohr, woraufhin er ihr trotz seiner Gehbehinderung mit staunenswerter Geschwindigkeit in den Kohlenkeller des Rathauses folgte.

Dort bewies das intergenerationelle Band der Liebe seine überragende Strapazierfähigkeit. Während Carmelita mit ihren Bewegungsabläufen ein klares Zeichen gegen jede Form der Altersdiskriminierung setzte, griff Ringel auf seinen reichen Erfahrungsschatz zurück, um den Sinnenkitzel nicht vorzeitig enden zu lassen. Aufs Ganze gesehen beherzigten beide Partner das Prinzip eines fairen Interessenausgleichs und legten gemeinsam den Grundstein für ein generationengerechtes Miteinander.

Als störend empfand Ringel nur den Umstand, daß Carmelita im Anschluß daran auf ihrem Smartphone herumtippte, noch bevor die aufgewirbelte Kohlenstaubwolke sich gänzlich gelichtet hatte. Nach seinem Dafürhalten sprach daraus ein unterentwickelter Sinn für Romantik.

Carmelita wollte aber nur ein paar Selfies von sich und Ringel machen, und das versöhnte ihn. Er lächelte ins Objektiv und amüsierte sich beim Betrachten der Bilder über sein Schornsteinfegergesicht. Auch einige andere Fotos durfte er sich ansehen: Carmelita beim Shoppen, Carmelita mit drei Freundinnen am Strand, ein Taubenschwarm, die Schaufensterauslage einer Kondomerie, zwei ulkige Bettler, ein Teller mit Schokoladenkonfekt …

Momentchen, dachte Ringel. Die kenn ich doch!

Er bat Carmelita, ihm noch einmal die beiden Bettler zu zeigen.

Tatsache: Das waren Gsella und Schulz! Kniend und mit ausgestreckten Händen flehten sie an irgendeinem Straßenrand um eine milde Gabe.

Obwohl Ringel kein Portugiesisch sprach und Carmelita weder Deutsch noch Englisch, konnte er ihr die Auskunft entlocken, daß sie das Foto einen Tag zuvor in Rio de Janeiro in der Rua Santo Amaro im Stadtteil Glória aufgenommen hatte.

»Dann mal los!« rief Ringel.

Damit Frank Schulz, Thomas Gsella und ihre Kollegen nicht desertierten, wurden sie beim Betteln von Mefistófeles überwacht, einem Fahnenjunker der Gang Amigos dos Amigos, der schräg hinter ihnen auf der Terrasse eines Straßencafés saß und abwechselnd Espresso und Whiskey trank. Er hatte den Charme einer Eiswürfelmaschine, die Manieren einer Killerdrohne und das Aussehen eines

Schweinebandwurms. Vierzehn Stunden dauerte jede Schicht unter seiner Aufsicht, und wer zu wenig erbettelt hatte, kriegte ein paar gefenstert, durfte sich bei der Heimfahrt im Kleinbus nicht hinsetzen und ging bei der abendlichen Essensausgabe im Mannschaftsquartier in der Favela Morro dos Macacos leer aus.

Überhaupt dieses Quartier! Die dreistöckigen Billigholzbetten standen dort dicht an dicht, die hygienischen Verhältnisse schrien zum Himmel, und obwohl kaum jemand etwas Nennenswertes besaß, grassierte der Kameradendiebstahl.

»Die Firmenleitung sendet damit irritierende Signale aus«, sagte Gsella zu Schulz, der im Schneidersitz auf seiner Bettkante saß und die aus seinen Strümpfen springenden Flöhe knackte. »Wir wären diesen Amigos doch viel nützlicher, Frank, wenn die uns nicht wie den letzten Dreck behandelten. Die könnten doch auch mal versuchen, durch gelebte Integrity proaktiv wertebasiertes Handeln zu fördern! Mir scheint, daß die nie gelernt haben, das betriebliche Interaktionsgefüge als soziodigitales System zu begreifen …«

Am anderen Ende der Baracke wurde ein Messerkampf ausgetragen, wovon Gsella sich jedoch nicht ablenken ließ. Er sprach von »Change of Mentalities« und von »Sustainable Development Goals«, denen sich auch Körperschaften wie die Amigos dos Amigos verschreiben müßten, um zukunftsfähig zu bleiben. »Wenn sie Mitarbeiter wie uns durch ihre Ausgrenzungspolitik nicht noch weiter marginalisieren wollen, kommen sie an einer Neukonfiguration ihrer sozialen Praktiken nicht mehr vorbei! Ich glaube, ich werde Mefistófeles morgen mal ein Sondierungspapier vorlegen, in dem steht, wie ich ihn und seine Vorgesetzten coachen würde. Als Ambassador für Integrity-Fragen könnte ich Handlungsfelder identifizieren und Zielkonflikte transparent adressieren, um den Amigos das erste übergreifende Benchmarking ihrer organisatorischen Integrität zu ermöglichen. Das hätte auch einen positiven Effekt auf die Arbeitgeberattraktivität!«

»Hnf«, machte Schulz.

In Lissandros Fachgeschäft hatte Kommissar Gerold inzwischen auch ein batteriebetriebenes Richtmikrofon erstanden. Es war leistungsstark und trotzdem so klein, daß es in eine Kugelschreiberhülse paßte und sich mitsamt dem Aufzeichnungsgerät bequem in die Brusttasche stecken ließ.

Um das Terrain zu erkunden, brach er schon mittags auf. Bevor Don Hoyos sich auf dem Zuckerhut mit dem kirgisischen Uranschmuggler traf, wollte Gerold die Umgebung so genau studieren, daß er mit ihr eins werden konnte. Helfen sollte ihm dabei der touristische Schlabberlook, den er trug.

Nicht vorhergesehen hatte er jedoch die Probleme, die ihm die Seilbahnfahrt bereitete. Mit der ersten Etappe, die auf den 226 Meter hohen Morro da Urca führte, kam er klar, weil ihm die Sicht nach außen verstellt war, aber als es dann noch einmal 169 Meter höher hinaufging, hatte er einen Stehplatz am Fenster und wurde von einem Angstschub ereilt. Was, wenn jetzt das Tragseil riß? Wie verläßlich war der brasilianische TÜV?

Die Freude der anderen Passagiere über die grandiose Aussicht auf die Bucht von Guanabara und die klimperklein wirkenden Boote, die dort ankerten oder umherfuhren, teilte Gerold nicht. Weder der Fallschirmsprung in den Oldenstädter See noch der Hüpfer in den Hotelswimmingpool hatten ihn abgehärtet. Im Gegenteil – absolut alles, was er aus der wackelnden Seilbahnkabine erblickte, drehte ihm den Magen um. In solchen Höhenlagen, dachte Gerold, haben wir Menschen nichts zu suchen. Streifengänse und Sperbergeier vielleicht, aber doch nicht unsereiner!

Er mußte alles aufbieten, was er an Selbstdisziplin besaß, um sich nicht bereits in der Kabine, sondern erst hoch oben auf dem Zuckerhut zu übergeben.

»I ain't gonna work on Maggie's farm no more!« hatte Thomas Gsella beim Morgenappell zu Mefistófeles gesagt und die Antwort erhalten: »Não é mais necessário.« *Das mußt du auch nicht mehr.*

Er werde nämlich heute zusammen mit seinem Kumpel weiterverkauft.

Nicht lange danach waren Schulz und Gsella abermals in einen Autokofferraum gepfercht worden. Darin lagen sie nun seit sechs Stunden, ohne daß der Wagen losgefahren wäre.

»Was würdest du tun, wenn die uns jemals wieder freilassen sollten?« fragte Schulz.

»Meine Memoiren schreiben«, sagte Gsella. »Unter dem Titel ›Mein langer Lauf zu mir selbst‹.«

»Der Titel ist schon vergeben. Den hat Joschka Fischer dir weggeschnappt.«

»Dann nenn ich das Buch halt ›Meine lange Leitung zu mir selbst‹. Und du?«

»Ich würde mich generalüberholen lassen«, sagte Schulz, und seine Gesichtszüge verklärten sich in der Dunkelheit des Kofferraums. »Mit allem, was dazugehört: Fangopackungen, Lymphdrainagen, Rheumabäder, Akupressur, Qi Gong, Pilates, Shiatsu – die ganze Palette rauf und runter! Neurofeedback, Hydro-Aromatherapie mit ätherischen Ölen, achtsamkeitsbasierte Streßreduktion …«

»Zahlt das die Krankenkasse?«

»Zum Teil bestimmt. Ich glaube, das wird von Kasse zu Kasse unterschiedlich gehandhabt.«

Gsella kam ins Nachdenken. »Was meinst du – werden uns die Tage, an denen man uns hier ausbeutet, später eigentlich auf die Rente angerechnet?«

»Na, das will ich doch hoffen! Sonst führen wir einen Musterprozeß, der sich gewaschen hat!«

Jetzt wurde der Wagen gestartet. Rauhe Stimmen, Lachsalven und Raucherhustenstöße tönten aus der Fahrgastzelle.

»Laßt uns raus!« schrie Gsella und trommelte mit den Fäusten auf die Kofferraumklappe ein. »Begreift ihr denn nicht, daß ihr nur kleine Rädchen im Getriebe des organisierten Verbrechens seid? Wenn ihr uns laufenlaßt, dann schenkt ihr euch damit auch selbst ein Stück Freiheit! Man nennt das Self-Empowerment!«

»Erstens versteht dich hier keiner«, sagte Schulz, »und zweitens hören die nicht auf Leute wie uns.«

Das focht Gsella nicht an. In ungebrochenem Vertrauen auf das Gute im Menschen sang er nun Auszüge aus dem Bundeslied, das der revolutionäre Dichter Georg Herwegh 1863 für den Allgemeinen Deutschen Arbeiterverein geschrieben hatte: »Menschenbienen, die Natur, gab sie euch den Honig nur? Seht die Drohnen um euch her! Habt ihr keinen Stachel mehr? Mann der Arbeit, aufgewacht! Und erkenne deine Macht! Alle Räder stehen still, wenn dein starker Arm es will!«

Der Wagen rumpelte weiter. Für Schulz und Gsella war es eine Fahrt ins Ungewisse, doch Mefistófeles, der neben seinem Assistenten Ligongo am Steuer saß, kannte natürlich das Ziel. Die mittlere Führungsebene der Amigos hatte im Darknet einen Abnehmer für die wenig einträglichen Bettler Schulz und Gsella gefunden, und die Übergabe sollte in der Capela de Nossa Senhora da Aparecida im Sockel der Statue Cristo Redentor vor sich gehen. Das war zwar etwas ungewöhnlich, aber in seinem Arbeitsleben hatte Mefistófeles sich schon an vieles Ungewöhnliche gewöhnt.

»Deiner Dränger Schar erblaßt, wenn du, müde deiner Last, in die Ecke lehnst den Pflug, wenn du rufst: Es ist genug!« sang Gsella unverdrossen. »Brecht das Doppeljoch entzwei! Brecht die Not der Sklaverei! Brecht die Sklaverei der Not! Brot ist Freiheit, Freiheit Brot!«

In der Zwischenzeit hatte Kommissar Gerold sich schier die Seele aus dem Leib gelitert. Von einer freundlichen Dame war ihm ein Papiertaschentuch gereicht worden, und weil er sich noch zu schwach fühlte, um von der Bank, auf der er saß, wieder aufzustehen, kaufte er einem Japaner eine Flasche Mineralwasser ab und goß sie sich über dem Kopf aus.

»Saiam, seus parasitas!« rief Mefistófeles. *Raus mit euch, ihr Parasiten!*

Er hatte zwei Kilometer unterhalb der Christusstatue eingeparkt und den Kofferraum geöffnet.

Wenn sie auch nicht alles verstanden, was Mefistófeles sagte, so begriffen Schulz und Gsella doch, daß sie ihm und seinem Sekundanten Ligongo folgen und dabei still und fügsam sein sollten.

Irgendwann, dachte Schulz, während er hinter Mefistófeles und Gsella eine waldige Steigung hinaufstapfte und der blatternnarbige Sadist Ligongo ihm aus Bosheit in die Hacken trat, werden wir uns mal im Mondschein begegnen. Und dann gnade euch der Oberschlumpf!

Gsellas Gedanken flogen in eine andere Richtung. Er legte sich die Frage vor, weshalb man ihm bis dato weder den Nikolas-Lenau-Preis noch den Lyrikpreis der Internationalen Bodenseekonferenz zuerkannt hatte. Aus Unwissenheit? Oder aus Niedertracht? Und ließen sich Scharten wie diese überhaupt noch auswetzen?

Um zehn vor drei war Kommissar Gerold so weit wiederhergestellt, daß er glaubte, Don Hoyos und dessen kirgisischen Geschäftsfreund beschatten zu können, ohne ihnen durch Gesichtsblässe oder andere Symptome der Unpäßlichkeit aufzufallen, und um fünf vor drei rief Ute an, um Gerold zu fragen, ob er moralische Unterstützung brauche.

»Später vielleicht«, sagte er. »Don Hoyos steigt gerade aus der Seilbahngondel. Wenn der Kirgise kommt, werde ich dezent zu den beiden Verhandlungspartnern aufschließen. Wie geht's den Mädchen?«

»Allerbest! Am Wochenende seh ich sie wieder.«

»Was haben wir denn heute?«

»Mittwoch. Un wat ick noch seggen wull: De oostfreesk Schuuvkarrendeev hett weer toslahn.«

»Wie belieben?«

»Der ostfriesische Schubkarrendieb hat wieder zugeschlagen. Auf dem Campingplatz am Timmeler Meer. Mein Vater hat den Schauplatz des Verbrechens untersucht und glaubt die Handschrift des Täters wiedererkannt zu haben.«

»Wirst du dich in die Ermittlungen einschalten?«

»Nur wenn mein Vater mich darum bittet. Er soll sich ja nicht fühlen wie Dwayne T. Robinson vom LAPD in ›Stirb langsam‹, in der Szene, in der das FBI den Nakatomi-Plaza-Fall übernimmt.«

»Das ist sehr rücksichtsvoll von dir. Aber ich muß jetzt Schluß machen. Don Hoyos hat Besuch gekriegt, der kirgisisch aussieht …«

»Dann mal ran an den Speck. Un holl di munter!«

Mefistófeles ging das alles zu langsam. »Mais rápido, porcos!« rief er Schulz und Gsella zu. *Schneller, ihr Schweine!*

Der Weg zum Gipfel war steil und steinig, die Sonne sengte nach Kräften herab, und Gsella stimmte das nächste Arbeiterlied an: »Up in the mornin', out on the job, work like the devil for my pay … But that lucky old sun has nothin' to do … but roll around heaven all day …«

»Cale a boca!« kommandierte Mefistófeles. *Schnauze!*

Doch Gsella ließ sich nicht den Mund verbieten. Selbst die Baumwollfarmer in den Südstaaten der USA hatten ihren Sklaven das Singen erlaubt!

Jetzt erst recht, dachte Schulz und steuerte im Bariton die wohltönende zweite Stimme bei: »Dear Lord above, don't you hear me cryin'? Tears are rollin' down my eyes … Send in a cloud with a silver linin' … Take me to paradise …«

Mit Inbrunst schmetterten Schulz und Gsella schließlich auch die letzte Strophe in den Himmel über Rio de Janeiro: »Show me that river, take me across, wash all my troubles away … Like that lucky old sun give me nothing to do … but roll around heaven all day!«

Dafür gab's dann zwar was auf die Murmel, aber Schulz und Gsella zeigten keine Reue. Es war ihnen geglückt, im ungemilderten

Bewußtsein der Negativität für einen kurzen Moment die Möglichkeit des Besseren festzuhalten, und damit hatten sie mehr erreicht, als die Knochenbrecher Mefistófeles und Ligongo sich vorstellen konnten.

Das Richtmikrofon in Kommissar Gerolds Brusttasche besaß eine Reichweite von einhundert Metern. Auf dem Zuckerhut latschten jedoch so viele Leute herum, daß Gerold die Distanz verkürzen mußte, wenn er nicht nur das Geschnatter irgendwelcher Touristen aufzeichnen wollte.

Während Don Hoyos und der Kirgise miteinander sprachen, lehnten sie locker und unverkrampft an einem Geländer, hinter dem sich diabolische Tiefen auftaten.

Nachdem er alle Widerstände in sich niedergerungen hatte, schlich Gerold auf dasselbe Geländer zu, stützte sich darauf ab und ließ seinen Blick zwanzig Meter neben den beiden Spitzbuben über die Landschaft schweifen. Ja, durchaus, es hatte was, dieses Ensemble aus Bergen, Meerwasser und Wolkenkratzern. Aber wäre es der Natur nicht möglich gewesen, die Kontinentalkruste hier ein wenig flacher zu gestalten? So wie an der Nordseeküste? Deren Beispiel zeigte doch, daß es mit ein bißchen gutem Willen auch anders ging!

Jeden Mittwoch, den Gott werden ließ, verbrachten Korbinian Scheuerlapp, Arturo Miguel Infante und Hildur Graf Norbert von Hötzendorf auf der Aussichtsplattform zu Füßen des Cristo Redentor. Sie hofften noch immer, Frank Schulz und Thomas Gsella dort hopsnehmen zu können. Irgendwann mußten die zwei ja mal in die Capela de Nossa Senhora da Aparecida im Sockel der Statue hineinspazieren, wenn die Hellseherin nicht geschwindelt hatte …

Scheuerlapp, Infante und Hötzendorf waren als Rettungssanitäter verkleidet und hatten zwei Rollstühle dabei, um Schulz und

Gsella diskret abtransportieren zu können. Auf dem Parkplatz unterhalb der Statue stand ein großer Rolli-Van mit Auffahrrampe bereit, und im Hangar eines zwei Autostunden weit im Landesinneren gelegenen Privatflughafens wartete eine vollgetankte Gulfstream G550 auf die kleine Reisegesellschaft. Das Trio hatte an alles gedacht.

Und heute war der große Tag: Bereits von weitem sahen Scheuerlapp, Hötzendorf und Infante, wie Schulz und Gsella den Berg heraufgestiefelt kamen, in Gesellschaft zweier Finsterlinge, die bewaffnet zu sein schienen. Darauf deuteten die Ausbuchtungen ihrer Fliegerjacken hin.

Schulz und Gsella bemerkten nicht, daß sie beobachtet wurden. Sie blickten zu der dreißig Meter hohen, aus Stahlbeton und Speckstein zusammengesetzten Figur des Erlösers auf, die mit weit ausgebreiteten Armen vom Triumphzug des Aberglaubens der Konquistadoren kündete.

»Ich bin ja eigentlich kein Freund der sogenannten Cancel Culture«, sagte Gsella, »aber könnte man das Ding da nicht wenigstens mal vorübergehend durch ein Standbild von Miraculix ersetzen? Gewissermaßen im Rotationsverfahren?«

»Würde passen«, sagte Schulz. »Im französischen Original heißt er Panoramix …«

Mefistófeles ging das Gequatsche auf den Zünder. »Silêncio!« rief er und trieb Schulz und Gsella mit Ligongos Hilfe in die Kapelle.

Groß war sie nicht, und es hielten sich auch nur wenige Besucher darin auf. Der Käufer sollte sich durch die Parole »Carne barata« (»Billigfleisch«) zu erkennen geben und den Preis für Schulz und Gsella bar bezahlen. So lautete die Vereinbarung.

Doch das Ganze war eine Falle. Es gab keinen Käufer. Das einzige, was in der Kapelle für Mefistófeles, Ligongo und ihre Schäfchen bereitstand, war eine fünfhundert Kilogramm schwere, als Opferstock im Barockstil getarnte Zeitbombe mit einer Hauptladung aus Harnstoffnitrat und Aluminium-, Magnesium- und Eisenoxidpartikeln. Ausgeheckt worden war dieser Streich von der Verbrecherbande

Terceiro Comando Puro, die schon seit anno Piependeckel einen Beef mit den Amigos dos Amigos austrug.

Zweihundertvierzig Sekunden verblieben noch bis zur Explosion.

Und auch aus dem Hinterhalt drohte eine Gefahr, die Mefistófeles und Ligongo nicht kommen sahen: Sie wurden von Hötzendorf mit Impulsen aus einer Elektroschockpistole außer Gefecht gesetzt, während Infante das Zweiergespann Schulz und Gsella mit Pfefferkugelschüssen paralysierte. Scheuerlapp hatte solange an der Kapellenpforte Schmiere gestanden.

Was man dann erblickte, waren drei Sanitäter, die im Laufschritt bergabwärts eilten und dabei zwei besinnungslose Rollstuhlfahrer vor sich herschoben.

Wie es aussah, war Don Hoyos mit dem Kirgisen handelseinig geworden. Die beiden Männer untermauerten das Vertrauen, das sie ineinander setzten, mit einem Handschlag und zwei Wangenküssen.

Na wartet, dachte Gerold, als er die beiden Mobster abmarschieren sah. Für euch Brüder wird es ein böses Erwachen geben!

Er wollte sich auch selbst zum Gehen wenden, doch da fiel ihm ein greller Lichtschein ins Auge, und er sah, wie sich auf dem Gipfel des fünf Kilometer entfernten Berges Corcovado eine Feuerwolke ausdehnte. Einige Sekunden darauf war der dazu passende Knall zu hören.

Von einem Ausflügler, dem der Mund offenstand, pumpte Gerold sich ein Fernglas.

Manche Augenzeugen glaubten einem Wunder beizuwohnen, als die Sprengkraft der Bombe die Statue Cristo Redentor fünf Meter hoch in den Himmel aufsteigen ließ. Der Vorgang ähnelte einem Weltraumraketenstart.

In diesem Fall kam der Erlöser jedoch nicht so weit wie in der Apostelgeschichte. Er gehorchte dem Gravitationsgesetz, neigte sich vornüber, nahm hurtig Fahrt auf und stürzte talwärts, bis er nach einem Doppelsalto mit Donnergetöse zerscholl.

Heilig's Blechle, dachte Gerold. Was ist da los?

Diese Frage stellte sich auch Osmar de Garoto in seiner Eigenschaft als Rädelsführer der Amigos. Auf die Holzhupen Mefistófeles und Ligongo war zwar gepfiffen, aber: Sollte das der neue Stil der Auseinandersetzung sein? Konnte man die brancheninternen Konflikte nicht weiterhin ehrenhaft mit Maschinenpistolen, Panzerabwehrhandgranaten und mobilen Raketenwerfern austragen? Ohne dabei nationale Symbole in Mitleidenschaft zu ziehen? Wohin sollte diese Verrohung der Sitten noch führen?

17

Ute schloß den Briefkasten auf. Prospekte von Lidl, Norma, Netto, Penny, Edeka, Rewe, Real und Aldi, eine Zahnarztrechnung und … ein Luftpostbrief. Aus Argentinien. Die Briefmarke zeigte einen Greifvogel. Und wer war der Absender?

Jannik Schüsterhusen. Ei der Daus!

Auf diesen Schrecken genehmigte sich die Fischerin ein Gläschen Heidegeist. Dann machte sie sich auf dem Wohnzimmersofa lang und las, was der junge Springinsfeld ihr geschrieben hatte, von Hand, in steil aufstrebenden Buchstaben:

Hochverehrte Frau Hauptkommissarin Fischer!

Na? Überrascht? Kann ich mir denken. Oder haben Sie mich gar nicht mehr auf dem Schirm? Kleine Gedächtnisstütze: Ich bin der ehemalige Polizeimeisteranwärter, der für Sie den dicksten Fisch Ihrer Karriere an Land gezogen hat: Rayk Wieland. Und Sie haben ihn wieder schwimmen lassen …

Tja, und jetzt verfolge ich Wieland kreuz und quer durch Südame-

rika. Komisch, nicht? Was treibt dieser angeblich als Redakteur beim Mitteldeutschen Rundfunk angestellte Medienschaffende denn bloß in der »New World«? Was glauben Sie? Urlaubt er hier? Und wenn ja – wovon bezahlt er das? Any idea?
Shorter Wink mit dem Zaunpfahl: Was sagt uns ein Anagramm des Namens dieser Person?

RAYK WIELAND
WALD IRAK YEN

Conclusio: Aller Wahrscheinlichkeit nach will Wieland sich hier irgendwo im Wald mit einem Iraker treffen, der ihn in japanischer Währung für den Mord an Erik Ellermann bezahlen soll. Remember? Das war der Herr vom Oberurseler Bankhaus Credit Finanzmultiplus, der sein Leben am Elbeseitenkanal »ausgehaucht« hat, um es hier einmal etwas »schnippisch« zu formulieren.
My proposal: Leuchten Sie Rayk Wielands finanziellen Background aus. Stichpunkte:

- ✗ *Treuhandkonten bei der Nippon Ginkō (Bank of Japan) wg. → Yen*
- ✗ *Irak-Connection*
- ✗ *Micropayments und Bitcoin Consulting prüfen*
- ✗ *Rücksprache mit dem Financial Crimes Inforcement Network*
- ✗ *Klärung, ob Auslieferungsverträge vorliegen*

Also rauf auf die Mutter! The clock is ticking!
Das gilt auch auf einer persönlicheren Ebene. Ihr Mann ist, wie wir beide wissen, nicht mehr der Jüngste. Von daher

Bevor sie weiterlas, ging Ute in die Küche und schenkte sich noch einen Heidegeist ein. Sie hatte das Gefühl, sich wappnen zu müssen, wenn sie Schüsterhusens weiteren Ausführungen nervlich standhalten wollte.

Und wieder aufs Sofa.

Von daher sollten Sie sich fragen, ob Sie wirklich in einen Ihnen gemäßen »Hafen der Ehe« eingelaufen sind. Bekanntlich haben Sie ja Ihren Mädchennamen beibehalten, obwohl sie mit Kommissar Gerold verheiratet sind. Sie wollten sich demzufolge ein Stück Ihrer eigenen Identität bewahren. Aus »Ute Fischer« ist eben nicht »Ute Gerold« geworden, auch wenn Ihr ältlicher Herr Mustergatte deswegen womöglich Pickel gekriegt hat. Aber wie, meine Teure, würde Ihnen der Name »Ute Schüsterhusen« gefallen?

Es schauderte die Fischerin.

Lassen Sie diesen Gedanken erst einmal sacken. Ich bin hier sowieso noch anderweitig beschäftigt. Gegenwärtig helfe ich einem argentinischen Großagrarier ehrenamtlich bei seinen betrieblichen Umstrukturierungsprozessen, aber ich habe den Fall Wieland noch längst nicht »ad acta« gelegt.

Grüßen Sie mir mein Deutschland!

In alter Verbundenheit

Ihr Jannik Schüsterhusen

Das Telefon klingelte.

»Sanatorium Fischer«, sagte Ute. »Wer dort?«

»Dein Mann«, sagte Gerold. »Hast du die Nachrichten gehört?«

»Welche denn?«

»Schalt einfach den Fernseher ein.«

Die *Tagesschau* hatte gerade begonnen, und Ute sah, wie der Cristo Redentor von seinem explodierenden Sockel abhob und umfiel.

»Die brasilianische Bundespolizei geht von einem Terroranschlag linksextremer Anarchisten aus, aber dafür gibt's keine Beweise«, sagte Gerold.

»Hat Don Hoyos da vielleicht was dran gefingert?«

»Unwahrscheinlich. Der hat ganz andere Pläne. Ich hab sein Gespräch mit dem Kirgisen transkribiert und weiß jetzt, daß bei deren Deal mit dem Uran ein Schließfach bei der Rabobank in Utrecht 'ne wichtige Rolle spielt. Der Schlüssel dafür soll morgen nachmittag in Hamburg den Besitzer wechseln. Das Dumme ist nur, daß mir das niemand glauben will – weder beim LKA noch beim BKA. Nicht mal auf der Davidwache hat mir jemand zugehört.«

»Un nu?«

»Hast du morgen Zeit?«

»Wie Sand am Meer. Die Uelzener Unterweltbosse halten gerade die Füße still.«

So liebte Gerold seine Frau: Sie hielt sich nie mit kleinlichen Bedenken auf. »Freut mich zu hören«, sagte er. »Dann geb ich dir jetzt mal die Einzelheiten durch! Der Mann mit dem Schlüssel heißt Wjatscheslaw Schirjajew und arbeitet als Nautischer Offizier auf einem russischen Holzfrachter, der morgen um halb vier im Hamburger Hafen anlegt. Du mußt dich an Wübbo Tönjes wenden, den Abteilungsleiter für Lotsenwesen im Oberhafenamt. Der ist eingeweiht und wird dich auf Schirjajews Fährte setzen ...«

»Ist das 'n Bekannter von dir?«

»Nein. Den Tip hat Riesenbusch mir gegeben. Er und dieser Tönjes haben vor langer Zeit mal gemeinsam einen Fall von Gewässerverunreinigung aufgeklärt, als Tönjes noch bei der Hafenkripo tätig gewesen ist. Laut Riesenbusch hat die Sache damals ziemlich hohe Wellen geschlagen und letztlich sogar zur Verhaftung von Big Daddy Drifter geführt, einem steckbrieflich gesuchten Umweltsünder, hinter dem auch die Massachusetts Environmental Police her war ...«

»Nun denn«, sagte Ute. »Ich werde Herrn Schirjajew morgen folgen wie ein Küken der Henne. Und was macht der werte Don Hoyos? Hängt er wieder vor der Glotze ab?«

»Ja. Von allen Verbrechern, deren Luxushotelzimmer ich jemals verwanzt habe, ist er wirklich der faulste. Er geht nicht mal am Strand promenieren.«

»Und du?«

»Ich?«

»Ja, du! Liebe Güte, du bist an der Copacabana! Dem Traumurlaubsziel von Millionen! Sag mir jetzt bloß nicht, daß du noch kein einziges Mal baden warst!«

Darauf reagierte Gerold leicht verschnupft. Er erinnerte Ute an seinen Dreißigmetersprung in den Pool. »Mein Bedarf an brasilianischen Badefreuden ist damit langfristig gedeckt!«

Sie klönten dann noch über weniger brisante Themen wie die Bauernregel, daß ein Juligewitter »gut für Winzer und Schnitter« sei, das Für und Wider von Folienkartoffeln und die Aufstellung neuer Geschwindigkeitsmeßtafeln in Ebstorf, bis die Fischerin sagte: »Stell di vöör – ick hebb een Heiraatsandrag kregen.«

»Ach nee. Und von wem?«

»Von Jannik Schüsterhusen.«

»Und? Wirst du die Scheidungspapiere einreichen, um ihn erhören zu können?«

»Dor mutt ick erst noch over slapen …«

Frank Schulz und Thomas Gsella lagen mit Stricken gefesselt im Gepäckraum des Gulfstream-Jets, mit dem ihre Entführer gestartet waren. Im Cockpit schaltete und waltete der passionierte Freizeitpilot Arturo Miguel Infante, während Korbinian Scheuerlapp dem bildungshungrigen Grafen von Hötzendorf in der Komfortzone des Flugzeugs bei gratinierten Fischfrikadellen und einer Flasche Trittenheimer Altärchen den tieferen Sinngehalt des Kirchenlieds »Ihr lieben Christen, freut euch nun« erläuterte.

In die evangelischen Gesangbücher, sagte Scheuerlapp, hätten nur fünf Strophen Eingang gefunden. Schamhaft aussortiert worden seien die Verse, in denen der Dichter jenes Liedes, Erasmus Alberus, sich über den feurigen Pfuhl, das Teufelsreich und den Höllenbrand geäußert habe. »Auch die Aussage, der Papst habe, ich zitiere wörtlich, ›all gut Ordenung verkehrt‹, ist dabei auf der Strecke geblieben. Als Katholik hätte ich Erasmus Alberus in diesem Punkt natürlich nicht beipflichten können, aber ich muß gestehen, daß der Elan dieser Verse etwas Mitreißendes hat. Ein Zitat gefällig? Bitte sehr: ›Die Welt kann nun nicht länger stehn, / ist schwach und alt, sie muß vergehn. / Sie kracht an allen Orten sehr / und kann die Last nicht tragen mehr.‹ Da sagt's doch mal einer! Finden Sie nicht?«

»Doch, doch«, sagte Hötzendorf. Das finde er auch.

Elfeinhalb Kilometer unter der Gulfstream breitete sich der tropische Regenwald aus. Infante hatte eigentlich nach Santiago de Chile fliegen wollen, um dort im Keller seines Hauses mit Schulz und Gsella abzurechnen, aber Scheuerlapp mußte vorher noch etwas in Mexiko-City erledigen. Deshalb zeigte die Nase der Maschine nordwestwärts, und es hätte eine wundervolle Reise werden können, wenn nicht ein doppelter Triebwerksausfall dazwischengekommen wäre.

»¡Maldito infierno!« schrie Infante und raufte sich die Haare.

»Is there a problem?« rief Scheuerlapp von hinten.

»¿Quieres saber si hay un problema?« fragte Infante ungehalten zurück. *Du willst wissen, ob es ein Problem gibt?* »¡Es el mayor problema desde la Torre de Babel!« *Es ist das riesigste Problem seit dem Turmbau zu Babel!* »¡Nos estrellamos!« *Wir stürzen ab!*

Sein Großonkel Brandorf Graf Eberhard sei als Major der Luftwaffe auch zweimal abgestürzt, merkte Hötzendorf an. »Einmal mit einer Junkers Ju 87 über der Krim und einmal mit einer Focke-Wulf Fw 190 im Raum Gelsenkirchen. Aber geschadet hat ihm das nicht! Er ist vom Reichsmarschall Hermann Göring persönlich mit der Frontflugspange in Silber geehrt worden …«

»Daraus können wir jetzt keinen Nektar saugen«, sagte Scheuerlapp.

Er hatte recht. Die Gulfstream ging in einen unkontrollierten Sinkflug über. Auch der Notfallgenerator, der Höhenmesser und die Hydraulikdrucksysteme versagten, und in den Ruderklappen bildeten sich unschöne Ermüdungsrisse. Es war einfach nicht clever gewesen, ein Flugzeug dieser Größe aus zweiter Hand zu kaufen.

Scheuerlapp versuchte im Cockpit auszuhelfen, obwohl er vorher noch nie eins von innen gesehen hatte. »Vielleicht sollte man mal an diesem einen Hebel da vorne ziehen«, sagte er und tat es selbst, wodurch sich die Lage sogar noch verschlechterte, denn nun rastete Infante aus, anstatt sich aufs Fliegen zu konzentrieren. Er haute Scheuerlapp auf die Finger und brüllte: »¡Vete a freir espárragos!« *Geh Spargel braten!*

Derweilen sann Hötzendorf der Frage nach, weshalb die Klimaschützer eigentlich ein solches Bohei um den Raubbau am Regenwald machten. Dieses ätzende Gehölz erstreckte sich hier über

Abertausende von Quadratkilometern, und nirgendwo zeigte sich auch nur die winzigste gerodete Fläche, die als Landebahn hätte herhalten können!

Als Infante sich wieder in der Gewalt hatte, wurde ihm klar, daß die einzige Überlebenschance in einer Notwasserung auf dem Amazonas bestand. Ein gewagtes, aber nicht zwangsläufig tödlich endendes Manöver. Irgendein Teufelskerl hatte schließlich auch einmal einen vollbesetzten Airbus auf dem Hudson River gelandet …

Scheuerlapp holte seinen Rosenkranz heraus, und Hötzendorf rüstete sich innerlich für seinen Einzug in Walhall, die Heimstatt der gefallenen arischen Krieger, und beide vergaßen darüber, sich hinzusetzen und den Gurt anzulegen, während Infante den Anstellwinkelschutz aktivierte und die Gulfstream auf den Amazonas zusteuerte.

Um seinen Kameraden Mut einzuflößen, gab Hötzendorf eines seiner Lieblingslieder zum besten: »Die Fahnen hoch! Die Schwerter auf! Der große Tag ist da! Blutrot die Sonne steigt herauf: Hurra, Germania! Ringsum die ganze Welt in Brand! Der Tag ist's des Gerichts! Es gilt für dich, mein Volk, mein Land, nun alles oder nichts!«

Bezeichnenderweise bildete sich dabei ein dunkler Urinfleck auf Hötzendorfs Hosenlatz.

Mit 250 km/h setzte die Gulfstream auf dem Amazonas auf und schuf sich lärmend darin Platz. Das Acrylglas der Windschutzscheibe zersplitterte, die linke Tragfläche brach ab, und der Rumpf des Flugzeugs erlitt irreparable Schäden.

Schulz und Gsella waren bei der Landung vehement herumgeschleudert worden. Mit wachsender Beunruhigung sahen sie jetzt Wasser in den Gepäckraum fließen, und da Not erfinderisch macht, fingen sie an, gegenseitig ihre Fesseln durchzunagen. Übung hatten sie darin nicht, aber selbst erfahrene Biber wären perplex gewesen, wenn sie gesehen hätten, wie schnell das Ganze ging: Bereits nach zwei Minuten konnten Schulz und Gsella befreit aufspringen und ihren Kampf ums Dasein fortsetzen.

Das Wasser stand mittlerweile hüfthoch.

Gsella riß die Gepäckraumtür auf, und Schulz folgte ihm zum Notausgang in der Mitte des Flugzeugs.

»Wenn wir den öffnen, kommt bestimmt noch mehr Wasser rein«, sagte Gsella.

»Klingt plausibel«, sagte Schulz. »Aber wenn wir's lassen, werden wir hier drin ersaufen ...«

»Und nicht nur wir!« rief Gsella und zeigte auf Hötzendorf und Scheuerlapp, die weiter vorn im Wasser schwammen. Ohnmächtig, wie es schien. »Ich hab das dumme Gefühl, daß wir die retten müssen ...«

»Und wo steckt diese Drecksau Infante?« fragte Schulz.

»Sicherlich im Cockpit!«

Noch während dieses Dialogs legte die Gulfstream sich schief. Auf der rechten Seite zerplatzte ein Kabinenfenster, und ein weiterer Wasserstrom schoß herein.

Schulz machte Gsella den Vorschlag, arbeitsteilig vorzugehen: »Wenn du dich um Infante kümmerst, übernehm ich die anderen beiden Hundsfötter. Laß knacken, Thomas!«

Fatalerweise klemmte jedoch der Griff der Notausgangsklappe. Schulz und Gsella blieb nichts anderes übrig, als die drei halbtoten Männer durch das geborstene Cockpitfenster zu quetschen, um sie dann im Achselschleppgriff in Richtung Ufer zu ziehen.

Doch zu welchem? Das eine war ungefähr fünf Kilometer entfernt und das andere ebenfalls.

»Laß uns das von uns aus gesehen linke Ufer nehmen«, sagte Gsella. »Das müßte das nördliche sein, und von da aus können wir vielleicht nach Guyana oder Venezuela fliehen!«

Eine denkwürdigere Rettungsaktion hatten die im Amazonas wohnhaften Zebrafische, Pfauenaugenbuntbarsche und Panzerwelse noch nicht miterlebt. In der unbegründeten Hoffnung auf ein gutes Ende des neuesten Abenteuers stießen Schulz und Gsella sich von dem gluckernd versinkenden Flugzeugwrack ab und begaben sich als Rückenschwimmer mitsamt ihrer dreiköpfigen Last unter einem fast abartig zu nennenden Geschnaufe und Gepruste auf die lange Wasserwegstrecke. Profis hätten nicht viel Aufhebens davon gemacht, aber für Schulz und Gsella war dieses Unternehmen kein Pappenstiel. Wann hatten sie denn zum letztenmal richtig trainiert? In der Kupfersteinzeit?

Nicht allein der tiefe Strom des Amazonas, sondern auch seine Uferregion zog sich immens in die Breite. Der Regenwald war unüberschaubar weit überflutet, und es bedeutete nicht viel, daß Schilfhalme und Zweige aus dem Wasser ragten.

Inzwischen hatte Gsellas Nasenbluten wieder eingesetzt, mit der unwillkommenen Folge, daß zunächst zwei, dann zwölf und schließlich vierzig bis fünfzig Piranhas herbeieilten, um nachzusehen, was auf der Speisekarte stand. Sie nahmen Kostproben aus Infantes Oberschenkeln, bekamen Appetit auf mehr und stürzten sich auf weitere Männerbeine.

Ein stärker wirksames Weckmittel als die Piranha-Bisse hätte es für Infante, Hötzendorf und Scheuerlapp nicht geben können. Sie schrien auf, schlugen um sich und veranstalteten ein derartiges Trara, daß Schulz und Gsella sich von der Pflicht entbunden fühlten, ihnen noch länger als Rettungsschwimmer zu dienen. Mit protonenartiger Schnelligkeit kraulten sie davon und stellten alles andere dem lieben Gott anheim.

»Schon drollig, wie sich eines aus dem anderen ergeben hat«, sagte Rayk Wieland und ließ sich einen Rachenputzer der Marke Nêga Fulô die Kehle hinunterrinnen. »Ich meine, wenn du in Foz do Iguaçu nicht zufällig das Foto von Schulz und Gsella gesehen hättest, würden wir jetzt nicht nach Rio de Janeiro fliegen, um die beiden dort zu suchen. Und nach Foz do Iguaçu sind wir nur gefahren, weil du in dieser einen Tankstelle zufällig das Video von ihnen gesehen hast, wie sie da im Fluß schwimmen. In die Nähe dieser Tankstelle wären wir aber nie gekommen, wenn wir nicht in der Provinz Mesiones nach ihnen gefahndet hätten, und das haben wir nur getan, weil ich in Pozo del Tigre auf dem Handy unserer Gastgeberin Violeta zufällig das Foto von Schulz und Gsella gesehen hab, das ihr von einem Freund aus der Provinz Mesiones geschickt worden war. Und das wäre nie passiert, wenn du mit dem Pfeil nicht exakt das Kuhdorf Pozo del Tigre auf der Landkarte getroffen hättest. Also, wenn bei dieser Sache keine höheren Mächte im Spiel sind, dann weiß ich's auch nicht!«

»Wem fiele da nicht Friedrich Schiller ein«, erwiderte Michael Ringel. »In seinem Drama ›Wallensteins Tod‹ hat er den Titelhelden sagen lassen: ›Es gibt keinen Zufall; / Und was uns blindes Ohngefähr nur dünkt, / Gerade das steigt aus den tiefsten Quellen …‹«

Sie saßen in einer Maschine der Latam Airlines. Ringel hatte sein Cabrio der süßen Carmelita geschenkt und Wieland per Taxi aus dem Krankenhaus abgeholt, in das er nach seinem Sturz vom Rathausbalkon eingeliefert worden war. Die Blessuren, die er davongetragen hatte, heilten bereits, und jetzt freuten Ringel und Wieland sich darauf, ihre Freunde Schulz und Gsella aus der Gosse aufzulesen.

In Rio checkten sie im Copacabana Palace ein, machten sich frisch und suchten dann ein paar Etagen tiefer das Restaurant Pérgula auf, um sich mit Lachsfilets in Kastanienkruste für die bevorstehenden Anstrengungen zu stärken.

Dort saß gerade auch Gerold Gerold zu Tisch.

»Wie klein doch die Welt ist!« rief Ringel, als er den Kommissar erkannte. »Erinnern Sie sich? Wir sind uns mal in Indien begegnet! Am Krankenbett von Thomas Gsella!«

Ja, daran erinnerte Gerold sich gut. Die indische Stadt Morbi war damals von einer Flutkatastrophe heimgesucht worden, die den Dichter Gsella fast umgebracht hätte, und der Satansbraten Ringel hatte viele Menschenleben gerettet …

»Dürfen mein Freund Rayk Wieland und ich uns zu Ihnen setzen?« fragte Ringel.

»Aber gern«, sagte Gerold. »Nehmen Sie Platz und erzählen Sie mir, was Sie auf diesen abgelegenen Erdteil führt!« Er behielt dabei Don Hoyos im Auge, der drei Tische weiter fünf Schweinefiletmedaillons im Parmaschinkenmantel verzimmerte.

Weil er das Wiedersehen mit Kommissar Gerold stilgerecht feiern wollte, ließ Ringel eine Flasche Moët & Chandon Impérial kommen und berichtete ihm dann im Duett mit Wieland von der nervenaufreibenden Suche nach Gsella und Schulz.

Auf die Frage, ob er privat in Rio sei oder hier »irgendwelche bösen Buben« jage, gab Gerold die vieldeutige Antwort, daß pflichtbewußte Polizisten ihre Augen natürlich auch im Urlaub offenhielten. »Heute nachmittag hab ich zum Beispiel den Anschlag auf die Christusstatue mit angesehen ...«

»Und weiß man schon, wer's war?« fragte Wieland.

»Ich glaube nicht. Es hat allerdings bereits eine Nachahmungstat gegeben, in der polnischen Stadt Świebodzin, die früher Schwiebus hieß. Da ist die sogenannte Christus-König-Statue explodiert. Die war sogar noch sechs Meter größer als der Cristo Redentor ... Aber sagen Sie mal, Herr Ringel – hatten Sie in Indien nicht einen Hund bei sich? Einen Golden Retriever?«

Ringel nickte. »Ja. Katsche hieß der Gute. Er hat sich dann aber in Thiruvananthapuram unsterblich in ein Golden-Retriever-Weibchen verliebt, und da hab ich ihn dessen Frauchen geschenkt.« Versonnen dachte er an jene Dame zurück, eine sinnenfrohe Bollywood-Schauspielerin, von der ihm die Kamasutra-Stellung »Das walzertanzende Hausboot« beigebracht worden war.

Don Hoyos hatte mittlerweile auch ein großes Stück Käsekuchen mit Guavenkompott verschrotet und wollte gehen, doch da entdeckte Ringel ihn und rief: »Na, so ein Zufall wieder mal! He, Alonso! ¿Tú también aquí? ¡Ven con nosotros!« *Du auch hier? Komm zu uns rüber!*

Über diese Entwicklung der Dinge war Kommissar Gerold nicht glücklich, doch er setzte ein freundliches Gesicht auf, als Don Hoyos der Aufforderung nachkam.

Ringel machte ihn mit Wieland und »el comisario de policía alemán« Gerold bekannt und sagte dann: »Darf ich dir, Rayk, und Ihnen, Herr Gerold, meinen Schwiegervater vorstellen? Don Alonso Hoyos, wie er leibt und lebt! ¡Siéntate, Alonso, y brinda con nosotros!« *Setz dich, Alonso, und stoß mit uns an!*

Darauf schien Don Hoyos aber nicht erpicht zu sein. Er musterte Gerold wie eine Fundsache, die eigentlich in einen Leichensack gehörte, murmelte irgendwas von dringenden Erledigungen, wünschte der Gesellschaft eine angenehme Nachtruhe und verzog sich.

Auch Gerold hatte es auf einmal eilig. »Möge Ihrer Suchaktion Erfolg beschieden sein«, sagte er, bevor er aufbrach. »Hals- und Beinbruch!«

Als Ringel und Wieland ihre Lachsfilets weggeputzt hatten, war es bereits sehr spät, aber immer noch früh genug für einen Abstecher zur Rua Santo Amaro, dem letzten bekannten Aufenthaltsort von Gsella und Schulz.

Der verschwitzte Ringel wollte vorher rasch ein kühles Bad im Atlantik nehmen, während Wieland es für klüger hielt, keine Zeit mehr zu verlieren.

»Fahr ruhig schon vor«, sagte Ringel. »Ich komm gleich nach!«

Zwanzig Minuten darauf stieg Wieland an der Ecke Rua do Catete / Rua Santo Amaro aus einem Taxi aus, unternahm ein paar Schritte und wurde von drei brasilianischen Vollmatrosen zusammengeschlagen und ausgeraubt.

Ringel hingegen jachterte durch die Brandungswellen, quietschte vor Vergnügen und fand einen weiteren Anlaß zur Freude, als er beim Sichtrockenrubbeln am Strand den Fußballstar Pelé erkannte, der ihm anstandslos ein Autogramm gab und ihn zu einer Beachparty einlud: »Tonight some friends of mine are celebrating the opening of their new samba school!«

Wie hätte Ringel da Nein sagen können?

In froher Erwartung folgte er Pelé zu einem großen Lagerfeuer, in dessen Flammenschein übermütig getrommelt, gepfiffen, getanzt und gesungen wurde. Funken flogen, offene Cachaça-Flaschen kreisten, und ein bunter Wirbel aus Fransen, Quasten, Petticoats, Pompoms und Papageienfedern brannte sich in Ringels Netzhaut ein, wobei es nicht ausbleiben konnte, daß auch ihn selbst die Tanzlust anwandelte. Er riß den Gips von seinem Fuß ab, borgte sich von Pelé dessen lustiges, mit glitzernden Pailletten besetztes Hütchen und ließ den Bewegungen seines Körpers freien Lauf.

Schon bei den ersten Tanzfiguren – Herrensolo nach rechts, Herrensolo nach links, Spot-Volta und Herren-Solo-Drehung – fand Ringel in einen Rhythmus hinein, der ihn in einen engen Kontakt mit seinem Herzblut brachte, und binnen kürzester Zeit meisterte er selbst Whisks und Swivels, gegenläufige Bota Fogos, gedrehte Kreuzschritte und doppelte Spindel-Voltas so elegant, als ob er nicht in der Stadt Moers im Regierungsbezirk Düsseldorf laufen gelernt hätte, sondern mitten in Rio.

Allen, die Ringel performen sahen, knisterten die Nackenhaare. Manche Frauen hätten ihm gern sofort seinen todschicken Cressi-High-Stretch-Wassersportanzug aus Neopren mit Frontreißverschluß und Glideskin-Dichtmanschetten ausgezogen, aber dazu kam es erst gegen zwei Uhr nachts im Sanitärbereich der Sambaschule. Dort fuhrwerkten Ringel und seine Partnerinnen bis in die frühen Morgenstunden mit einem Eifer, der keinen Gedanken mehr daran zuließ, was aus Schulz und Gsella geworden war. Oder aus Wieland.

18

In Hamburg fiel Regen. Es war einer dieser hinterlistigen Niederschläge, die mit bloßem Auge kaum zu erkennen waren, aber alles um so gründlicher durchnäßten. In weiser Voraussicht hatte Kommissarin Fischer Gummistiefel, eine wasserabweisende Outdoorhose und eine Softshelljacke mit Kapuze angezogen.

»Wat 'n Schietwedder«, sagte Wübbo Tönjes und plierte in den pinkelnden grauen Himmel. »Dor kriggt een ja dat Grusen …«

»Das kann doch einen Seemann nicht erschüttern«, erwiderte Ute. »Op Regen folgt Sünnschien!«

Sie standen hinter einem Palettenstapel auf dem Grasbrookhafenkai und warteten darauf, daß Wjatscheslaw Schirjajew seinen Frachter verließ und zum Landgang antrat.

Da es noch nicht soweit war, unterhielt Tönjes die Fischerin mit einer Schote aus Henning Riesenbuschs Jugendjahren: Bei einer Hamburg-Visite habe er nach einer durchzechten Nacht einen dreißig Kilogramm schweren Heilbutt auf dem Fischmarkt gekauft und staunend festgestellt, daß dieses Tier mit Kokain gefüllt gewesen sei. Da müsse wohl jemand beim Löschen einer Ladung was verwechselt haben. Jedenfalls sei daraufhin ein von Riesenbusch alarmiertes Team der »Gemeinsamen Ermittlungsgruppe Rauschgift« ausgerückt und habe schon ein Stündchen später in einem Hinterzimmer der Haifischbar eine bösartige Schmugglerbande ausheben können, und zwar einschließlich ihres Anführers Plockwurst-Otto, auf dessen Konto auch ein Bankraub in Hummelsbüttel gegangen sei …

Und dann erschien Schirjajew: ein mopsiger, in gelbes Ölzeug gewandeter Mann mit hagebuttenroter Glatze und einem Gesicht, in dem anscheinend des öfteren von unqualifizierten Wundärzten herumgepfuscht worden war.

Er spannte einen Regenschirm auf.

»Dat is he«, sagte Tönjes. »Veel Freud mit em, Fro Kommissar!«

Vom Grasbrookhafen folgte die Fischerin Schirjajew über den Sandtorkai, den Brooktorkai und die Oberbaumbrücke zum Deichtorplatz und weiter über den Klosterwall, den Steintorwall und den Steintordamm zum Steintorplatz, wo ein Windstoß Schirjajews Regenschirm überschnappen ließ.

Komm schon, Wjatschi, dachte Ute, als sie ihn mit seinem ungebärdigen Schirm kämpfen sah. Beweis mir, daß du zu den Gewinnertypen gehörst!

Der Wettstreit währte volle zwei Minuten und endete damit, daß Schirjajew den Schirm hinschmiß, zornig darauf herumtrampelte und ihn liegenließ. Man brauchte keinen Bachelor in Psychologie, um das als Zeichen der Schwäche zu werten.

Schirjajew überquerte nun die Straße, schritt in der Kirchenallee auf die Bodega Nagel zu und öffnete die Tür.

O weh, dachte die Fischerin. Und wenn er sich mit seinem Komplizen auf der Herrentoilette treffen will? Daar bün ick nich vörbereit op …

Im Glanz der warmen, von Lüsterlicht erhellten Rotbrauntöne des Interieurs der rustikalen Bodega wirkte Schirjajew mit seiner knallgelben Öljacke wie ein farblicher Mißton, was ihn aber nicht zu stören schien. Er setzte sich an einen freien Tisch, sah auf die Uhr und dann mit stierem Blick ins Nichts.

Ute nahm am Nachbartisch Platz.

Danach geschah erst einmal nicht viel mehr, als daß sie ein Kännchen Kakao konsumierte, während Schirjajew ein Schinkeneisbein mit Sauerkraut und Salzkartoffeln sowie zwei Hefeweizen und einen Obstler ihrer Bestimmung zuführte.

Um kurz vor fünf kam ein Zwillingsbruder von Eric Trump hereingewalzt und pflanzte sich zu Schirjajew. Ute wußte wohl, daß Donald Trumps schauerlich arrogant und verblödet aussehender Sohn Eric keinen Zwillingsbruder hatte, aber die Mimikry war perfekt: Dieser Bengel glich Eric Trump bis auf jedes einzelne Backenbarthaar.

Nachdem er ein Duckstein und einen Küstennebel bestellt hatte, steckten Eric der Zweite und Schirjajew die Köpfe zusammen und bekakelten ihre Geschäfte so leise, daß Ute nichts verstehen konnte. Als sie aber sah, daß Schirjajew seinem Spießbruder einen Briefumschlag hinüberschob, stand sie auf, zog Eric dem Zweiten ihr Kakaokännchen über den Schädel, drehte Schirjajew das linke Ohr herum, raffte den Umschlag an sich, rannte aus der Bodega hinaus und floh mit einem Taxi.

Eric der Zweite und Schirjajew setzten ihr auf einem Motorroller nach. Die wilde Fahrt führte von der Kirchenallee über die Ernst-Merck-Straße zum Glockengießerwall, auf dem Schirjajew aus einer russischen Armeepistole das Feuer auf Utes Taxi eröffnete, und von dort aus über mehrere Ecken der Innenstadt zum Großen Burstah, wo der Taxifahrer aus Nervosität eine Mülltonne umfuhr und den Motor abwürgte.

Ute sprang aus dem Wagen, wurde angeschossen, rettete sich in eine Kunstgalerie und rief: »Gehen Sie in Deckung!«

Die beiden Verfolger hatten den Motorroller stehengelassen und peesten der Fischerin hinterher.

Das war nun nicht nach dem Geschmack des Galeristen Dirk Rose. Er und seine Mitarbeiterin Alexandra Schlosser tüteten gerade die Einladungskarten für eine Johannes-Grützke-Ausstellung ein und konnten keine Störungen gebrauchen – am allerwenigsten solche, bei denen scharf geschossen wurde und eine abgehetzte, aus dem Hals blutende Frau die Frage aufwarf, ob es einen Hinterausgang gebe.

Als Rose dann auch noch zwei bewaffnete Männer hereinstürmen sah, genügte es ihm. Er vertrat ihnen den Weg und wandte einige Techniken an, die er im Altonaer Taekwondo-Center gelernt hatte: Batangson-olgul-ap-Chigi, Du-jumok-jochyo-Jirugi, Miro-Chagi und Bakkat-palmol-goduro-Makki.

Damit verschaffte er sich einen gewissen Respekt.

Um den Hausfrieden vollends wiederherzustellen, half Alexandra Schlosser mit Hebehüftwürfen und Schienbeintritten nach. »Und jetzt verpißt euch«, rief sie den vor Schmerzen wimmernden Kerlen zu. »Keiner vermißt euch!«

Ihre Pistolen hatten Schirjajew und Eric der Zweite zu diesem Zeitpunkt bereits fallen gelassen. Sie sahen ein, daß sie in der Galerie Rose unerwünscht waren, wieselten haste-was-kannste zur Tür hinaus und tauchten im Weichbild der Hansestadt unter.

»Wie kann ich Ihnen danken?« fragte Ute, die den Vorgängen mit Interesse zugeschaut hatte.

»Indem Sie nächstesmal charmantere Freunde mitbringen«, sagte die Schlosserin. »Weil, die von grad eben, also, die hatten ja sowas von keinen Benimm! Aber lassen Sie mal erst Ihr Hälschen sehen … ui, ui! Die haben's aber gar nicht gut mit Ihnen gemeint! Ich glaube, Sie sollten sich einen besseren Umgang suchen … Dirk!

Haben wir Verbandszeug hier? Und irgendwas zur Wunddesinfektion?«

»Ich kuck mal nach«, sagte Rose und lief in den Keller.

»Und es ist wirklich nur ein Streifschuß?« fragte Gerold, nachdem Ute ihn ins Bild gesetzt hatte.

»Ja«, sagte sie. »Und ich bin gut verarztet worden. Schlimm wird's erst, wenn ich den Kollegen hier den Tathergang erklären soll. Da werd ich wohl ein bißchen flunkern müssen, denn ich denke nicht daran, die Beute herzugeben, für die ich mein Leben riskiert hab! In dem Umschlag stecken der Schlüssel und eine Blankovollmacht für das Schließfach in der Rabobank. Ich will heute noch nach Utrecht fahren, mir da 'n Hotelzimmer nehmen, morgen früh dann das Schließfach leeren und anschließend endlich mal wieder ein Wochenende in Bauksterhauk verbringen …«

»Bauksterhauk?«

»Ein anderes Wort für Boekzeteler Hoek.«

Gerold fragte sich, ob es ihm nicht lieber wäre, wenn seine Frau sich für einen weniger gefährlichen Job entschieden hätte. Personaldisponentin, Deutschlehrerin, Inklusionsbeauftragte oder Leihbibliothekarin – das waren doch alles schöne Berufe! Aber dann hätte er Ute natürlich nicht kennengelernt …

»Nimm dich bloß vor Schirjajew in acht«, sagte er.

»Keine Sorge. Mein Radarsystem wird mich warnen. Der liebe Wjatscheslaw hat ein Gesicht, das man nicht vergißt. Du bruukst hum blot ankieken, denn weetst du al Bescheed, wat he för 'n Leeven achter sück hett!«

»Und was ist mit dem Eric-Trump-Impersonator?«

»Was soll mit dem sein? Vor dieser Schmatzbacke ist mir nicht bange. Und wie sieht's in Rio aus? Hat Don Hoyos zur Abwechslung mal irgendwelche Bagatelldelikte begangen? Beförderungserschleichung? Ladendiebstahl? Mißachtung des Handyverbots am Steuer?«

»Nada«, sagte Gerold. »Der gammelt nur in seinem Penthouse rum und zieht sich Telenovelas und Quizsendungen rein. Ich hör ihn ja nonstop ab … Das heißt … Warte mal eben kurz … Ich glaube, da tut sich jetzt was. Ich ruf dich zurück!«

Eine halbe Stunde später gab Kommissar Gerolds Übersetzungsmaschine auf deutsch gehorsam wieder, was Don Alonso Hoyos auf spanisch ins Telefon geschrien hatte: »Willst du mich verarschen? Was? … Sag das nochmal, du kirgisischer Rosinenficker! … Eine Frau? Was für eine Frau? … Wie? Ihr habt euch von einer Frau übertölpeln lassen? … Nein, dafür gibt es keine Entschuldigung! … Wie? Was? Ich höre immer Galerie! Was für eine Galerie? … Eine übermächtige Streitmacht? In einer Kunstgalerie? … Und weshalb habt ihr diese Schweinetreiber nicht erschossen? … Ach? Und dann? … Eine Knochenprellung hast du? Und eine Muskelzerrung? Wie bedauerlich! Soll ich dir einen Heilpraktiker empfehlen? … Nein, das war nicht ernst gemeint, du schwanzlutschender Inzuchtpinscher! Du und dein falscher Freund, ihr werdet diesen Schlüssel und die Vollmacht wiederbeschaffen, sonst verpasse ich jedem von euch persönlich eine kolumbianische Krawatte, ihr nichtsnutzigen Gebärmutterabfallprodukte!«

Starker Tobak, dachte Gerold und meldete sich wieder bei der Fischerin.

Thomas Gsella taten die Füße weh. »Ich will auf halbem Weg mich niederlassen«, sagte er, den Dichter Heinrich von Kleist zitierend, und setzte sich auf einen umgestürzten Urwaldriesen. »Wer heut sein Haupt noch auf der Schulter trägt, hängt es schon morgen zitternd auf den Leib, und übermorgen liegt's bei seiner Ferse.«

Frank Schulz griff den Faden auf und deklamierte jene Zeilen, die sich in Kleists Drama »Der Prinz von Homburg« daran anschlossen: »Zwar, eine Sonne, sagt man, scheint dort auch, und über buntre

Felder noch, als hier: Ich glaub's; nur schade, daß das Auge modert, das diese Herrlichkeit erblicken soll!«

Auch Schulz fühlte sich schlaff. Die Flucht vor den Piranhas sei »ziemlich sketchy« gewesen. »Noch eine Seemeile mehr, und mir wären Kiemen gewachsen …«

Gsella sorgte sich vor allem um sein Säure-Basen-Gleichgewicht, das er im Normalfall mit einer Balance-Kombi aus Schüßler-Salzen der Pflüger GmbH aufrechterhielt, und es war ihm peinlich, daß er nicht mehr wußte, ob er seinen Halbjahresbeitrag an den gemeinnützigen Verein Aktion Gesunder Rücken e.V. überwiesen hatte. Um sich auf andere Gedanken zu bringen, absolvierte er mitten zwischen Büschelfarnen, Lianen und krautigen Kletterpflanzen ein achtteiliges Übungsprogramm, das sein Orthopäde ihm empfohlen hatte: Faszien-Warm-up, Armschwünge, Bauchmuskelpendel, Flamingostellung, rückwärtiges Bridging, Nackenrolle, Anti-Cellulite-Rolle und Dreieckstütz.

Danach hatte er den Kopf einigermaßen frei für die näheren Zukunftspläne. In Anbetracht der unendlichen Weiten des Regenwaldes bedürfe es, so Gsella, einer »klaren Exit-Strategie«.

»Du wolltest doch, daß wir nach Norden wandern«, sagte Schulz. »Dazu müssen wir aber erstmal rausfinden, wo Norden ist.«

»Hast du 'ne Nadel bei dir?«

»Nein. Wieso?«

»Wenn man eine Nadel magnetisiert und sie in einer Flüssigkeit schwimmen läßt, dann zeigt die Spitze nach Norden. Das hab ich mal in einem Katastrophenfilm jemanden sagen hören …«

»Und wenn ich 'ne Nadel hätte, wie würdest du die magnetisieren?«

Gsella sinnierte ein wenig. »Dann würd ich nach was Magnetischem suchen«, sagte er schließlich. »Vielleicht gibt's hier ja 'n Erdmagnetfeld.«

»Das umspannt die ganze Erde, Thomas.«

»Na, um so besser! Doch wir haben ja leider keine Nadel …«

Auch drei andere Methoden der Himmelsrichtungsbestimmung

schieden aus: Wegen des blickdichten Blätterdachs ließ der Sonnenstand sich nicht ermitteln, der Polarstern war erst recht nicht zu sehen, und an den Bäumen wuchs kein Moos.

Gsella schlug vor, »nach Gefühl« zu verfahren. »Mein Gefühl sagt mir nämlich, daß Norden irgendwo da vorne sein müßte!« Er deutete vage auf eine Art Schleichpfad zwischen zwei Flügelsamengewächsen.

»Und wie kommt dein Gefühl auf diese Idee?« fragte Schulz.

»Weiß ich nicht. Ich sag das halt so aus 'm Bauch raus.«

Von einem Bauch konnte bei Gsella allerdings kaum noch die Rede sein; ebensowenig wie bei Schulz. Ihr gemeinsamer Trip durch Südamerika wies bislang keines der charakteristischen Kennzeichen einer kulinarischen Entdeckungsreise auf. Zuletzt hatten sie sich hauptsächlich von Käfern und Schnecken ernährt und nur davon träumen können, die Menüfolge mit einem Ameisenbären, einem Riesentukan oder einem Seidenäffchen upzugraden.

Der von Gsella ausgewählte Pfad führte dann zwar nicht nach Norden, sondern nach Südosten, aber immerhin zu einer Kokospalme mit reifen Früchten.

»Fragt sich nur, wie wir da raufkommen sollen«, sagte Schulz.

Sie probierten es mit Räuberleiter: Gsella stieg über Schulz' verschränkte Hände auf dessen Schultern und sogar auf dessen Kopf, doch die Kokosnüsse hingen einfach zu hoch. Um so näher kam dem Aschaffenburger dafür auf einmal unangemeldet ein rostbraunes, pelziges und circa roggenbrötchengroßes Vogelspinnenweibchen der Gattung *Theraphosa blondi* entgegen. Es besaß eine Beinspannweite von dreißig Zentimetern sowie summa summarum acht Augen, und aus seinen Kieferklauen ragten zwei jeweils 1,7 Zentimeter lange Giftzähne hervor.

In der Absicht, Gsella seine Grenzen aufzuzeigen, schleuderte die Spinne ihm einige ihrer mit Widerhaken besetzten Haare in die Augen und stieß unflätige Zischlaute aus.

Das wäre jedoch gar nicht zwingend erforderlich gewesen. Bereits der erste optische Eindruck hatte Gsellas Knochenmark in Gelee verwandelt. Er schrie auf, verlor den Halt und fiel in einen Brennesselstrauch.

Nahezu gleichzeitig löste sich eine Kokosnuß aus der Palmenkrone und gongte Schulz auf den Schädel.

Es war ein Glückstreffer, denn nun konnten sie sich an dem Kokosnußfruchtfleisch laben, das bekanntlich den Gehalt an HDL-Cholesterin erhöht, die Muskelfette stärkt, frei von Lactose ist und Pilze, Viren und Bakterien tötet.

Vorher wollte die Kokosnuß freilich geknackt werden. Gsella tränten die Augen von den Spinnenhaaren, und Schulz tat seine Beule weh, aber trotz dieser Erschwernisse krauchten die beiden Vaganten umher, bis sie einen Stein gefunden hatten, der sich als Hackmesser verwenden ließ.

Die Ungeschicklichkeit, mit der sie vorgingen, trug ihnen mehrere Fingerverletzungen ein, doch schlußendlich gelang es dem Duo, die Kokosnuß zu halbieren und sich an ihrem Inhalt gütlich zu tun. Und das war noch nicht alles, denn die ausgekratzten Schalenhälften ließen sich als cross-funktionale Dual-Use-Produkte nutzen: zum einen als Trinkgefäße und zum anderen als Waffen.

In der Insektenbekämpfung waren sie allerdings nur von geringem Wert. Schlangenzikaden, Gnitzen und Neuwelt-Schraubenwurmfliegen, aber auch Gelbfieber- und Malariamücken leisteten Gewähr dafür, daß keine Partystimmung aufkam. Die vielen Stichquaddeln verschufen Schulz und Gsella eine kontinuierlich wachsende Ähnlichkeit mit Präparaten aus dem Horrorkabinett.

Und die Insektenwelt hatte noch weitere Pfeile im Köcher. Während Schulz und Gsella ein Verdauungsschläfchen hielten, näherte sich ihnen der Späher einer Kolonie von 24-Stunden-Ameisen. Die Vertreter dieses Völkchens verdanken ihren Namen der Tatsache, daß die Schmerzen, die ihr Biß verursacht, erst nach ungefähr vierundzwanzig Stunden nachlassen. Im Schmidt-Stichschmerz-Index des US-amerikanischen Entomologen Justin O. Schmidt nehmen diese Schmerzen auf einer von 1.0 bis 4.0+ reichenden Skala den höchsten Rang ein, wobei 1.0 für leichte und flüchtige Schmerzen steht, während Schmidt unter 4.0+ vermerkt hat: »Reiner, intensiver, strahlender Schmerz. Als würde man mit einem siebeneinhalb Zentimeter langen rostigen Nagel in der Ferse über glühende Holzkohle laufen.« Recht bekannt ist auch der Vergleich dieser Schmerzen mit jenen, die man wahrnimmt, wenn man bei lebendigem Leibe verbrennt.

Die Späherameise tastete sich an Schulz heran, umrundete seine Füße und spazierte in sein linkes Hosenbein. Dabei verfolgte sie keine bösen Absichten. Als er sich aber im Schlaf herumwälzte, biß sie zu.

Schulz fuhr hoch. Er fragte sich, wie ihm geschehen war, doch er fand keine Antwort darauf. Er sah sich außerstande, die Situation einer ruhigen Prüfung zu unterziehen. Stattdessen verfiel er in eine Raserei, neben der sich selbst die spätmittelalterlichen Veitstänze wie Zen-Meditationen ausgenommen hätten.

»Ist dir nicht gut?« fragte Gsella und stützte sich auf. Er hatte von Spanferkelbratenrezepten geträumt und die neue Lage noch nicht vollständig sondiert.

Zu allem Überfluß unterlief Schulz nun der Fehler, bei seinem Ausdruckstanz eine adulte Henkerwespe aufzustören. Auch deren Stich löst Schmerzen aus, die im Schmidt Sting Pain Index mit 4.0+ bewertet werden. Und selbstverständlich stach sie zu, als ihr der tobende und panisch blökende Schulz zu nahe kam. Entschieden hatte sie sich für eine Einstichstelle in der vorderen Halsregion.

Sein Immunsystem reagierte darauf mit einem anaphylaktischen Schock, der sich in Bronchospasmen äußerte sowie in einer großflächigen Rötung und Schwellung der Haut und einer rapiden Verengung der Atemwege.

Schulz kippte aus den Pantinen. Was zuviel war, war zuviel.

Und auch Gsella wurde jetzt plötzlich ein Nahtoderlebnis zuteil, denn eine Anakonda richtete sich über ihm auf.

Er bekam sie zwar nicht in ihrer vollen Schönheit zu sehen – insgesamt maß sie fünf Meter –, aber alles, was sie von sich zeigte, gefiel ihm außergewöhnlich schlecht, obwohl er keine Brille trug. Über

Würgeschlangen dieser Bauform hatte er sich als junger Zuschauer der Sendereihe *Im Reich der wilden Tiere* hinlänglich informiert.

Die Anakonda schien sich noch nicht schlüssig darüber zu sein, ob der Zweibeiner, den sie hier vor sich hatte, ihrem Nahrungsspektrum angehörte. Mit ihrer gespaltenen schwarzen Zunge nahm sie aus der Luft Gsellas Duftstoffe auf und führte sie der Riechschleimhaut im Gaumendach zu.

Mich kriegst du nicht, du Mistvieh, dachte er, sprang auf die Füße, wirbelte zweimal um die eigene Achse, verpaßte dem Kopf der Anakonda mit dem rechten Fersenbein einen harten Butterfly-Kick, wünschte ihr gute Besserung, schulterte Schulz und drang mit ihm tiefer ins Waldesinnere ein.

Jetzt sei er aber gespannt, sagte Gerold, als Ute ihn anrief. »Wie ist es in Utrecht gelaufen?«

»Gut!«

»Das beruhigt mich. Aber weshalb hast du dich denn nicht schon früher gemeldet?«

»Mein Handy hatte 'ne Ladehemmung, und eben war noch Koffjetied in Bauksterhauk.«

»Koffjetied?«

»Kaffeezeit.«

»Aha. Und was war nun in dem Schließfach, Miss Marple?«

»Ein ab Dienstag gültiger Gutschein für einen einwöchigen Aufenthalt im Ritz-Carlton in George Town auf der Insel Grand Cayman. Und ein Zettel, auf dem die Frage steht, welches Pferd letztes Jahr beim Dubai World Cup gewonnen hat.«

»Sonst nichts?«

»Doch. Da steht auch noch, daß ich sie mit ›In any case, it wasn't Jolly Jumper‹ beantworten soll.«

»Du? Wieso du?«

»Weil ich den Gutschein natürlich einlösen werde. Ich wollte schon immer mal auf die Cayman Islands.«

In Momenten wie diesem fehlten Gerold meistens die Worte.

»Den Flug hab ich bereits gebucht«, sagte Ute. »Am Montag geht's los. Von Hamburg über London und Miami. Ich bin dann zwar fast dreißig Stunden unterwegs, aber dafür kann ich auf Grand Cayman anschließend auch mal so kaiserlich residieren wie du in deinem Copacabana Palace. Dafür laß ich mich doch gern wieder krankschreiben. Und um deiner Frage zuvorzukommen: Die Mädchen sind mopsfidel! Meine Mutter hat ihnen drei Brummkreisel gekauft. Wenn se daarmit spölen, lachen se sück Kringels in de Buuk! Mein Vater hat sich aber leider 'ne Lungenentzündung eingefangen. Zum Glück nur 'ne leichte. Er hat nämlich seine Schubkarre neulich abends extra in der Einfahrt stehengelassen und dann die ganze Nacht in 'nem Versteck im Vorgarten auf den Dieb gelauert, der aber nicht erschienen ist ... Sag mal, bist du noch dran?«

»Ja.«

»Ist irgendwas?«

»Nichts Besonderes«, sagte Gerold, während er die Minibar öffnete. »Ich frag mich nur, nach welchem Drehbuch du weitermachen willst, nachdem du im Ritz-Carlton auf Grand Cayman Island ›In any case, it wasn't Jolly Jumper‹ gesagt hast.«

»Das wird mir dann schon einfallen«, sagte Ute. »Das ist ja offensichtlich 'n Authentifizierungscode, mit dem ich meinem Gegenüber beweisen kann, daß ich die Person bin, die er sucht.«

»Ja, aber die bist du nun mal nicht! Diese Person müßte doch wohl dieser Eric-Trump-Doppelgänger sein, für den der Schließfachschlüssel bestimmt war!«

Die Fischerin sagte, sie werde eben improvisieren. »Und wo du gerade von Eric dem Zweiten sprichst: Ich hätte fast vergessen zu erzählen, daß ich ihm und seinem Blutsbruder Schirjajew heute vormittag in Utrecht wiederbegegnet bin! Die sind da sozusagen in den Ansitz gegangen, wie es in der Jägersprache heißt, um mich vor der Rabobank abzufangen, aber da hab ich zwei Techniken angewandt, die mir der Galerist Dirk Rose gezeigt hat: Chukyo-Makki und Palkup-dollyo-Chigi. Hat gut funktioniert! Als ich später aus der Bank rausgekommen bin, haben sie immer noch in ihrem eigenen Auswurf gelegen …«

Gerold hatte sich inzwischen innerlich mit einem Gin gefestigt.

»Nun bist du aber mal an der Reihe«, sagte Ute. »Klär mich auf! Ist Don Hoyos wieder im Fernsehkartoffelmodus?«

»Nein«, sagte Gerold. »Er will morgen früh abreisen. Die Polizei hat seine Finca durchsucht, und damit sowas nicht wieder vorkommt, will er ein paar Leuten im kolumbianischen Staatsapparat persönlich die Hammelbeine langziehen. Wahrscheinlich geht das Ganze auf die Canzonen von Lorenzo Romani zurück. Für den ist jedes Haftjahr, das man ihm erlassen könnte, hundertmal wichtiger als die Treue zu seinem alten Bundesgenossen Don Hoyos.«

»Und wie sehen deine eigenen Pläne aus?«

»Ach, ich glaub, ich werd hier noch zwei Monate lang faulenzen und den Miezen am Strand nachsteigen … Just kidding! Nein, ich werde mich natürlich an Don Hoyos' Hacken heften. Was macht deine Halswunde?«

»Hat sich von selbst repariert.«

»Eu amo-te.«

»Was heißt das?«

»Das ist portugiesisch und heißt ›Ich liebe dich‹.«

»Ick lehr di ook.«

»Was heißt das?«

»Komische Frage. Das ist ostfriesisch und heißt ›Ich liebe dich auch‹, du Holzkopf.«

Als Grietje, Gerreltje und Galtje abends im Bett lagen, sang Ute ihnen ein Wiegenlied vor, mit dem sie selbst als kleines Kind so manches Mal von ihrer Urgroßmutter Eefje in den Schlaf gesungen worden war: »Süse mien Lamm, süse mien Lamm … Moder wull kieken, of Vader kwam … Vader was so wiet weglopen … Wull sien Puppi 'n Kaukje kopen … Süse mien Lamm, süse mien Lamm … Moder wull kieken, of Vader kwam …«

Rund neuntausend Kilometer südwestlich von Boekzeteler Hoek kaperten Hildur Graf Norbert von Hötzendorf und Korbinian Scheuerlapp währenddessen auf dem Amazonas ein kleines Forschungsboot von Greenpeace, warfen die Besatzung über Bord und gaben Vollgas. Den Piranhas, die dann doch mehr Geschmack an dem dickeren und weniger wehrhaften Arturo Miguel Infante gefunden hatten, waren sie entronnen, und jetzt wollten sie's noch einmal wissen.

19

In Rio de Janeiro hatten Rayk Wieland und Michael Ringel noch immer nicht die kleinste Spur von Frank Schulz und Thomas Gsella entdeckt. Selbst Tiefeninterviews mit Angehörigen der Straßenbettlerszene waren unergiebig geblieben.

Um einen neuen Forschungsansatz einzubringen, bestellte Wieland beim Zimmerservice ein Scrabble-Spiel.

»Und was stellen wir damit an?« fragte Ringel, der auf dem Hotelzimmerbalkon auf einer Sonnenliege ruhte.

»Wir brauchen jetzt nochmal dein glückliches Händchen«, sagte Wieland. »Du mußt in den Sack mit den Buchstaben greifen, und wenn wir Glück haben, bringst du uns damit ins Rennen zurück …«

»Ein Körnchen Glück ist besser als eine Eselsladung Geschick«, sagte Ringel, kostete von einem Papaya-Ingwer-Maracuja-Longdrink und fächelte sich mit seinem Pelé-Autogramm Luft zu. »Persisches Sprichwort. Schon mal gehört?«

Nein, hatte Wieland nicht. Er befingerte das Horn an seiner Stirn – ein Memorial des Raubüberfalls in der Rua Santo Amaro – und wartete auf das Scrabble-Spiel.

Nachdem es eingetroffen war, nahm er den Buchstabensack heraus, hielt ihn Ringel hin und sagte: »Zieh!«

»Und wie oft?« fragte Ringel.

»Weiß ich nicht. Wir machen's so: Ich zähle stumm von eins bis hundert, und du rufst irgendwann ›Stop‹, okay?«

Wieland zählte, und er war bei der Zahl 15 angelangt, als Ringel »Stop« rief.

»Gut«, sagte Wieland. »Du ziehst jetzt fünfzehn Buchstaben aus dem Säckchen, und mit denen versuchen wir irgendwie weiterzukommen …«

Ringel zog ein T, dann noch ein T, dann noch ein T, dann noch ein T, dann ein C, dann dreimal in Folge ein I, dann ein H und zum Schluß jeweils zweimal nacheinander ein A und ein S und ein O.

T T T T C I I I H A A S S O O

Unter Hinzuziehung eines Generators für Anagramme stellte Wieland daraus eine Wörterliste zusammen, von der er sich Aufschlüsse erhoffte:

OTTO IST ISAAC HIT
ISCHIA IST TATTOO
TITO TAT ICH OASIS
ASIAT SCHIIT OTTO
O ICH ASIAT IST TOT
SO TOT IST THAI CIA

»Könnte sein, daß wir in Thailand weitersuchen müssen, aber dort bloß noch ein Grab vorfinden werden«, sagte Wieland.

Ringel stand kummervoll von seiner Liege auf und beugte sich über das Tischchen, auf dem die Buchstabenklötzchen lagen. Dabei flog ihm eine Fruchtfliege in die Nase, und er mußte so kräftig niesen, daß er stolperte und den Tisch umstieß. Danach fanden die Klötzchen sich in der folgenden Anordnung auf dem Fußboden wieder:

TITOS TACOS HAITI

Es war nicht schwer zu ergoogeln, daß es auf Haiti ein Lokal namens Tito's Tacos gab, und schon zwei Stunden später brachen Wieland und Ringel zu einer Flugreise nach Port-au-Prince auf, wo sie sich im Tito's Tacos nach Schulz und Gsella umsehen wollten.

Don Alonso Hoyos hatte inzwischen vieles gestrichen satt – die ungewohnte Keckheit der kolumbianischen Kriminalpolizei, die Pflichtvergessenheit der von ihm geschmierten Politiker, das unfaßbare Gestümper dieser Grützköpfe in Hamburg und Utrecht, die Treulosigkeit der dreckigen Petze Lorenzo Romani und die Stokkungen auf den internationalen Drogenhandelsverkehrswegen sowie das Dauergejammer seiner Tochter Isabel, die seit vielen Tagen vergeblich nach einem Lebenszeichen ihres Ehemanns hungerte.

Über all das war Kommissar Gerold genau im Bilde. In der letzten Nacht in Rio hatte er sich mit ein paar neuen Utensilien aus dem Shop von Lissandro zum zweitenmal in Don Hoyos' Hotelsuite geschlichen, um einige von dessen Besitztümern zu verwanzen.

»Und das war wohlgetan«, sagte Henning Riesenbusch bei einem telefonischen Plausch. »Auf das Handy wäre ja jeder gekommen, Herr Gerold, aber daß Sie selbst an den Rasierpinsel gedacht haben, ist überaus pfiffig!«

»Jetzt kann ich jedenfalls auch den Selbstgesprächen lauschen, die der Don daheim in seinem Badezimmer führt«, sagte Gerold. »Unter der Dusche hat er vorhin eine spanische Fassung der Arie ›Der Hölle Rache kocht in meinem Herzen‹ aus der ›Zauberflöte‹ gesungen. Er scheint in seiner Finca einen größeren Feldzugsplan auszubrüten.«

»Und wo sind Sie?«

»Ungefähr dreißig Kilometer von der Finca entfernt in einer kleinen Pension in Cartagena de Indias an Kolumbiens Karibikküste.«

»Oh! Ein nettes Fleckchen Erde! Versäumen Sie es nicht, dem Feinkostgeschäft Tienda la gran Orquidea einen Besuch abzustatten, falls es das noch gibt. Man bekommt dort Baisers mit Walnußkrokant und Bitterschokolade, die weltweit ihresgleichen suchen! In Cartagena, müssen Sie wissen, hab ich mal mit einem Kopfgeldjäger verhandelt, der mir den Skalp von Schlicktown-Heinz liefern wollte, einem Wilhelmshavener Unterweltkönig, der seine Fäden bis ins karibische Küstentiefland gesponnen hatte. Ewig her!«

Um Riesenbusch wieder in die Gegenwart zurückzulotsen, teilte

Gerold ihm mit, daß der Berliner *taz*-Redakteur Michael Ringel in die Familie Hoyos eingeheiratet habe. »Ich bin ihm in Rio begegnet. Ein völlig undurchschaubarer Geselle. Ist derzeit zusammen mit dem Journalisten Rayk Wieland aus Leipzig in ganz Südamerika auf Achse, um nach den verschollenen Schriftstellern Frank Schulz und Thomas Gsella zu suchen. Ich glaube, Sie sollten mal Ringels Steuererklärungen röntgen lassen. Als Schwiegersohn von Don Hoyos lebt er sicherlich nicht mehr von der Hand in den Mund. Wenn sich da Unstimmigkeiten ergeben, läßt sich der gute Mann vielleicht dazu überreden, uns mit Spionagediensten gefällig zu sein …«

»Fabelhaft«, sagte Riesenbusch. »Dieser Tip ist nicht mit Gold aufzuwiegen. Weiter so, Herr Gerold!«

Auch in Port-au-Prince waren Michael Ringel und Rayk Wieland im ersten Haus am Platze abgestiegen, dem Marriott, und Ringel bestand darauf, etwas Gescheites zu essen, bevor sie das Tito's Tacos ansteuerten.

Weil Wieland an einer Magenverstimmung litt, beschränkte seine Rolle sich auf die eines Zuschauers, als Ringel sich in einem der besten Restaurants der Stadt den Bauch vollschlug. Ein Kürbiscremesüppchen, eine nachtblaue Hummernadel, drei über Eichenholz geräucherte Süßkartoffeln, eine Auswahl junger Karottensprossen mit Radieschenblättern und ein mit Meerrettich gesäuertes Purpurtartar bildeten dabei die Ouvertüre zu dem eigentlichen Hauptereignis, einer mit Kastaniensplittern verfeinerten Makrone-Guanaja-Trüffel-Eisbombe, für die Tausende ärmerer Feinschmecker ihre Seele verkauft hätten.

»Schweinelecker war das«, sagte Ringel und wischte sich mit seiner Serviette den Schweiß vom Gesicht. »Und jetzt auf in die Schlacht!«

Im Tito's Tacos fand sich dann jedoch auch wieder keine Spur von Schulz und Gsella. Man tanzte dort wie außer Rand und Band zur Musik einer Reggae-Band, und keiner der Gäste konnte oder mochte Ringel und Wieland weiterhelfen. Manche wurden sogar ausfällig und verbaten sich jede weitere Frage.

Bleibt noch Thailand, dachte Wieland.

Ein kleiner Hoffnungsfunke glomm erst auf, als sie um vier Uhr früh von einem Transvestiten zu einer privaten Feier eingeladen wurden. Sie folgten ihm in eine Hinterhauswohnung, in der an die einhundert Menschen zu heißen karibischen Rhythmen ein Tänzchen wagten. An die Neuankömmlinge wurden originelle Kostüme ausgegeben. Für Wieland fiel dabei die Tracht einer Hochlandbäuerin ab und für Ringel das schnittige, wenngleich etwas zu enge Trikot einer Ballerina.

Hier hätten sich die Nachforschungen in Sachen Schulz und Gsella fortsetzen lassen können, aber daraus wurde nichts. Ringel und Wieland waren noch nicht einmal bis zur Hausbar vorgedrungen, als die Polizei die Wohnung stürmte. Nachbarn hatten sich über den Lärm beschwert, und der Polizeichef von Port-au-Prince war nur allzu gern bereit, der Partyszene eins auszuwischen. Er mißgönnte jedermann die Lebensfreude, seit er infolge eines Leistenbruchs zu Gott gefunden hatte.

Alles spritzte in wilder Hast auseinander. Wieland flüchtete in die Küche, sprang aus dem Fenster und landete acht Meter tiefer in einem Container mit Schlachtabfällen. Auch Ringel schwang die Hufe, doch er wurde ebenso wie die meisten anderen Gäste festgenommen und fand sich bald darauf in der Großraumzelle eines Frauengefängnisses wieder. Die Polizisten hatten offenbar nicht genau genug hingesehen.

Ringel und seine Zellengenossinnen versuchten das Beste aus der Situation zu machen. Er regte an, mit einer kurzen Vorstellungsrunde zu beginnen – Name, Alter, Familienstand, Leibgerichte, Hobbys, Woher und Wohin –, was sich jedoch als unpraktikabel erwies, da er sich das alles nicht merken konnte. Stattdessen kam man sich bei einem haitianischen Gruppentanz näher, der wie dazu geschaffen war, die hierarchischen Geschlechterkonstruktionen aufzulösen und in allen Beteiligten das Feuer der Sinnlichkeit anzufachen.

Fast unmerklich ging das Tanzgeschehen in ein kokettes Spiel mit den Schamgrenzen über. Die ersten Krinolinen und Korsagen glitten auf den Zellenboden, und nicht lange darauf regnete es auch Tops, Pumps, Netzstrumpfhosen, Bustiers und Unterzeug.

Eine Atmosphäre atemloser Erwartung erfüllte den Raum, als Ringel nun seinerseits zu einem Striptease ansetzte. Mit einer Geschmeidigkeit, wie sie nur Naturtalenten zu Gebote steht, schälte der *taz*-Redakteur sich aus seinem Trikot, wirbelte es am Zeigefinger seiner linken Hand fünfmal im Kreis, zog es dann ruckartig in die Länge und ließ es in die aufkreischende Damenrunde flitschen.

Danach gewährte er sämtlichen Mitgefangenen den Nießbrauch seiner Körperkraft. Sie wären allerdings auch ohne Ringels Einwilligung nicht mehr zu bremsen gewesen.

Wohl noch nie hatten sich in dieser Zelle vorher solche Szenen zugetragen. Der Putz bröckelte von der Decke, die Gitter zitterten, und alle Wände hallten von den Wonneschreien wider.

Dem Wachpersonal wurde das irgendwann zu bunt. Zwei Schließer erschienen, um der Sache auf den Grund zu gehen. Als sie begriffen, was dort ablief, versuchten sie Ringel aus der Zelle herauszuholen, aber das mißglückte ihnen – sie wurden von den überreizten Frauen gebissen, geohrfeigt, verprügelt und niedergerannt.

Bei dem Massenausbruch, der anschließend erfolgte, gewann auch Ringel seine Freiheit wieder. Jetzt könnte ich einen Batida de Côco vertragen, dachte er und bummelte ins Vergnügungsviertel zurück.

20

Der Fischerin ging es bombig. Sie hatte eine Schnorchelausrüstung gemietet und sich zwischen Riffbarschen, Falterfischen und Seesternen in den Korallengärten umgesehen, die berühmten Kristallhöhlen besichtigt, sich im Kaibo Beach Restaurant eine Fladenbrotpizza mit getrüffelten Champignons schmecken lassen, vor der Sandbank Stingray City riesige Stachelrochen mit Tintenfischen gefüttert, im Spa des Ritz-Carlton eine sogenannte Kaviarmassage genossen, an einem Hubschrauberrundflug über die Insel teilgenommen und einen Cocktail namens Tiki Punch verkostet: weißer Rum, brauner Rum, Ananassaft, Orangensaft und Granatapfelsirup mit einer in Rum getränkten Kirsche.

Jetzt kam sie mit einem Handtuch um den Kopf aus der Dusche, hörte das Zimmertelefon klingeln und nahm ab.

»Which horse won the Dubai World Cup last year?« fragte eine heisere Männerstimme.

»In any case, it wasn't Jolly Jumper«, sagte Ute.

Schweigen am anderen Ende. Dann legte der Anrufer auf.

Es muß bitter sein, wenn man sich ein Gespräch mit Eric dem Zweiten erhofft und dann bloß mich an den Apparat kriegt, dachte Ute, während sie sich anzog.

Fünf Minuten später klopfte es.

Sie öffnete. Vor der Tür stand ein orientalisch aussehender Herr mit einem ansehnlichen Turbangewinde. Da er sich ihr nicht vorstellte, taufte sie ihn im stillen auf den Namen Sindbad. Das paßte gut, weil er nach Lebertran roch, so wie es einem Seefahrer wohlanstand.

Die Kommissarin ließ Sindbad eintreten und bot ihm einen Drink an, doch den lehnte er ab. Er nahm auch nicht Platz. »I'm a little confused«, sagte er. »I was expecting somebody else.«

»The other one is indisposed«, sagte Ute.

Sindbad brauchte eine Weile, bis er seine Zweifel überwunden hatte, aber schließlich zeigte er der Kommissarin ein Zettelchen, auf dem stand:

Little Caesars Pizza
Calzada de los Misterios 142
Mexico City
Ask for Nicodemo

»Memorize it well«, sagte er. Dann knüllte er das Zettelchen zusammen, steckte es sich in den Mund, verschluckte es und verabschiedete sich mit der Zukunftsprognose: »We're all going to make a fortune.«

Träum weiter, dachte Ute, schloß die Tür hinter ihm und untersuchte die Brieftasche, die sie ihm gestohlen hatte. Laut seinem Reisepaß hieß er Hossein Yazdani, laut seinem Internationalen Führerschein Abolfazi Ememei und laut seiner American-Express-Karte Faranak Rasoulof. Ein vielseitiger Mann!

Ute steckte alles zurück in die Brieftasche, schleuderte sie in den Hotelflur, in der Annahme, daß Sindbad sie schon sehr bald vermissen werde, und rief Gerold an.

»Schwer zu begreifen, das Ganze«, sagte er, nachdem Ute ihm von ihrem Besucher erzählt hatte. »Wozu dieser Zirkus mit dem Schließfach in Utrecht, dem Hotelzimmer in George Town und jetzt auch noch mit 'ner Pizzeria in Mexiko-City? Das ist doch hirnrissig!«

»Besünners in't digitaalsch Tietöller.«

»In't was?«

»Im digitalen Zeitalter.«

»Na eben! Ich meine, was verspricht Don Hoyos sich davon?«

»Frag mich was Leichteres. Wie isser denn so drauf, der Gute?«

»Ziemlich übel«, sagte Gerold fröhlich. »Er wirft von morgens bis abends mit Kraftausdrücken um sich, die der Urogenitalsphäre entstammen, mag seinen Frühstücksbrei nicht mehr, tritt seine Hunde, schlägt seinen Consigliere, stößt in einer Tour irgendwelche Aktienpakete ab und verschiebt in aller Welt unter großem Gefluche Milliardensummen. Und beim Duschen singt er bloß noch ›Don't Go Breaking My Heart‹.«

»Da kommen einem ja die Tränen.«

»Nicht wahr? Vor allem bei den Zeilen: ›Woo hoo / Nobody knows it / Woo hoo / When I was down …‹«

»Der Ärmste!«

Gerold lächelte und gab seiner Vermutung Ausdruck, daß Don Hoyos' Stimmung sich weiter eintrüben werde, sobald eine gewisse Uelzener Hauptkommissarin dessen Freund Nicodemo in Mexiko-City abgeschöpft habe.

»Immer suutje«, sagte Ute. »Zuerst mach ich mir hier noch 'n paar schöne Tage. Ohne mich kriegen Don Hoyos und seine Leute ihren komischen Uran-Deal ja sowieso nicht gebacken!«

Nach zahllosen Angriffen von Vampirfledermäusen, Pfeilgiftfröschen und Alligatorwanzen war Thomas Gsella irgendwann zusammengeklappt. Wilderer hatten ihn und Frank Schulz in einer morastigen Bodenvertiefung liegen gesehen, gefangengenommen, in die am östlichen Ufer des Rio Negro gelegene Stadt Manaus verschifft und an einen Hehler verkauft, von dem sie gemeinsam mit zwei Dutzend Leidensgefährten nach Caracas ausgeflogen und mit geringem Gewinn an den galgengesichtigen Eigner einer venezolanischen Zuckerrohrplantage weiterverkauft worden waren, Alberto Rizi, genannt El Tornillo de Banco (»Der Schraubstock«).

Dort mußten sie unter freiem Himmel die Förderschnecken der Erntefahrzeuge entrosten.

Um die richtige Betriebstemperatur für diese Tätigkeit zu erreichen, machte Gsella bei Schichtbeginn zwölf Rumpfbeugen. Schulz hingegen, der noch an seinen Erfahrungen mit der 24-Stunden-Ameise und der Henkerwespe zu knabbern hatte, schaltete auf Autopilot und trat daher bereits am ersten Arbeitstag aus Unachtsamkeit mit dem linken Fuß auf einen rostfleckigen Eisendorn, der im 16. Jahrhundert aus der Panzerung eines Konquistadors gefallen war. Die Spitze bohrte sich zwischen dem ersten und dem zweiten Mittelfußknochen hindurch und kam oberhalb des Spanns wieder zum Vorschein.

Um solche Dinge hatten Rizis Zwangsarbeiter sich selbst zu kümmern. Für einen Betriebsarzt hätte die Firma kein Geld erübrigen können, denn der Zuckerrohrmarkt war sehr hart umkämpft.

In dem Bretterverschlag, der den Plantagenarbeitern als Nachtquartier diente, zog Gsella seinem Mitstreiter Schulz den Dorn am späten Abend mit den Zähnen aus dem Fuß, während das Heer der Arbeitskollegen sich allmählich zur Ruhe begab und den Gewürzschrank seiner Leibeswinde öffnete.

Man konnte ohne jede Übertreibung von einer nervlichen Zerreißprobe sprechen, der die beiden Dichter sich hier ausgesetzt sahen.

Mißgelaunt umwickelte Schulz seinen wehen Fuß mit einem Stück Pappe, und Gsella zog wieder einmal über »die da oben« vom Leder. »Für die sind wir bloß willenlose Arbeitsbienen«, schimpfte er. »Gewerbetreibende wie dieser Rizi fragen sich auch nie, zu welchem Motivationstypus wir eigentlich gehören. Die scheren uns alle über denselben Kamm, anstatt sich mal zu fragen, ob sie mit der Hypnotherapie nach Milton H. Erickson nicht viel bessere Ergebnisse erzielen könnten! Dazu müßten sie uns als Arbeitnehmer aber natürlich erstmal in einen Tiefenentspannungszustand versetzen und sicherstellen, daß wir durch reaktivierte Erinnerungen nicht retraumatisiert werden …« In einem Buch des Fußballtrainers Dettmar Cramer habe er mal gelesen, daß die Tiefenentspannung durch die Weitstellung der peripheren Blutgefäße einen verbesserten Abtransport der Stoffwechselendprodukte ermögliche, die infolge einer starken psychophysischen Belastung entstanden seien …

Vor dem Zubettgehen schrieb er mit Petroleumlampenruß die erste Strophe eines alten Kirchenliedes an die Bretterwand:

Ich möchte heim, mich zieht's dem Vaterhause,
Dem Vaterherzen zu;
Fort aus der Welt verworrenem Gebrause
Zur stillen, tiefen Ruh;
Mit tausend Wünschen bin ich ausgegangen,
Heim kehr ich mit bescheidenem Verlangen,
Noch hegt mein Herz nur einer Hoffnung Keim:
Ich möchte heim.

Schulz schrieb die zweite Strophe darunter:

Ich möchte heim, bin müd von deinem Leide,
Du arge, falsche Welt;
Ich möchte heim, bin satt von deiner Freude;
Glückzu, wem sie gefällt!

Weil Gott es will, will ich mein Kreuz noch tragen,
Will ritterlich durch diese Welt mich schlagen,
Doch tief im Busen seufz ich insgeheim:
Ich möchte heim.

21

Don Alonso Hoyos machte keine halben Sachen mehr. Die von ihm mit so viel Liebe zum Detail zusammengestellte Schwarze Liste war nur bruchstückweise abgearbeitet worden, alles ging den Bach hinunter, und nun drohte auch noch das mit List und Tücke eingefädelte Urangeschäft zu platzen – höchste Zeit also, der Menschheit eine Lektion zu erteilen.

Binnen weniger Tage hatte er alle seine Geschäftsbeteiligungen aufgegeben und sein gesamtes Vermögen auf ein Konto der Banco de Bogotá transferiert, das er jetzt auflösen wollte. Die internationalen Finanzmärkte gerieten dadurch in Unruhe. Während die Aktienkurse weltweit auf Talfahrt gingen, stieg der Volatility Index der Terminbörse Chicago Board Options Exchange, das wichtigste Sorgenmeßgerät der Wall Street, um mehr als 50 Prozent an. Auch der CNN Business Fear & Greed Index verortete die Anlegerstimmung im Bereich der extremen Furcht, und in Deutschland schoß das Angstbarometer V-Dax sogar um fast 60 Prozent in die Höhe.

Analysten der italienischen Großbank Unicredit registrierten eine breitflächige Flucht aus riskanten Vermögenswerten in vermeintlich sichere Staatsanleihen. Nach Einschätzung des Baseler Finanzstabilitätsrats handelte es sich zwar nur um »kurzfristige Verwerfungen«, aber als der Schweizer Leitindex SMI, der Euro-Stoxx 50 und der französische CAC 40 beim Handelsstart um mehr als 15 Prozent einbrachen und der Nasdaq Composite Index um elf Prozentpunkte sank, kriegten selbst die hartgesottenen Investmentberater von UBS Global Wealth Management kalte Füße.

Und an allen Ecken und Enden fehlte das von Don Hoyos abgezogene Kapital.

Die globale Finanzmarktkrise wirkte sich auch auf den Zuckerrohrhandel negativ aus. Um akuten Zahlungsschwierigkeiten vorzubeugen, verkaufte Alberto Rizi einen Teil seines Personalbestands an das mexikanische Zetas-Kartell und charterte eine Transall C-160 für den Transport.

Wegen ihrer miserablen Arbeitsleistung wurden Schulz und Gsella gleich als erste eingebordet. Rizi konnte sich nicht erinnern, je zuvor zwei linkischere Vögel beschäftigt zu haben. Um sie zu bestrafen, untersagte er das Mitnehmen von Trinkwasser.

Sandig, staubig, eng und stickig war es im Laderaum der Transall, und nach einer Stunde begannen Gsellas Geisteskräfte zu schwinden. »Egal, wie gesund du lebst«, sagte er zu Schulz, »mit zunehmendem Alter steigt dein Risiko für Gürtelrose. Doch du kannst was dagegen tun, Frank. Schütz dich vor Gürtelrose! Sprich mit deinem Arzt!«

»Tu ich, Thomas, tu ich«, sagte Schulz und warf einen besorgten Blick auf die Schweißbäche, die Gsella über das Gesicht rannen.

Der aber war mit seinen Gedanken schon wieder woanders. »Ja, ich weiß, woher ich stamme!« rief er. »Ungesättigt gleich der Flamme glühe und verzehr ich mich. Licht wird alles, was ich fasse, Kohle alles, was ich lasse: Flamme bin ich sicherlich!«

Das kann ja noch heiter werden, dachte Schulz.

Die Reise endete jedoch viel früher als geplant. Weil Rizi mit dem Treibstoff gegeizt und zwei unerfahrene Piloten engagiert hatte, stürzte die Transall einige Luftmeilen nördlich der guatemaltekisch-mexikanischen Grenze über einem Urwaldgebiet ab und blieb spotzend und qualmend in einer Baumkrone stecken.

Schulz und Gsella waren die einzigen, die sich zu Boden hangeln konnten, bevor das Flugzeug explodierte. Von einigen glühheißen Bauteilen – zwei Propellerturbinen, einer Sextantenhalterung und einer Trimmklappe der Höhenruderflosse – wurden sie nur knapp verfehlt.

»Unser zweiter Crash in diesem Sommer«, sagte Gsella, der wieder zu Verstand gekommen zu sein schien.

»Nicht zu vergessen die Havarie der Prinzessin Rosemarie«, sagte Schulz.

»Stimmt! Damit hat das ganze Elend ja angefangen!«

»Und wohin jetzt?«

Guter Rat war teuer. Ringsumher erblickten sie in der flirrenden Hitze nur Waldesgrün und dicke Kojotenkothaufen.

Um die Klimaziele zu erreichen, müßten die Leute hier noch viel tun, wollte Gsella sagen, weil er so schwitzte, aber eine rotgefärbte Hand verschloß ihm den Mund.

Schulz glaubte nicht richtig gesehen zu haben, doch auch er wurde auf einmal von fremden Händen umschlungen.

In Berlin traten die fünf Wirtschaftsweisen zusammen, die den Sachverständigenrat zur Begutachtung der gesamtwirtschaftlichen Entwicklung bildeten. In Ansehung der katastrophalen Daten gelangten sie zu dem Urteil, daß Feinsteuerungsmaßnahmen der Europäischen Zentralbank notwendig seien.

Spekulationsbedingt erreichten die Energie- und Nahrungsmittelpreise ein neues Rekordniveau, die BIP-Volumenschätzungen verloren ihre Gültigkeit, und es gab keinen Anlaß mehr, sich auf den nächsten Ifo-Geschäftsklima-Index zu freuen.

»Caramba«, sagte Henning Riesenbusch. »Glauben Sie wirklich, daß allein dieser Don Hoyos die treibende Kraft hinter alledem ist?«

»Für mich sieht's jedenfalls ganz danach aus«, sagte Gerold. »Er hat nicht das gekriegt, was er wollte, und jetzt versucht er, die Weltwirtschaft zum Erliegen zu bringen.«

»Dann sollten Sie da unbedingt am Ball bleiben, Herr Gerold!«

»Geht klar. Und haben Sie inzwischen was über Michael Ringel rausgekriegt?«

»Durchaus, Herr Gerold, aber je mehr man über diesen Mann erfährt, desto unverdächtiger nimmt er sich aus. Richten Sie lieber Ihr volles Augenmerk auf Don Hoyos. Ich habe Grund zu der Annahme, daß er jetzt auch ins Visier der Defense Intelligence Agency der Vereinigten Staaten geraten ist. Das hat mir ein alter Freund signalisiert, der für den Militärnachrichtendienst der US-Marine arbeitet. Glückauf!«

»Glaubst du, daß die uns was Böses tun wollen, Frank?« fragte Gsella.

»Möglich ist heutzutage ja leider alles«, sagte Schulz.

Sie hätten nicht sagen können, wie lange sie betäubt gewesen waren. Jetzt lagen sie jedenfalls in einem vergitterten Räderkarren aus Holz, der von Männern in Kriegsbemalung über eine schmale Kopfsteinpflasterstraße gezogen wurde.

»Sind das Mayas?« fragte Gsella.

»Könnten auch Azteken sein«, sagte Schulz.

»Gibt's die denn noch?«

»Anscheinend schon.«

Nach einer kurzen Denkpause fragte Gsella: »Du weißt nicht zufällig, wie man auf aztekisch ›Wir kommen in friedlicher Absicht‹ sagt, oder?«

»Nein, zufällig nicht«, sagte Schulz. »Aus Kreuzworträtseln weiß ich nur, daß die Aztekensprache Nahuatl heißt …«

Die Straße führte auf einen Platz mit einer gewaltigen Tempelanlage.

Schulz sagte, daß ihm die Sache immer weniger gefalle, und Gsella pflichtete ihm bei.

Vor einem steinernen Eingangstor wurden sie unsanft aus dem Karren geholt, entkleidet und bemalt, und als die Farbe trocken war, durften sie jeder einen grobgewirkten Lendenschurz aus mineralisch gegerbtem Flechtleder anziehen. Danach wurden die beiden

Reimschmiede von Vogelmasken tragenden Gestalten in den Tempel hineingestoßen und im Fackelschein an einer Menagerie voller Lanzenottern und Klapperschlangen vorbei zum Fuß einer blutbesudelten Treppe geführt.

»Ich will da nicht rauf«, sagte Gsella.

»Ich ebensowenig«, sagte Schulz und teilte das auch einer der Vogelmasken mit: »We don't want to go up there!«

Die Antwort bestand aus garstigen Befehlstönen sowie Knüffen, Püffen und Tritten.

»Wir beugen uns der Gewalt, aber nur gegen unseren Willen!« rief Schulz.

Nach ungefähr zweihundert Stufen stimmte Gsella ein Protestlied an: »Zu Mantua in Ba-han-den der treue Gsella war … in Mantua zum To-ho-de führt ihn der Feinde Schar … Es blutete der Brüder Herz … Ganz Deutschland, ach, in Schmach und Schmerz … Mit ihm das Land Tiro-ho-hol, mit ihm das Land Tirol!«

Schauerlich hallte das Lied durch das Treppengewölbe, und Schulz fragte sich bekümmert, ob der Verstand seines Freundes sich wieder umnebelt habe.

Der aber sang planvoll weiter: »Die Hände auf dem Rü-hücken, der Thomas Gsella ging … mit ruhig festen Schri-hi-tten, ihm schien der Tod gering … Der Tod, den er so manchesmal … vom Iselberg geschickt ins Tal … im heil'gen Land Tiro-ho-hol, im heil'gen Land Tirol!«

Weiter oben setzten Trommelwirbel und Fanfarenstöße ein. Zu vernehmen war auch das satanische Gequäk von Muschelhorntrompeten.

Gsella sang feste dagegen an: »Doch als aus Kerkergi-hi-ttern im festen Mantua … die treuen Waffenbrü-hü-der die Händ' er strekken sah … da rief er laut: ›Gott sei mit euch … mit dem verrat'nen Deutschen Reich … und mit dem Land Tiro-ho-hol, und mit dem Land Tirol!‹«

Für Gsella spielte es dabei keine Rolle, daß er noch nie in seinem Leben in Tirol gewesen war und auch nur eine verschwommene

Vorstellung davon hatte, wo diese Region überhaupt lag. Was für ihn zählte, war allein die Demonstration der Todesverachtung, mit der er einen Gang antrat, der womöglich sein letzter war.

Auf der Tempelplattform loderten Flammen aus goldenen Feuerbecken, und dazwischen dampfte es aus Räucherpfannen, in denen Kopalharz und Kautschuk schmurgelten – das Blut der Bäume. Das erste, was Schulz und Gsella erblickten, als sie den Kopf der Treppe erreichten, war allerdings eine Pyramide aus fünfzig Totenschädeln.

Vom Firmament glühte die mexikanische Sonne herab, und von unten tönten die Sprechchöre einer sensationsgierigen Volksmenge herauf.

Gsella sank nun doch der Mut, und auch Schulz hätte sich gern verpieselt, aber es gab kein Zurück. Die Lendenschurze wurden ihnen weggerissen, und dann zwang man sie mit Peitschenhieben dazu, im Adamskostüm vor den Statuen der Kriegsgötter Huitzilopochtli, Mextli, Camaxtli und Tezcatlipoca zu tanzen.

Nachdem sie das eine halbe Stunde lang getan hatten, gebot ihnen eine Art Hohepriester, vor ihm niederzuknien. Er trug einen mächtigen Jadegürtel mit klirrenden Feuersteingehängen.

Beim Anblick dieses grimmigen Mannes fühlten Schulz und Gsella sich nicht von ungefähr an den Sektenvorsteher Mola Ram erinnert, den sie aus dem Spielfilm »Indiana Jones und der Tempel des Todes« kannten. Sie ahnten, was ihnen blühte, doch sie besaßen nicht mehr genug Kraft, um sich zu wehren.

Unter dem Jubel des Volkes entnahm der Hohepriester ihnen mit einer Obsidianklinge Blutproben aus Ohren und Zunge, leckte die Klinge ab, stieß einen gutturalen Laut aus, rollte mit den Augen und wies mit einer herrischen Geste auf den großen, von Blutrinnen durchzogenen Opferstein im Zentrum der Plattform.

Auf dieses Zeichen hin packten acht Henkersknechte Schulz und Gsella, zerrten sie zu dem Stein und breiteten sie darauf aus, mit der Brust nach oben, damit die entscheidenden Schnitte gesetzt werden konnten.

Während Gsella darüber nachsann, ob die Aktion Gesunder Rükken e. V. nicht auch einmal etwas gegen rückenunfreundliche Opfersteine unternehmen sollte, erinnerte Schulz sich in diesen Sekunden an einen Netzroller, mit dem er 1974 bei einem Tischtennisturnier in Stade um den Sieg betrogen worden war.

Dann fiel der Schatten des Hohepriesters über die zwei Opfer, und das Volk jauchzte laut auf, als er die Klinge hob.

»Michael!« schrie Rayk Wieland. »Komm her! Hier sind Schulz und Gsella im Fernsehen!«

»Klar«, rief Michael Ringel aus dem Badezimmer zurück. »Und meine Oma hat Klosettpapier mit Blümchen …«

»Nein, im Ernst! Die werden gerade interviewt!«

Ringel ließ sich trotzdem Zeit. Er versuchte sich mit dem neuen veganen Meersalz-Haarspray von Eric Barbier einen Surferlook ins Haar zu zaubern, und außerdem war er noch etwas ausgelaugt von einer nächtlichen Zusammenkunft mit der haitianischen Kaffeekönigin.

»Michael!« schrie Wieland abermals. »Das mußt du dir ansehen!«

Als Ringel endlich angeschlappt kam, tat Gsella gerade kund, daß von allen seinen Büchern wahrscheinlich der Gedichtband »Ins Alphorn gehustet« am besten für eine Übersetzung ins Spanische geeignet sei. Schulz saß daneben und grinste wie ein Honigkuchenpferd, während unten die Worte eingeblendet wurden:

Un libro de poemas de Thomas Gsella:

»Tosido en la trompa alpina«

»Was ist passiert?« fragte Ringel.

»Ziemlich viel«, sagte Wieland. »Schulz und Gsella sind ’nem mexikanischen Privatsender auf den Leim gegangen. In so ’ner Sendung wie ›Verstehen Sie Spaß?‹ ist ihnen weisgemacht worden, daß sie von Azteken entführt worden wären und geopfert werden sollten. Diese Sendung ist in ganz Lateinamerika der Renner, und die beiden sind auf einmal richtige Promis!«

»Wo stecken sie denn jetzt?«

»In Mexiko-City. Der Sender, von dem sie reingelegt worden sind, hat ihnen da 'ne Suite in 'nem Luxushotel spendiert.«

»Na, dann besuchen wir sie doch mal. Die werden sich wundern, wenn sie hören, was wir so alles erlebt haben!«

Aber Korbinian Scheuerlapp und Hildur Graf Norbert von Hötzendorf waren schneller. Sie hielten sich ohnehin schon in Mexiko-City auf, weil Scheuerlapp dort in der Basilika Unserer Lieben Frau von Guadalupe ein Hochamt zelebrieren wollte, und als sie beim Zappen Schulz und Gsella erspähten, traten sie in Aktion, indem sie ein paar Polizisten bestachen und instruierten.

Die Freude, die Schulz und Gsella an ihrer Four-Seasons-Suite im angesagten Ausgehviertel Juárez hatten, währte daher nur kurz. Sie hatten sich gerade Seafood und französische Pâtisserie bestellt, doch als es klopfte, war es nicht der Zimmerservice, sondern ein Überfallkommando der Policía Federal.

Fürs erste wurden sie in einer Holzkiste verstaut, die Scheuerlapp und Hötzendorf in der Sakristei der Basilika abstellten.

»Bist du schon in Mexiko-City, mein geliebter Schrecken aller terroristischen Geheimbünde und Gangstersyndikate?« fragte Kommissar Gerold.

»Gerade gelandet«, sagte die Fischerin. »Ich such mir jetzt 'n halbwegs kakerlakenfreies Zimmer, und morgen vormittag seh ich in Little Caesars Pizza nach dem Rechten.«

»Dann kannst du mich ja hinterher vielleicht vom Flughafen abholen. Mich zieht's nämlich ebenfalls nach Mexiko.«

»Das ist ja wunderbar! Wie kommt's?«

»Ach, weißt du«, sagte Gerold voller Behagen, »ich hab inzwischen so viel Material über Don Hoyos zusammengetragen, daß es für eine Million Jahre Kittchen reichen müßte. Ich brauch bloß noch meinen Bericht zu schreiben. Das würde ich gern an einem richtig ruhigen Ort tun. Deshalb hab ich ein bißchen gegoogelt, und siehe da, es gibt in Mexiko ein idyllisches kleines Kloster, in dem man Zimmer mieten kann. Rund einhundert Kilometer südostlich von Mexiko-City. Es nennt sich La Ermita del Silencio. Auf einer Website steht, diese Einsiedelei sei ›ein friedlicher Ort, der zum Nachdenken, zur Meditation und zum spirituellen Wachstum einlädt‹. Und: ›Vom Garten mit Blick auf den Popocatépetl über die Zimmer mit großen Fenstern, die Ruhe ausstrahlen, bis hin zu den Wassergeräuschen des Brunnens ist hier alles auf Selbstreflexion ausgerichtet.‹ Und: ›Ein Spaziergang durch die Freiflächen der Einsiedelei schafft Ruhe und Frieden. Das Vogelgezwitscher und der leichte Wind, der durch die Äste streicht, sind kaum zu hören …‹ Dahin würde ich dich und mich gern einladen! Top?«

»Ist genehmigt«, sagte Ute. »Du bist ein Schatz!«

»Sehr schön! Dann reservier ich uns da ein Doppelzimmer, und für die Fahrt nehmen wir uns in Mexiko-City ’ne PS-starke Mietkutsche. Du wirst sehen, das wird himmlisch!«

»Und wer kriegt alles deinen Bericht, wenn er fertig ist?«

»Bernal de la Espriella, mein Freund bei der kolumbianischen Polizei, und natürlich die DEA sowie Europol und das BKA. Und mein italienischer Fluchthelfer Vincente Barbato. Und Häuptling Riesenbusch. Und danach führen wir in Uelzen wieder ein stinknormales glückliches Familienleben!«

»Vorausgesetzt, daß die Weltwirtschaft keinen Kollaps erleidet. Im Moment sieht’s an den Börsen ja recht böse aus …«

»Aber nur, weil Don Hoyos noch immer Sand ins Getriebe streut«, sagte Gerold. »Noch ein Grund mehr, ihm sein Schäufelchen wegzunehmen!«

22

An der Rezeption des Four Seasons in Mexiko-City erhielten Rayk Wieland und Michael Ringel die trockene Mitteilung, daß die Señores Schulz und Gsella am Vortag abgereist seien. Um ein wenig mehr aus dem Hotelportier herauszukitzeln, schob Ringel ihm einen 1000-Peso-Schein und eine Autogrammkarte von Julio Iglesias zu.

»La policía los ha detenido«, sagte der Portier und ließ die Banknote und die Autogrammkarte in einer seiner Sakkotaschen verschwinden. *Sie sind von der Polizei abgeführt worden.* Mehr wisse er nicht, und er würde auch niemandem raten, mehr wissen zu wollen.

Ringel und Wieland nervten die Polizei dann natürlich trotzdem mit der Frage nach Schulz und Gsella, aber es kam nichts dabei heraus, wenn man davon absah, daß es Ringel gelang, einer Sekretärin ihre private Mobiltelefonnummer abzuschmeicheln.

»Schöner Schlamassel«, sagte Wieland. »Vielleicht hätten wir doch besser nach Thailand fliegen sollen …«

Ringel war dafür, erst einmal einen Kaffee trinken zu gehen.

Während Wieland sich mit einem Espresso zufriedengab, gönnte Ringel sich einen Milchkaffee mit Baileys, einen Texas Chili Burger, eine Portion Rindfleischstreifen mit Paprikawurst und Salsa Mexicana sowie zwei gegrillte Maiskolben mit Fetakäse. Dabei stieß er in der Tageszeitung *El Financiero* auf die Nachricht, daß der deutsche Weihbischof Korbinian Scheuerlapp an diesem Tag in Mexiko-City eine Heilige Messe abhalten werde.

»Mit dem hab ich im selben Flieger gesessen«, sagte Ringel mit noch vollen Backen. »Komm, Rayk! Laß uns da hingehen. Diese Messe ist bestimmt der Hit!«

»Vendrá pronto«, sagte der Kellner, den Kommissarin Fischer im Little Caesars Pizza nach Nicodemo gefragt hatte. *Er wird gleich kommen.*

Während sie wartete, machte sie sich mit dem drahtlosen Sprachübersetzer vertraut, den sie sich gekauft hatte.

Nicodemo kam erst nach einer halben Stunde aus der Küche, und als Ute ihn erblickte, sah sie ein, daß ein Mann von solcher Körperfülle keine Geschwindigkeitsrekorde aufstellen konnte. Nicodemo war nicht einfach nur fett; er war die Fettleibigkeit selbst. Allein schon mit den Speckmassen, die ihm vom Kinn, vom Hals, vom Bauch und von den nackten Unterarmen baumelten, hätte man nach Utes Schätzung vier- bis fünftausend Pilze anbraten können, und um seine gnädigerweise von einer Happy-Size-Kochhose der Übergröße 14XL verhüllten Haxen war es vermutlich nicht besser bestellt. Vervollständigt wurde das Bild durch die buttrigen schwarzen Haarbüschelreste über Nicodemos Elefantenohren.

Mit einem Wink seiner Kinnwülste forderte er Ute dazu auf, ihm zu folgen, und wies ihr dann in einem Hinterzimmer einen Sitzplatz an einem schmierigen Resopaltisch zu, wo er sich über sie beugte und sagte: »Mi nombre no es Nicodemo.« *Mein Name ist nicht Nicodemo.* »Mi nombre es Marcello.« *Mein Name ist Marcello.* »Pero has preguntado por Nicodemo.« *Aber du hast nach Nicodemo gefragt.*

Ja, das habe sie, sagte die Fischerin und gab sich alle Mühe, so zu tun, als ob sie nicht merkte, daß er aus dem Hals nach faulen Zwiebeln, Katzenfleisch und Kellerfäule roch.

»Por eso ahora soy Nicodemo para ti«, sagte Nicodemo. *Deshalb bin ich für dich jetzt Nicodemo.* Und nun wünsche er die zweihundertfünfzig Millionen Dollar für das hochangereicherte Uran zu sehen.

»Wo ist denn dieses Uran?« fragte Ute. *¿Dónde está ese uranio?*

Nicodemo kniff ein Auge zu und patschte in die Hände. »Quid pro quo«, sagte er. »¿Quieres verlo?« *Willst du es sehen?*

Er wird das doch wohl nicht hier in der Pizzeria aufbewahren, dachte Ute, aber sie nickte.

Nicodemo öffnete einen Wandschrank, nahm eine blaue, etwa zehn Zentimeter hohe Blechdose heraus, stellte sie auf den Tisch, zog den Deckel ab und sagte: »¡Aquí lo tienes!« *Hier, bitte sehr!*

Ute schnupperte an dem Doseninhalt und sagte: »Das ist Kakaopulver.« *Esto es cacao en polvo,*

»¡No, no, no!« schrie Nicodemo. »¡Esto es uranio altamente enriquecido!«

Er müsse schon entschuldigen, erwiderte Ute, aber sie sei durchaus in der Lage, Kakaopulver von hochangereichertem Uran zu unterscheiden. Mit dem, was sie dann noch sagte, war der Sprachübersetzer allerdings überfordert: »Ick laat mi van di neet verdummdüveln!«

Sie stand auf und wollte gehen. Um sie daran zu hindern, grapschte Nicodemo nach ihr, doch das hätte er lieber lassen sollen. »Gah mi von ’n Acker!« rief sie, schaltete ihn mit einem Ellenbogencheck auf Standby und schüttete ihm das Kakaopulver ins Gesicht.

Drei Minuten später erhielt Gerold über eine Roaming-Verbindung eine SMS:

Uranhandel fällt flach! Habe Nicodemo kennengelernt. Een smerig Keerl, de sück neet kämmt un wuschen harr. Wenn Don Hoyos keine seriöseren Komplizen hat, sollte er besser in den Vorruhestand gehen. Die große Atomverschwörung hat sich jedenfalls in ihre eigenen Atome aufgelöst. Und jetzt schnelle ich zum Flughafen, um Dich abzuholen. All Leckerst un Best! Dien Fischerfro

So gefällt mir die Welt, dachte Gerold, während er durchs Bordfenster die ersten Ausläufer von Mexiko-City näher rücken sah, und er simste zurück:

Im Terminal wirst Du mich an meinem selig-süßen Lächeln erkennen.

Er freute sich unbändig auf die stille Zweisamkeit in der Ermita del Silencio.

Hui, dachte die Fischerin, als sie von ihrem Smartphone aufblickte und auf der anderen Straßenseite die Volksmassen sah, die sich zu den Eingängen der Basilika Unserer Lieben Frau von Guadalupe drängten. Gibt's da heute was umsonst?

Dickbäuchige Glockenklänge schwebten über die dichtbevölkerte Plaza Mariana vor der Basilika, die bis auf den letzten Platz ausverkauft war. Eintrittskarten gab es bloß noch zu Schwarzmarktpreisen von einhunderttausend Mexikanischen Peso aufwärts.

»Das ist mir der Spaß wert«, sagte Ringel und kaufte einem der fliegenden Händler zwei Tickets ab.

An mehreren Points of Sale konnte man auch Erinnerungsstücke erwerben – Scheuerlapp-T-Shirts, Scheuerlapp-Schlüsselanhänger, Scheuerlapp-Kaffeetassen, Scheuerlapp-Trillerpfeifen und sogar Scheuerlapp-Scheuerlappen –, und ein besonders gewitzter Kleinkrämer ging mit einem Bauchladen voller Putzlumpen herum und rief: »¡Sudarios originales de Scheuerlapp! ¡Con certificado de autenticidad!« *Original-Schweißtücher von Scheuerlapp! Mit Echtheits-Zertifikat!*

»Ich soll dich übrigens schön von Violeta und Natalia grüßen«, sagte Wieland, als er sich neben Ringel in die übervolle Basilika zwängte. »Aus Pozo del Tigre. Falls du dich noch erinnerst. Die haben mir gerade ein nettes Foto von sich geschickt!«

»Wie könnte ich Violeta und Natalia vergessen!« sagte Ringel. »Ich fürchte freilich, daß ich für die nur ein Abenteuer gewesen bin. Grüß sie aber bitte trotzdem nett von mir zurück!«

Mehr als fünfzigtausend anwesende Gläubige und Abermillionen Fernsehzuschauer sahen Scheuerlapp dann im Feststaat zum Altartuch schreiten und es küssen, bevor er sich der Gemeinde zuwandte und in das Mikrofon seines Headsets sprach: »In nomine Patris et Filii et Spiritus Sancti!«

»Amen«, riefen die Gemeindemitglieder und machten das Kreuzzeichen.

»Dominus vobiscum«, sagte Scheuerlapp.

»Et cum spirito tuo«, rief die Gemeinde.

Nach der altgewohnten Liturgie hätten nun das allgemeine Schuldbekenntnis, das Kyrie, das Gloria, die Bibellesungen und ein Zwischengesang folgen müssen, aber Scheuerlapp ging gleich zur Predigt über. Weil sein Latein ein wenig eingerostet war, hielt er sie in seiner Muttersprache. Auf den im Saal angebrachten Großleinwänden erschienen dazu die Untertitel in Latein und allen modernen Weltsprachen.

Der Teufel, so setzte Scheuerlapp an, weile »mitten unter uns«, auch wenn manch einer das leugne. »Er erscheint vielleicht nicht mehr in Bocksgestalt, sondern in progressiveren Maskeraden – zum Beispiel als peppig-poppiger Versandhauskatalog, als kunterbunte Datenautobahn, als nervenzerfetzendes Kriminalhörspiel oder als sogenannter Kassenknüller aus der Glitzerwelt der sogenannten Lichtspieltheater. Doch hier vollzieht sich noch immer der alte Tanz um das Goldene Kalb, und alle Narren, die dabei mittun, stehen dem Herzen unseres Herrn ebenso sternenweit fern wie jene Verräter des Glaubens, von denen sie verführt worden sind – all die Prahlhänse, Heuchler, Dummköpfe, Schwätzer, Schwindler, fleischlich gesinnten Götzendiener und abgefeimten Ohrenbläser, die den Lastern der Trunksucht, der Schlemmerei und der Unkeuschheit frönen und nach ihren Buhldirnen gieren wie brünstige Rosse, die nach Stuten wiehern!«

»Der geht ja ganz schön ran«, sagte Wieland. »Aber ob er das Tempo auch durchhalten kann?«

»Schätze schon«, sagte Ringel. »Der Mann war mal Diözesanjugendseelsorger im Erzbistum Paderborn. Das härtet ab.«

Im folgenden wandte Scheuerlapp sich gegen »das Lumpenpack der irreligiösen Ketzer und Hetzer«, die er als »Schlachtvieh für die Hölle« betitelte, bevor er »die Häretiker und ihre Schliche teuflischen Trugs« in den Mittelpunkt seiner Betrachtungen stellte. Abgesehen hatte er es speziell auf die Joachimiten, die Kataphrygier, die Simonianer und die Albigenser, aber auch die Rosenkreuzer und die Wiedertäufer kriegten ihr Fett weg. Er verglich sie mit Ratten, Blutegeln, Skorpionen, giftspeienden Drachen, reißenden Wölfen und grunzenden Säuen. Sie seien »Kinder des Teufels, die sich im Schlamm der Liederlichkeit wälzen«.

Die Gemeinde fuhr voll darauf ab. Rufe wie »Yo, brother!«, »¡Cierto!« (»Sehr richtig!«) und »¡Aleluya!« wurden laut, und bei dreizehn Frauen setzten die Geburtswehen ein.

Um die Basilika zu rocken, haute Scheuerlapp noch einmal in dieselbe Kerbe: »Der Herr wird diese Ungläubigen verschlingen in seinem Zorn, und Feuer wird sie fressen! Denn es steht geschrieben: ›Da ließ der Herr Schwefel und Feuer regnen vom Himmel herab auf Sodom und Gomorra und kehrte die Städte um und alle Einwohner der Städte und was auf dem Lande gewachsen war.‹ Dies sollte auch und gerade jenen Schwächlingen eine Lehre sein, die das Schiff der Kirche führerlos dem Spiel der Wellen überlassen wollen. Ich aber sage euch: Wer den Herrn nicht liebt, der sei verflucht!«

Standing Ovations umbrandeten Scheuerlapp, als er sich nach dieser Grundsatzerklärung zum Gegenpapst ausrief.

»That's my boy!« schrie Ringel.

Vor den Augen und den Ohren der ganzen Welt legte Scheuerlapp sich den Namen Christophorus II. zu und forderte alle Christen dazu auf, sich dem Pilgerzug anzuschließen, zu dem er noch heute aufbrechen werde.

Es schwollen neue Glockenklänge, und die Gemeinde skandierte: »A la bim, a la bom, a la bim bom ba – el Antipapa Cristóbal, ra ra ra!«

Fast zwei Stunden brauchten Ringel und Wieland, bis sie sich zu Scheuerlapp vorgedrängelt hatten.

»Hey, Lappi!« rief Ringel. »Weißte noch? Wir sind zusammen nach Bogotá gejettet! Da haste mir aber noch nicht verraten, daß du hier so 'n dickes Ding planst! Wo soll er denn hingehen, dein großer Pilgerzug?«

Der Weg sei das Ziel, sagte Scheuerlapp würdevoll.

»Das sehe ich anders«, sagte Ringel. »Darf ich dir meinen Freund Rayk Wieland vorstellen? Wir haben beide dasselbe Ziel: Wir wollen unsere verschollenen Kollegen Frank Schulz und Thomas Gsella wiederfinden. Der Weg interessiert uns dabei jedoch viel weniger als das Ziel …«

Scheuerlapps Gesichtsfarbe wechselte von Ocker zu Pflaumenblau. »Entschuldigen Sie, aber ich muß jetzt TV Azteca ein Interview geben«, sagte er, machte eine Vierteldrehung nach links und strahlte in eine Fernsehkamera.

»Hast du das gesehen?« fragte Wieland. »Wie Scheuerlapp sich verfärbt hat, als du von Schulz und Gsella gesprochen hast?«

»Ja, hab ich«, sagte Ringel. »Ich wette, der weiß irgendwas, das er uns verheimlichen will. Vielleicht sollten wir uns diesem Pilgerzug anschließen. Gut möglich, daß der uns am Ende zu Schulz und Gsella führen wird …«

Belebende Endorphine flossen durch Jannik Schüsterhusens Nervenbahnen. In den Fernsehaufnahmen aus der Basilika Unserer Lieben Frau von Guadalupe hatte er hinter dem Gegenpapst Christophorus II. die Visage des Verbrechers Rayk Wieland erkannt.

Gotcha, dachte Schüsterhusen. Auf nach Mexiko!

In der Chefetage der Credit Suisse in Zürich herrschte eine trübere Stimmung. Restlos alle Wirtschaftskriminellen, Diktatoren, Menschenhändler und Kriegsverbrecher hatten ihre Guthaben auf andere Konten verschoben, die Pleite war nicht mehr abzuwenden, und auf dem Tisch lag ein galliges Schreiben der Schweizer Finanzmarktaufsicht Finma, die Aufklärung über die Geschäftsbeziehungen der Credit Suisse mit Don Alonso Hoyos verlangte.

Ulfert Stucki, der Chef des Bankhauses, schaute traurig in die

Runde. »Das schläckt kei Geiß wäg«, sagte er, was heißen sollte, daß der Ofen aus sei. »Ohne Hoffnig duet's Läbe verkümmere …«

Dann nahm er einen großen Schluck aus dem Schierlingsbecher, den seine Sekretärin hereingebracht hatte, und reichte ihn an den CEO Region Europe, Middle East and Africa weiter.

Mit betretener Miene beobachteten die anderen neun Vorstandsmitglieder, welche Wirkungen der Schierlingstrunk auf den Chef ausübte. Die von den Füßen aufgestiegene Lähmung erfaßte gerade seinen Brustkorb, seinen Hals und seine Schultern. Unmittelbar darauf quollen Stuckis Augen hervor, seine Mundpartie verzog sich, und mit einem grausigen Gurgeln fiel er vom Stuhl.

In Ermangelung eines anderen Auswegs folgte der gesamte Vorstand Stuckis Beispiel. O Herr, mach, daß dä Bächer a mir verbiigaat, hatte Urban Dudler noch gedacht, der Chief Risk Officer, der als Letzter an die Reihe kam; doch auch er fügte sich schweren Herzens in das Unvermeidliche.

Genau das gleiche Drama vollzog sich an diesem Werktag in der Vorstandsetage der Deutschen Bank, der JPMorgan Chase, der Bank of China und aller anderen 29 Großbanken, die vom Financial Stability Board zuletzt als global systemrelevant eingestuft worden waren. Nach der Devise »Butter bei die Fische« setzten daraufhin auch sämtliche Vatikanbankiers ihrem sinnlos gewordenen Leben ein Ende. Sie bestiegen den römischen Kapitolshügel und stürzten sich vom Tarpejischen Felsen.

23

Und wieder kriegten Frank Schulz und Thomas Gsella Peitschenhiebe zu schmecken, dieses Mal von fünfzig kiebigen Meßdienern, die Korbinian Scheuerlapp angeheuert hatte. Sie trieben die beiden Autoren den knapp fünfeinhalb Kilometer hohen Popocatépetl hinauf.

Diese Wanderung wäre schon unter normalen Bedingungen mühsam gewesen. Für Schulz und Gsella kam erschwerend hinzu, daß sie barfuß waren, Dornenkronen sowie Lendentücher aus kratziger Baumwolle trugen und jeder ein vier Meter langes Kreuz mitschleifen mußten. Man weiß zwar, daß den zur Kreuzigung Verurteilten in der Antike nur der Querbalken aufgehalst worden war, aber Scheuerlapp wünschte sich die Sache so wie in dem Bibelschinken »Die größte Geschichte aller Zeiten«, in dem Jesus sein komplettes Kreuz über die Via Dolorosa zum Berg Golgatha emporgewuchtet hatte.

Die Schönheiten der Natur – farbenfrohe Blumenwiesen zwischen Kiefern und Zypressen, ein stolzer Tannenwald, unter Bergföhrenzweigen leuchtende Lupinen, Schafgarben und Sonnenröschen – waren dabei an Schulz und Gsella völlig verschwendet. Sie schauten weder nach rechts noch nach links und dachten nur an ihren jeweils nächsten Schritt, während ihnen der Schweiß von der Nase tropfte und die Meßdiener die Peitschen tanzen ließen.

Und hoch am Himmel lachte die Tropensonne.

Schulz und Gsella wußten nicht, daß sie und die Meßdiener nur die Vorhut einer viel größeren Prozession bildeten. Zehntausende Menschen aus aller Herren Länder waren dem Aufruf von Scheuerlapp alias Christophorus II. gefolgt und hatten sich in die Marschkolonnen eingereiht – sei es, um der göttlichen Gnade teilhaftig zu werden, sei es aus Gesinnungslumperei und Opportunismus oder sei's auch nur aus Prominentengeilheit und Radaulust. Zu den Mitläufern gehörten die Elder Statesmen Joschka Fischer, Daniel Cohn-Bendit, Andreas Scheuer und Karl-Theodor zu Guttenberg, der Erzbischof Gerhard Ludwig Müller, der lustige Blondschopf Boris Johnson, der zu Gott bekehrte Gangsterboß Osmar de Garoto, die Weihbischöfe Ansgar Puff und Dominikus Schwaderlapp, der verarmte Zuckerrohrfarmer Alberto Rizi, der trendbewußte Pastoraltheologe Franz-Peter Tebartz-van Elst und der verhandlungsunfähige Wirtschaftsmagnat Martin Winterkorn, der sich zu diesem feierlichen Anlaß mit einigen seiner Auszeichnungen geschmückt hatte: dem Bayerischen Verdienstorden, dem Ehrenring der Stadt Garbsen, dem Dresdner Sankt-Georgs-Orden, der Verdienstmedaille des Landes Baden-Württemberg, dem Ehrendoktorhut der Technischen Universität München und dem Großkreuz des Ordens Isabels der Katholischen.

Unter »ferner liefen« trotteten der Kurienerzbischof Georg Gänswein, der Kleinhändler Ignacio Espíndola, der argentinische Zuchthausdirektor Zapatero Lucas Basualdo, der krumme Hund Woo Gwon und der renommierte Seuchenmediziner Jair Bolsonaro hinterdrein.

Umtanzt und begleitet wurde der wilde Haufen von Flötisten, Trommlern, Gauklern, Sackpfeifern und Marketenderinnen nebst Feldkaplänen, Fuhrknechten und Sexarbeiterinnen, und von CNN und Fox News über Al Jazeera und News World India bis Russia-24 und Sky News Australia waren alle wichtigen Nachrichtensender mit Hubschraubern und Übertragungswagen präsent und interviewten Hans und Franz.

»Este es el camino a la salvación«, erklärte der Bau- und Klebstoffindustrielle Omero Sanguinetti in einem Interview mit dem in Maryland beheimateten Hope Channel der Siebenten-Tags-Adventisten. *Dies ist der Weg zur Erlösung.* »¡El día del jucio final está cerca!« *Der Tag des Jüngsten Gerichts ist nah!*

Auch der strafbefreite Kronzeuge Lorenzo Romani hatte sich eingestellt. Er war mit gefälschten Papieren über den Großen Teich geflogen, um Papst Christophorus II. zu dienen und hinfort nicht mehr zu sündigen.

Als er in dem Pilgerzug seinen alten Geschäftspartner Don Alonso Hoyos erkannte, eilte er auf ihn zu, und weil nun ein neues Menschheitszeitalter zu beginnen schien, fielen die zwei einander um den Hals, feierten Versöhnung und sangen »Love Is in the Air«.

An der Spitze des Zuges trugen acht zwar schon etwas gebrechliche, aber fromme und willensstarke Kardinäle eine Mahagonisänfte, in der Scheuerlapp und Hötzendorf es sich bei Streuselkuchen, Schoko-Brownies, Shrimps und Racke Rauchzart wohlsein ließen.

Die Türen der Sänfte waren außen mit dem gegenpäpstlichen, von Scheuerlapp persönlich entworfenen Wappen dekoriert, das die Schlüssel Petri unter der Tiara zeigte und im Vordergrund Scheuerlapp selbst, wie er einem Werwolf ein Flammenschwert in den Rachen stieß. Und auch innen war alles pico: Multikontursitze in Lederausstattung, Klimaanlage, elektrische Fensterheber, Flatscreen, Surround-Soundsystem mit sechzehn Hochleistungslautsprechern, optimierte Geräusch- und Wärmedämmung, USB-Lademöglichkeiten, WLAN-Empfang, Panorama-Schiebedach, Ablagefächer und Erfrischungstücher – es fehlte an nichts.

»Eine echte Nobelkarosse«, sagte Hötzendorf und kratzte sich mit dem Stiel von Hitlers Hundepeitsche den Rücken. »Und was ist unser Ziel?«

»Der Popocatépetl«, sagte Scheuerlapp. »Unsere Freunde Schulz und Gsella erwarten uns dort zu einem kleinen Fest. Es wird dir gefallen …«

»Und dann?«

»Dann werde ich die Weltherrschaft ergreifen!«

Die ich dir gleich darauf entreißen werde, du Spasselmacke, dachte Hötzendorf.

Mit dem Monstertruck El Toro Loco, den er einem Gebrauchtwagenhändler abgekauft hatte, tuckerte der Reporter Borromäus Görzke grämlich neben den Pilgern her. Er war von seinem neuen Arbeitgeber TV Polonia zu der Prozession entsandt worden und konnte ihr nur wenig abgewinnen. Sie reizten ihn einfach nicht, diese unendlich vielen marschierenden Kuttenträger – Benediktiner, Dominikaner, Jesuiten, Prämonstratenser, Paulusbrüder, Zisterzienser und Herz-Jesu-Missionare … »Mutta, hol mich vonne Zeche«, sagte er zu sich selbst, »ich kann dat Schwatte nich mehr sehn!«

Seine Laune hob sich jedoch enorm, als er in einer Pinkelpause mit Tebartz-van Elst ins Gespräch kam und von dem Gerücht erfuhr, daß es einen Vortrupp mit zwei Gotteskindern gebe, die auf den Zinnen des Popocatépetl ihr Leben opfern wollten, um mit diesem Fanal den Beginn des Pontifikats von Christophorus II. zu würdigen.

Das war nun etwas, das Görzke von Herzen gern gefilmt hätte. Er sprang zurück in seinen Truck, schaltete die Dashcam ein und rabatzte los.

Weil sie sich keine Blasen laufen wollten, folgten Ringel und Wieland dem Troß mit zwei in Mexiko-City gemieteten E-Scootern.

»Ich glaube, wir sind diesmal ganz dicht dran«, sagte Wieland, während sie den ehemaligen Verkehrsminister Andi Scheuer überholten, der anscheinend die falschen Schuhe anhatte und weit zurückgefallen war. »Irgendwie ist mir jedenfalls so, als würden wir Schulz und Gsella heute endlich finden!«

»Wäre Zeit«, sagte Ringel. »Ich hab schon ziemlich lange das Melonengeschäft vernachlässigt …«

Sie überholten auch Martin Winterkorn und Boris Johnson, die unterwegs in der Gemeinde San Juan Coxtocan ein Tandem gestohlen hatten, um besser voranzukommen. Leider hatte sich der Saum des rechten Beins von Winterkorns Anzughose aus der Werkstatt der Londoner Maßschneider Chittleborough & Morgan in der Fahrradkette verfangen, und Johnson beschimpfte ihn als »bubblehead« (»Blödian«) und als »totally fucking hopeless jackass« (»Person, auf die man sich nicht hundertprozentig verlassen kann«).

Karl-Theodor zu Guttenberg wollte ihnen helfen, doch dabei verklemmte sich auch noch dessen Brioni-Krawatte in der Kette, was Johnson zu dem Ausruf »Fuck this shit, I'm out!« veranlaßte (»Ich werde dann mal gehen«).

Es lag Gewitterstimmung in der Luft.

In der Ermita del Silencio blickte Kommissarin Fischer sinnend aus dem offenen Schlafzimmerfenster. »Ist es normal, daß aus dem Popocatépetl Rauch aufsteigt?« fragte sie.

»Sehe ich wie ein Vulkanologe aus?« fragte Gerold zurück.

Sie drehte sich um und betrachtete ihn. Er lag im Schlafrock auf dem Bett und las ein spanischsprachiges Donald-Duck-Heft. Nein, so sahen Vulkanologen wohl tatsächlich nicht aus.

»Wußtest du übrigens«, sagte er, »daß Tick, Trick und Track in Mexiko Hugo, Paco und Luis heißen?«

»Nein. Und wie heißt Onkel Dagobert hier?«

»Rico McPato.«

»Und Daniel Düsentrieb?«

»Ciro Peraloca.«

»Peraloca? Bedeutet das nicht ungefähr so viel wie ›Schraube locker‹?«

Bevor Gerold darauf eingehen konnte, erschütterte ein Erdstoß die Einsiedelei. Die Wände bebten, es knirschte laut, und eine Zimmerpalme fiel von der Fensterbank.

»Wi sitten up'n Pulverfatt«, sagte Ute. »Dor kummt vondag noch wat rünner!«

Über spitze Bimssteinbröckchen und andere verwitterte Eruptivgesteine wie Pikrit, Tephrit und Rhyolit waren Schulz und Gsella mit ihren Kreuzen weiter aufwärts gezogen. Oberhalb der Baumgrenze bekamen sie es mit nassem vulkanischem Sand zu tun, der zwar geringere Anforderungen an die Fußsohlen stellte, aber deutlich höhere an die Beinmuskeln und den sogenannten Rückenstrecker, der die Wirbelsäule stabilisiert.

Gottsdonner, dachte Schulz, als er die nächste steile Steigung vor sich sah. »Glaubst du, wir schaffen das, Thomas?« fragte er.

Gsella war sich da nicht sicher, denn er hatte Seitenstechen und außerdem Scheuerwunden von dem auf seiner rechten Schulter lastenden Kreuz.

»¡Callaos ahí delante!« riefen die Meßdiener. »¡Adelante!« *Klappe halten da vorn! Und weitergehen!* Mitleidlos ließen sie wieder die Peitschen schnalzen.

Die Luft wurde dünner, der Sandboden ging in ein Schneefeld über, und als Schulz und Gsella den Gipfel des Popocatépetl erreichten, wirkten sie abgespannt, apathisch und entschlackt.

Sie durften sich jetzt auf den Holzkreuzen ausruhen, während die Meßdiener ihren Werkzeugkasten öffneten.

Mein lieber Kokoschinski, dachte Görzke, als er den Popocatépetl hinaufbretterte. Die Piste war gemeingefährlich bergig, bucklig und rutschig, aber solchen Widrigkeiten mußte ein Star-Reporter eben gewachsen sein. Es zahlte sich jetzt auch aus, daß Görzke Tausende von Stunden mit den Handyspielen Hill Climb Racing, Super Drive Ahead und Monster Truck Flip Jumps verbracht hatte. »Flieger«, sang er voller Frohsinn, »grüß mir die Sonne … grüß mir die Sterne … unt grüß mir den Mond … Dein Leben, dat is dat Schweben … durch die Ferne, die keiner bewohnt …«

Nachdem sie Schulz und Gsella angenagelt und zwei Löcher ausgeschachtet hatten, richteten die Ministranten die Kreuze auf, verankerten die Längsbalken im Boden, trampelten die Erde drum herum fest und versteckten fünfhundert Ostereier auf dem Gelände.

Scheuerlapp hatte das alles generalstabsmäßig geplant. Bei dem Feldgottesdienst auf dem Popocatépetl sollten die schönen Kirchenlieder »Seht das Holz des Kreuzes«, »O Haupt voll Blut und Wunden« und »Ein Lämmlein geht und trägt die Schuld« gesungen werden. Da war schon die erste von insgesamt zehn Strophen der Hammer:

Ein Lämmlein geht und trägt die Schuld

Der Welt und ihrer Kinder,
Es geht und büßet in Geduld
Die Sünden aller Sünder:
Es geht dahin, wird matt und krank,
Ergibt sich auf die Würgebank,
Verzeiht sich aller Freuden;
Es nimmet an Schmach, Hohn und Spott,
Angst, Wunden, Striemen, Kreuz und Tod
Und spricht: Ich will's gern leiden.

»Wie weit isses denn noch?« fragte Hötzendorf.

»Gut sieben Kilometer«, sagte Scheuerlapp nach einem Blick auf seinen Navi. »Schnall dich lieber an. Gleich geht's steil bergauf!«

Schulz' und Gsellas Kreuze standen nah am Rand des sechshundert mal vierhundert Meter weiten und nach innen fast senkrecht abfallenden Vulkankraters, der Rauchwolken und Gase exhalierte.

»Vielleicht ist diese Sache hier ja nur wieder so 'n Fernsehstreich«, sagte Gsella. »Könnte doch sein?«

Schulz hielt das für unwahrscheinlich. Das Ganze fühle sich »verdammt echt« an, sagte er. »Vor allem da, wo die Nägel stecken …«

»Apropos – haben diese Schubiacks bei deinem linken Fuß eigentlich das Loch genommen, das von dem Eisendorn stammt, oder haben die dir 'n neues gemacht?«

»Ein neues«, sagte Schulz mit dumpfer Stimme. »Weiter hinten.«

Danach hingen er und Gsella erst einmal schweigend weiter da.

Kolibris pickten ihnen Blutstropfen von der Stirn.

In der Magmakammer des Popocatépetl grummelte es unheilvoll. Aus dem Grummeln wurde schließlich ein Rumoren, aus dem Rumoren ein Tosen und aus dem Tosen ein Brüllen.

»Was ist das, Frank?« fragte Gsella und versuchte vergeblich, über seine rechte Schulter in Richtung Krater zu spähen.

»Irgendwas Großes, schätz ich«, sagte Schulz.

Ein titanischer Detonationsschlag ließ die Erdfeste wanken, und dann schoß eine Eruptionssäule aus dem Vulkanschlot und stieg kilometerweit in den Himmel auf. Sie führte mehrere Megatonnen Asche und Gesteinsfetzen mit sich.

Die meisten Meßdiener wurden von der Druckwelle weggefegt, die anderen flohen in Panik, Gsella mußte husten, und Schulz knallte ein heißer Kalkstein auf die noch immer nicht abgeschwollene Kokosnußbeule.

Einer der Meßdiener stellte sich dem Monstertruck mit hocherhobenen Armen in den Weg und schrie: »¡Socorro!« Und: »¡La boca del infierno se ha abierto!« *Hilfe! Der Höllenrachen hat sich aufgetan!*

»Geh mich nich auffe Pimpernellen!« schrie Görzke zurück, verjagte die Gestalt mit einem Signalton aus seiner Doppelrohrhupe, gab wieder Gas und machte fünf Minuten später eine Vollbremsung vor den Kreuzen, an denen Schulz und Gsella mit dem Tod rangen.

»Hiea kommt die Kavallerie!« rief Görzke.

Es war höchste Eile angezeigt, denn der Popocatépetl spuckte jetzt auch Feuerbälle aus, aber mit der Kreuzabnahme tat Görzke sich schwer. Was auch immer er versuchte – es funktionierte nicht.

Dann hatte er einen Geistesblitz, zeigte Schulz und Gsella das Victory-Zeichen und rannte zu seinem Truck.

»Was mag er wohl vorhaben?« fragte Schulz.

»Schwer zu sagen«, erwiderte Gsella. »Hast du mal den zweiten Teil der Alien-Filmreihe gesehen?«

»Ja. Warum?«

»Da gibt's doch diese Szene, wo die Marineinfanteristen durch das Belüftungssystem der Kolonie auf dem Planeten LV-426 vor den Aliens fliehen und Private Vasquez einem Kameraden zuruft: ›Whatever you're gonna do, do it fast!‹ Ich glaube, das hätten auch wir ausrufen sollen …«

Görzke tat, was er konnte. Er holte etwas Anlauf mit dem Truck, ließ ihn gegen Gsellas Kreuz krachen, setzte zurück, drückte wieder aufs Gaspedal und rammte auch das Kreuz von Schulz.

Die Sache klappte: Beide Kreuze kippten um. Sie schlidderten nun allerdings auf den Krater zu und wären unfehlbar hineingestürzt, wenn sie sich nicht im letzten Moment in einer Bodenfurche verkantet hätten.

Auf der Sollseite standen für Schulz und Gsella dabei Weichteilschäden und Spiralfrakturen.

Görzke kam nun mit einem Abschleppseil angerannt. »Höat ma zu, Jungs«, sagte er, während er das Seil mit großer Geschicklichkeit um die Balken der beiden Kreuze schlang. »Wir kennen uns doch noch von Kap Hoorn, und da bin ich ehmfallz wie ein Vatta zu euch gewesen. Vatraut mir!«

Er verschwand wieder aus dem Blickfeld.

Feinkörniges Urgesteinsmehl prasselte nieder.

Auf alles, was folgen mochte, bereitete Gsella sich mit einer Sonnengeflechtsübung vor, die er aus einem Schnupperkurs in Autogenem Training kannte. Dabei kam es darauf an, die Gedanken auf die Entspannung und Harmonisierung der Verdauungsorgane zu richten, indem man sechsmal die Autosuggestionsformel »Mein Sonnengeflecht ist strömend warm« aufsagte.

Anders Schulz: Er sann über das Vanitas-Motiv in der deutschen Barocklyrik und die Vergänglichkeit allen Fleisches nach.

Es wird der bleiche Tod mit seiner kalten Hand
Dir endlich mit der Zeit um deine Brüste streichen,
Der liebliche Corall der Lippen wird verbleichen;
Der Schultern warmer Schnee wird werden kalter Sand …

Der Motor des Monstertrucks heulte auf, das Abschleppseil straffte sich, und Schulz und Gsella konnten Görzke durch den Ascheregen schreien hören: »Et geht los! Keep calm and carry on!«

Ruckelnd und holpernd setzten die beiden Kreuze sich in Bewegung. Sie klongten aneinander, entfernten sich jedoch von dem speienden Krater, und nach einigen Startschwierigkeiten rasten sie als Anhängsel von Görzkes Truck mit 160 Stundenkilometern den Popocatépetl hinunter.

Die Laufleistung der Kardinäle hatte nachgelassen. Schuld daran waren Wadenkrämpfe und Gelenkknorpelschäden, aber auch Besorgnisse angesichts der schwarzgrauen Eruptionssäule.

Scheuerlapp steckte seinen Kopf aus dem Fenster. »Ich bin das A und das O, der Anfang und das Ende!« rief er, um die Kardinäle anzuspornen. »Ich will dem Durstigen geben von dem Brunnen des lebendigen Wassers umsonst!«

Doch sie mochten und konnten nicht mehr. Sie stellten die Sänfte ab.

Das ließ Scheuerlapp ihnen nicht durchgehen. Er schlug einen etwas forscheren Ton an: »Wer überwindet, der wird es alles ererben, und ich werde sein Gott sein, und er wird mein Sohn sein! Der Verzagten aber und Ungläubigen und Greulichen und Totschläger und Hurer und Zauberer und Abgöttischen und aller Lügner, deren Teil wird sein in dem Pfuhl, der mit Feuer und Schwefel brennt!«

Zehn Meter neben der Sänfte wurde Jair Bolsonaro, der gerade fluchend den Senkel seines rechten Bergstiefels zuschnürte, von einer naturbelassenen, aus schwindelnder Höhe gefallenen Schieferplatte enthauptet. Sein Schädel hoppelte über einen Huckel und traf Alberto Rizi tödlich an der Schläfe.

Andere Pilger wurden von siedendheißem Lavasplitt durchlöchert.

»Na gut, ihr Schlappschwänze!« schrie Scheuerlapp. »Rechtsum kehrt! Marsch, marsch!«

Er zog den Kopf wieder ein und wollte sein Gespräch mit Hötzendorf fortsetzen. »Wo waren wir?«

»Bei den Vor- und Nachteilen von Frischzellenkuren mit Gewebesuspensionen aus Kalbsföten«, sagte Hötzendorf.

»Richtig! Also, mein Physiotherapeut gibt ganz eindeutig Lammföten den Vorzug, aber das darf man ja heute kaum noch laut sagen …«

»Unsere Sänfte steht übrigens immer noch still«, merkte Hötzendorf an. »Hast du deine Kardinäle nicht mehr im Griff oder was?«

Abermals steckte Scheuerlapp seinen Kopf zum Fenster hinaus und schaute sich um. Die Kardinäle waren fortgelaufen, und auch alles andere, was zwei Beine hatte, rannte bergab.

»Und?« rief Hötzendorf. »Wie steht's um die Truppenmoral?«

Scheuerlapp zog seinen Kopf wieder ein und sagte, daß er zu dem Entschluß gekommen sei, zu Fuß weiterzugehen.

Das reichte Hötzendorf nun. »Ach, ist das so?« ätzte er. »Du bist mir ja 'n schöner Papst! Reitest uns hier in die Scheiße und kannst noch nicht mal irgendwelche Schweizergardisten zu Hilfe rufen, wenn's brennt!«

Für dieses »Blame Game« habe er »aktuell keinen Nerv«, belferte Scheuerlapp, griff nach seinem Kreuzstab und haute ihn Hötzendorf auf die Nuß. Der stieß ihm dafür die Papstkrone vom Dach, und der Streit hätte sicherlich noch geraume Zeit angedauert, wenn die Sänfte nicht von einem schmelzflüssigen vulkanischen Auswürfling in Brand gesetzt worden wäre.

Nun machten auch Scheuerlapp und Hötzendorf, daß sie davonkamen.

Zwischen der Ermita del Silencio und dem Popocatépetl lagen nur wenige Kilometer, und es sprach nichts gegen einen erheblich größeren Sicherheitsabstand. Nach dem ersten Erdstoß waren Ute und Gerold zu ihrem Leihwagen gerannt und losgefahren, doch bereits nach kurzer Fahrt hatten sie beschlossen, nicht zu fliehen, sondern sich nützlich zu machen.

Jetzt holte Gerold einen Einheimischen mit Herzdruckmassagen und Mund-zu-Mund-Beatmung ins Leben zurück, während Ute einen Krankenwagen herbeizutelefonieren versuchte. Sie kam aber nicht durch.

Dann sah sie, daß Joschka Fischer und Daniel Cohn-Bendit in den Leihwagen sprangen und die Türen von innen verriegelten. »He!« rief sie. »Der gehört Ihnen nicht!«

»Ich entdecke mehr und mehr, wie sehr ich doch Anarchist geblieben bin«, erwiderte Fischer und ließ das Beifahrerfenster hochfahren. »Eigentum ist Diebstahl, meine Dame!«

Unterdessen fummelte Cohn-Bendit an den Zündkabeln herum.

Ute lief zur Kühlerhaube, haute mit der flachen Hand darauf und schrie: »Aussteigen! Sofort!«

»Wer das Wünschbare mit dem Machbaren verwechselt, wird scheitern«, sagte Fischer.

»Mensch, Joschka«, sagte Cohn-Bendit, »du weißt doch: Ich kann jemandem nur etwas vermitteln, wenn ich auch vermittle, daß ich zuhören kann!«

Mit hoher Geschwindigkeit näherte sich nun ein rotglühender, ungefähr wohnwagengroßer Basaltbrocken von oben. Er flog genau auf den Leihwagen zu.

»Ihr solltet wirklich besser aussteigen!« rief Ute, aber Fischer zeigte ihr einen Vogel.

Sie rannte weg, und drei Sekunden später schlug der Brocken ein. Krawumms!

Weder von dem Leihwagen noch von den zwei Automardern war danach noch etwas Erinnerungswürdiges übrig.

Vom Gipfel des Vulkans hatte sich inzwischen ein eintausend Grad heißer pyroklastischer Strom aus Lavabruchstücken, Kristallfragmenten, Magmafetzen und giftigen Gasschwaden in Marsch gesetzt. Darüber türmte sich eine pechschwarze Wolke aus Asche und Staub auf, die gar nicht erst so tat, als ob sie in Sektlaune wäre.

Der Strom raste mit 200 km/h zu Tal.

Die Zeiten, in denen Hötzendorf als Hindernisläufer brilliert hatte, waren lange vorbei. Er hielt sich keuchend an einem Bäumchen fest, verunstaltete den Waldboden mit bräunlichen Lungensekreten und wußte nicht mehr weiter, denn er hatte sich beide Füße verknackst. Als er sich jedoch von der Glutlawine erfaßt sah, vollführte er urplötzlich Luftsprünge, mit denen er im Cirque du Soleil hätte auftreten können.

Auch die Gottesmänner Georg Gänswein, Dominikus Schwaderlapp und Gerhard Ludwig Müller erhielten ihre Feuertaufe in einer schwefligen, phosphoreszierenden Woge aus Weißglut und Schutt, während Ignacio Espíndolas Oberschenkelarterie von Bimssteinsplittern perforiert wurde und Omero Sanguinetti bei dem Versuch, eine Pinie zu erklettern, einem Herzleiden erlag.

Militärhubschrauber flatterten durch den Nebel aus Rauch und Asche, und überall sausten Funkstreifenwagen, Löschfahrzeuge und Krankenwagen unkoordiniert umher. Es war ein unglücklicher Zufall, daß die Vulkanologen im Centro Nacional de Prevención de Desastres in Mexiko-City ausgerechnet in dieser Woche einen Stromausfall zu beklagen hatten.

Martin Winterkorn und Karl-Theodor zu Guttenberg steckten noch immer in der Fahrradkette fest – Winterkorn mit dem Hosenbein und Guttenberg mit dem Schlips – und kamen dementsprechend schlecht vom Fleck. Winterkorn konnte das Rad nur hinkend vorwärtsschieben, und Guttenberg mußte mitkrabbeln und darauf achtgeben, daß er nicht stranguliert wurde.

Als sie die Feuerwalze nahen sahen, erhöhten sie das Tempo, doch sie waren einfach nicht leichtfüßig genug, um ihr zu entwischen.

»I love the smell of napalm in the morning!« juchzte Boris Johnson, bevor ihm ein freifliegender Gesteinsglasfladen eine Wendeltreppe ins Gesicht fraß.

Daar mutt man sück ja de Nöös vör dichthollen, dachte die Fischerin und machte einen Bogen um den zusammensackenden Mann. Sie hatte Gerold aus den Augen verloren und lief um ihr Leben. Es hagelte Mineralien, und von allen Seiten sprühten ihr Funken entgegen.

In einer Haltebucht balgten sich die Strolche Gwon, Garoto und Basualdo um ein herrenloses Moped. Da ihnen klar war, daß sie per pedes keine Chance mehr besaßen, kämpften sie auch mit unfairen Mitteln wie Kratzen, Beißen, Würgen, Treten und An-den-Haaren-Ziehen. Ja, es fielen sogar ehrabschneidende Äußerungen hinsichtlich der nationalen Herkunft, des Alters und der sexuellen Orientierung.

Einer sogenannten vulkanischen Kuhfladenbombe gelang es, den Konflikt auf salomonische Weise zu schlichten, indem sie die drei Streithammel unter sich begrub und zusammenschweißte.

Gerold suchte nach Ute, aber immer wieder nahmen ihm Staubschleier die Sicht. Es regnete Asche, und die Sonne hatte ihren Glanz verloren. Er zog sich sein Oberhemd aus und hielt es sich beim Laufen vor Mund und Nase.

Statt auf Ute stieß er auf Andi Scheuer und riet ihm, sich ebenfalls irgendwas vors Gesicht zu halten.

»Nicht nötig«, sagte Scheuer. »Wie Studien gezeigt haben, überschreitet die Feinstaubbelastung durch Schwefeldioxid auch bei Naturkatastrophen nicht den zulässigen Grenzwert!«

»Soso«, erwiderte Gerold. »Erlauben Sie mir, den Schriftsteller Erich Virch zu zitieren: ›Ein eingeflochtenes ‚wie Studien gezeigt haben' ist mittlerweile ein ziemlich sicheres Indiz für Mumpitz.‹ Schönen Urlaub noch!«

Er rannte weiter, während Scheuer hinter ihm in einem kochenden Schlammstrom versank.

Ook dat noch, dachte Ute, als sie mit Lorenzo Romani zusammenprallte. De olle Lumpsack mutt mi neet weer unner de Latten komen!

Gleich hinter ihm tauchte Don Alonso Hoyos auf. Die beiden Herren waren auf Krawall gebürstet, seit ihnen ein messerscharfer Pyroklastit den Haarpelz rasiert hatte.

»Così ci revidiamo«, sagte Lorenzo. *So trifft man sich wieder.* »Non vuoi viziare un po' me e il mio amico?« *Willst du mich und meinen Freund nicht ein bißchen verwöhnen?*

»Eres justo mi tipo!« rief Hoyos aus. *Du bist genau mein Typ!*

Sowohl ihm als auch Romani rann der Geifer aus dem Maul.

Die Fischerin ging langsam rückwärts, zeigte nach oben und sprach eine Warnung aus: »Vorsicht! Steinschlag! Caduta massi! ¡Caída de piedras!«

Das erheiterte die zwei Charmeure. War dies nicht der dümmste Trick der Welt? Sie lachten auf und wurden von einem tonnenschweren Lavablock zermalmt, was in Utes Augen einer alten Lebensweisheit eine völlig neue Bedeutung verschaffte: De Düvel schitt immer up de dickste Bült.

Im dichter werdenden Ascheregen hörte Gerold Kinder schreien. Er arbeitete sich zu ihnen vor und stellte fest, daß sie in einem Schulbus saßen, dessen Fahrer leblos über dem Lenkrad hing. Schlaganfall? Herzstillstand? Wer konnte das wissen?

Von hinten floß ein breiter Glutstrom auf den Bus zu.

Gerold fand die Fahrertür unverschlossen vor, riß sie auf, zerrte den toten Fahrer vom Sitz, nahm selbst darauf Platz, startete den Motor und rief den Kindern zu: »Polizei Uelzen! Ihr seid in Sicherheit!«

Dann fuhr er los, trat aber schon nach zwanzig Sekunden auf die Bremse, denn er hatte Ute erblickt.

Sie rannte zur vorderen Bustür, und Gerold suchte das Armaturenbrett hektisch nach einem Schalter ab, mit dem die Tür sich öffnen ließ.

»¡Pulsa este botón!« rief ein Mädchen und zeigte auf eine rote Taste.

Er haute darauf, die Tür sprang zischend auf, die Fischerin hechtete herein, und Gerold gab Gummi.

»Teambesprechung!« röhrte Scheuerlapp und knallte Ansgar Puff und Franz-Peter Tebartz-van Elst mit den Köpfen zusammen. »Irgendwelche Ideen?«

Negativ. Die beiden Bischöfe fielen um und blieben im Straßenstaub liegen, denn sie hatten nach dem langen Marsch zum Popocatépetl einfach keinen Mumm mehr in den Knochen.

Scheuerlapp war aber auch nicht mehr derselbe. Voller Traurigkeit schlich er dahin und sang »O Heiland, reiß die Himmel auf«, bis ein Schulbus neben ihm anhielt.

»Steigen Sie ein!« schrie Kommissarin Fischer ihm durch die offene Tür zu. »Hier wird bald alles in Flammen stehen!«

Da zerriß Scheuerlapp seine Kleider, raufte sein Haupt, fiel auf die Erde und rief: »Ich bin nackt von meiner Mutter Leibe gekommen, und nackt werde ich wieder dahinfahren! Der Herr hat's gegeben, der Herr hat's genommen, der Name des Herrn sei gelobt! So wahr ich Korbinian Scheuerlapp heiße!«

»Na, dann halt nicht, du Brausepaul«, sagte Gerold, gab wieder Gas und sah im Rückspiegel, wie der selbsternannte Pontifex von einer lohenden Feuerzunge aufgeleckt wurde.

Ringel und Wieland hatten bereits beim ersten Anzeichen des Vulkanausbruchs kehrtgemacht und sich mit ihren E-Scootern aus der Risikozone entfernt. Nun trafen sie aber auf eine Pilgerschar, die ihnen nicht glauben wollte, daß es gefährlich sei, dem Gegenpapst nachzufolgen. Es waren Mönche aus dem Kapuzinerkloster Altötting und französische Kartäusernonnen, die alle nach einer Audienz bei Christophorus II. auf dem Popocatépetl lechzten.

»Wir müssen die aufhalten«, sagte Wieland. »Aber wie?«

Was die Nonnen angehe, wisse er schon was, sagte Ringel. »Übernimm du die Mönche!«

Wieland überlegte kurz und verwickelte die Kapuziner dann in eine Diskussion über die Säkularisierungstheorie im Lichte der marxistischen Religionskritik, wobei er leider wiederholt unterbrochen wurde, denn mittlerweile hatte Jannik Schüsterhusen ihn entdeckt und störte den Dialog mit niveaulosen Zwischenrufen: »Kommunistenschwein!«, »Du hast Erik Ellermann auf dem Gewissen!« und »Wie war's im Wald mit dem Iraker? Hat er dich in Yen ausbezahlt, du korrupte Sau?«.

In gewisser Weise hatte Ringel es leichter. Er lud die Kartäuserinnen in die nahegelegene Quesadilla Doña Gloria ein, gab eine Runde Mezcal mit Raupe aus und sang ihnen den Evergreen »Der Onkel Bumba aus Kalumba tanzt nur Rumba« vor, womit er die Herzen der Ordensschwestern im Sturm eroberte. Bei der zweiten Strophe begannen sie eine Polonaise zu tanzen, bei der dritten fielen die ersten Schleier und Gewänder, und im Handumdrehen nahm die kleine Feier den Charakter einer Orgie an.

Ringel legte dabei alle Ehre ein. Hier handelte es sich immerhin um eine Ménage à vingt-trois. Um ein Arbeitsprogramm dieser Größenordnung zu bewältigen, bedurfte es besonderer Skills. Die hatte er, und zur Freude der Kartäuserinnen hob er an diesem Tag drei neue Kamasutra-Stellungen aus der Taufe: »Die Hubble-Konstante«, »Die äsende Kuh« und »Der Druckluftkompressor«. Rabimmel, rabammel, rabumm!

Nach einer fünfzig Kilometer langen Fahrt ließ Gerold den Bus in der Stadt Ixtapaluca auf einem Tankstellenparkplatz ausrollen, stellte den Motor ab, zog die Handbremse an, atmete tief durch und strich sich den Schweiß von der Stirn.

Die ganze Zeit über hatte Ute die verängstigten Kinder getröstet. Jetzt kam sie nach vorn und umarmte Gerold. »Du hest uns dat Leeven redd«, sagte sie. »Un ick heff al dacht, nu is 't ut!«

Mehr als einen Seufzer brachte er vorläufig nicht heraus.

Sie habe übrigens auch Schirjajew, Eric den Zweiten und Sindbad den Seefahrer gesehen, sagte Ute. Die seien alle drei von dem Feuerfluß eingeholt worden und geschmolzen »as Botter vör de Sünn …«

Gerold erschauerte bei dem Gedanken, in welcher Gefahr sie geschwebt hatte. Künftig sollte es für sie bitte nie wieder irgendwas Heikleres zu tun geben als die Aufklärung von Kavaliersdelikten!

Ute drückte ihn noch fester an sich und fragte ihn etwas, das am Ende von »Die Hard 2: Die Harder« auch Holly McClane ihren Mann gefragt hatte: »Why does this keep happening to us?«

»Let's go home«, sagte Gerold.

Vorher wollte er die Kinder aber noch mit einer Riesenportion Knabberwaren aus der Tanke beglücken. Als er mit vollen Armen in den Bus zurückkehrte, warf er der jubelnden Kinderschar alles zu, was er zusammengerafft hatte: Picagomas, Polverones, Rancheritos, Pulparindos, Pirulicos, Mango-Lollis und kandierte Kaktusstreifen.

Geräuschvoll schwenkte in diesem Moment auch der Monstertruck mit den klabasternden Kreuzen im Schlepptau auf den Tankstellenparkplatz ein und blieb mit einem letzten schrillen Schnaufer stehen.

»Gezz is die Karre abgekackt«, sagte Görzke zu sich selbst. »Abba hiea sind wir ja wohl in Sichaheit …«

Er sprang aus der Fahrerkabine und lief zu den Kreuzen, um sich ein Bild davon zu machen, wie es Schulz und Gsella ging.

Sie lebten noch, doch sie sahen nicht gerade so aus wie nach dem

Besuch einer Beautyfarm. Der Teufelsritt vom Gipfel des Popocatépetl nach Ixtapaluca hatte den beiden Gekreuzigten einiges abgefordert. Über weite Strecken war die Tour ein ziemliches Holterdiepolter gewesen.

Als Ute und Gerold angelaufen kamen und die Bescherung sahen, schlugen sie die Hände über dem Kopf zusammen und alarmierten sofort einen Notarzt.

Gsella fand als erster die Sprache wieder. »Ich glaube, das war mein bislang persönlichstes Erlebnis«, sagte er.

Auch Schulz wollte etwas sagen. Ihn behinderte jedoch ein orolingualer Tremor, an dem er früher schon einmal in einer Streßsituation erkrankt war. Sein Unterkiefer schlotterte, aber wenn man genau hinhörte, ergab sich aus den gestotterten Silben eine sinnhafte Aussage: »Mich-mich-mich-mich dürs-dürs-dürs-dürs-tet-tet-tet-tet!«

Ute rannte in den Tankstellenshop, kam mit einer Literflasche Wasser wieder und gab Schulz zu trinken.

Er schlotzte den Liter weg wie nichts und bestellte einen weiteren, und als er auch den getrunken hatte, sagte er: »Es-es-es-es ist-ist-ist-ist voll-voll-voll-voll-bracht-bracht-bracht-bracht …«

»Wer in Gottes Namen hat Ihnen das angetan?« fragte Gerold.

»Das-das-das-das war-war-war-war Scheu-Scheu-Scheu-Scheu-«, setzte Schulz an, und Gsella nahm ihm die Arbeit ab: »Korbinian Scheuerlapp war das. Kennen Sie diesen Typen?«

»Um den brauchen Sie sich keine Gedanken mehr zu machen«, sagte Gerold. »Der ist heute vor meinen eigenen Augen aus dem Leben geschieden.«

»Qual-qual-qual-qual-voll-voll-voll-voll?« fragte Schulz.

»Ich glaube schon«, sagte Gerold.

»Fein-fein-fein-fein«, sagte Schulz.

24

Grietje, Gerreltje und Galtje erprobten ihre klitzekleinen Kletterkünste im Uelzener Garten am Stamm des Magnolienbaums, während Gerold Gerold and the Middle Agers in der Partygarage nebenan die Instrumente stimmten und Fabian die Cocktailbar aufbaute.

»Gu gu«, rief Grietje, »Gugu ga«, rief Gerreltje, und Galtje rief: »Gu gei!«

An sückse Kinner kann man woll sien Höge hebben, dachte die Fischerin. *An solchen Kindern kann man seine Freude haben.* Sie trank ein Bier und genoß den Abendfrieden. Auf dem Terrassentisch lagen Glückwunschtelegramme von Bernal de la Espriella aus Bogotá und Vincente Barbato aus Neapel, die Goldruten und der Schmetterlingsflieder blühten, zwei Schwäne flogen über das Haus, der Himmel war mit Schäfchenwolken getüpfelt, und in einer guten Stunde würden die Spätsommerfestgäste eintrudeln.

Gerolds Kapelle probte jetzt »The Very Thought of You«, und Ute hörte ihn singen: »I see your face in every flower … your eyes in stars above … it's just the thought of you … the very thought of you … my love …«

Dann klingelte Gerolds Handy.

Henning Riesenbusch war's. »Ich grüße Sie, mein Bester!« sagte er. »Haben Sie und Ihre Frau Gemahlin sich schon ein wenig von Ihrer mexikanischen Sommerfrische erholt?«

»So leidlich«, sagte Gerold und spazierte aus der Garage in den Garten, wo es stiller war. »Und wir freuen uns jeden Tag von neuem darüber, daß es in Niedersachsen keine aktiven Vulkane gibt …«

»Ein Gutes hat das Desaster am Popocatépetl aber ja gehabt, Herr Gerold – der Oberschurke Don Alonso Hoyos ist entschlafen, und sein Alleinerbe Michael Ringel hat heute das gesamte Vermögen dieser Mißgeburt dem kolumbianischen Staat vermacht und damit eine Hausse an allen großen Börsen herbeigeführt. Nun wird die Weltkonjunktur wieder in Schwung kommen!«

»Ist schon ein toller Hecht, dieser Ringel.«

»Sie sagen es! Dem Vernehmen nach wird der kolumbianische Präsident ihm nächste Woche das Großkreuz des Boyacá-Ordens verleihen. Dann befindet er sich in einer Reihe mit Mario Vargas Llosa, Prinz Bernhard der Niederlande und Boutros Boutros-Ghali. Und es kommt noch besser: Beim Ausbruch des Popocatépetl soll er mehr als zwanzig Klosterschwestern das Leben gerettet haben. Wie ich aus sicherer Quelle weiß, will der Papst ihn dafür mit der Goldenen Rose ehren, die symbolisch für Jesus Christus steht.«

»Heilige Makrele!«

»Und das, obwohl Ringel seit neuestem in Scheidung lebt, wie man hört ...«

Quiekend und lachend krauterten die Drillinge über den Rasen auf Gerold zu, und er ging ein paar Schritte zur Seite, um in Ruhe weitertelefonieren zu können.

»Aber dieser Herr Wieland, mit dem Ringel befreundet ist«, sagte Riesenbusch, »also, über den sind mir leider einige nicht so erfreuliche Dinge zu Ohren gekommen.«

»Und zwar?«

»Ich hab vorhin mit dem mexikanischen Innenminister telefoniert – wir sind alte Bekannte, seit ich ihm mal bei einem komplizierten Entführungsfall im Golf von Kalifornien zur Hand gegangen bin, aber das ist 'ne andere Geschichte –, und er hat mir gesteckt, daß Rayk Wieland beim Ausbruch des Popocatépetl eine Massenschlägerei unter irgendwelchen Kapuzinermönchen angezettelt hat. Jetzt sitzt er in Mexiko-City in U-Haft, zusammen mit einem gewissen Jannik Schüsterhusen, bei dem es sich offenbar um einen Komplizen von Herrn Wieland handelt ...«

»Guter Gott«, sagte Gerold. »Ich glaube, weitere Nachrichten kann ich heute geistig nicht mehr verarbeiten!«

Grietje und Galtje hängten sich an sein linkes Bein, und Garreltje setzte sich auf seinen rechten Fuß und sagte: »Gagupp!«

»Diese eine vielleicht doch noch, Herr Gerold. Ich werde für das Amt des Regierenden Bürgermeisters kandidieren. Wünschen Sie mir Glück. Und grüßen Sie Ihre Frau von mir! Sie hat allein in diesem Sommer mehr bewirkt als die ganze römische Direzione Investigativa Antimafia in den letzten dreißig Jahren!«

»Schöne Grüße von Riesenbusch«, sagte Gerold zu Ute, als sie ihm zwei seiner drei Töchter vom Unterschenkel pflückte.

»Vielen Dank«, erwiderte sie. »Und ich soll dich von meinem Vater grüßen. Er hat eben angerufen. Rat mal, was er mir erzählt hat!«

»Was weiß ich? Hat er 'ne Goldmedaille im Klootschießen gewonnen?«

»Nein, er hat den Schubkarrendieb ertappt. Auf frischer Tat.«

»Donnerkiesel!«

»Und er kennt den gut. Der ist mal stellvertretender Schriftführer im Schützenverein Moormerland gewesen. Hajo Tütken aus Westerwieke. Mein Vater hat ihn heute nachmittag übermannt und interniert.«

»Wie, interniert?«

»Er hat ihn in der Kartoffelkammer eingesperrt, und wenn meine Mutter von der Landfrauenvereinssitzung zurück ist, will er ihn mit dem Auto ›op de Waak‹ bringen, wie er mir gesagt hat.«

»Op de was?«

»Auf die Wache.«

»Gabbagupp!« rief Garreltje und lüllte Gerolds Hosenbein voll.

»Ich nehme aber an, daß mein Vater Gnade walten lassen wird«, sagte Ute. »Schon aus Rücksicht auf die menschlichen Bedürfnisse seines Gefangenen. Während unseres Telefonats hab ich diesen Hajo Tütken nämlich immerzu schreien hören: ›Folkert, ick mutt uut de Büx!‹«

Nachdem die Mädchen gefüttert, gewaschen, gewickelt und eingeschlummert waren, setzten Gerold und Ute sich auf die Gartenterrassenbank und sahen Fabian beim Cocktailmixen zu. Es blieben noch ein paar Minuten übrig bis zum Eintreffen der Gäste.

»Geev mi man noch een Buddel Beer röver«, sagte Gerold zu Ute. »Up een Been kannst neet stahn!«

»Dein Plattdeutsch macht Fortschritte«, sagte sie, reichte ihm eine Bierflasche und kuschelte sich an ihn. »Aber verstehst du auch den folgenden Satz? Wi sünd alltohopen glückelk mit Leeven darvunkamen!«

»Ich höre da heraus, daß wir echt Schwein gehabt haben.«

»Ja, hatten wir«, sagte Ute. »Und hier ist ein kleines Dankeschön für meinen Lebensretter.« Sie holte hinter ihrem Rücken ein Geschenkpaket hervor und legte es auf den Tisch.

Gerold packte es aus.

»Ein Wandschmuck für die Partygarage«, sagte die Fischerin.

Es war ein Porzellanteller, auf den sie mit roter Farbe die Worte gepinselt hatte:

De Schipper, de kummt wied un sied
Na Osten un na Westen;
De See is deep, de Welt is wied,
To Huus, dor is 't am besten!

Gerhard Henschel
SoKo Heidefieber
288 Seiten, Klappenbroschur
ISBN 978-3-455-00833-3
Hoffmann und Campe Verlag

Der erste Überregionalkrimi – und endlich geht es den deutschen Regionalkrimiautoren an den Kragen

Kurz nach einer Lesung aus seinem neuen Kriminalroman Heidefieber wird der Schriftsteller Armin Breddeloh in einem Teich bei Bad Bevensen gefunden. Tot und mit zwei Glasaugen – genau wie ein Opfer in seinem Roman! Hauptkommissar Gerold und Oberkommissarin Schubert aus Uelzen nehmen die Ermittlungen auf und haben einen ersten Verdacht: Missgönnte ein anderer Krimiautor dem Kollegen den Erfolg? Schon wenig später trifft es die Verfasser der Romane *Spiel mir das Lied vom Westerwald* und *Showdown auf Juist*, und auch am Tegernsee, im Fläming und in der Steiermark gibt es bald Opfer. Die SoKo Heidefieber tappt jedoch im Dunkeln und der vom Verband deutschsprachiger Krimiautoren engagierte Privatdetektiv erweist sich als Niete. Erst als der Täter ein Bekennerschreiben hinterlässt, kommt plötzlich Bewegung in die Sache ...

»Das ist ziemlich verrückt und ein großer Spaß.«
Hannoversche Allgemeine Zeitung

Gerhard Henschel
SoKo Fußballfieber
304 Seiten, Klappenbroschur
ISBN 978-3-455-01062-6
Hoffmann und Campe Verlag

Nach *SoKo Heidefieber*:
Der Wahnsinn geht weiter und jetzt muss die FIFA dran glauben.

Vier Fifa-Funktionäre sterben eines gewaltsamen Todes: in Uelzen, in Seoul, in einem argentinischen Nationalpark und in Piräus. Und das ist erst der Auftakt einer Serie grausamer Morde. In Athen tritt eine internationale Sonderkommission zusammen, der sich auch Kommissar Gerold Gerold und Kommissarin Ute Fischer aus Uelzen anschließen. Wie sich zeigt, helfen in diesem Fall nur außergewöhnliche Methoden. Kommissarin Fischer wird als verdeckte Ermittlerin in die Zürcher Fifa-Zentrale eingeschleust, und Kommissar Gerold verfolgt eine Spur, die ihn nach Hannover, Greetsiel, Casablanca und immer weiter um die Welt führt. Währenddessen kämpft der deutsche Dichter Thomas Gsella sich durch den Mittleren Osten, bis sich in Asien ein mörderischer Showdown anbahnt. Können Gsella, Gerold und die Fischerin die größte Katastrophe der Fußballgeschichte verhindern?

»Grober Unfug, großer Spaß.«
11 Freunde